Goffredo Parise

Der schöne Priester

Goffredo Parise

Der schöne Priester

Roman

Aus dem Italienischen von Hellmut Ludwig

Verlag Klaus Wagenbach Berlin

Die Originalausgabe erschien 1954 unter dem Titel
Il prete bello
bei Garzanti editore S.p.A. in Mailand.

Wagenbachs Taschenbuch 295

Die deutsche Erstausgabe erschien 1955 beim Stahlberg Verlag, Karlsruhe

Verlag Klaus Wagenbach, Ahornstraße 4, 10787 Berlin
Umschlaggestaltung durch Groothuis+Malsy, Bremen, unter
Verwendung des Photos *Tanzende Seminaristen*, 1965,
von Mario Giacomelli
Autorenphoto von Effigie, Mailand
Die Karnickel auf Seite 1 zeichnete Horst Rudolph.
Gesetzt von Barbara Herrmann, Freiburg
Druck und Bindung durch die Druckerei Wagner, Nördlingen
Gedruckt auf chlor- und säurefreiem Papier
Printed in Germany.
ISBN 3 8031 2295 3

Der schöne Priester

Gestalten und Schauplätze dieses Romans entstammen der Phantasie eines Straßenjungen. Jeder Bezug auf die Wirklichkeit wäre rein zufällig.

1

Großvater hatte Prostatakrebs, und die Fahrradwache ging nicht recht; er setzte die Preise auf dem Schild herab, von dreißig Centesimi auf fünfundzwanzig, aber sie ging trotzdem nicht; die Kunden waren wenige und gute Tage nur die, an denen Markt war. Ich half ihm, die Fahrräder in die Reihe zu stellen, wenn welche kamen, und gab den Herrschaften die Pappmarke mit der Nummer.

Die Fahrradwache befand sich in einem großen Portikus, rechts darin war eine Art Garage, die früher einmal die Wagen der Besitzer des Palazzo aufgenommen hatte; in dieser Garage arbeitete der Großvater, wenn es seine Schmerzen zuließen. Er baute Fahrräder und setzte sie aus Stücken zusammen, die er selbst hämmerte und schweißte, und schließlich, nach beendeter Arbeit, brachte er am Rahmen ein Markenschild mit einer Schwalbe und dem Namen einer deutschen Firma an, die allein er in Italien vertrat.

Hinter dem Portikus lag ein Hof, und an den vier Seiten des Hofes befanden sich Mauern, Gitter und die prunkvoll barokken Balkone der Hausherrin Signorina Immacolata; es war ein immer gleiches und immer wechselndes Bühnenbild, je nach der Tageszeit, dem Widerschein der Sonne und den Launen der zahllosen Mieter. Dorthin, in diesen Hof, drang niemals ein Sonnenstrahl, aber man konnte trotzdem spielen, und wenn man nicht spielen konnte, sah man dem alten Schuster Bombana bei der Flickarbeit zu oder dem Cavaliere Esposito, der so oft und gern die Kette der Wasserspülung seiner Toilette zog, um die ihn alle beneideten.

Der Großvater verbrachte fast den ganzen Tag im Portikus, saß dort in seinem großen Lehnstuhl, das eine Bein hochgelegt auf ein besonderes Gestell. Er jammerte immer wegen seiner

Schmerzen und zahlte keine Steuern. Wenn die Vollstreckungsbeamten der Finanzbehörde kamen, raufte er sich die Haare vor Verzweiflung, und dann lauerten hinter den Fenstern Augen groß wie Pflaumen, und man hörte das Brummen und Raunzen von Stimmen der Mißbilligung gegen die Steuereintreiber.

In diesem Wohnblock um den Hof herum hauste eine Unmenge Menschen, und ich kannte sie alle.

Die wichtigste Person war die Hausherrin. Sie hatte mich auf der Schule im Patronat San Gregorio untergebracht, dank ihrer Beziehungen zur Kurie. Signorina Immacolata war eine zierliche Dame mit winzigen, ganz eng beisammenstehenden Augen und einer Adlernase; sie kleidete sich sehr elegant, trug merkwürdige Federhüte, eine Lorgnette in ziselierter Goldfassung hing beutelüstern von ihren Fingern, an einer Kette fünf- oder sechsmal um den Hals geschlungen und wie ein Kanarienvogel um die schwarz behandschuhten Finger hüpfend. Auch die Kleider waren von ungewöhnlicher Raffinesse, und einige Frauen und Fräulein in fortgeschrittenem Alter, die zu den Mietern, um nicht zu sagen zum Inventar gehörten, bewunderten sie so sehr, daß sie ihr in den Gängen, im Treppenhaus und an allen Ecken und Winkeln auflauerten, um ihr Komplimente zu machen oder auch nur das Rascheln ihrer Kleider und das Klingen des goldenen Augenglases zu hören. Häufig machte Signorina Immacolata, mit einer Lampe bewaffnet, die Runde im Innern des Gebäudes und untersuchte die Wände, die Geländer, das Innere der Zimmer, die Türen und Schlösser. Sie hüpfte im Halbdunkel von einer Ecke in die andere und erklomm die Wendeltreppe, ohne sie ins Zittern zu bringen, ohne daß es knackte und knarrte, mit dem Ernst und der Feierlichkeit einer Möwe, die lautlos ihre Flügel schlägt und dahin kommt, wohin sie will. Sehr oft bemerkte ich erst an dem schwachen Pfefferminzgeruch, daß sie in meiner Nähe war. Sie sah mich nicht einmal an, erwiderte keinen Gruß und verschwand, oder sie öffnete blitzschnell mit ihrem dicken

Schlüsselbund irgendeine Tür. Ich hörte kein Türenklappen, wenn sie drinnen war, und keinerlei Schließgeräusch; trotzdem war die Tür hinter ihr verschlossen.

Umgang hatte sie einzig und allein mit Don Gastone Caoduro, dem Kaplan der Kirche Servi di Maria. Er war für einen Priester groß gewachsen und schlank, jung und schön; es hieß, er habe Jura studiert und besitze Wäsche aus feinstem Leinen und seidene Socken. Jede Woche erschien er im Portikus bei der Fahrradwache, mit einer schwarzen Tasche unter dem Arm; in dieser Tasche befand sich die Wäsche, die er dem Dienstmädchen der Signorina Immacolata zum Richten brachte. Aber ich glaube, daß es eher die Dame selbst war, die sich damit befaßte, denn bei den wenigen Malen, die sie mich in die Wohnung rief, nähte oder, genauer gesagt, prüfte und untersuchte sie mit Engelsmiene Zentimeter für Zentimeter Hemden, Unterhemden, Unterhosen und hauchdünne schwarze Socken. Alle Frauen an dieser Treppe beneideten und bewunderten sie wegen dieser Bekanntschaft, und ich weiß, daß sie Stoßgebete sagten, um ebenfalls mit einem kleinen Teil dieser Kleidungsstücke gewürdigt zu werden.

Don Gastone war Feldgeistlicher im Spanischen Bürgerkrieg gewesen und hatte Bücher geschrieben: die Verbrechen und Grausamkeiten der Roten wurden darin herzergreifend geschildert. Mir machte das großen Eindruck, und einmal, von einer Signorina namens Camilla dazu angetrieben, ging ich auf ihn zu und küßte ihm die Hand. Er streichelte mich mit tiefsinnigem Blick und gab mir zehn Lire. Camilla stand nur wenige Schritte von mir entfernt, lächelte und hoffte auf eine stille Annäherung. Doch Don Gastone stieg sofort zu Signorina Immacolata hinauf, sorgfältig hob er auf der breiten Treppe die Zipfel des Gewandes an.

«Mensch, was er mir gegeben hat!» sagte ich. «Zehn Lire! Der ist fein, Don Gastone, was?» Sie blickte mit halbgeschlossenen Augen zur Treppe.

«Los, weg mit dir! Schämst du dich gar nicht, zu betteln?

Wie das aussieht! Weg mit dir, schamloser Kerl!» zischte sie und zerrte mich dazu an meinem Hemd. Sie zerriß es mir gerade dort, wo es am dünnsten und schon ein paarmal geflickt war. Dann ging sie und schloß sich in ihre beiden Zimmer ein.

Trotzdem kam ich jedesmal gelaufen und küßte Don Gastone die Hand. Und jedesmal wenn er mich hinter den Pfosten auftauchen sah, streckte er mir automatisch und mit feierlich mildtätiger Würde die Hand hin – wenn ich zögerte, kaum merklich mit den Fingern winkend – und gab mir mit der anderen Hand das Geldstück.

Er war es auch, der mich zum erstenmal zu Signorina Immacolata in die Wohnung brachte, und seit diesem Tage trat ich, ohne daß es mir klar wurde, in ein Milieu ein, das sonst Leuten unseres Standes verschlossen ist. Ich stieg mit ihm die breite Treppe hinauf, auf der ein schöner und weicher roter Teppich lag. Ich hörte das Rascheln seines weiten Fahrradmantels und oben das leise Klirren der Türkette, als geöffnet wurde.

Signorina Immacolata würdigte mich keines Blickes; sie küßte Don Gastone die Hand, doch so verlegen und leicht verwirrt, als geschähe es das erstemal.

«Meine Liebe!» begrüßte Don Gastone sie, sofort in einen herzlichen Ton verfallend, «ich habe dieses vernachlässigte Schäflein mitgebracht. Es scheint mir treu und anhänglich zu sein und fügsamen Geistes.» Er hob den Mantel an zwei Flügeln an und warf ihn sich hintenüber, genau wie eine alte Dame, die sich im Salon ihren Pelz aufknöpft.

«Das ist der Enkel von Marchetti», stellte die Signorina kühl fest. «Er treibt sich immer auf der Straße herum. Mir will nicht scheinen...» Sie sagte dies betont liebenswürdig, mit einem Anflug von Lächeln. Sie hatte keinerlei Lust, Menschen um sich zu haben, überwand aber doch ihren natürlichen Widerwillen gegenüber dem Nächsten. Was hätte sie nicht alles für Don Gastone getan?

«Um so mehr, meine Liebe», unterbrach er sie, um sich schauend, und strich sich mit den Fingern übers Haar. Nach kurzer Pause setzte er hinzu: «Ich möchte ihn einige Gedichte vortragen lassen.»

«Gedichte vortragen lassen, Don Gastone?»

Don Gastone lächelte und ging auf ein kleines Zimmer am Ende des Vorraums zu. Fast überall standen Wandschirme vor den verschiedenen Türen. Das kleine Zimmer, das wir betraten, war ein Wohnraum mit Korbsofa und Korbsesseln. Auch der Lampenschirm war aus geflochtenen Weidenruten, mit einem rosa Fransenschal aus Seide bedeckt.

Don Gastone wartete, bis Signorina Immacolata sich gesetzt hatte, dann ließ er sich auf dem Sofa neben ihr nieder, aber quer, gegen die andere Armstütze gelehnt. Das Korbmöbel knackte bei jeder kleinen Bewegung, und der ganze Raum war fast mehr von diesen Geräuschen als von den Stimmen erfüllt. Manchmal hörte man die Stimmen überhaupt nicht mehr, und das Geknarre klang wie andere, unbekannte Stimmen bei einer Unterhaltung.

«Das wäre wunderbar», sagte Don Gastone nach einer gewissen Pause, in der Signorina Immacolata damit beschäftigt war, die Falten seines Mantels harmonisch anzuordnen. Er sah sie gar nicht an und hatte nicht einmal diesen Beweis der Zuneigung bemerkt. «Und Sie werden sich der Sache annehmen, nicht wahr? Wir müssen ihn ordentlich anziehen, in Samt, und ihn ein paar originelle, außergewöhnliche Gedichte lernen lassen.»

«Sie beabsichtigen, ihn bei den Katholischen Frauen auftreten zu lassen?» fragte Signorina Immacolata vorsichtig. Der Gedanke schien ihr nicht recht zu behagen, aber sie versuchte, es sich nicht anmerken zu lassen.

«Ja, natürlich. Ich denke, das ist ein feiner, passender Rahmen. Und auch der Junge scheint mir dafür geeignet.»

«Der Ärmste befindet sich leider in einer besonderen Lage, so daß man ihn nicht ohne weiteres mit den anderen zusammenbringen kann. Ich meine, es wird nicht leicht sein, für die Eltern der anderen Kinder...»

«Warum nicht?»

«Oh!» Und Signorina Immacolata rückte näher an ihn heran, so daß sie beinahe in den Falten seines Mantels verschwand. «Man kennt seinen Vater nicht», setzte sie rasch mit einem Lächeln hinzu; sie bewegte die Lorgnette wie einen Zauberspiegel, wohl um mich von ihren Worten abzulenken. Doch ich hatte den Satz sehr genau verstanden und begriff nur nicht, was es daran zu verheimlichen gab. Ich hatte ihn schon oft gehört, und es war die Wahrheit. So blieb ich still und ruhig und sah einer Mücke zu, die in den Lampenschirm geraten war.

«Wir wollen keine sozialen Probleme aufwerfen, meine Liebste. Der Kleine ist ein netter und anständiger Kerl, und ich sehe ihn schon so gekleidet vor mir, wie ich es mir denke. Jedenfalls muß man auf seine Familie ja nicht eigens hinweisen, und auf all diese Dinge, meinen Sie nicht? Ich denke, man sollte ihm viel eher möglichst schnell einen hübschen schwarzen Samtanzug kaufen, mit Spitzenkragen, und ein Paar schöne Lackschuhe. Bei diesen Anschaffungen rechne ich natürlich mit Ihnen...»

Don Gastone hatte dabei eine Miene aufgesetzt, die noch unbeteiligter und müder wirkte als sonst, und hustete zweimal. Das war der heikelste Punkt der Angelegenheit. Es war nicht leicht, Signorina Immacolata zu irgendwelchen Ausgaben zu bewegen, mir schien es unmöglich. Aber hätte er auch nur geahnt, was er Signorina Immacolata bedeutete, dann würde er weder das Husten noch die unbeteiligte Miene für notwendig befunden haben.

Ich sah mich bereits neu eingekleidet und freute mich; ich würde durch die Stadt gehen, genauso angezogen wie die Kinder der feinen Leute, und manch einer würde mir auf der Straße nachlaufen und mit mir Freundschaft schließen wollen. Das kannte ich gut, wo ich doch selbst zu jenen Faltern gehörte, die um die Söhne der Reichen herumschwirrten, auf der Suche nach ehrender aristokratischer Freundschaft. Unter jedem Vorwand taten solche Kinder – deren es damals viele gab, besonders in den Heimen – alles nur Mögliche, um mit irgendeinem wohlhabenden Kind in Berührung zu kommen und die entsprechenden Vorteile daraus zu ziehen: Vorteile, die von einem in der Küche überbleibenden Teller Suppe bis zu einem schönen, fast neuen Paar Schuhe aus richtigem Leder reichten und durch allerlei Nützliches anderer, weniger greifbarer Art erwidert wurden, wenn man ihnen etwa beibrachte, dem Vater Geld aus dem Schreibtisch zu entwenden, sich gemeinverständlich auszudrücken oder irgendwelche verbotenen Dinge zu tun. Gerade auf letzteres waren die Schlauesten aus, da sie wußten, wie begierig reiche und einzelgängerische Kinder sind, diese Dinge zu hören, zu sehen und selbst zu versuchen.

«Sicher, lieber Don Gastone, ich will das gern übernehmen...», sagte die Signorina und musterte mich mit scharfen Blicken. Sie sah mich nicht sehr gerne. Sie argwöhnte, daß ich einer dieser Straßenjungen sei, die um ihren kleinen Neffen herumschwirrten, und ihr Verdacht ging bis zu der Annahme, daß ich es gewesen sei, der ihr alle Messingknöpfe vom Treppengeländer des Hauses entwendet hatte. Doch ich war es gar nicht gewesen, sondern Cena hatte es getan, der später, als er merkte, daß ich alles beobachtet hatte, den Gewinn mit mir teilen mußte. Jedenfalls grüßte ich sie immer sehr freundlich, jeden Tag trug ich ihr den Abfalleimer nach unten, und wenn die Großeltern die Miete nicht bezahlten, so war das nicht meine Schuld. Ihre strafenden Blicke beschuldigten mich des Diebstahls.

Don Gastone seufzte. «Freust du dich?» fragte er.

«Oh, wissen Sie, ich bin auch nicht traurig, wenn ich nichts mit dieser Hurenbagage zu tun habe», sagte ich, um mich gegen den Vorwurf des Diebstahls zu verteidigen.

«Oh! Mein Gott!» stieß Signorina Immacolata aus und verbarg das Gesicht hinter den Händen.

«Junge, was sagst du denn da!» flüsterte Don Gastone, sich zu mir herabbeugend.

«Was hab ich denn gesagt?» Ich war mir nicht bewußt, etwas

Besonderes gesagt zu haben, und trotzdem schien Signorina Immacolata einer Ohnmacht nahe. Ich war aufrichtig um sie besorgt. «Was hat denn die da?» fragte ich und sprang von meinem Stuhl auf.

«Ich habe es Ihnen ja gesagt, daß er völlig unerzogen ist», säuselte Signorina Immacolata.

Don Gastone stimmte traurig zu. «Er ist ein Schäflein», schloß er, «Sie werden viel Sorge mit ihm haben, meine Liebe. Aber, wenn Sie erlauben, für eine Frau von Ihrer Klugheit und Geduld dürfte es nicht schwierig sein... Demut! Demut! Sie haben soviel Geist und Herz...», sagte Don Gastone salbungsvoll.

Die Signorina schien durch solche Worte gerührt.

«Was vermöchten Sie nicht alles von einer Frau zu erreichen!» säuselte sie wie eine Trauerweide und ließ die Worte in einem tiefen Seufzer verhauchen. Don Gastone beugte sich zu ihr vor, nahm nur die Spitzen ihrer Finger und drückte sie kräftig. Und dabei geschah es, daß Signorina Immacolata wie ein bunter und schillernder afrikanischer Singvogel, der zu trillern anhebt, für einen Moment ihre zarten Fledermauslider schloß und ihre Augen verhüllte.

«Sagen Sie lieber... von einer Dame», setzte Don Gastone mit einem hellen Lachen hinzu.

Signorina Immacolata öffnete ihre jetzt etwas umnebelten Augen, und die Schleier der Lider verschwanden zitternd, langsam und feierlich wie ein Theatervorhang.

Immer wenn ich sprach, stellte ich etwas an; es wäre viel besser gewesen, es so zu halten, wie der Großvater es der «Sängerin» oder Tante Lina riet: «Schweig immer, und du triffst nie daneben.» Schon, aber ich hatte keineswegs den Mund der «Sängerin», die, sobald sie zu sprechen begann, nichts als häßliche Worte hervorbrachte, noch den von Tante Lina, die immer und ewig nach Fuselwein roch.

Der Rauch hing im Zimmer, umwölkte das Weidengeflecht des Lampenschirms und umwogte dann die Lampe selbst. Don

Gastone schien über etwas sehr Angenehmes nachzusinnen, und Signorina Immacolata beobachtete ihn. Auch als das Dienstmädchen, rothaarig, klein, rund, einer Kröte ähnlich, die Gläser hereinbrachte, hörte sie nicht auf, ihn anzusehen. Er schien es nicht zu bemerken. Als die Signorina freundlich und verständnisvoll zu ihm sprach, wandte er sich ihr erst zu, nachdem er noch lange schweigend verharrt hatte, und lächelte träge.

«Bitte?» fragte Don Gastone.

«Nehmen Sie einen Tropfen Lacrimae Christi?»

«Wirklich nur einen Tropfen, einen Höflichkeitstropfen», und er reichte ihr selbst das Glas hinüber. Er ließ mich einen Schluck versuchen, hielt mich dabei am Kinn, und dann trank er selbst.

Ich hatte das Gefühl, daß irgend etwas bei dem Besuch nicht so ging, wie es sollte. Signorina Immacolata konnte mich, so sehr sie es auch versuchte, nicht ignorieren. Don Gastone war, wenn auch geistesabwesend und seufzend, mehr mir zugewandt als ihr. Und ich war darüber froh und fühlte mich bis zu einem gewissen Grade geehrt, mehr aus Abneigung gegen Signorina Immacolata und ihre Mietzettel als aus Zuneigung zu dem Priester. Hinter der Glastür, auf einem Schemel, hockte das Dienstmädchen, gewärtig, daß sie gerufen würde, und ich konnte sie und ihr flammend rotes Haar, das bis auf den Rücken hinabreichte, durch die Scheibe sehen.

Draußen lag der Widerschein der Sonne bereits hoch und rot auf den Dächern, spiegelte sich in den Dachstubenfenstern, die sich wie geheimnisvolle Signale glitzernd bewegten. Zu dieser Stunde waren auch die Dachstuben der alten Dandolo mit einem feinen, rosa-orangefarbenen Staub überstreut, und dort drinnen gingen jetzt sonderbare Dinge vor sich: Bei jeder Bewegung der Alten blinkten Gegenstände auf, und andere versanken in Räumen tiefen Schattens. Puppen und Photographien glitten rasch durch die Hände der Alten, und ihr langes, schwarzes Gewand voller Schnupftabak tränkte sich in Licht. Sie wartete auf diese Stunde des Tages, um die Photographien,

Posen, Schnappschüsse und Karnevalsporträts zu betrachten; ihr Mann war einer der ersten Photographen der Stadt gewesen. Und dort, in dieser Dachstube, könnte man wahrscheinlich noch immer ganze Wände finden, die mit Bildern von Hochzeiten, Taufen und Begräbnissen tapeziert sind.

«Also, Sie können ihn durch kleine, einfache Aufgaben vorbereiten», sagte Don Gastone. «Wir haben nie ein Kind, sagen wir, von dieser Art gehabt; sehen Sie, die anderen sind mehr oder minder immer dieselben, und jetzt sind sie auch fast schon keine Kinder mehr. Vor allem ist es ein Werk der Menschlichkeit, und schließlich wird dieser Kontakt zwischen Kindern verschiedener Herkunft eine große Wirkung haben...»

Jetzt sprachen sie bereits in halber Finsternis miteinander, und viele Sätze, die ich vernahm, schienen ohne jedes Interesse gesprochen, nur so, um etwas zu sagen. Ich war es leid, dort in einem der Korbsessel zu hocken. Alles, auch die Worte von Signorina Immacolata und Don Gastone, vermischte sich jetzt mit dem tristen, ununterbrochenen Krächzen des geflochtenen Sofas, das mit zunehmender Dunkelheit den Raum ganz erfüllt hatte. Ich glaube, daß ich da drinnen allein viel weniger Angst gehabt hätte als mit diesen beiden Schatten, von denen ich nur den länglichen schwarzen Umriß wahrnehmen konnte, und dazu das Haar des Dienstmädchens hinter der Glastür, das sich im Funkeln der warmen, staubigen und unsichtbaren Sonne entflammte, ohne Knistern und ohne Rauch, und in feurigen Zungen bis fast zur Decke leckte.

Am nächsten Tag waren alle Fräulein in Aufregung und rissen sich um mich, um etwas zu erfahren. Camilla bat mich einzutreten, unter Schmeicheleien aller Art, und das gleiche versuchte sogar die notorisch einsiedlerische und menschenscheue Botanica. Ich hätte das Lächeln der Familie Napoli beachten oder der neuen Katze der beiden Walenskas einen Besuch abstatten sollen. Die Töchter des Cavaliere Esposito waren außer der alten Witwe des Photographen die einzigen, die mich nicht in die Wohnung riefen, um Neues zu erfahren; ihnen lag nichts daran, und die Gestalt Don Gastones hatte noch nicht diese schicksalhafte Bedeutung, die sie im Laufe der Zeit erhalten sollte, nachdem der Priester wie ein verzauberter Schmetterling in den Hof geflattert war.

Camilla bewohnte zwei kleine Zimmer im Erdgeschoß; die beiden Fenster, mit Maschendraht gegen Mäuse und Katzen gesichert, gingen auf der einen Seite zum Hof und auf der anderen zum Vicolo dei Servi di Maria. Blickte man aus diesen Fenstern, so war es, als befände sich der Vicolo dei Servi auf dem Grunde eines tiefen Schachts und als wäre das Fenster in einem Turm. Dieser Eindruck entstand durch den Höhenunterschied zwischen dem Hof, der im oberen Teil der Stadt lag, und der Gasse, die zwischen den Häusern von einem kleinen Platz aus bergab führte, wie eine Abwasserleitung an den Dämmen eines Kanals.

Camilla war ein Fräulein um die Fünfzig und bewohnte dieses Haus seit langer Zeit. Sie lebte von Näh- und Flickarbeiten, zu denen sie in die Familien ging, und von dem wenigen Geld, das ihr die Pfarrei für den Verkauf von Missionsblättchen sowie das Eintreiben kleiner Beträge und der Mieten in den Häusern der Diözese gab.

«Heute bin ich vierhundertunddreizehn Stufen gestiegen», sagte sie, wenn man sie auf der Straße traf, im Tonfall gemäßigten Vorwurfs gegen die Vorsehung, die sie immer so hoch hinauf schickte. Sie zischte es den Leuten ins Ohr, indem sie die Frauen von erwiesener Frömmigkeit an ihren schäbigen Pelzstücken oder am Schal zu sich her zog, und auch, wenn sie sich niederbeugte, um mich zu streicheln. Sie war klein und fett; stets, Sommer wie Winter, in eine Art weinroten Überzieher gewickelt, dessen einziger Knopf sich unter erheblichem Druck ihres Busens an einem riesigen, ausgefransten Knopfloch festzuhalten schien. Das schlaffe, wachsbleiche Gesicht wurde von einem unförmigen, gelben Gitter aus Pferdezähnen beschützt, während sich hinter großen, bläulichen Brillengläsern die Augen gierig und verzweifelt hin und her bewegten, in der Form zwei zerbeulten Tischtennisbällen ähnlich. Sie trug immer ihren Hut, eine petroleumgrüne Filzkappe, ein Tummelplatz der Motten; im Haus wie auf der Straße, stets hatte sie ihn auf den Kopf gestülpt.

Am Abend des Tages nach meinem Besuch bei Signorina Immacolata traf ich sie vor der Haustür, lächelnd, schüchtern und zielbewußt, in der Haltung eines Menschen, der jemanden mit einer gewissen Ungeduld erwartet.

«Sie will von Don Gastone hören, die Kupplerin», sagte Cena und sog gierig die letzten Züge aus seinem Zigarettenstummel. Cena rauchte mit gnadenloser Hingabe alle Tabakreste, die er fand. In den Augen seiner Familie war er ein Gassenjunge, ein Streuner und, obwohl erst elf Jahre alt, ein arbeitsscheuer Halunke. «Ich schwöre», sagte er, «die gehört auch zu diesen Kuppelweibern, die Camilla! He, Camilla, Zahnständer!»

Camilla achtete nicht auf ihn; bei anderer Gelegenheit hätte sie blitzartig ihren Schuh in der Hand gehabt, und der glattgeschorene Kopf Cenas, der wie alle geschorenen Köpfe der Gassenjungen nach Rauch, Talg und Wild roch, hätte auf seine Landkarte eine weitere weiße Narbe bekommen. Camilla rief mich lächelnd zu sich und hielt mich fest, während sie Cena mit einer Handbewegung verscheuchte.

«Bei mir gibt's Kekse», sagte sie, um mich zu verlocken. Ausgehungert wie ich war, gab ich, da ja ihre Worte ein klares Angebot enthielten, eine eindeutige Antwort.

«Rücken Sie welche raus! Geben Sie mir was davon!»

«Ich gebe dir welche, wenn du hereinkommst», sagte sie auflachend, «und auch ein Gläschen Marsala, zum Eintunken.»

Ich ging mit hinein. Die beiden Zimmer rochen wie sie, ein Gemisch von Schneidereidunst, Watte und etwas, das nur kennt, wer hinkende, billige Schneider gehabt hat: ein trockener, dürrer Geruch, wie die Finger von Schneidern, diese durch das viele Anfassen von Stoff und Einfädeln von Heftzwirn glänzenden, schwärzlichen, abgenutzten Finger. Sie war ja eine bescheidene Vertreterin dieses Gewerbes, und folglich war sie selbst dieser Geruch, die nicht gerade belebende Essenz der Winkelgassenschneiderei.

«Nun, und?» fragte ich. Sie zeigte mir die Kekse und den Marsala. Es stand schon alles auf dem Tisch bereit, die Biscotti savoiardi, mit Ei gemacht, leicht und nahrhaft, die in Marsala getaucht werden müssen, langsam und gekonnt, so daß sie sich nicht im Glas auflösen, sondern erst auf der Zunge.

Camilla stand neben mir; zwischen dem Backwerk und mir stand sie, verteidigte es mit einer gewissen weiblichen Schwäche und Schamhaftigkeit, und es war auch Geiz zu spüren, der Trieb zum Aufbewahren von Süßigkeiten. Ehe sie mich an den Tisch und an den für mich bereitgestellten Stuhl gelangen ließ, wollte sie etwas von mir. Das war unverkennbar. Ich begriff nicht sogleich, was, daran waren die honiggelben und vor dem Petroleumlicht so durchscheinenden Savoiardi schuld, auf die ich gierig meine Augen gerichtet hielt. Dann fielen mir Cenas Worte wieder ein.

«Was für ein hübscher Kerl du bist!» sagte Camilla zu Beginn ihrer Schmeicheleien, und gleichzeitig verdeckte sie mit ihrem zerschlissenen Mantel das Licht und den Goldglanz des Gebäcks; sie zog mich an sich, streichelte mich und wollte mir einen Kuß geben.

Dann sagte sie: «Du bist bei Don Gastone gewesen, nicht?» und fuhr fort: «Oder bei Signorina Immacolata? Mit Don Gastone, mit unserem Heiligen, warst du zusammen! Und sagst mir nichts davon!»

«Sie wollen, daß ich Gedichte aufsage, in der Gesellschaft der Frauen vom Patronat.»

Camilla schlug affektiert die Hände zusammen.

«Oh! Was für eine große Ehre! Wie tüchtig du bist!» rief sie. «Man sieht, Don Gastone mag dich gern.» Sie war einen Augenblick still und tupfte leicht an den großen Knopf auf ihrer Brust. Eine unvorsichtige Fingerbewegung hätte genügt, den Überzieher weit aufspringen und die fallende Flut ihres Busens herauswogen zu lassen. Wie hätte sie es angefangen, ihn wieder zuzuknöpfen?

«Und... was habt ihr Schönes gemacht bei der Signorina Immacolata? Hm?»

«Nichts. Sie haben miteinander gesprochen.»

«Lange?»

«Bis zum Abend, und ich hatte schon vorher genug davon, in dem Sessel zu hocken. Es knarrte und knackte immerzu.»

Camilla lächelte. Ich stellte verwundert fest, daß sie regelrecht schwitzte und daß plötzlich die Hände, mit denen sie mir immer wieder nervös übers Gesicht und durchs Haar fuhr, kalt geworden waren.

«Was haben sie denn Schönes gesprochen? Los, erzähl mir was, sei brav», sagte sie lächelnd. Ihr Kinn zitterte, und ich dachte, sie sei neidisch, weil Don Gastone niemals zu ihr gekommen war und sie kaum grüßte. Er hatte sie sogar nicht einmal zur Beichte angenommen.

«Nichts», sagte ich und machte einige Schritte auf die Kekse zu.

Camillas Kinn zitterte immer heftiger. Was hatte sie denn? Sie stellte sich vor mich, und wieder, als fürchtete sie, es sei das Gebäck, was mich so zurückhaltend machte, verdeckte sie es mit ihrem Körper. Und doch hatte sie alles vorbereitet, hatte mich gestreichelt, hatte alles getan, damit ich bei all diesem Schöntun und den Leckereien auftauen und geschwätzig würde wie die kleinen Musterknaben Fabris und Ferrari, Schulkameraden von mir, mit ihren gelockten Haaren bis auf die Schultern hinab, die bei den Damen ringsum Besuche machten, Gedichte aufsagten und Violine spielten. Aber ich war nicht wie sie.

«Wieso, nichts?» fragte sie leicht gereizt.

Ich merkte, daß sie mich, wie in einer Erleuchtung, als den Enkel des Kerls von der Fahrradwache sah – eines verkommenen, gefährlichen Sozialisten, der Manschettenknöpfe mit dem Portrait Matteottis trug –, ein uneheliches Kind, einen Streuner und Herumtreiber schlimmster Sorte, reif fürs Erziehungsheim. Ich schaute auf mein Hemd und dachte an das, was mir meine Familie von meinem Vater sagte, daß er tot sei – Lügen, um die Schande zu verbergen; ich dachte an den Großvater, der Prostata- und Darmkrebs hatte, und ich fühlte mich klein, verletzt und geprügelt und hätte in diesem Augenblick am liebsten «Mama» gerufen.

Ich sagte nichts und zog mir das Hemd zurecht; ich betrachtete ratlos die Löcher, die sich nicht verstecken ließen, und fuhr mir mit der Hand über den kahlgeschorenen Kopf.

«Nichts», wiederholte ich. Einen Augenblick lang blieben wir beide still; dann ging sie aus dem Weg.

«Iß», sagte sie, «iß.»

Ich kletterte auf den Stuhl, hatte aber keine Lust mehr auf das Gebäck. Ich aß trotzdem, nachdem es mir angeboten worden war. Ein anderes Mal würde ich für eine solche Gelegenheit wer weiß was geben. Ich schluckte die Stücke immer lustloser hinunter, ich fraß sie auf und sagte zu mir den Spruch meiner Mutter: «Auch das ist bezahlt!» Er bedeutete, daß man nichts übriglassen solle und daß Jesus vom Esel gestiegen sei, um ein Stück Brot aufzuheben.

Ich betrachtete auch Camilla, die den Tränen nahe war, und da fühlte ich das Bedürfnis zu erzählen. Ich berichtete eine Unmenge Dinge, zum größten Teil frei erfundene.

Camilla hörte von der anderen Seite des Tisches her aufmerksam zu; ich erzählte ihr von Signorina Immacolata und vom Dienstmädchen, und wir lachten beide.

«Und Don Gastone saß dort, neben dir!» rief Camilla, ganz hingerissen.

«Er saß auf dem Kanapee mit Signorina Immacolata.»

«Ah!»

Wir sprachen noch eine Weile miteinander, dann setzte sich Camilla an die Nähmaschine. Sie behielt mich dauernd im Auge, aus Sorge, ich könnte irgend etwas anstellen. Ich hatte genug davon und ging unvermittelt weg, kaum daß ich auf

Wiedersehen sagte; sie streichelte mich und wollte mich wieder küssen. Als ich die Treppe hinaufstieg, entdeckte ich Signorina Immacolata auf einem ihrer Rundgänge. Sie stand in einer Nische neben der Tür der Familie Napoli und machte sich so dünn wie möglich, als ich vorbeiging. Ich glaube, daß sie sogar den Atem anhielt.

Ich begriff nicht, warum Camilla gar so neugierig tat, ebensowenig die plötzliche, wenn auch zurückhaltende Freundlichkeit der Botanica und die vornehme Einladung der beiden Walenskas, Mutter und Tochter. Aber ich nahm mir vor, sie trotzdem zu besuchen, sei es auch nur wegen der Eßsachen, die sie mir wohl vorsetzen würden. Wenn es viel war, könnte ich davon nach Hause mitnehmen, und auch für Cena und seine ewig hungrige Mutter.

Seltsame Dinge und Veränderungen gingen vor sich; in aller Stille, aber trotzdem eigenartig. Ich hatte nie so viel Leben in dem öden Hof gesehen und in den Fenstern, die leere und finstere Löcher waren, mit einem Dunstkreis von Muff um sich herum und löchrigen, zerfressenen Wassertraufen; Fenster und Höhlen, die ins Nichts führten, in nie geöffnete Zimmer, zu Korridoren, durch die selten jemand ging und die sich im Laufe der Zeit mit Kehricht, Hühnerfedern und Vogelnestern füllten, mit allem, was vom Dach fiel. Seit einigen Tagen waren mehrere dieser Fenster erleuchtet worden, sie gingen auf und zu, laute menschliche Stimmen drangen nach draußen und die Singübungen irgendwelcher verrückter frommer Frauen, die bei Freundinnen Besuche machten oder erwiderten: Wenn man vom Hausgang den Hof betrat, lagen Signorina Immacolatas Fenster hinter einem, die Camillas im Souterrain geradeaus, die der beiden Walenskas hoch oben links, und die der Botanica im Erdgeschoß, in der rechten Ecke. Plötzlich waren sie beleuchtet, die einen mit elektrischem Licht, die anderen mit ziemlich hellen Petroleumlampen. Und sie wurden zu Bühnenräumen, in denen man vom Hof aus die Jungfern sich mit ungewohnter

Munterkeit regen und bewegen sah: Schatten, die durch ein Zimmer geisterten, zwei Gesichter, zurechtgemacht, wie mir schien, die plötzlich an einem Fensterbrett auftauchten.

Und das war noch nicht alles. Es lag etwas in der Luft, doch was es genau war, das konnte man nicht sagen.

Seit jenem ersten Tage, als ich offiziell bei Signorina Immacolata eingeführt worden war, hatte ich mehrfach Gelegenheit, zu ihr zu gehen. Sie ließ mich durch das Dienstmädchen holen, und dann gab sie mir zartlilafarbene Briefchen, die ich Don Gastone bringen mußte. Er seinerseits gab mir das parfümierte Briefchen wieder mit, auf dessen Umschlag er zwei Zeilen gekritzelt hatte: «Heute um vier.»

Zu Signorina Immacolata ging ich auch, um die Gedichte für den Auftritt bei der Gesellschaft der Patronatsdamen zu üben. An einem dieser Tage, als ich gerade zu Hause dabei war, mich für die Probe bei ihr vorzubereiten, kamen Signorina Immacolata und Don Gastone mich holen, um mit mir zum Schneider zu gehen.

Meine Großeltern waren ganz durcheinander und wußten nicht mehr, was tun, vor allem sei es ihnen peinlich, sagten sie, keine Wohnstube zu haben, wo sie ihnen Marsala anbieten könnten. Die Mutter war gleichfalls sehr verlegen und fühlte sich durch den Besuch geehrt. Aber keiner der beiden Besucher beachtete sie, sie sprachen nur mit den Großeltern.

Ich betrachtete meine Mutter, der es nach und nach in ihrem armen verwirrten Kopf klar wurde, daß man sie kränkte, aber das war nichts ganz Ungewohntes für sie; nachher würde sie in ihre Kammer gehen und weinen.

«Ihr Diener, Ihr Diener», sagte der Großvater immer wieder, und die Mutter nickte mit dem Kopfe, zum Zeichen ihrer Hochachtung. Ich sollte mich umziehen, aber Don Gastone schaute ungeduldig auf die Uhr. Wenn diese Uhr nicht gewesen wäre und Don Gastone, der nach ihr sah, was hätte ich mir wohl anstelle meines Hemdes und meiner Pimpfhosen angezogen? Die Mutter sah die Großmutter an, Schrecken und Scham in den Augen, denn sie wußte, daß ich nichts anderes anzuziehen hatte. Aber die Großmutter kannte ihren Vers.

«Man darf nie sehen lassen, daß man arm ist», das war eine ihrer Redensarten. Oder, bei anderen Gelegenheiten:

«Die Armen sollte man alle erschlagen.»

Sie bestimmte, daß eine Matrosenmütze, wenn sie auch nicht zu meinem Aufzug paßte, trotzdem auf meinen Kopf gehörte. Sie lief zur Familie Napoli, wo es, wie sie wußte, eine gab, und lieh sie sich aus. So ging ich mit dieser merkwürdigen Kopfbedeckung, und die beiden Bänder hingen mir auf den Rücken hinunter wie zwei dünne Zöpfe. Ich schämte mich, denn ich kam mir wie ein Mädchen vor, und mehrmals versuchte ich, die Mütze abzusetzen, aber Signorina Immacolata drückte sie mir wieder auf den Kopf und zischte leise: «Wandale».

Wir gingen über den Corso. Don Gastone hielt mich an der Hand, und links von mir ging Signorina Immacolata. Cena und die Bande folgten mir in einiger Entfernung, und ein paar Neidische stießen Maulfürze aus und machten unanständige Zeichen, wie um mir zu bedeuten, daß sie es mir nachher schon geben würden. Aber Cena brachte sie mit ein paar Faustschlägen auf den Kopf zum Schweigen und stieß sie gegen die harten Pfeiler. Cena war ein echter Freund, und wir hatten einiges zusammen ausgeheckt. Er hoffte nur, daß wir in eine Konditorei gingen und ich mir die Taschen füllen könnte, wie er es auch getan hatte, als ein Verwandter aus Brasilien zu Besuch gekommen war.

Doch wir gingen in keinerlei Konditorei; wir gingen nur in das schönste Konfektionsgeschäft der Stadt, und die ganze Zeit über standen Cena und die anderen an verschiedenen Stellen Posten, wo sie alles verfolgen konnten, was im Laden vor sich ging.

Don Gastone erklärte dem Besitzer, was er wollte, und nach einiger Zeit, nachdem Signorina Immacolata genug gerechnet hatte, führte man mich in einen Anprobeverschlag und brachte einen wunderbaren schwarzen Samtanzug, nur etwas reichlich groß für mich und mein zappliges Skelett. Als ich mich zum Anprobieren ausziehen mußte, faßte der Verkäufer meine Kleider mit spitzen Fingern an, als müßte er eine tote Ratte am Schwanz aufheben. Er war ein tadellos gekleidetes Männchen, mit einer Perle in der Krawatte und einem Kneifer auf der Nase. Aber ich wußte, daß er den Frauen verfallen war und sich mit Dirnen der übelsten und schmierigsten Sorte in den Gassen um den Gaskessel abgab. Er konnte keinen Abend ohne Frau verbringen. Und wenn er manchmal keine auftrieb, rannte er wütend in der Stadt auf und ab, bis in die tiefe Nacht hinein, und vertraute den Nachtwächtern an, daß er sich nur auf diese Weise beruhigen und die quälenden Bilder seiner Phantasie unterdrücken könne. Am Tage jedoch faßte er meine Kleider mit spitzen Fingern an.

Alle standen um mich herum und begutachteten Vorzüge und Mängel des neuen Anzugs. Don Gastone gefiel er, aber es war nicht genau das, was er sich vorgestellt hatte. Er wurde mit dem Ladeninhaber einig, und ich begriff, daß einiges zu ändern war und auch Spitzen um den Kragen kommen sollten, um ihn zufriedenzustellen. Zu guter Letzt zog Signorina Immacolata die Börse und bezahlte hundertfünfzehn Lire. Eine gewaltige Summe! Ich hätte gerne einen Satz gemacht, sie dem Ladeninhaber aus der Hand gerissen und das Weite gesucht. Etwas hätte ich davon mit Cena geteilt und etwas nach Hause getragen, wo es dann eine Zeitlang Huhn zu essen gegeben hätte. Ich preßte die Zähne zusammen und bedachte still mit schmückenden Worten den, der das Geld empfing, während ich nichts bekam, keine fünf Lire, wo mir doch an dem Anzug gar nichts lag.

Wir verließen das Geschäft, und Don Gastone schien sehr zufrieden. Signorina Immacolata, von seiner Zufriedenheit angesteckt, betrachtete ihn, bewunderte ihn, ihre Ohrläppchen waren röter als die Korallenringe und die kleinen Augen blank und leuchtend.

«Ich denke, du bist zufrieden!» sagte sie zu mir.

«Ja», sagte ich, «danke.»

«Bedanke dich bei Don Gastone»; ihre Stimme war streng, aber voll Emphase.

Ich küßte Don Gastone die Hand, und wenn wir uns nicht auf offener Straße befunden hätten, ich glaube, sie hätte es ebenfalls getan. Sie trappelte zwischen mir und Don Gastone dahin, und ihre Blicke ließen keine Sekunde von ihm ab. Sie betrachteten seinen schönen, schon ein wenig mitgenommenen Hut voller Ecken und Falten, die feinen und doch kräftigen Züge seines Gesichts und die ganze schlanke, elegante Gestalt, die sich ruhigen, gemessenen Schrittes durch die Menschenmenge bewegte. Viele grüßten ihn, und sofort erwiderte auch sie den Gruß, mit einem gewissen Stolz in der Stimme.

«Das ist noch nicht alles», sprach Don Gastone weiter, indem er vor einem Schuhgeschäft haltmachte; Signorina Immacolata durchfuhr ein kaum merkliches Zucken, mit einer Hand griff sie nach ihrer Tasche und lächelte. Sie setzte sich ihren kleinen Hut zurecht, und im Flaum ihrer Oberlippe glänzten Schweißtröpfchen wie Tau, leichte Ausdünstungen ihres Geizes. Ihr Mund war trocken, aber sie lächelte trotzdem.

Wir betraten das Geschäft, und Don Gastone suchte ein Paar leichte Lackschuhe aus, zu denen er noch ein Paar Socken tat. Signorina Immacolata zahlte lächelnd. Er hatte sie am Arm gefaßt.

Wir gingen wieder und kauften in einem anderen Geschäft ein neues Hemd. Wenn Ort und Augenblick sich boten, drückte Don Gastone die Signorina an sich oder berührte einen Augenblick lang ihre Hand, so daß sie heftiger als sonst atmete, und ich es deutlich spürte.

Wir kamen nach Hause, als es schon fast dunkel war. Don Gastone ging davon, leicht wie eine läßliche Sünde, eine Traumgestalt, ein Robin Hood, ein Aloisius von Gonzaga, aufleuchtend, wenn er an Schaufenstern vorüberkam. Signorina Immacolata blickte ihm nach, aber als er verschwunden war, kehrte sie in die Wirklichkeit zurück, und ihre Augen wurden hart; sie war wieder die Hausbesitzerin und betrachtete mich, als sei ich ein Wechsel, ein Mietzettel, schmierig, zerknittert, von einem armseligen Halbanalphabeten geschrieben.

«Du freust dich, nicht?» wiederholte sie zweimal mit einer dünnen, rauhen und zitternden Stimme. Sie räusperte sich, öffnete das Eisengitter der Herrschaftstreppe und verschwand grußlos, mit den Hacken auftretend, in ihre Gemächer.

Die Bande erwartete mich an der Ecke, vor dem Laden Gaiolas, wo gebrauchte Comic-Heftchen und alte Zeitungen verkauft wurden. Cena und die anderen rannten auf mich zu.

«Nun, und? Hast du was? Hast du Geld? Und was Gutes zu essen?»

Es fehlte wenig, daß sie über mich herfielen, weil ich nichts für sie beiseite gebracht hatte. Dann tobten sie sich mit einer steigenden Flut von Fragen aus, und ich mußte haarklein alles erzählen, was ich mit Don Gastone und Signorina Immacolata getan hatte. Sie hatten zwar alles mitangesehen, aber sie wollten die Einzelheiten erfahren, die ihren Blicken entzogen gewesen waren und die sie sich nur zusammengereimt hatten. Cena hielt die anderen in Schach und stand ihnen gegenüber, dicht neben mir. Dann kam ein Schutzmann und jagte uns von der Straße, und Cena entschied, es sei besser, wir gingen alle in den Bogengang in der Nähe, wo er wohnte und wo wir immer mit Murmeln und um Geld spielten, sobald ein paar Centesimi da waren, und wo aus der Schnapsbrennerei «Ebe» mit ihrem einzigen Raum ein schrecklicher, beizender, den Atem verschlagender Gestank drang. Dort könnten wir in Frieden tagen. Vielleicht würde Cenas Vetter, der bei «Ebe» arbeitete, uns durch den Türspalt etwas Sirup herausreichen.

Der Bogengang war ein guter Platz um diese Zeit, denn es war kurz vor Sonnenuntergang, und die Farben des Himmels, die nicht bis dort hinuntersinken konnten, leuchteten gedämpft über den Dächern, mit dem Rauch der Schornsteine vermischt. Ich hockte in der Mitte von allen; Cena leitete die Sitzung und unterbrach mich, um einem der Anwesenden mit den Fingerknöcheln auf den Kopf zu schlagen oder die Hände unter

Lilianas Rock zu stecken, die schon ein richtig entwickeltes Mädchen war, immer ohne Höschen, und von der es hieß, sie sei sehr heißblütig.

Bei solchen Gelegenheiten gab es sonst heftige Kämpfe, und Cena und Liliana rollten am Boden, unter Geschrei, Gekratze, Cenas Flüchen und beiderseitigem Fauchen, bis auf die Straße hinaus. An diesem Abend jedoch verhielt sich Cena, nach einem anfänglichen, anscheinend wohlaufgenommenen Versuch, ziemlich ruhig, so groß war das Interesse für den Anzug und die sonstigen Dinge, die Don Gastone mir geschenkt hatte. Auch die anderen bewunderten mich.

«Sakrament!» rief Cena mit keineswegs verhohlenem Neid.

«Ein Paar Lackschuhe aus leichtem Leder, mein Lieber, das hat die Signorina gesagt.»

«Sakrament, sag ihr, sie soll mir auch welche kaufen, Sakrament.»

«Und wie soll ich das machen?»

«Don Gastone fragen, Sakrament! Los, los, frag ihn halt!»

Ich mußte ihm versprechen, auch für ihn um feine Schuhe zu bitten. Die Versammlung schien kein Ende nehmen zu wollen, ich mußte immer wieder dasselbe erzählen, und Cena wurde nicht müde, «Sakrament!» zu rufen. Die Dunkelheit war plötzlich hereingebrochen, und Cena wollte Feuer anzünden und noch bleiben und weitere Berichte von, was er auch genau wußte, völlig eingebildeten Geschenken hören und wilde Kastanien essen, die er im Feuer röstete. Dann bemerkten wir alle, daß es dunkel war, und da spürten wir die Kälte. So rückten wir ums Feuer zusammen und ließen die Waschweiber zetern, daß der Rauch sie blind mache und daß wir eine Verbrecherhorde seien. Sie würden an den Parteisekretär schreiben oder besser am nächsten Tag selber alle hingehen, sie hätten es satt mit uns. Es war überflüssig, auf sie zu hören. Cena hatte immer noch einen Trumpf in der Tasche.

«Und ich geh zum Gauleiter und erzähl ihm, daß ihr die Spendenpakete verkauft habt.»

«Du endest noch in der Besserungsanstalt, Cena, du Lump und Gauner», kreischten die Frauen.

«Gebt acht, wenn ich erzähle, daß ihr die Spendenpakete beim Trödler verscheuert und bei den Familien damit hausieren geht. Wenn ich in die Anstalt komme, dann wandert ihr alle in den Puff, Via Torretti ist der richtige Platz für euch.»

«Gauner, Verbrecher, jetzt komme ich runter, du Lump. Dein Vater hat dich in die Welt gesetzt, als er betrunken war.»

«Mein Vater hat den Krieg in Abessinien mitgemacht und ist tot inzwischen», sagte Cena, als er nicht mehr wußte, was er antworten sollte.

Auf solche Weise endeten fast alle unsere Abende.

Aber der heutige Abend war einer der wenigen, an denen man ein bißchen Frieden genießen konnte. Und als ich wirklich nichts mehr zu erzählen hatte, rief Cena noch immer «Sakrament!». Dann, als das Feuer langsam ausging und die Glut unter der Asche nur noch kleine rote Blitze aussandte, wie in der Weihnachtskrippe, schwebten unsichtbare, doch deutlich zu greifende Spinnfäden von den Balken herab, um uns zu trennen.

Alle sahen die Spinnen bis über unsere Köpfe herabgleiten und weben und weben, da und dort, ohne Furcht und Scheu, denn wir waren ihre Freunde. Und Cena benutzte diesen Augenblick der Stille sofort, als er sah, daß Liliana nicht reagierte, und steckte die Hände zwischen ihre Beine, mit einem leisen, kaum gehauchten «Sakrament».

2

Es vergingen einige Wochen. Tagtäglich, von Großmutter und Mutter getrieben, mußte ich zu Signorina Immacolata und Gedichte üben.

Anfang November wurde eine große Ladung Holz zu ihr in die Wohnung gebracht und ein Teil davon am Fuß der Haupttreppe aufgestapelt, um später in den Keller getragen zu werden. Bei einem meiner Besuche nahm ich Cena samt einem Sack mit hinein; er sollte ihn füllen und sich hinter dem Stapel verstecken.

Während ich das Gedicht von Paulus und dem heiligen Aloisius von Gonzaga aufsagte, dachte ich immer nur an Cena und seine Holzladung. Vielleicht würde man ihn nicht entdecken. Ich fürchtete aber, daß Cena, dieser Schwachkopf, die Scheite gerade unten herausziehen würde, so daß nur wenige genügten, um den Stapel zum Einstürzen zu bringen und auch Cena darunter zu begraben. Signorina Immacolata behielt mich eine Stunde lang bei sich und wollte unbedingt, daß ich die Hosen vom neuen Anzug anprobierte. Dem Schneider hatte sie noch am Abend des Einkaufs bestellen lassen, er möge alles zu ihr schicken. Und mir eröffnete sie von oben herab, daß ich den Anzug nur bei bestimmten Gelegenheiten tragen dürfe und daß er vorerst bei ihr bleiben solle. Ich sagte ihr, daß ich ja auch Don Gastone von der Beschlagnahme unterrichten könne; er hatte ihn mir doch geschenkt. Einen Moment lang schien sie es sich zu überlegen, aber dann kam sie auf das zurück, was sie gesagt hatte, ohne sich um meinen Einwand zu kümmern. Doch merkte ich wohl, daß ich ihr Angst vor irgend etwas eingejagt hatte, eine Angst wie eine Nadel so klein, die aber auch wie eine Nadel stach; ich erriet ihre Furcht vor den tadelnden Worten Don Gastones. Sie mußte selbst damit fertig werden, mir lag im Augenblick nicht so arg daran, den Anzug zu haben, in jedem Fall hätten ihn mir die Meinen doch weggenommen, wenn ihn nicht gar die Großmutter bei geeigneter Gelegenheit ins Leihhaus getragen hätte, um ihr Glück im Lotto zu versuchen. Andererseits, wie würde ich vor der Bande und vor Cena dastehen? Hatte ich den Prinzenanzug nun geschenkt bekommen oder nicht? Nun also, heraus mit dem guten Stück. Und nicht nur mit Ansehen würden sie sich begnügen, sie hätten den Anzug auch anfassen und betasten, vielleicht sogar anprobieren, auf jeden Fall mit mir durch die anderen Pfarreien und zu den Heimen ziehen wollen. Das hatte Cena gesagt, um die anderen Banden in Aufregung zu versetzen. Ich wollte keinen Schritt zurückweichen; der Anzug gehörte mir, aber ich war an diesem Tag nicht so hartnäckig darauf aus, im Herzen von Signorina Immacolata Angst vor der Entrüstung und womöglich vor dem Ende der Besuche Don Gastones zu entfachen, da ich immer noch an Cena unter dem Holzstoß dachte. Ich wollte so schnell wie möglich gehen. Es schlug fünf, und ich war noch da. Ich tat nichts, als umherzuschauen und mit den Händen dorthin zu fassen, wohin ich nach Ansicht von Signorina Immacolata nicht fassen durfte.

Genau in dem Augenblick, als ich dabei war zu gehen, kam ihr Neffe Desiderio. Er war ein Junge, der schielte, und seine Beine glichen zwei Talgkerzen und hatten auch deren Farbe. Er antwortete nicht, wenn ich zu ihm sprach, er antwortete nur der Tante Immacolata. Er tat die ganze Zeit über, die sein Besuch bei der Tante dauerte, nichts anderes, als mit Daumen und Zeigefinger die Bügelfalte der Hose zu glätten, zu der er Strümpfe mit Strumpfhaltern trug, wie eine Frau. Und einen richtigen Paletot besaß er, einen Paletot mit Ärmeln.

Desiderio nahm nichts von all den Gaben Gottes, die Signorina Immacolata ihm anbot; er sagte ständig nein, mit seinem vor lauter Erziehung verdummten Gesichtsausdruck.

Ich mußte in der guten Stube bleiben und mit anhören, wie er von den Figli della Lupa, dem Jungvolk, erzählte, und daß er den ersten Preis im Schönschreiben bekommen habe, die silberne Medaille. Er sah mich an und ließ die Medaille, die er auf der Brust trug, in meine Richtung baumeln. Als ich näher kam, um sie besser sehen zu können, machte er einen Satz nach hinten und quakte «Taaante», aus Angst, ich könnte das Stück anfassen oder ihm vom Hals reißen.

Ich war besorgt um Cena, da unten. Mir war, als hörte ich dumpfen Stimmenlärm, Geräusche aller Art, ich sah Cena im Gefecht mit einer Ratte, dann mit dem Dienstmädchen, mit einem Schutzmann, mit der ganzen Polizei. Bei jedem Ton, der vom Treppenhaus heraufdrang und durch die offene Türe kam, hielt ich den Atem an, aus Angst, den ganzen Holzstoß einstürzen zu hören.

Der Besuch dauerte eine halbe Stunde, vielleicht noch länger, und ich mußte mit Desiderio zusammen die Treppe hinabgehen. Draußen wartete das Dienstmädchen; und auf der Treppe blieb er bei jedem Schritt stehen, um die Medaille zu bewundern, ohne auf mich zu achten. Ich schielte zu dem Holzstoß hinüber. Alles war wie zuvor. Ich begleitete Desiderio hinaus, und das Dienstmädchen setzte ihm eine große Fellmütze mit breitem Rand und Bändern auf den Kopf. Im Laufschritt war ich zurück: ein Schritt, eine lockere Fußbodenplatte, und ich hätte eine ganze Holzlawine auf mich einstürzen sehen. Vorsichtig schlich ich um den Stapel herum: Cena lag dort und schlief wie ein Murmeltier, eine kleine Mauer aus Scheiten aufgerichtet, so daß eine Art winzige Holzhöhle entstanden war, in die er sich verkrochen hatte. Sanft weckte ich ihn auf, fast mit einem Streicheln, und darauf gefaßt, ihn an jeglicher Bewegung zu hindern. Wir schleppten langsam den Sack hinters Haustor, und als es dunkel war, schlichen wir uns mit dem Sack zu Cenas Haus, wo man uns mit großem Freudengeschrei empfing und sofort begann, ein Scheit nach dem anderen aufs Feuer zu legen. Cena zog sich nach einiger Zeit den Pullover aus, vor Freude an dieser Wärme, und hockte halbnackt mit herabbaumelnden Hosenträgern vor der Flamme.

Nun, da alles gutgegangen war, holten wir uns weiter regelmäßig unser Holz von dem Stapel. Einen Sack voll schleppte ich nach Hause, ohne ein Geheimnis daraus zu machen, und die Meinen, mit Ausnahme der Mutter, hatten nichts dagegen einzuwenden; die Großmutter hob die Arme zu einer fatalistischen Gebärde und versteckte das Holz in verschiedenen Winkeln der Wohnung. Dann begannen wir, heimlich Holz zu verkaufen, und bedienten uns der Wohnung Cenas als Lagerplatz. Es kauften die beiden Walenskas und die Botanica. Der Camilla trauten wir aber lieber nicht. Niemand bezahlte uns natürlich in Geld. Wir waren gezwungen, den Walenskas zu drohen, weil sie sich nicht entschlossen, etwas herauszurücken; sie hatten die Tür verrammelt, rührten sich nie und antworteten auf keinerlei Rufen.

Da heckte Cena eine Methode aus, die wir für sehr wirksam hielten. Eines Tages kam er mit zwei Ratten in einem kleinen Käfig an, bezog neben der Tür Stellung und bohrte mit einem Stück Eisen ein Loch, im Winkel zwischen dem Fußboden und dem Pfosten. Drinnen herrschte Schweigen, als wäre da nichts lebendig, wie auf dem Friedhof, man hätte glauben können, die Bewohner seien an Gasvergiftung gestorben; aber die beiden Walenskas waren durchaus lebendig, nur hatten sie sich still in eine Ecke gekauert. Cena öffnete den Käfig, hielt ihn an das Loch, und die Ratten verschwanden in der Wohnung. Zunächst blieb alles ruhig, dann vernahm man leises Jammern und einige dumpfe Schläge mit dem Besen in die Ecken. Dann wieder Stille. Wie eine Litanei ließ sich die dünne Stimme der Alten vernehmen: «Gesiiindel...»

Signorina Walenska kicherte albern. Ich konnte sie durch das Schlüsselloch beobachten, wie sie mir Grimassen schnitt.

«Die geben nicht nach, verdammte Hexen.»

«Warten wir, bis sie den Korb für die Suppe hinunterlassen.»

«Ich weiß was Gescheiteres», sagte Cena voll diebischer Freude. «Wir können der Frau von der Volksküche sagen, daß die beiden nicht da sind, du mußt hingehen, denn gegen mich haben sie schon Mißtrauen, und nachher geben sie mir nichts mehr zu essen; geh hin und sag, daß sie weg sind und daß sie dich schicken, um auszurichten, zwei Tage keine Suppe zu bringen, Sakrament.»

So geschah es. Am Abend waren wir auf Posten und warteten auf das bißchen Leben, zu dem der Hunger führen mußte. Es war schon dunkel, als die alte Walenska das Fenster zum Hof ein wenig öffnete und an der Leine den Korb hinunterließ. Die Essenszeit ging vorüber, und niemand kam. Ich beobachtete Cena, der die Sache so tief genoß, daß seine Flüche nicht mehr zu zählen waren. Nach einiger Zeit begann die Alte nervös an dem Strick zu ziehen; ich hörte, wie der leere Korb gegen die Mauer kratzte. Fast zwei Stunden lang stand die Alte an ihrem Fensterspalt und wartete aufs Eintreffen der Nahrung; man konnte sie vor Hunger und Wut keuchen und stöhnen hören, während drinnen die Tochter wie ein Kind weinte. Ich bekam leise Gewissensbisse, ich stellte sie mir schon ganz schwach vor Hunger vor, und dann sah ich die Tochter, die sonst so verängstigt war, immerzu hemmungslos weinen, ohne daß sie ihr Elend begriff, sie wußte nur, daß sie Hunger hatte und daß die Alte am Fenster klagte.

Cena wollte sie so sich selbst überlassen, ohne besondere Bedenken.

«Krepieren sollen sie, die Miststücke, oder ihre Schulden bezahlen.»

Als ich einwandte, daß es sich vielleicht gar nicht lohne, all die Zeit hier zu vertun, ging er auf mich los und hielt mir die geballte Faust unter die Nase. Trotzdem hatte ich das Gefühl, daß es auch ihm leid tat und daß er sich gerade deswegen verhärtete, wie gegen seinen eigenen Jammer. Er sagte, die ganze Nacht wolle er vor der Türe bleiben.

Er blieb die ganze Nacht.

Eine Weile noch leistete ich ihm Gesellschaft, dann ging ich zu Bett, aber es gelang mir nicht einzuschlafen; ich blieb wach und wollte hinuntergehen, dann fielen mir endlich doch die Augen zu, und ich träumte von der jungen Walenska, die Hungers gestorben war; ich sah das pompöse Leichenbegräbnis, das Don Gastone in seinem unendlichen Erbarmen ausrichten würde, als letzte Huldigung des Klerus an das notleidende Volk.

Im Morgengrauen erwachte ich und lief hinunter. Cena hatte sich der Länge nach vor der Tür ausgestreckt und schlief; er hatte sogar etwas Stroh gefunden und sich mit einem alten Sack zugedeckt. Ich weckte ihn.

«Nichts hat sich gerührt», lautete sein Bericht. «Sakrament, die ganze Nacht durch nichts als Gewimmer.»

Seine Worte waren wie ein Kriegsbericht für die Bande der Kinder von Corpus Domini nach einer ersten Steinwurfschlacht gegen die von Saviabona. Ich ging wieder heim und wartete, bis der Großvater aufstand, um ihm die Treppe zu seiner Fahrradwache hinunterzuhelfen, dann ging ich zurück zu Cena.

Die beiden Walenskas regten sich den ganzen Tag über nicht. Sie heulten mitunter, hatten aber nicht den Mut, Leute zu rufen. Sie hatten eine schreckliche Angst davor, daß die Sache mit dem Holz herauskäme und sie dann des Diebstahls beschuldigt würden. Also saßen wir am längeren Hebel. Sie ernährten sich nur von einer Suppe, die sie sich abends von der Volksküche schicken ließen, um sich nicht zwischen die Bettler mischen zu müssen. Auch diesen Abend baumelte der Korb vergeblich, und ebenso vergeblich war das Zerren und das immer rauhere, tonlosere Ächzen und katzenhafte Fauchen der Alten. Ich stellte fest, daß die Tochter während des Tages den Mut aufgebracht hatte, ein paarmal gurgelnd zu murren, zum Zeichen tapferen Widerstandes, woraufhin sich die Mutter auf sie stürzte, um ihr den Mund zu stopfen. Gegen Abend verstärkte sich das Ächzen und Wimmern und vermischte sich mit dem gedämpften Poltern der ewigen Jagd zwischen Katzen und Mäusen.

Wir machten einen letzten Versuch: Wir holten das Essen und zeigten es der am Fenster lehnenden Alten, indem wir den dampfenden Topf hochhielten und verführerisch hin und her bewegten.

Um zehn Uhr kapitulierten sie. Sie bauten die Barrikade ab,

mit der sie die Tür verrammelt hatten, und ließen uns lächelnd eintreten. Da es nicht gelang, Geld zu bekommen, bemächtigten wir uns einer Schachtel mit Straußenfedern, eines neuen, flammenden Amazonenzylinders ganz ohne Mottenlöcher und eines großen Glaskastens mit einer Schmetterlings- und Käfersammlung. Im Augenblick war nichts anderes zu beschlagnahmen, und sie waren so erschöpft, daß sie gar nicht begreifen konnten, was wir zu ihnen sagten; sie warteten einzig darauf, daß wir gingen, um über das Essen herfallen zu können.

Groß war der Erlös aus all diesen Sachen nicht; Straußenfedern und Zylinder brachten wir bei dem Huthändler Silvestrello unter, der als alter Geizhals, der er war, in seinem Raum hinter dem Laden zu feilschen anfing und mit einer Anzeige drohte. Er gab uns zwei Lire. Die Schmetterlinge hob Cena eine Zeitlang bei sich auf und stand manchmal betrachtend davor, respektvoll und ohne sie jemals anzutasten; er bediente sich ihrer, um die Farben unterscheiden zu lernen, was ihm nicht geringe Schwierigkeiten machte. Für ihn war es eine Art Alphabet, ein Phänomen, das er sich nie hatte erklären können. Dann, als er mit Rot, Gelb und Violett zu Rande gekommen war, verkaufte er den Kasten, ohne mir ein Wort zu sagen, an den Hehler Gaiola, und es entstand ein fürchterlicher Streit daraus: Frieden gab es erst, als er mir zwei Lire und fünfzig Centesimi auszahlte, genau die Hälfte von dem, was ihm Gaiola gegeben hatte. Eine schöne Einnahme, bei alledem. Das hätte ich gar nicht gedacht. Die Schmetterlinge, darüber waren wir beide einer Meinung, waren etwas zum Ansehen, nicht zum Verkaufen. Grund genug für uns, einige Tage von einem möglichen Schmetterlingshandel zu träumen, der uns reich genug machen könnte, sogar zweimal am Tage zu essen.

Die beiden Walenskas wohnten erst seit wenigen Jahren im Haus. Man weiß nicht, woher sie gekommen waren, aber anscheinend handelte es sich um verarmten Adel. Die Alte war eine Gräfin. Sie trug stets einen Straußenfedernumhang und hohe Überschuhe aus Gummi. Sie besaß augenscheinlich sonst nichts, denn nie sahen wir sie anders gekleidet. Sie war ein mißlauniges altes Weib und steckte voll ererbter Aufgeblasenheit. Nie grüßte sie jemanden und blieb den ganzen Tag über zu Hause. Zwei helle, geschwollene Augen schienen sich dauernd in die Vergangenheit zu richten, auf eine Vision verflossenen Glanzes; nichts interessierte sie, mit Ausnahme des Essens am Abend und gewisser Klatschereien über den venezianischen Adel, den es seit langem nicht mehr gab.

Bei der Tochter hätte man nicht sagen können, wie alt sie war. Sie war eines jener undefinierbaren Wesen, die sich über die Zeit erheben, in einem Jahrhundert leben, an dem nicht alle teilhaben, sondern ausschließlich sie selbst: eine Art irdischer Limbus, in dem das Vergehen der Jahre, die Stadt, in der sie leben, und der Wechsel der Temperaturen ihrem Aussehen nicht im geringsten etwas anhaben können. Sie hatte Augen wie aus Porzellan, immer zu einem höflich traurigen Lächeln bereit, während das hellkastanienbraune Haar in zottelig staubigen Kringeln auf die Schultern herabhing. Ein weißes Hütchen mit Kunstseidenkamelien hoch auf dem Kopf gab ihr das Aussehen einer dicken, schwabbeligen Pensionatsjungfer, einer jener höheren Töchter, die an Schwindsucht sterben, und wenn sie tot sind, weiß man nicht, wie alt sie gewesen sein mögen; oder einer jener tugendhaften Damen des Fin de siècle, deren verblichene Photographien in Friedhofswinkeln hängen und an den verrosteten Eisengittern mancher Gräber des neunzehnten Jahrhunderts zu sehen sind. Sie liebte das Kino sehr, ihr Idol war Greta Garbo.

«Oh ja, ich glaube, daß ich von meinem Wesen her für leidenschaftliche Rollen sehr geeignet wäre. Mit moralischem Hintergrund, versteht sich», sagte sie seufzend zu uns. Nur daß Cena unanständige Bewegungen machte und sie mit Fragen über die Männer und ihre Attribute in die Flucht trieb.

«Wüstling, das erzähle ich Don Gastone», protestierte die Walenska.

«Tun Sie das, tun Sie das. Ich weiß ja doch...», antwortete

Cena; und diese letzten Worte waren nicht mehr lustig und derb, sondern verbittert, drückten sein Elend und noch andere Dinge aus: er dachte an die Läuse, die auf ihm herumliefen, an die Wanzen, die er zu Hause hatte, an die Pellagrageschwüre auf seinem Kopf, und an den Hunger, vor allem an den Hunger, von dem er sich nicht mehr freimachen konnte, denn er hatte ihn bereits im Blut, das durch seine Adern lief.

Signorina Walenska hatte sich im übrigen ein Gewerbe ersonnen, das wir neidvoll bewunderten: sie zog den ganzen Tag von Familie zu Familie und verkaufte parfümierte Seifen, die sie sich irgendwie verschaffte und neben einem Blättchen der frommen Stiftung Don Bosco und einem Mitteilungsblatt über die Wunder von Lourdes vertrieb. Man sah sie herumziehen mit dem ewigen aufopfernden Jungfrauenlächeln auf den Lippen und ihren beiden dicken Taschen mit den Seifenstückchen und den Zeitungen in den schwammigen Händen. Nach einem zermürbenden Tagewerk konnte sie die paar Lire mit heimbringen, die für die Suppe aus der Volksküche reichten. Statt der Miete gab sie Signorina Immacolata Pfandscheine aus dem Leihhaus. Ihre Wohnung bestand aus einem einzigen Zimmer, das durch eine Zwischenwand von einem anderen Raum abgetrennt war, in dem die Familie Napoli wohnte. Diese letztere besaß, ich will nicht sagen: keine Möbel – keine Betten, Schränke, Vorhänge, Tische –, sondern nicht einmal einen einzigen Stuhl, um abwechselnd zu sitzen; und sie zündeten das Feuer auf den Fußbodenplatten an und ließen das Fenster offen, damit der Rauch abziehen konnte.

Die Walenskas waren die einzigen, die sich nicht an den wütenden Prozessionen mit dem Streit um den Vorrang beteiligten, zu denen alle Hausbewohner durch das Vorhandensein eines einzigen Aborts gezwungen waren. Das heißt, es gab zwei solche Räume, aber einer lag hoch oben, jenseits der Wendeltreppe, und der Cavaliere Esposito wollte niemals den Schlüssel dazu hergeben.

Solcher Art waren die Walenskas, dank einer außergewöhnlichen, wunderbaren Anlage zur Verstopfung wenigstens dem Zwang enthoben, für die Bedürfnisverrichtung anzustehen. Ich weiß nicht mehr, weshalb sie Walenskas genannt wurden, ob nun, weil die Junge so oft begeistert lief, die Filme der Garbo zu sehen, oder aus dem einfachen Grunde, weil sie wirklich so hießen. Die Walenskas waren dieser Art; stets auf der Suche nach etwas Holz, denn sie froren, und die Alte litt auch im Sommer an rheumatischen Schmerzen. Und wenn sie kein Holz hatten, warteten sie, bis der einzige kümmerliche Sonnenstrahl, abgemagert bis zur Schwindsucht, ultraviolett bis zum Nichtmehrvorhandensein, abends vor Einbruch der Dunkelheit in ihr Zimmer fiel: dann benutzten sie das Brennglas, um sich zu wärmen, ein riesiges Brennglas von der Größe eines Tabletts, das dem einstigen Photographen vom Stock darüber gehört hatte und ihnen von der Witwe freundlicherweise ausgeliehen worden war. Sie hielten es in den Sonnenstrahl, in der Absicht, ihn zu vergrößern und mehr Trost von ihm zu empfangen. Alle beide saßen sie hinter der Linse und wetteiferten in Ausrufen des Entzückens und der Freude, als ob man, um glücklich zu sein, sonst nichts auf der Welt bräuchte.

Der Cavaliere Esposito wohnte im obersten Stock des Hauses, direkt über uns. Er stammte aus Neapel, und abgesehen davon, daß er unbestritten und ganz ohne Frage der rechtmäßige Inhaber des umstrittenen WC war, besaß er fünf Töchter, im Decrescendo von achtzehn bis elf Jahren abwärts. Er war aus Procida an das San-Biagio-Gefängnis versetzt und befördert worden. Dort war er zwei Jahre geblieben, bis zum Tode seiner Frau, ein Ereignis, das ihn zwang, seine Pensionierung zu beantragen, um mit mehr Muße und Bequemlichkeit die Bürde eines ehrenhaften Witwerdaseins zu tragen. Klein und fett, mit großem gezwirbelten Schnurrbart, der gefärbt und gepflegt wurde, bewahrte er in seinem Aussehen die volle Würde eines Staatsbeamten, der sich auch bei einem schweren Trauerfall und vorzeitiger Einbuße des Familienglückes physisch durch korrekte Pflege der künstlich gewellten Haare aufrecht hält. Sein Gesicht zeigte einen gutmütigen und zufriedenen Ausdruck. Es hieß, daß er ein sehr menschlicher Gefangenenwärter gewesen sei, und stets kamen ihm vor Rührung die Tränen, wenn jemand auf die kürzlich erfolgte Ernennung zum Cavaliere anspielte. Aber das ehrgeizige Streben nach diesem als Cav. abgekürzten Titel auf dem Türschild, das leuchtend blankgeputzt inmitten des verrosteten Gewirrs von Drähten und Klingelschnüren seitlich des gefährlich einsturzbereiten Haustores funkelte, hatte ihm viel Haß und Antipathien eingetragen. Man sah ihn stets allein auf der Piazza spazieren oder höchstens, wenn er weit ging, der staatlichen Behörde für Beamtenversorgung zustreben, wo er einige Landsleute und Freunde sitzen hatte. Sonntags saß er mit den Töchtern im Caffè Commercio, und der Sonntag war der einzige Wochentag, an dem die Töchter die Sonne von der Straße her sahen, denn für den Rest der Woche hielt er sie im Haus eingeschlossen. Alle waren sie zur Schule gegangen, bis zum Volksschulabschluß, und jenseits dieses Lebensalters waren sie nach Ansicht des Cavaliere Esposito reif für die Ehe. Weshalb er sich auch persönlich der Einkäufe annahm, weshalb er es war, der auf der Treppe dem Briefträger entgegenging und der unten im Hof die Wäsche besorgte. Die Mädchen schleppten sich den ganzen Tag über von einem Zimmer ins andere, dösten, spielten Dame oder frönten in Einsamkeit jenen Lastern, die das heiße südliche Blut in ihren Adern sie vom zartesten Alter an gelehrt hatte. So war die Wohnung des Cavaliere Esposito eine Art Harem, in den keiner eindringen durfte außer mir und Cena, die wir, mit einem einzigen Blick auf unsere mageren Körper, als ungefährlich beurteilt wurden. Die drei Räume, die sie bewohnten, hatten keine Betten, sondern nur Matratzen auf dem Fußboden, und in jedem der Zimmer hing ein riesiges ovales Porträt der Mutter, im Hochzeitsstaat, und überwachte die Nachkommenschaft mit jenem lauen, milchigen Lächeln der jungen Frau, die im Wochenbett stirbt. In den Hintergrund hatte der Cavaliere Esposito vom Photographen den Vesuv mit einer dünnen Rauchspirale hinzukopieren lassen. Sie besaßen zu ihrer Zerstreuung ein Grammophon mit Platten neapolitanischer Lieder, und «Funicolì, Funicolà» hörte man sehr oft im Hof. Wenn es nicht die Töchter waren, die Musik machten, dann war es der Vater, der mit milden, tränensalzigen Augen am Fenster stand, voll geheimer Impresariosehnsüchte, seinem Traumerbe als Neapolitaner, und mit so durchdringender Stimme sang, daß er von Anfang an das Kratzen der Schallplatte übertönte.

Wenn Cena und ich die Töchter besuchen gingen, war er anwesend, umringt von den Mädchen, die uns mit großen schwarzen Augen anschauten, darin jenes ölige Etwas, das ihr Haar und ihren Ausdruck beschwerte, wenn sie uns mit wer weiß welchen Hoffnungen und Träumen betrachteten. In den Räumen hing, sei es wegen der lüsternen Ausstrahlung der Mädchen, sei es wegen der gleichfalls wahrnehmbaren Keuschheit, zu der sich der Cavaliere Esposito aufgrund der vorzeitigen Witwerschaft durch Gelübde verpflichtet hatte, ein seltsames Gemisch menschlicher Dunstkreise. Die Basis dieses Gemischs war der Süden: ein Geruch von dort unten, bestehend aus dem Aroma der Trattorien, dem aufreizenden Duft der «Bassi», der ebenerdigen Wohnküchen des Volkes, der Häuser und Hotels, der Wohnungen reicher Barone und der öffentlichen Bedürfnisanstalten. Und dann, verfeinert, der Dunst des neapolitanischen Bettes, süßlich, vermischt mit dem Duft der Wäsche, die schnell olivfarben wird und in der mit schwerem, sinnlichem Gähnen Frauen und Männer mit einer wie Orangenschalen porösen Haut und naturfettem Haar sich sehnend vergessen. Es war ein seltsamer, lastender Geruch, den ich an den Matratzen, unter den Röcken der Mädchen, wenn ich Glück hatte, und an den Hosen des Cavaliere wahrnahm, die mit ihren Trägern an einem der Strohsessel aufgehängt waren. Gelegenheiten ergaben sich, wenn der Cavaliere Esposito sich entfernte, um seinen Besitzerpflichten nachzugehen.

In diesen Augenblicken – binnen weniger Minuten mußte man alles nur mögliche tun – vermehrten sich unsere handfesten Annäherungen an die Mädchen, die großen Gefallen an diesen Attacken fanden, was so weit ging, daß wir sie schon gerüstet und ohne Höschen antrafen. Pinuccia und Mercedes, die Sechzehn- und die Siebzehnjährige, behandelten uns mit viel Herablassung und reizten uns durch die Bezeichnung Säuglinge; wir strengten uns dann an, das Gegenteil zu beweisen, wenigstens mit Worten und Händen. Da waren alle Gaben Gottes zu betrachten und Schätze anzutasten: die Mädchen lehnten sich ans Fenster, ließen unter dem leichten Stoff des Hauskleides die runden jungfräulichen Hügel des Busens mit den steif gewordenen Spitzen heraustreten, kerzengerade standen sie da, mit zusammengepreßtem Gesäß und glänzenden, schlüpfrigen Schenkeln. Mit den nahenden schweren Schritten des Cavaliere Esposito verschwand die Sünde aus Blick, Gedanken und von schweißnassen Stirnen, und das Grammophon legte los mit «Funicolì, Funicolà».

Der Cavaliere besaß zwei Güter, so kann man sie nennen, sowohl im geistigen wie im materiellen Sinn, auf die er mehr hielt als auf die Töchter, den Schnurrbart oder den Cavaliere-Titel. Zwei Güter, die alle seine Grund- und Glaubenssätze zusammenfaßten; und was das zweite dieser Güter anlangt, so hatte er nicht einmal unrecht, wenn man berücksichtigt, daß die körperlichen Bedürfnisse in jedem Falle Beachtung verdienen; zwei Güter, die alle historischen, politischen, sozialen und religiösen Überzeugungen, wie sie sich dauernd in seinem Geiste regten und mischten, zusammenrafften und wie in einer abschließenden Spitze auslaufen ließen. Diese Güter waren: der Duce und das WC.

Das Wasserklosett war der Ort sozialer Probleme. An und für sich handelte es sich um einen dunklen Verschlag mit einer schmalen Schießscharte, der hoch über dem Hof an das Dach angebaut war. Dieser Verschlag besaß aber eben die Wasserspülung, etwas, das es in dem für die Allgemeinheit nicht gab und wohl auch niemals geben würde. Er hatte es sich auf eigene Kosten einrichten lassen, mit einem Enthusiasmus sondergleichen, ungeachtet der Zweifel des Installateurs bezüglich der Haltbarkeit und der Tragfähigkeit der Fußbodenbalken. Von außen gesehen war dieser Verschlag keine große Angelegenheit, sondern nur eines jener gemeinen Schachtelörtchen, die man auch sonst öfter an alten Häusern vorgebaut sieht. Aber nachts war dieses Besitztum des Cavaliere Esposito das schönste von allen und hob sich mit seinem spitzen Dach gegen den Mond ab wie die Mütze eines Zauberers.

Tags, von außen gesehen, war es wie gesagt unbedeutend; die wahre Überraschung behielt der Cavaliere Esposito, wie jeder kluge Hausherr, sich selbst, seinen Töchtern und einigen wenigen Bekannten vor, die ihn besuchen kamen, und die Überraschung zeigte sich erst im Innern. Denn der Cavaliere hatte sich nicht damit begnügt, die Wasserspülung einrichten zu lassen, sondern hatte persönlich die Wände mit leuchtend rotem Tapetenpapier mit goldenen Arabesken geschmückt. Von seiner Tochter Pinuccia hatte er für den Sitz ein Stück Stoff in Hufeisenform herrichten und besticken lassen, sodann einen kleinen Gummiläufer mit Karos hingelegt, für eine Papierrolle und ein Porzellangefäß mit Bürste gesorgt. Zur Beleuchtung des komfortablen Ortes diente eine Vierzig-Watt-Birne, die, in rotes Zellophan gehüllt, an der Decke hing.

Hartnäckig und erbittert verteidigte er den Ort gegen alle Gelüste Dritter, und diese Gelüste waren in einem Haus, das mehr als dreißig Familien bewohnten, die zusammen nur über einen einzigen Abort verfügten, ständig und oft sehr dringend vorhanden. Ich vermag nicht zu sagen, ob die Begierde unserer Blicke, der einer Masse von Parias gegenüber dem allein Besitzenden, jemals, selbst in den unterträglichsten Augenblicken, seine Begierde bei der Verteidigung seiner Rechte übertraf. Nicht nur hatte er zur Sicherung des Eingangs eine Kerkerkette anbringen lassen, sondern auch noch ein zweites Schloß eingebaut, von dem der Großvater mit dem raschen Blick eines

Kenners versicherte, daß es nur bei Verwendung eines starken Schweißgeräts zu sprengen sei. Dadurch noch nicht beruhigt, bewachte er es auch noch persönlich, bereit, sich erforderlichenfalls den Gürtel abzuschnallen und mit diesem wütende Peitschenhiebe in die Runde auszuteilen. Bei solchen Gelegenheiten wurde er rasend, tobte und schrie auf neapolitanisch, schlug mit den Füßen aus und ließ den Lederriemen kreisen, als hätte er es mit einer Revolte von Zuchthausinsassen zu tun. Niemand wagte im übrigen, außer in Fällen höchster Verzweiflung, den Sturm auf diese Festung, und der Cavaliere Esposito hatte somit Muße, seine Schöpfung zu bewundern und sich selbst und anderen mit einem gewissen Gefühl der Sicherheit deren Lob zu singen. Mir widerfuhr die Gnade, diesen Ort kennenzulernen, als Folge einer Äußerung von Großmut, die durch gewisse moralische Grundsätze und ein besonderes Zartgefühl des Cavaliere Esposito zustande kam. Eines Tages, als ich in der Wohnung bei den Mädchen war, konnte ich es nicht mehr länger unterdrücken und bat den Cavaliere Esposito um die Erlaubnis, mich vom Fenster aus in den Hof erleichtern zu dürfen. Um die Benutzung des an und für sich dazu geschaffenen Ortes anzusuchen, war mir überhaupt nicht erst eingefallen. Doch er, in einem Anfall besonderer Sympathie, geleitete mich unter tausendfältigem Lächeln bis zu der gewissen Tür und wartete draußen, nachdem er mich mit Worten und Mimik über die geeignetsten Stellungen aufgeklärt hatte, bei welchen der Boden nicht befeuchtet wird. So durfte ich, den Neid aller erregend, jenen Ort sehen, befühlen und, was das Wesentlichste war, benutzen, der für die Hausbewohner, Signorina Immacolata keineswegs ausgenommen, die reine Legende war.

Aber ich war nicht der einzige. Auch andere, uns unbekannte Personen hatten freien Eintritt; meist waren es Gäste des Cavaliere Esposito, Leute aus seiner Heimat, Regimentskameraden, und einmal sogar der stellvertretende Gauleiter von dort unten, der ihn besuchen kam. Und er beschränkte sich nicht darauf, diesen Personen in aller Stille die Benutzung des Ortes freizustellen als eine der vielen selbstverständlichen und unauffälligen Pflichten der Gastlichkeit, sondern er stachelte sie mit peinlichen Fragen und Ermunterungen an:

«Wenn Sie ein Bedürfnis verspüren, so machen Sie bitte keine Umstände, o nein, nur das nicht! Dort drüben ist die Toilette.»

Oder auch:

«Pardon, habe ich Ihnen schon gezeigt, wo die Toilette ist?»

«Gehen Sie nur, gehen Sie ruhig, wenn Sie sich einen Augenblick zurückziehen müssen.»

«Gut essen, nicht an Verstopfung leiden und sich dann mit aller Bequemlichkeit erleichtern, das ist meine Maxime...»

Natürlich wußte der Besucher, der solches in Gegenwart der Töchter vernahm, nicht, was antworten, versuchte den Gesprächsgegenstand zu wechseln, ohne jeden Erfolg, denn jedes Schwanken, Lächeln, zaghafte Verhalten wurde als unangebrachte Zurückhaltung aufgefaßt. So daß schließlich alle, nicht einer der Gäste ausgenommen, sich auf jeden Fall für einige Zeit zurückziehen und bei der Rückkehr ihre Befriedigung ausdrücken mußten. Denn wenn sie der Benutzung nicht das Lob der Einrichtung folgen ließen, so ermunterte der Cavaliere sie auch in diesem Punkte so lange, bis er ihnen eine oft kaum vernehmbare, aber immerhin ausgesprochene beifällige Äußerung entriß.

Entgegen den Zweifeln und Hemmungen der Besucher waren die Töchter an diese Reden durchaus gewöhnt, und wenn sie auch die Befriedigung des Vaters nicht teilten, so fanden sie doch nichts Unangebrachtes daran. Sie verhielten sich im Gegenteil äußerst aufmerksam, die Blicke von der Seite her eindringlich auf den Gast gerichtet, auf seine Bewegungen, und erwarteten mit dem Lächeln willfähriger Boshaftigkeit die erwünschte Antwort.

Das andere Gut, das höhere, die wahre geistige Errungenschaft des Cavaliere Esposito – wenn auch bereits die Anhänglichkeit an den Abort etwas enthielt, das über das Irdische und

Zufällige hinausging – war die Vergötterung des Duce. Die politische Einstellung des Cavaliere war zwar unklar und ziemlich vage, doch sie konzentrierte sich ganz und ohne jede Möglichkeit von Dialektik auf den Glauben an den Duce. Und diesen Glauben zu stützen, gab es tausend Gründe: der stählerne Blick, die Herzensgüte, die Großmut des Mannes waren deren nur einige.

Jeden Samstag sah man den Cavaliere Esposito in seiner schwarzen Uniform aus Loden von einer etwas verschosseneren Farbe als sein Schnurrbart, mit allen goldenen Auszeichnungen geschmückt und der Troddelmütze auf dem Kopf sich zur Schau stellen. Samstags wurde er, wie so viele Italiener, ein anderer Mensch. Er grüßte mit gestrecktem Arm weit stürmischer als an den anderen Tagen der Woche und entschritt zu den ihm von seinem Freund, dem Vizegauleiter, angeratenen Freiübungen wie zu einem für Körper- und Glaubensstärkung gleich zuträglichen Training. Auch ihm, wie Millionen von Italienern zu jener Zeit, verursachte der Ruf «Duce, du bist wir alle» eine Art Kitzel und Jucken der Haut, das ihn Stunden um Stunden durch die Straßen ziehen und Pflaster treten ließ, Hymnen pfeifend und Schlachten und Weltreiche mit Triumphen und altrömischer Bühnenausstattung erträumend. Doch wenn ich ihn so triumphieren hörte, bisweilen auch still vor sich hin, auf der Treppe, noch keuchend und von den Anstrengungen der Gymnastikstunde benommen, dann dachte ich, daß nur er allein in ganz Italien jene fünf Worte spräche.

Sicher ist, daß die Freiübungen ihm ganz und gar nichts nutzten, denn mehr als einmal wurde er wie in den letzten Zügen liegend nach Hause getragen, Opfer eines Herzanfalls. Mein Großvater, der niemanden haßte, legte ihm Senfpapier auf.

«Cuncettì, Cuncettì», ächzte dann der Cavaliere Esposito, im Glauben, von seiner verstorbenen Frau, sei es auf dieser Erde oder im Jenseits, umsorgt zu sein, «ganz zart, Cuncettì, bei der heiligen Muttergottes.»

Einmal geschah es, daß er, bei der Rückkehr aus dem Vorzimmer des Todes nur eben die Augen ein wenig öffnend, die große haarige und schwielenbedeckte Hand des Großvaters, die kräftig über das Senfpapier strich, die flatternde schwarze Krawatte und vor allem die Matteottiknöpfe an der Manschette erblickte. Er fiel aufs neue in Ohnmacht. «Ich sterbe als Faschist durch die Hand der Roten», war sein Seufzer; schwer ließ er den Kopf auf die Brust herabsinken und führte einen eindrucksvollen Todeskampf auf.

An den anderen Tagen der Woche war er, wie gesagt, ein ernsthafter, würdevoller, gutmütiger Mensch, der versuchte, sich mit dem Großvater anzufreunden, ohne verlegen oder wütend zu werden, wenn dieser ihm zeigte, daß er ihn nicht so sehr gern sah und auch nicht an schmückenden Beiwörtern sparte; er ging ihn besuchen, wenn dieser sich vor Schmerzen, die ihn an den Sessel und das Gestell für sein Bein fesselten, nicht bewegen konnte.

Dieser Umstand des faschistischen Samstags, eines in verschiedener Hinsicht besonderen Tages, an dem Menschen, die man gut kannte, sich veränderten, größer, dicker und aufgeblasener wurden, gab mir zu denken und zu rätseln, bis ich anhand der Beispiele schloß, daß Mut sich samstags einstelle und man nur einmal wöchentlich ein Held sein könne. Solcher Art war der Cavaliere Esposito, und wenn er nicht so herausfordernd hartnäckig seinen Abtritt gesperrt hätte, wäre er von den Leuten und Mitmietern nicht einmal gehaßt worden, noch hätte man auf ihn als einen Faschisten und Peiniger mit den Fingern gezeigt. Sicherlich hätte ihn dann auf der Straße niemand mit «Parteigenosse WC» oder «Mitgliedsnummer 00» bezeichnet.

Die Botanica war ein Fräulein von etwa vierzig Jahren; sie sah zwar leicht verbraucht aus, war aber trotzdem noch leidlich gut erhalten. Im Unterschied zu den meisten alten Jungfern und den anderen Hausbewohnern zeigte sie sich als eine wenn auch nicht wohlhabende, so doch in annehmbaren und jedenfalls nicht zweifelhaften Verhältnissen lebende Person, und sicher hätte man sie nicht als Hungerleiderin bezeichnen können. Das war natürlich alles nur trügerischer Schein, denn auch sie lebte wie die anderen, in einem kleinen Raum im Erdgeschoß voller Ungeziefer und feucht wie eine Tropfsteinhöhle. Von den beiden Fensterchen ging eines auf den Hof und eines auf unsere Gasse, den Vicolo dei Servi, wie bei Camillas Zimmer, aber sie waren noch viel kleiner und enger, hatten flaschengrünes, fingerdickes, knolliges Glas, das genügend Widerstand gegen die nächtlichen Zirkussprünge der Katzen bot, die sich den Raum zu erobern versuchten. Aus diesem Grunde herrschten im Zimmer stets ein moosfarbener Halbdämmer und eine fast greifbare, duftende Feuchtigkeit. Geruch und Feuchtigkeit kamen von den vielen Kisten voll Erde und den großen, unter der Decke hängenden Blumentöpfen.

Die Kisten standen auf dem Fußboden, und Gehen war ein schwieriges Unternehmen in der Wohnung der Botanica. Sie lebte von den mageren Einkünften ihres Gewerbes als Kräutersammlerin, in anhaltender Trauer um jene Zeiten, als noch jede Medizin aus Kräutern bestand und man noch nichts von all den kostspieligen und nutzlosen Erfindungen des neuen Jahrhunderts wußte. Aber da die Zeiten sich geändert hatten und die neuen Erfindungen geschehen waren, mußte die Botanica sich darein fügen. Morgens brach sie zeitig zu ihren Wanderungen auf, über Berg und Tal auf der Suche nach Wurzeln und Heilkräutern, die sie in einem großen Sack nach Hause schleppte. Hin und wieder kam ein Kunde, aber es waren wenige und zumeist kamen sie vom Lande, von alten Großmüttern geschickt. Zwei oder drei waren Stammkunden, gichtbrüchige Alte und halb geistesschwache Junge, von Verwandten begleitet und in dicke Schals gehüllt. Wenn auch das Zimmer so vollgestopft war und wegen der von der Decke hängenden Wurzeln und durch den phosphoreszierenden Fußboden, der überall mit Gift gegen Ungeziefer bestreut war, den Eindruck von etwas Magischem vermitteln konnte, so hatte es für uns doch nichts von alledem an sich, und der einzige Eindruck, den es auf uns machte, war der einer großen, langjährigen Geduld; die Botanica war keine Hexe, wie die Frauen vom Lande glaubten, wenn sie auf dem Wagen einen jungen Mann von achtzehn Jahren zu ihr zur Beschneidung brachten, sie war keine Hexe und sah auch nicht so aus, sie war im Gegenteil eine unscheinbare, immer ordentlich angezogene Frau, die durch nichts auffiel, auch nicht durch ihre als Kneifer gearbeitete Sonnenbrille, die sie aufsetzte, sobald sie aus ihrer Dämmernis hervorkam. Ihr begegneten alle mit Achtung und Sympathie, und man murmelte höchstens, aber im Tone des Zweifels, daß sie im Einverständnis mit der Polizeidirektion noch eine andere Einkommensquelle habe. Dieser Verdacht war durch ein Sofa entstanden, ein Sofabett, das sie unter einem Kräuterpolster halb verborgen hielt. Es hieß, sie vermiete es stundenweise an Pärchen, und Camilla schwor, sie habe gutgekleidete Leute bei ihr eintreten sehen, die Zigaretten durchs Mundstück rauchten. Aber das stimmte nicht, denn wer von allen das mit einer gewissen Sicherheit hätte behaupten können, das waren wir, Cena und ich.

Sie stand allein in der Welt; sie hatte Neffen und Nichten in einer anderen Stadt, aber wenn diese kamen, so empfing sie sie nicht zu Hause, denn sie schämte sich; sie führte sie in die Konditorei und saß mit ihnen dort, umgeben von lauter Wohlgerüchen, den ganzen Sonntag.

Sie sprach wenig, war aber immer freundlich zu allen. Mir schenkte sie ein paarmal Basilikumpulver gegen den Schnupfen, Saatpflanzen und eine Sonnenbrille wie die ihre, mit einer Schnur zum Umhängen.

Sie war eine kleine, ganz gewöhnliche Frau, vielleicht übertrieben sanft bei so viel Armut; niemand hätte sich von ihr eine unkorrekte oder unverständliche Handlung erwartet. Doch all ihre Sanftmut und Ruhe, alle Fügsamkeit und Schicksalsergebenheit verschwanden eines Tages, so als hätte sie sich plötzlich das Kleid ausgezogen und sich nackt dem Skandal ausgesetzt, mit dem Stolz der Frau, die liebt. Bis dahin jedoch war so etwas nie geschehen.

Diejenigen, die ich bisher, neben den Meinen und Cena, vorgestellt habe, erlebten das prachtvolle, glückliche Jahr der Sanktionen und der Aufmärsche vor der Kriegserklärung mit. Jeder dieser Bewohner der verschiedenen Gebäudeteile um den Hof, von der Familie Napoli bis zum Schuhmacher Bombana, wußte alles vom andern, bis in die geheimsten Gedanken, Begierden, Sünden und Krankheiten. Tagsüber gingen sie und betrachteten die Schaufenster der Lebensmittel- und Kleidergeschäfte, belästigten die Parteileitung, um ein paar Groschen oder etwas Eßbares zu ergattern, und hoben sich als letzte Etappe ihrer Wanderschaften das Pfarrhaus auf. Der Schuhmacher Bombana begab sich des öfteren zum Parteisekretär, um von den Wildlederschuhen zu berichten, die er 1912 für D'Annunzio angefertigt hatte, als seine Augen noch gut waren. Doch viele Jahre waren seitdem verflossen, und jetzt untersuchte er die Schuhe Zentimeter für Zentimeter, indem er sie am Jochbogen entlangführte, manchmal liebevoll und manchmal brummend und fluchend, je nach Qualität des Leders und des Eigentümers, und bisweilen schnitt er ins Oberleder statt in die Sohle. Die Finger waren durch den Hammer, der traf, wo es ihm gefiel, zu nagellosen, zerquetschten, schwarzvioletten Greifhaken geworden. Und sooft der Hammer auf diese armen, starren Finger niedersauste, fluchte er und spuckte Tabak in den Hof, das dunkle Rinnsal verlängernd, das sich an der Mauer neben dem Fensterbrett hinzog.

In jenen Zeiten, da man nichts als Hymnen hörte – Krieg war noch nicht, denn alle hatten Angst vor den Italienern –, da die Fahne zwei Wappen (das des Königshauses und das faschistische) zeigte und Tito Schipa das schönste Lied der Welt sang: «Vivere senza malinconia» – Leben ohne Traurigsein! –, damals erblühte Don Gastone Caoduro, die Treibhausblume, wuchs und nahm an Schönheit zu, in jenem Hof und mitten unter uns, gleich einer Orchidee auf einem Abfallhaufen. Vielleicht hatte ihn das Schicksal uns gesandt. Als der Himmel sah, daß das größere Idol nicht für alle Hinterhöfe Italiens genügte, sandte er eines zu unserer ausschließlichen Verehrung auf die Erde, in die Via Corpus Domini Nummer achtzehn, schön, einem Helden ähnlich, aber, einer gewissen Ordnung und der guten Sitten wegen, im Gewande eines Priesters.

3

Die Proben für meinen Auftritt wurden jetzt häufiger. Signorina Immacolata schickte mich zu Signorina Bianchi, einer anderen der Katholischen Damen, und in deren Haus fand ich zwei Jungen meines Alters, aber von weit höherem Stand. Ich versuchte, auch Cena in die Gedichtgruppe aufnehmen zu lassen, und auch er selbst bemühte sich in gewisser Weise darum, aber das führte zu nichts. Allen war er unsympathisch, keiner wollte ihn, er war zerlumpt, und Signorina Immacolata beabsichtigte nicht, auch nur noch einen Centesimo für Bettelvolk auszugeben, das binnen einer Woche alles wieder verschlampt oder verkauft haben würde. Cena war etwas bedrückt, und ich spürte, daß er mich in der Tiefe seines Herzens beneidete; an den Gedichten lag ihm nicht das geringste, von denen konnte man nichts abbeißen, es war alles in allem ein moralisches Problem, es ging um das Prestige, an dem auch er teilhaben wollte.

Als ich die Erlaubnis bekam, den Anzug für eine Stunde mit nach draußen zu nehmen, erwartete mich die ganze Bande am Haustor. Da es das erste Mal war, daß ich den kompletten Anzug am Leibe trug, hatte ich ein Gefühl, als steckte ich in einem Gipsverband, der mir nur bestimmte Bewegungen erlaubte. Ich hatte nicht den Mut, die Treppen hinunterzugehen oder mich so zu bewegen, daß die starre Hülle schmiegsamer würde; außerdem scheute ich die Anwesenheit der Bande, denn sollte es auch nur eine Andeutung von Streit geben, dann mußte der Anzug in Fetzen gehen; man würde damit beginnen, aufeinander zu spucken, und dann rollte und wälzte man sich auf der Erde. Und doch war der Samt so weich, weicher und nachgiebiger als meine alten Kleider, und wären nicht der Spitzenkragen, der mir unter dem Kinn auf der Brust flatterte, und die Lackschuhe gewesen, die wie das Allerheiligste glänzten, dann hätte ich dieses Gefühl gar nicht gehabt. Ich war ein seltener Vogel, den Hals voller zarter, weicher Federn, oder einer jener Affen im Gesellschaftsanzug, die Kunststücke vorführen. Schwitzend stieg ich die Treppe hinab und zeigte mich am Haustor genau in der Haltung eines Federviehs, den Spitzenkragen mit der Brust vorgereckt, die Hände seitlich herabhängend und die Beine steif und etwas breitgestellt.

«Sakrament, der Prinz Mohammed!» rief Cena. «Laß sehen.»

Etwas übertrieben Rauhes klang mir aus diesem «Laß sehen» entgegen, und in der Besorgnis, daß diese Rauheit sich den Händen mitteilen könnte, zog ich mich einen Schritt zurück.

«Langsam, bei der Madonna vom Monte Bérico, langsam, Sakrament», zitterte ich und hob ein wenig die stocksteifen Arme zu einer Gebärde schwacher Verteidigung. «Wenn der hier kaputtgeht, dann ade Patronatsdamen, ade gute Werke, ade all ihr guten Eßsachen, dann gibt's keinen Pfifferling mehr.» Ich hoffte, solche Worte, Phantasien von wunderbarem Essen, würden sie etwas fernhalten. Aber die Bande näherte sich lächelnd und unbekümmert, und ich sah in diesen offenstehenden Mündern das Zerren voraus und die Zerstörung und allen folgenden Jammer.

Cena kam näher, befühlte den Samt mit zwei Fingern und roch daran. Er hatte keinen Mut, die Spitze zu betasten, beugte sich aber vor, sie prüfend zu betrachten, und ebenso die Schuhe. Er war hochbefriedigt und überrascht, als er diese unter dem Hauch seines Atems wie einen Spiegel sich beschlagen sah.

«Ich würde an deiner Stelle nicht so herumstolzieren, mit

dem Anzug da», sagte einer, «das ist Zeug für die Reichen.»

«Du bist ganz still», ermahnte ihn Cena, «und geh und kümmere dich um deine Schwester, statt neidisch zu schielen.»

Mir brach der kalte Schweiß aus, denn der andere war ein kräftiger Junge, ein Jahr älter als Cena, und ich spürte mit weit offenen Nüstern, daß es nach Balgerei roch, nach Knoblauch und plötzlichem Schweiß. Doch der andere hielt sich still, da er nicht daran dachte, daß ich diesmal nicht mit zupacken würde. Auch Cena ahnte das nicht. Nur ich wußte es und schämte mich, denn ich begriff zum ersten Male, was ein Anzug zu bedeuten hatte, die Schwäche, die ein kümmerlicher Anzug aus einem Fetzen Stoff mit sich bringen konnte. Sollte ich meine Freunde im Stich lassen oder aber den Anzug ruinieren? Damals kannte ich das Wort Kompromiß nicht, sondern nur Streit oder nicht Streit, was gleichbedeutend war mit Mut oder Feigheit.

«Sehr schön, Sakrament!» fuhr Cena fort und winkte den anderen, heranzukommen.

«Nächste Woche muß ich die Gedichte aufsagen», flehte ich. «Sie hat ihn mir nur für eine halbe Stunde überlassen.»

Ich starrte mit Bangen auf Cena und suchte seine Gedanken zu erraten, seine Reaktion beim Anblick des Anzugs, seine Verwertungspläne. Wenn er nun daran dachte, ihn zu verkaufen? Oder ihn ins Leihhaus zu schaffen? Oder mich zum Bäcker zu schicken, um eine Tüte Feigen- oder Kletzenbrot auf Pump zu holen, oder auch etwas Teureres, wo ich so kreditwürdig aussah? Ich war von ihm abhängig, und der Anzug hielt mich gefangen. Im übrigen waren auch das nur die günstigsten von vielen Möglichkeiten; denn Cena war auf dem Gebiet von Kapitalanlagen, Verkäufen und Beleihungen zu immer neuen Einfällen fähig. Aber ich hatte die Empfindung, daß Cena mich gar nicht betrachtete, um ein Tauschgeschäft oder etwas, was den Anzug an sich betraf, auszuhecken; vielleicht, weil ich weitersah und weniger hungrig war, fühlte ich, daß der Anzug nur der Beginn von etwas sei, das im

Zusammenhang mit den Damen sehr viel mehr einbringen konnte. Auch Cena meinte das; aber in diesem Augenblick? Wußte ich denn, wie groß seine Gier nach Feigenbrot war, ob er Tabak hatte oder ob es eine abgelegene Schießbude gab, draußen in einer Vorstadt? Ich hielt mich klug nahe dem Torgitter, darauf gefaßt, es zuzuschlagen und zu fliehen.

«Oho, mein Lieber», sagte er mir ins Ohr und zog mich beiseite. «Dies Zeug da ist Gold wert, wenn du nicht blöd bist», sprach er mit geheimnisvollen Blicken weiter. «Aber die Schuhe», ich spürte die Gier in seinem Atem, «die Schuhe gib her, ich will sie mal probieren.»

Es war besser, ihm seinen Willen zu lassen, schließlich waren es nur die Schuhe. Er zog sie an, aber sie waren ihm zu eng: trotzdem begann er im Portikus hin und her zu tänzeln und vorzumachen, wie ein vornehmer Mann zu gehen habe; ich war nach seiner Ansicht zu steif, machte keine gute Figur. In einem Augenblick, als es irgendwelche Ablenkungen gab und das Interesse nachgelassen hatte, nahm ich sie ihm weg und brachte sie an meinen Füßen in Sicherheit.

«Und jetzt gehen wir zu Silvestrello und drehen eine schöne Runde, um ihn sehen zu lassen, den Anzug», sagte er voller Begeisterung.

Er stellte eine kleine, wohlgeordnete Mannschaft zusammen, aus der ich und er herausragten. Die anderen verschafften sich im Handumdrehen verrostete Töpfe und Nachtgeschirr aus der Ecke des Hofs, die kein Besen je berührt hatte, und es begann der Umzug unter dem Klang dieser Instrumente.

Wir drangen bei Silvestrello ein, der sein Hutgeschäft nur wenige Schritte vom Haustor entfernt hatte. Im Laden befanden sich wie üblich keine Kunden. Dick und aufgebläht wie ein Ballon, mit hervortretenden Augen, die Hände auf den ewig von schrecklichen Umwälzungen und Beben erschütterten Kugelwanst gestützt, so empfing er uns ungnädig, die Zigarre im Mund.

«Schöner Samt», urteilte er im Tonfall des Kenners. Er sah

schon Material für Hüte und Bänder und dachte an einen lohnenden Ankauf.

«Unverkäuflich», verkündete Cena sofort.

Aus Silvestrellos Bauch drangen schnell nacheinander ein Knurren und ein Bersten, und sein Gesicht nahm einen geistesabwesenden, unbestimmten Audruck an. Nach einigen Augenblicken entfloh ihm unter hohem Druck ein Zischen, doch ganz kurz, und schlängelte sich zwischen den Hüten hindurch. Silvestrello stand noch eine Weile in seiner beinahe sinnenden Haltung und klopfte sich gleichmäßig und kaum hörbar mit seiner fleischigen Hand auf die Wölbung unterhalb der Weste. Nach einem gewissen Verweilen in der Welt der Hoffnungen, während dessen die Bande sich im Laden verstreut hatte, um sich Hüte aller Art auf den Kopf zu stülpen, kehrte er auf diese Erde zurück.

«O Gott, was für ein Leben! Ah! Nie kann ich mich von diesem saumäßigen Druck befreien!»

Dann bemerkte er uns.

«Los, weg, hinaus hier, ihr Tagediebe, ihr abscheulichen Wanzen, hinaus, marsch!» schrie er und jagte die Jungen mit dem Staubwedel, den er in der Hand hielt.

Cena sagte, man müsse sich anständig aufführen und dürfe bei Silvestrello keinen Radau machen. Der begann erneut mit den Fingern auf seinen Bauch zu trommeln, diesmal etwas kräftiger; er hatte uns bereits wieder vergessen. Cena erging sich indessen in Erläuterungen über meinen Anzug.

«Hm ja, schöner Anzug, feiner Samt», bestätigte Silvestrello abermals, doch man sah, daß er noch in seiner anderen Welt weilte. «Woher hast du den? Gestohlen?»

«Von Don Gastone und Signorina Immacolata. Ein Geschenk, mein Lieber.»

«Na na na, sei ruhig, halt dir den Mund zu! Mir wird ja übel! Du Kuppler, läßt du dich jetzt auch mit den Pfaffen und Betschwestern ein?»

Er konnte Pfaffen und Betschwestern nicht riechen, und

dabei hatte er zwei Töchter, die von einer Kirche in die nächste rannten, um sich einen ehewilligen Mann zu erbeten.

«Bah, Silvestrello! Geben Sie uns einen Fünfer, hier, zu Ehren von Sergio, in seinem Prinzenaufzug!»

Sivestrello trommelte sich auf den Wanst und war taub. Wir taten so, als beachteten wir sein Leiden gar nicht, denn wenn er auch nur ein Lächeln über seine Bemühungen zu furzen bemerkte, wurde er zur Furie.

«Einen Fünfer? Bist du verrückt? Und warum das, he?»

«Zu Ehren von Sergio, wegen dem Anzug», sagte Cena in klagendem Tonfall. Und er dachte: «Ich weiß schon, du hast genug Kröten, alter Geizkragen, du hast alle Taschen voll, rechts und links. Wenn dein Gott dich mit einer Fahrradpumpe aufbliese, daß du wie ein Luftschiff aufstiegst, dann würdest du Geldstücke als Ballast abwerfen, und wir hätten was für den Magen.»

«Los, Silverstrello, nur einen Fünfer...»

«Geh, sei still, du Schnorrer.» Er wühlte in seiner Tasche und brachte zehn Centesimi zum Vorschein. Die gab er Cena und sagte: «Jetzt hab ich alles gesehen, nun geht wieder; schöner Anzug, feiner Samt.» Er war immer mehr in sich versunken. «Und laßt die Hüte in Ruhe!» schrie er noch der Form halber und gab mit dem Staubwedel Cena eins auf die Finger, der schon beim Beutemachen war.

Es war nichts mehr zu wollen bei Silvestrello. Man mußte den Laden wechseln. Er würde nichts weiter herausrücken, und dann sah man deutlich, daß er in Sorge um seine Verdauung war. Wir brachen auf, aber als Cena gerade in der Tür war, blieb er stehen und rief ihn, mit der Münze ans Schaufenster klopfend. Er machte eine Bewegung wie mit einer Fahrradpumpe und dazu mit dem Munde ein so dröhnendes Prusten, daß Silvestrello im gleichen Augenblick schon rot sah. Als er herauskommen wollte, stürzte Cena mit gesenktem Kopf in den Laden und rammte ihn Sivestrello in den Bauch; dann verschwand er wie ein Wiesel, blitzartig wie er hinein war, und griff sich dabei im Fluge einen Velourhut samt dem Holzgestell.

Silvestrello rührte sich nicht; einen Augenblick nach dem Stoß öffneten sich die Ventile und der Dampf entwich, mit knatterndem Geräusch zuerst, dann mit einem Orkan von Explosionen und Zischlauten. Sein Gesicht verfärbte sich von Blauviolett, wie es unter Cenas Stoß geworden war, erst zu Rosa und dann zu Rot, und die Augen leuchteten, von einer Freude erfüllt, die vielen Menschen unbekannt bleibt. Mitten im Laden stehend, breitbeinig und gedrungen, die Melone schief auf dem Kopf, mit vorgestrecktem Staubwedel, der unter der Spannung und den Erschütterungen bebte, blickte er ekstatischen Auges gen Himmel. Mehrmals öffnete er leicht die Lippen zu einem freudvollen Seufzen: «Ah, ja, ja, ja, ah; ahhh!»

Es brauchte eine gewisse Zeit, ehe er in die Wirklichkeit zurückfand; aber als es dann geschah, stürzte er nach draußen und begann zu schreien. Wir wollten gerade verschwinden, aber er rief uns zurück.

«Ich tue euch nichts, gar nichts, Ehrenwort.»

«Schwören!»

«Ja doch, ja, ich schwöre!»

Wir näherten uns, hielten aber einige Meter Abstand.

«Cena, du Verbrecher!» begann er. Cena war verschwunden. Schweigen. «Cena, hör zu! Du wirst nichts für den Hut da kriegen, oder nur ganz wenig. Das ist ein ganz billiges Stück», log er. Er sprach nicht von einer Anzeige. Er wußte genau, wie alle, die hier lebten, daß polizeiliche Anzeigen unnütze Protzerei waren und zu nichts weiter führten, als sich in einen schlechten Ruf als Faschist zu bringen. Er wäre nur boykottiert worden, hätte ein bitteres Dasein gehabt und hätte, um leben zu können, dann wirklich in die Partei eintreten müssen.

«Hör zu, Cena», schrie er. «Gib mir den Hut zurück, und ich gebe dir zwei Lire. Zwei Lire sind nicht so leicht zu bekommen, besonders für dich nicht, und für den Hut gibt dir Gaiola höchstens eine Lira. Gib ihn mir, los.» Er redete sanft und freundlich und war sehr zufrieden. Man merkte, daß er gut aufgelegt war und uns helfen wollte. Es geschah ihm nicht häufig, auf diese Weise erlöst zu werden; an dem Gesicht, das er vorher hatte, merkte man, daß er seit Tagen ein befriedigendes Furzen ersehnte. Jetzt ging er sogar mit einer gewissen Leichtigkeit im Laden hin und her, und des öfteren ließ er noch ein kurzes Nachgeknatter vernehmen, wozu er fröhlich ein Bein hob, im Ballettschritt.

Cena antwortete nicht; er spekulierte auf Silvestrellos Wohlbefinden und blieb in seinem Versteck, das irgendwo in der Nähe sein mußte, denn plötzlich hörte man seine Stimme:

«Einen Fünfer.»

«Ich gebe dir drei Lire, oder ich komme dich mit dem Schulinspektor holen», drohte Sivestrello, aber sein Drohen klang schwach, ohne Überzeugung. Es war nur ein Versuch.

«Einen Fünfer!»

Es war, als könnte Cena an diesem Abend die Ventile Silvestrellos aus der Ferne kommandieren, denn nach einem weiteren Hohngepruste aus dem Versteck öffneten sie sich abermals und entließen, wenn auch keinen Sturm, so doch lang anhaltende, milde Winde. Für Silvestrello war es eine reine Wohltat. Er stellte sich in Pose, und der Staubwedel zitterte. Diese Art Zauberkraft Cenas schien ihn zu überzeugen, denn mit einer Grimasse zog er einen blitzenden Fünfer aus der Tasche, der mit hellem Klang auf das Pflaster fiel, harmonisch wie die Tränen Jesu. Denn Jesus, der uns, die wir ohne Schutzengel waren, tagtäglich begleitete, hatte seine Tränen in die Via Corpus Domini fließen lassen: «So können auch die sich etwas kaufen, und Cena kann sich über den Bauch streichen.» Dies hatte Jesus gedacht und Silvestrello gezwungen, uns an seiner Statt das Geschenk zu machen, weil er selbst kein Geld dieser Erde in seiner Tasche hatte.

Wir schnappten uns die Münze, und Cena rannte am Laden vorbei und schleuderte den Hut hinein. Ich ging mir den Anzug ausziehen, und dann lenkten wir unsere Schritte zum Einkauf von Kastanien- und Kletzenbrot, und als alles verschlungen war, kam Cena mit der Neuigkeit heraus, daß noch drei Lire fünfzig übrig waren. Wir konnten Kuchen dafür kaufen, Torte oder gar ein Hühnchen. Das Huhn machte uns Appetit, und Cena wollte es vom Koch in der Volksküche zubereiten lassen, im Tausch gegen fünfzig Gramm Zigarettenstummel. Als wir den Bogengang erreichten, wo wir uns trafen, wenn wir ungestört sein wollten, erstanden wir noch einen Liter Wein von dem Kleingeld, das uns vom Hühnerkauf übriggeblieben war.

Endlich kam der Abend meines Auftritts heran. Ich schämte mich wegen meiner Beteiligung, sagte es aber niemandem. Meine ganze Familie war außer sich vor Freude und bewunderte mich immerzu und sagte mir schöne Sachen, nachdem man die verschiedenen, in der Stadt verstreuten Verwandten zusammengerufen hatte. Wir saßen alle in der Küche: der Großvater, die Großmutter, Mama, Tante Lina und Onkel Gigi, sonstige Verwandte, der Cavaliere Esposito mit seinen Töchtern, Camilla, die Botanica, die beiden Walenskas, Signorina Immacolata und Signorina Bianchi. Cena hatte nicht kommen wollen, und im übrigen hatten sich auch meine Leute widersetzt, damit der Empfang besser gelingen konnte. Nach einer Stunde des Wartens in diesem einzigen, überfüllten Raum traf Don Gastone ein. Es gab starken Beifall, den Don Gastone mit bescheidenem und gebieterischem Winken abzuwehren suchte. Seine Schönheit gab den Wänden eine wärmere und hellere Farbe, die Armseligkeit verschwand, der Raum selbst verschwand nach und nach, verflüchtigte sich in seiner Gegenwart. Don Gastone trug Uniform. Er war nicht nur als Geistlicher gekleidet, an seiner Mütze funkelten zwei goldene Streifen, und die vergoldeten Schulterstücke mit Fransen, die Dienstgradabzeichen und die blaue Schärpe gaben ihm ein ganz anderes Aussehen, das eines Dragoners, eines königlichen Kürassiers; er war eher Krieger als Geistlicher. Die Kutte sah etwas traurig aus neben dem imponierenden Kriegsgewand, den Orden und

Medaillen, die auf seiner Brust klimperten, der blauen Schärpe mit der Quaste. Doch hatte er weder Degen noch Helm, und diese unbedeutende Einzelheit verfehlte nicht, die naiven und daher anspruchsvollen jungen Damen zu enttäuschen. Gleichwohl war die Aufregung unter der weiblichen Jugend erheblich.

Die junge Walenska hatte sich an seine Seite gedrängt und ihn mit Blicken für sich gefordert. Unter ihrem mit österlichen Bändern garnierten Hütchen schaute ihn an wie der heilige Sebastian kurz vor den Pfeilschüssen. Sie hatte auch die gleiche Haltung eingenommen: als ob Pfeile einer Greta-Garbo-Liebe, von einem versteckten Cupido abgeschossen, sie süß durchbohrt hätten. In Wirklichkeit war dieser Cupido Cena gewesen, der zu ihr gegangen war und den ersten Funken dieses Feuers entzündet hatte, das in der Folge die Herzen aller versengen sollte.

«Schneidiger Offizier, bravo!» sagte der Großvater, mehr um überhaupt etwas zu sagen, denn es wurde nichts gesprochen unter den Umstehenden, da waren nur Seufzer, Gewoge und leichtes Füßescharren.

Man schaute ihn in ängstlicher Erwartung an. Don Gastone, als Priester eine Art Heiliger, wollte keine Komplimente hören. Signorina Immacolata zitterte vor Furcht, Don Gastone könnte die Bemerkung übelgenommen haben. «Er ist so impulsiv!» sprachen ihre willfährigen Augen.

Doch Don Gastone dankte dem Großvater bescheiden und mit einem Lächeln. Er trat neben mich und hob, zu allen gewandt, eine Hand:

«In nomine Patris, Filii et Spiritus Sancti.»

Alle knieten nieder, mit Ausnahme von Großvater und Onkel Gigi. Sie waren Sozialisten und wollten nichts von solchen Dingen wissen. Sie sahen hartnäckig zur Decke, und ebenso widerspenstig betrachteten sie Don Gastone, als er Hand und Stimme nochmals erhob, um den Segen für sie beide zu wiederholen. Der Augenblick der Spannung löste sich dank eines neuerlichen Beifalls der armen Verwandten. Camilla, die Botanica, Signorina Immacolata und Signorina Bianchi standen abseits, wenn ihre Augen auch nicht von Don Gastone ließen. Ich ging in ihre Nähe und hörte Signorina Bianchi sagen: «Denn sie weiß überhaupt nicht, was sich gehört und was sich nicht gehört, die Ärmste.» Sie bezog sich damit auf die Walenska, die Don Gastone nicht mehr von der Seite wich. Signorina Immacolata begnügte sich mit einem leichten Schütteln des Kopfes. Camilla schien am meisten erbittert über das Betragen der Walenska, und obwohl sie nicht gerade schrie, gab sie ihre Meinung doch deutlich genug kund: «Sie ist stumpfsinnig, mit diesem einen Wort ist alles gesagt, was zu sagen ist; schaut nur! Nein, nein, es ist einfach verboten, so stumpfsinnig zu sein! Hört mir doch auf ...»

Die Botanica dagegen war die ruhigste der Gruppe und lächelte milde in der etwas herablassenden Art einer Nonne.

Im Gezwitscher der Unterhaltung fiel eine eigene Rolle dem Gebiß der Tante Lina zu, das sich selbsttätig auf und nieder bewegte und wie ein Türriegel schnappte. Zu einer bestimmten Zeit war Camilla im Auftrag der ihrerseits von Signorina Immacolata finanzierten Großmutter mit einer Flasche Marsala erschienen und machte mit dieser, einem Tablett und den Gläschen die Runde im Zimmer. Alle benutzten die Gelegenheit und tranken geräuschvoll, einige riefen sogar «da capo», und das nicht eben leise. Der Großvater und Onkel Gigi stießen mit den Gläsern an und sagten deutlich hörbar:

«Auf unsern Märtyrer, auf Matteotti!» Sie tranken, schnalzten dazu mit der Zunge und ließen schließlich hören:

«Ah, das ist köstlich! Ahhh!»

Don Gastone näherte sich, indem er sich einen Weg quer durch die Frauen bahnte, immer die Walenska hinter sich, und versetzte aus Unachtsamkeit, als er sich die Quaste an der Seite mit einem Ruck zurechtzog, dem armen qualligen Busen einen Ellbogenstoß.

«Au, mitten in die Brust, die so empfindlich ist!» hauchte sie mit flötender Stimme.

«Oh, Sie Ärmste, entschuldigen Sie, verzeihen Sie mir tausendmal! Ja, ich weiß, es ist ein empfindlicher Körperteil», sagte Don Gastone mit Anteilnahme. Dann ging er noch näher zum Großvater hin, beugte sich über ihn, da dieser sehr niedrig saß, und sagte, die Stimme in die moralische und näselnde Tonlage der Geistlichkeit erhebend:

«Hier höre ich sozialistische Töne, liebe Brüder.»

Der Großvater blickte ihm ins Gesicht. «Jawohl. Warum?»

«Weil man auch wissen muß, wovon man redet; was Hammer und Sichel ist, weiß ich zur Genüge.»

«Immer noch besser als das Rutenbündel der Faschisten, und außerdem, außerdem...»

«Sehr oft ist es nur Unwissenheit», sagte Don Gastone und wandte sich ab.

Der Cavaliere Esposito hatte von ferne die beste Absicht, in die Sache einzugreifen, und versuchte sich durch die Schar der Verwandten eine Gasse zu bahnen. Doch diese, die nur zu gut begriffen, was er vorbringen würde – verschwommene Erinnerungen an Zuchthaus und Handschellen, denn er fühlte sich immer noch als Staatsdiener, wenn auch in Pension, aber immerhin sei er ein Hüter der Ordnung, als welcher er beispielsweise in extremis, beim Fehlen eines Priesters, die Tröstungen der Religion verabreichen dürfe –, versperrten ihm den Weg. Sie umdrängten ihn, beglückwünschten ihn zu seinen prachtvollen Töchtern, die Augen hätten wie Sterne so rein. Deshalb beschränkte sich das Eingreifen des Cavaliere auf wiederholte gutturale «Viva-il-Duce»-Rufe, die er aus irgendwelchen Gründen laut brüllte, dazwischen schluckte er und rief einige Male «Viva Don Gastone!» Beide Phrasen begleitete er mit dem römischen Gruß, den er mühsam und mit Sprüngen über die Köpfe der Verwandten hinweg sichtbar zu machen suchte.

Don Gastone hatte sich auf die andere Seite, unter die Frauen, zurückgezogen und spendete Segens- und Trostsprüche; er hatte ein gutes Wort für die Verwandten, an die er dann Essensgutscheine des Vinzenzvereins auszuteilen anfing. So begannen die ersten, ihm begeistert die Hände zu küssen, und der Großvater machte dagegen eine armselige Figur.

Die Großmutter war wütend, die Mutter niedergeschlagen, Onkel Gigi genoß den Marsala, den er Camilla aus der Hand gerissen hatte, sie mit Flüchen und eindeutigen Angeboten in die Flucht treibend. Er trank unbeherrscht und mit hemmungsloser Gier und sagte immerzu «ja» auf die Worte des Großvaters, der ihm mit irgendwelchen Erklärungen in den Ohren lag. Onkel Gigi verschob den Sozialismus auf einen günstigeren Zeitpunkt, nicht gerade jetzt, wo es Marsala gab. Bis es ihm zuviel wurde, das Gebrumm des Großvaters an seinem Ohr, und er sich loszumachen strebte, erst mit sanften Ellbogenstößen, die immer heftiger wurden, und dann mit der Flasche in der Hand hierhin und dorthin fliehend. Schließlich sagte er:

«Höre, Toni!» er nahm die Flasche vom Mund. «Warte einen Augenblick, geh... entschuldige! Siehst du nicht, daß ich den Marsala probieren will?»

«Du bist ja wohl genügend angefüllt mit Wein!» zischte ihm der Großvater bitter ins Ohr.

«Was bin ich?»

«Voll Alkohol bist du!»

«Wie kommst du darauf?»

«Sei still. Sei still und schweig; schämst du dich nicht? Vor einem Pfaffen! Los! Du hast schon so viel im Leib, daß du Wein schiffst; wenn Etsch und Po aus Wein wären, würdest du die auch austrinken. Komm, komm, dich so vor einem Priester aufzuführen, einem schönen Priester wie dem da!»

Onkel Gigi seufzte. «Aber wenn ich doch nur ein Glas morgens und eins abends trinke.»

Er redete stets so, wenn seine Frau dabei war, um sich für seine schwere Schuld zu rechtfertigen, daß er auch sie zum Trinken verführt hatte, mit den ewigen Pilgerschaften, die sie abends unternehmen mußte, um ihn in den Schenken aufzulesen. «Und dann, lieber guter Toni, bester, guter, lieber Toni, du weißt ja gar nicht, was ich immer für einen Durst habe!»

Unter den Frauen hatte sich eine gewisse Ruhe eingestellt; während der Großvater und Don Gastone gerade miteinander redeten, entschlüpfte Signorina Immacolata ein Satz, den der Großvater nicht zu hören bekam.

«Es ist eine Schande, den Heiligen auszunutzen! Aber ich weiß, was ich zu tun habe, wenn es um die Miete geht!»

Inmitten all dieser Menschen und ihrer Probleme befand ich mich, still und verschüchtert, denn so war mir zumute. Später kam Don Gastone und zog mich hervor. Mit wenigen, entschlossenen Worten verabschiedete er die Damen, und wir gingen auf die Straße. Es war ein ziemlich weiter Weg durch das Treppenlabyrinth gewesen, auf dem Don Gastone sich seltsam ungeschickt und immer wieder zögernd zeigte. Er schrak beim geringsten Geräusch zusammen, einmal rief er in Fisteltönen «O mein Gott!», und es fehlte wenig, daß er in seiner ganzen Paradeausrüstung die Wendeltreppe hinuntergerollt wäre. Beim Gehen hielt er die eine Hand vor die Augen und preßte mit der anderen die meine.

Ein Taxi erwartete uns unten, umringt von der Bande unter Cenas Führung. Dieser gab das Zeichen zum Applaus und erhielt zehn Lire von Don Gastone. Ich war noch nie in einem Auto gefahren, und folglich mußten wir nach einigen hundert Metern zu meinem großen Bedauern anhalten, denn mir war schlecht geworden und ich hätte mich beinahe über Don Gastone erbrochen, worüber er nicht wenig erschrak und ärgerlich wurde. Als ich zu ihm sagte, daß ich mich übergeben müsse, schob er mich so weit wie möglich von sich, verkroch sich ganz in die Ecke und schrie dem Fahrer zu, er solle anhalten. Nach einigen Schritten fühlte ich mich besser, schämte mich aber sehr, denn die Bande, die uns nachgerannt war, hatte sofort begriffen und machte sich mit unanständigen Gebärden über mich lustig. Sie kannten keine anderen Ausdrucksformen und waren weit entfernt davon zu ahnen, daß Don Gastone sich als Soldat, Priester und Faschist nicht auch auf diese Weise ausdrückte. Als wir ankamen, verschwanden sie wie die Affen im Urwald. Sie waren wirklich wie Affen: ihr Geschrei klang wie Kreischen und Grunzen, ihre Beweglichkeit war erstaunlich, und die Häuser ringsumher, die alten vergitterten Fenster im Halbgeschoß waren für sie Mangobäume, Bananenstauden und Lianen, an die sie sich klammerten. Aber im Unterschied zu Affen hatten sie tiefe und traurige Augen, mochten sie auch schlau blicken, Kleider am Leibe, mochten sie auch in Fetzen an ihnen hängen, Gefühle im Herzen, mochten sie auch öfter von dem ewigen Hunger verdrängt scheinen, und vor allem waren sie, mochte ihnen damals auch wenig daran liegen, Italiener und wußten es nicht.

Der Auftritt im Großen Saal hinter dem Pfarrhaus begann um neun Uhr. Vor mir sollten, nach langer Überlegung und Unentschlossenheit in dem kleinen Nebenraum des Saals, zwei andere Knaben debütieren, von denen einer Desiderio war, Signorina Immacolatas Neffe. Die engherzige Jungfer wollte wenigstens diesen Sieg über mich davontragen. Aber Desiderio war so aufgeregt, daß er sich an nichts mehr erinnern konnte. Man hörte Geflüster unter den Patronatsdamen, und das Gezischel der Signorina, um ihm auf die Sprünge zu helfen, das fast wie ein verzweifelter Schrei klang, führte nur dazu, die Wirkung noch zu verschlimmern.

«Mir tut der Kopf weh, mein armer Kopf tut mir so weh», klagte Desiderio weinerlich. «Ich geh mir eben den Kopf abkühlen.» Statt dessen stürzte er zu uns in den Verschlag, bekam Krämpfe vor Wut und erbrach unter Tränen, auf seinen Stuhl gekrümmt, grüne Galle. Don Gastone, der mich gegenüber Signorina Immacolata in Schutz genommen hatte, würdigte ihn keines Blickes. Er strich mir den dünnen Haarschopf zurecht, gab mir einen Kuß und schickte mich ohne ein Wort hinaus.

Ich befand mich auf einem hölzernen, mit einem weichen Teppich belegten Podest. Ich vernahm lautes Händeklatschen der Patronatsdamen, das mir in diesem großen Saal mit den bemalten Wänden eine Ewigkeit zu dauern schien. Nach einer Verbeugung begann ich, das erste meiner drei Gedichte aufzusagen. Sie waren alle ziemlich lang und stammten von drei großen italienischen Lyrikern, von denen ich mich aber nur an einen Namen erinnern kann: Vincenzo Monti. Die anderen werden ebenso groß gewesen sein, wie mir Signorina Bianchi dauernd wiederholte, aber mich brachten ihre Dichtungen zum Lachen, selbst wenn sie die Soldaten des ersten Weltkriegs zu Tränen gerührt hatten.

Ich sagte das erste Gedicht flüssig auf und machte wieder meine Verbeugung. Ich weiß nicht, wie es mir gelang, mich an alles so leicht zu erinnern, aber dieses Gefühl der Sicherheit hing vielleicht mit Desiderios Mißerfolg zusammen. Ihm hatten sie nur eben mit den Fingerspitzen applaudiert; bei mir klatschten diese alten Suppenhühner mit den vielen Federn auf den Hüten und den vielen Silberadlern zwischen den Kupfermünzen in der Handtasche so heftig in die Hände, daß ihnen fast die Ringe wegsprangen.

«Eine wahre Entdeckung!» sagten sie.

«Ein Wunderkind!»

«Wer ist er denn?»

«Don Gastone hat ihn mitgebracht; er hat ihn aus der Gosse aufgelesen.»

«Oh, immer beweist er guten Geschmack, Don Gastone, unfehlbar, unfehlbar!»

«O Gott, das Korsett!»

«Die trägt ein Korsett!» hörte man gleich darauf eine dünne Stimme, die eher wie Spatzengezwitscher klang.

«Ich meinte die elastische Binde», sagte die mit dem Korsett und befühlte und betastete sich voller Verzweiflung und zwängte die Finger zwischen die Fischbeinstäbe, als wollte sie eine Henne ausnehmen.

Ich sah vor mir den Wald ihrer Hände, meist dicke Hände von verheirateten und zufriedenen Frauen, nicht von Jungfrauen. Ihre gelblichen und fuchsartigen Augen waren vier, nicht zwei, denn zu ihren eigenen gesellten sich, das Interesse an Dichtkunst mit einem geradezu menschlichen Ausdruck teilend, die gleichfarbenen Augen der «Boas» auf ihren Schultern. Hinter den Damen des Patronats verloren sich die gewöhnlichen katholischen Frauen in einer wirren Masse von Jungfern, von denen ich viele an der Stimme erkannte, aber nicht auszumachen vermochte. Diese Hände waren ledig, trocken und grau, als hätte man sie nach Abteilungen aufgereiht. Einige Sekunden lang erkannte ich Camillas grünen Hut, der über den Patronatsdamen wie ein in den Sog der Abflußröhre geratenes Blütenblatt schwamm.

Nach dem zweiten Gedicht hatte ich einige Augenblicke Pause, wie mir Signorina Immacolata bedeutete, und stellte währenddessen fest, daß die Bande sich in den Saal eingeschlichen hatte. Cena hing, um mich sehen zu können, an einer Statue von San Lorenzo, an das Schutzgitter des Heiligen geklammert. Ich wußte schon, weshalb sie gekommen waren und was geschehen würde, und mußte unablässig die Standortveränderungen der einzelnen Mitglieder der Bande verfolgen, die sich zwischen den Damen durchschlängelten. Nur mit Mühe vermochte ich meine Mutter, meinen Großvater und die Verwandten zu entdecken, die alle beisammen in einer Ecke des Saales standen und eine dunkle kleine Gruppe für sich bildeten, die frenetisch klatschte und deren Begeisterung sich im Halbdunkel jener Ecke und der Schlichtheit ihrer Herzen verlor.

Auch Cena klatschte in die Hände, an seinen heiligen Lorenz geklammert, und wurde später von einer Signorina heruntergeholt. Zu meiner großen Überraschung kam er sofort ohne Protest und häßliche Worte nach unten und stellte sich sittsam in eine Ecke, die Bande um sich versammelnd. Eine davon, Liliana, blieb neben dem alten Senator stehen, der sie dann sogar in den Arm nahm.

Wieder wurde es still, und ich begann mit dem Wortschwall des dritten Gedichts, ohne zu stolpern. Es gab abermals heftigen Beifall, und dann sah ich Cena unauffällig zwischen den Sitzreihen auftauchen. Ich machte meine Verbeugung, und während ich in den Verschlag zurückging, schickte ich einen letzten Blick in die Runde; so bemerkte ich, daß hinter mir an der Wand eine Fahne mit dem Symbol der spanischen Falange aufgehängt worden war. Don Gastone empfing mich mit gedämpftem Applaus, streichelte mir über den Kopf und steckte mir heimlich zwanzig Lire zu. Mir wollte jedoch scheinen, als sei seine Befriedigung nichts Besonderes und gelte nur meinen Gedichten. Vielleicht hatte ich nicht ganz unrecht.

Es folgten die Auftritte zweier anderer, und dann, gleich anschließend, kam die Überraschung, die Don Gastone für den Abschluß des Abends bereithielt.

In dem kleinen Nebenraum befand sich außer uns beiden und einem anderen Geistlichen mit einem Jungen, dem er dauernd ins Ohr flüsterte, noch ein Mann, der eine Kiste hütete.

Don Gastone ordnete sich die Haare, das Gewand und die Schärpe mit der Quaste an der Seite und gab mit gerührter Stimme, den Blick starr vor sich hin gerichtet, dem Mann einen Wink.

«Auf, hinaus», sagte er.

Der Mann hob die Kiste auf seine Schultern und trug sie auf das Podest im Saal. Don Gastone hielt seinen Einzug; wenige Zentimeter vor dem Vorhang, der ihn vom Publikum trennte, deutete er eine leichte Kniebeuge an, und der Priesterrock rauschte. Er wurde von heftigem Applaus begrüßt, den er sofort durch Handbewegungen zu mäßigen suchte.

«Verehrte Damen und Herren, liebe Gäste...» Es war seine schönste Stimme, und sie klang geradeso, als schmetterte er eine Arie. «Es befindet sich etwas für Sie in dieser Kiste», und er deutete kokett darauf. «Ein kleines Geschenk.»

Nach diesen Worten wurde er mit Beifall überschüttet. Doch kannte niemand den geheimnisvollen Inhalt der Kiste. Ein jeder erträumte sich die angenehmsten Überraschungen: der Senator etwas eigens und nur für ihn Bestimmtes, vielleicht eine Bronzebüste, die Patronatsdamen Porträts, und irgendwer schwor, daß es sich um Päckchen mit Süßigkeiten handle. In jedem Falle: alle applaudierten, geduldig und ungeduldig zugleich. «Ein Geschenk...» wiederholte er. Und jetzt wußte er sich nicht mehr zu halten.

«Mach auf!» befahl er dem Mann. Dieser machte sich ans Werk, nach Don Gastones Meinung aber nicht schnell genug, so daß er begann, ihm ins Ohr zu zischeln, während die schweigende Erwartung die menschliche Neugier überforderte.

«He, an die Nägel hättest du doch vorher denken können!» Dann konnte er seine Ungeduld nicht mehr zügeln und begann mitzuhelfen, die einzelnen Holzleisten um die Nägel zu drehen, mit zitternden Händen, wobei ihm die herausragenden Nägel leise Flüche und Ächzen entlockten, bis er zu guter Letzt vor den gierigen Blicken aller die halb geöffnete Kiste packte und umstülpte und schüttelte, daß die Pakete hierhin und dorthin polterten, aufplatzten und eine Menge Bücher zum Vorschein kam. Nichts als Bücher.

Das Publikum verharrte einige Augenblicke in Schweigen, dann folgte ein weiterer Beifall, aber etwas dünner im Klang und leicht enttäuscht. Erst als sich die Kunde herumgesprochen hatte, daß die Bücher sein Werk seien, daß er sie alle selbst geschrieben habe, kannten die Jungfern kein Halten mehr.

Der Senator ließ sich verärgert in seinen Sitz zurückfallen und stieß unbeherrscht Liliana von sich, mit der er bis dahin schöngetan hatte, und rief dreimal mit tiefer Stimme: «Bravo! bravo! bravo!», in einem Ton, der bis zum Geflüster abfiel. Danach hieb er sich kräftig mit der flachen Hand aufs Knie und brummte giftig: «Lauter dummes Zeug!»

Der Titel des Buches lautete: «Spanien, Schmiede des Glaubens und der Tapferkeit». Und Don Gastone sprach ihn bei der Verteilung des Buches laut in die Menschen hinein, mit derselben Stimme, mit der er an der Kommunionsbank gesprochen hätte: «Corpus Domini nostri Jesus Christi...». «Der Roman meines Lebens im Spanischen Bürgerkrieg... meine Aufzeichnungen als Militärgeistlicher...»

Aber kaum einer hörte ihm zu. Man war an jenem besonderen Augenblick eines jeden Vortrags und jeder Veranstaltung angelangt, wo der eigentliche Zweck der Zusammenkunft sich erschöpft, seinen Beifall gefunden hat und die Anteilnahme des einzelnen daher abflaut, so daß weitere Aufmerksamkeit überflüssig erscheint. Ein echter Italiener sitzt nicht zwei Stunden still, um zuzuhören, wenn ihm dann nicht seine gerechte Belohnung winkt. Es wäre eine Demütigung, einfach zuzuhören und dann Schluß, oder wenn schon keine Demütigung, dann Langeweile oder Kränkung, je nach Temperament. Manche schlafen, aber wer nicht schläft, will sich zur Geltung bringen, will seinen tätigen Anteil am Abend, will auch eine Rolle spielen, sein Wörtchen sagen und seine Ansichten hören lassen, wie sie auch beschaffen sein mögen, vorher bedacht oder aus dem Stegreif erfunden, um das Gesicht zu wahren. Natürlich hat jeder andere Anwesende, die Schlafenden immer ausgenommen, den gleichen Ehrgeiz für den folgenden Augenblick, nur gesteigert und angespornt durch die Erwartung und den Umstand, nicht der erste gewesen zu sein. Jene, die darauf warten, an der Reihe zu sein, geizen gegenüber dem Helden des Augenblicks auf dem Podest oder in dessen Nähe, der sich gerade an das ankrallt, was ihn in der Welt zehn Zentimeter höher führen kann, nicht mit großzügigem Beifall. Je eher sie ihn zufriedenstellen, desto früher gelangen auch sie in die begehrte, wenn auch unbequeme Stellung. Die soziale Stufe ist keine Redewendung von ungefähr; in Italien hat so etwas seine Entsprechung in der Wirklichkeit: eine Holzstufe ist eine soziale Stufe.

Genau in dieser seelischen Verfassung befanden sich heute abend die Patronatsdamen, die sich in Don Gastones Nähe vorwärtsdrängten, mit Schieben, Stoßen und Schnattern über die größeren oder geringeren Anrechte. Alle wollten ihr Buch und sein Autogramm, die eine auf den Rand einer der Photographien, die den Text zierten und immer wieder Don Gastone darstellten, die anderen wohl auch auf den Buchumschlag, auf dem vor dem Hintergrund der spanischen Flagge ein großes Kreuz sein Licht verstrahlte.

Ich fühlte, daß der Augenblick der Bande gekommen war, und suchte Cena mit den Augen. Der Saal war jetzt fast leer, alle hatten sich auf das Podest um Don Gastone gedrängt: dies war unser Augenblick, ein weiteres nationales Moment in Moll, die Finger nach den Handtaschen der Patronatsdamen auf den Stühlen auszustrecken. Wenn die Taschen auf den Stühlen zurückgeblieben waren, so bedeutete dies, daß die Inhaberinnen reich waren, oder wenn schon nicht reich, dann doch zerstreut genug, um sich im Rausch der Atmosphäre den Luxus zu leisten, sie für ein weniges unbeachtet zu lassen. Bei uns wäre so etwas nie geschehen. Ich war ganz Auge und blickte gierig im Kreis, während ich mir einen Weg bahnte zwischen schweren, festen, fetten Hintern und Busen, die wie kleine Mehlsäcke über meinem Kopf schwebten, zwischen knisternden Kleidern und Körperausdünstungen, denen eine Prise Schnupftapak Marke «Zin Zilio» den letzten Schliff gab.

Cena hatte meinen Blick gespürt, wir waren Blutsbrüder, denn die Bande war bereits an der Arbeit. Liliana unterhielt geschickt den Alten mit aller Art wenn nicht zügelloser, so doch übertriebener Scherze, kitzelte ihn, zog ihn am Schnurrbart und berührte ihn da und dort an empfindlichen Körperteilen. Er ließ es mit hochrotem Gesicht geschehen, und sie drängte sich an ihn und umarmte ihn sogar, um ihm die Sicht zu nehmen. Zur Sicherheit hatte sie ihm den Kneifer abgenommen, und der Alte schwankte lachend vor Zufriedenheit hin und her, ein williges Opfer von Lilianas Ungestüm. Der Senator war die einzige Person, die sich in diesem Augenblick im Parkett befand. Der Rest der Bande hatte sich zwischen den Stuhlreihen verteilt; sie setzten sich so, daß sie ungehindert auf und davon und zugleich unbemerkt die Taschen durchsuchen konnten. Der ganze Vorgang spielte sich in kürzester Frist ab, und wir beide inspizierten zum Schluß, ob die Taschen auch alle geschlossen und an ihrem Platze waren. In der Zwischenzeit hatte sich die Bande unter die Damenwelt gemischt und um kleine Spenden gebeten, und flugs waren sie bis zu Don Gastone vorgedrungen und umdrängten ihn Beifall klatschend. Don Gastone, auf dem Gipfel des Triumphs, behielt sie in seiner Nähe und streichelte sie. Ich ging jetzt ebenfalls zu ihm, und Don Gastone stellte mich auf den Tisch, wo ich erneuten Beifall und Glückwünsche erntete, von allen Verwandten umringt, deren einer Teil durch den Druck der Patronatsdamen in den Nebenraum abgedrängt wurde. Das Durcheinander dauerte noch einige Zeit, bis alle sich erschöpft zurückzogen und eine der hohen Damen die entzückende Idee eines kleinen Vermouths hatte. Signorina Immacolata, die schon seit geraumer Zeit im siebten Himmel war, ließ sich gehen und lud unverzüglich eine kleine Gruppe von Damen zu sich nach Hause ein, wobei sie natürlich die weniger wichtigen Persönlichkeiten überging. Ich sollte auch mit ihnen kommen, Don Gastone zuliebe. Was diesen betraf, so hatten sich einige der Damen zu solcher Begeisterung gesteigert, daß der Wunsch, ihn zu küssen, ihre Lippen zu spitzen Mündchen machte, die immer in Richtung Don Gastones zielten. Die dunstige Schwüle, von dem leichten Schnupftabakgeruch durchsetzt, war zu einer Wolke allgemeiner Sinnlichkeit geworden, von der Don Gastone sich sichtlich bedrückt fühlte.

Man ging und schlug die Richtung zum Hause Signorina Immacolatas ein. Der Cavaliere Esposito hatte es fertiggebracht, sich den Geladenen anzuschließen, und führte mit geschwelltem Kamm eine Unterhaltung mit dem Senator. Sie drehte sich um Vermouth.

Keine der Damen hatte bisher ihre Geldbörse zur Hand genommen. Ich hatte mir die Taschen gut angesehen und nach Größe und Qualität überschlagen, wieviel eine jede einbringen mochte. Die Razzia war gut gegangen, und ich wollte dem Herrgott mit einem schönen Gebet danken. Die Bande nicht aus den Augen lassend, dachte ich voll Wohlwollen, fast mit Liebe und ohne Reue, wie stets in solchen Fällen, an Jesus und dankte ihm. Ich hörte keine Münzen klingen und brauchte es nicht, um seine Gegenwart zu spüren, aber ich betrachtete den Himmel und die Dinge, die alle violett waren in der Nacht, wie in eine große Tulpe gehüllt, und das genügte mir.

Ich entschlüpfte der Gesellschaft, indem ich mir das von den Verwandten erzeugte Durcheinander zunutze machte, und lief zum Bogengang, weil ich dachte, daß Cena und die Bande mich dort erwarteten. Aber niemand war da. Ich bummelte durch die Via San Domenico und die Via San Faustino bis zum Kanal, schaute in alle Gassen und Hausgänge in der Nähe der Wohnungen der Bande, trieb aber nur Liliana auf und weitere zwei, die nicht wußten, wo Cena geblieben war. Ich stellte keine Fragen wegen des Geldes, in der Annahme, daß man geteilt habe, und setzte meine Nachforschungen fort. Dann kam ich auf die Lösung. Cena war zu Hause, hinter seinen Brüdern, den Kohlenarbeitern, oder unter dem Rock jener Megäre von Mutter versteckt, die sich das Herz in Stücke gerissen hätte, um aus ihrem Sohn einen besonders gewieften Verbrecher zu machen. Ich dachte wütend, daß sie mir keinen Heller geben würden. Was die anderen der Bande betraf, so war es klar, daß sie schwiegen, weil er sie bedroht hatte. Die Wut kochte mir so im Leibe, daß ich den nötigen Mut fand, die Treppe zu Cena hinaufzuklettern.

Die ersten Steinstufen nahm ich in einem kühnen Anlauf. Von Stufe zu Stufe, je steiler die Treppe wurde, und als dann die Stufen aus weichem, bröckelndem Stein, aber immerhin aus Stein und von einer gewissen Bequemlichkeit, in die hölzernen übergingen, fühlte ich mein Herz stärker klopfen und mir bis zum Hals schlagen. Oberhalb der Steinstufen gab es kein Licht mehr, und hier fand nur weiter, wer den Weg kannte. Die Holzstufen wackelten und knarrten, die Balken, von Holzwürmern zernagt, waren wie tausend drohende Stimmen. Auch ohne daß man darauf trat, gaben sie ein ganz leises Pfeifen von sich, bliesen unsichtbare Sägemehl- und Staubstöße aus und keuchten in einem ewigen Todeskampf voll dumpfer und gehauchter Worte. Und während ich versuchte, mich an allen Gegenständen festzuhalten, denen ich längs der Wand begegnete, wie Standbildern von Edelleuten mit Perücken oder Aphroditen, die von irgendwoher nach dort oben in eigene Nischen verbracht worden waren, behielt ich die Leere der Treppen im Auge und spürte es in mir, das «Dies Irae» der ächzenden Balken und röchelnd die Worte der Psalmen hauchenden Bretter. Es gab kein Geländer an diesen Treppen, und obwohl ich sie gut kannte, hielt ich mich dicht an der Mauer und streifte daran entlang, ohne an den Samtanzug zu denken, während mein Mut sich verflüchtigte und über der schwarz gähnenden Höhle der Treppen unter mir zu Staub wurde.

Man hatte mich heraufkommen hören, und die Tür öffnete sich. Es war Cena, der mir mit breitem Lächeln aufmachte. Hinter ihm erkannte ich die finsteren Gestalten seiner Brüder und die Mutter. Sie lachten mich aus, und vielleicht würden sie mich auch schlagen.

«Ciao, Sergio», sagte Cena als erster.

«Wieviel Geld ist es?» fragte ich sogleich.

«Was für Geld?»

Ich wußte, man mußte geduldig sein, und ich war es nicht. Ich stand noch auf der Treppe, ungünstig im Vergleich zu ihm, und die Megäre von Mutter verdeckte mit ihren weiten Röcken das bißchen Licht, das genügt hätte, mir Kraft und Mut zu geben.

Als sie hörten, daß von Geld gesprochen wurde, spitzten alle die Ohren.

«Cena, das Geld», rief ich. Ich fühlte meine Ohnmacht und war nahe am Weinen.

Cena zog sich in eine Ecke zurück. «Was für Geld, he, du Schwachkopf?»

«Von was für Geld sprecht ihr denn?» sprang seine Mutter dazwischen. Sie war anscheinend an diesem Abend nicht ganz so schlechter Laune. Der Ton ihrer Stimme, zwar wie gewöhnlich heiser und kratzig vom Wein, täuschte eine gewisse Freundlichkeit vor.

«Keine Ahnung! Uff!» sagte Cena sofort und zog den Kopf wie eine Schildkröte ein; die Frau machte mit erhobener Hand einen Schritt auf ihn zu. «Was soll ich denn davon wissen, he?» gab Cena kläglich von sich.

«Was heißt das, du weißt nichts? Von was für Geld sprichst du?» wandte sie sich dann an mich.

Ich begriff nicht und antwortete irgend etwas.

«Ich dachte, er hätte sich Geld von den Jungfrauen und Patronatsdamen erbettelt...»

Die Frau betrachtete mich von allen Seiten mit Blicken der Bewunderung und des Neides. Ich spürte, wie ihre Augen in den Samt des Anzugs drangen, gierig nach etwas Weichem.

«Diese knickrigen Hexen!» sagte sie schließlich.

Cena nickte und sagte zustimmend:

«Eine Lira im ganzen hab ich zusammengebracht. Diese Hexen.»

Sie ließ die Blicke nicht von meinem Anzug.

«Du siehst aus wie ein Prinz, Sakrament!» rief sie schließlich mit einem Anflug von Ironie im Blick. Sie selbst war es, die mich beneidete; an ihren Sohn, der den Anzug dringend hätte brauchen können, dachte sie überhaupt nicht. «Siehst du, daß er weiß, wie man sich einschmeichelt, he? Da kannst du was lernen!»

Cena sagte nichts.

Ich vermochte nichts zu begreifen. Entweder steckte er mit seiner Mutter unter einer Decke, oder sie wußte von nichts. Doch, er hatte den großen Coup versucht. Er wollte alles für sich behalten und hatte den Seinen nichts gesagt, weil er sicher war, daß ich genau das annehmen würde, was ich auch angenommen hatte, nämlich daß er das Geld seiner Familie gegeben habe, und nicht den Mut aufbrächte, zu ihm nach Hause zu kommen. Darauf hatte er gesetzt. Wenn dann der Augenblick gekommen wäre, Rechenschaft zu geben, würde er einfach sagen:

«Weißt du, sie haben mir alles abgenommen, sie haben mir zu Hause alles weggenommen. Meine Mutter hat mich sogar mit Prügeln traktiert, weil ich es in Gegenwart von Zeugen gemacht habe.»

Ja, nun sah ich endlich klar, begriff es plötzlich intuitiv, wenn auch die Hoffnung übertrieben schien, daß jetzt ich am längeren Hebel saß.

«Komm mit nach draußen. Vorhin bist zu einfach verschwunden.»

Cena war unschlüssig. Er war kribbelig und fing sich erst nach einer gewissen Zeit wieder.

«Ich mag nicht.»

«Wieso magst du nicht!» fuhr seine Mutter ihn an. «Geh, auf!» Sie gab ihm einen Stoß. Sie unterstützte mich; und sie tat es wegen meines Anzugs. Sie wollte, daß Cena, zerlumpt wie er war, sich mit einem anständig gekleideten Freund sehen ließ. Ich machte mir das sofort zunutze.

«Wenn du willst, leihe ich ihn dir für eine Stunde», sagte ich.

«Sakrament, ja ja, darin will ich dich sehen», sagte die Frau. Sie war fast gerührt, diese Megäre. Zuerst war sie es gewesen, die sich in meinen Anzug verliebte und dabei an eine schöne Jacke für sich dachte, und jetzt war sie Mutter geworden und gab sich damit zufrieden, daß der Sohn ihn anprobierte. Ich ging in ihre Wohnung, und während ich mich auszog und Cenas Kleider überstreifte, gab sie mir ein Glas Wein zu trinken. Sie segnete mich und sprach von Gott, zwischen Geschwätz und Flüchen. Auch die Brüder wirkten zufrieden.

Cena war nervös und zog meinen Anzug unter verächtlichen Gebärden und mit kaum verhohlener Wut an. Der Plan war ihm mißglückt. Aber er hielt den Mund, denn es war ihm immer noch lieber, das Geld zu zweit zu teilen als mit der ganzen Familie, bei der er sich wegen des versuchten Betrugs rote Backen geholt hätte.

Es fehlte wenig, daß er mir die Spitze vom Halsausschnitt abgerissen hätte, und die Mutter gab ihm eins mit der Faust auf den Kopf und machte dabei eine wütende Grimasse.

«Da schau her, ist das ein Benehmen, du elender Mistkerl, du lernst wohl nie ein bißchen Anstand, oder?» sagte einer der Brüder vom Wassereimer her. Er spülte sich den Mund mit Wasser aus, dann spuckte er es wieder in den Eimer zurück.

Als Cena angezogen und gekämmt war, denn der Bruder wollte auch noch, daß er sich kämmte, gingen wir. Auf der Treppe sagte er nichts. Er wartete, bis wir auf der Straße waren, und dort tat er alles, um Streit anzufangen, um mich zu reizen, um es mir zu zeigen. Doch zugleich reute ihn seine Gewalttätigkeit, aus Furcht, ich könnte hingehen und alles den Seinen erzählen, womit ich ihm auch wirklich drohte.

«Wieviel ist's?» fragte ich, als er sich etwas beruhigt hatte.

«Wenig.»

«Wieso wenig?»

«Wenig, zum Teufel, wenig!»

«Aber wieso denn? Wo es doch mindestens zwanzig Taschen waren, und alle von eleganten Damen! Niedrig gegriffen zwanzig oder dreißig Lire jede.»

«Bist du aber gescheit! Das weiß ich auch, aber ich bin kein Idiot, ich hab doch keinen Holzkopf, du.»

«Was soll das denn heißen?»

«Wenn ich alles genommen hätte, wäre es sogar bedeutend mehr. Fünfhundert Lire hatte die Immacolata, fünfhundert, allein die. Hast du begriffen? Fünfhundert. Hörst du?»

«Ich hab verstanden, ja doch.»

«Hm, mein Lieber, ich hab sie dort gelassen und die Münzen genommen. Und ebenso bei den anderen. Es war keine große Sache, aber in allen habe ich etwas gelassen, hauptsächlich die Fünfziger-Scheine. Du bist mir der Rechte! Wenn ich alles genommen hätte, dann hätte es eine doch genau gemerkt und dann einer andern gesagt, und die hätte es auch gemerkt, und dann wäre es aus gewesen mit Cena. Morgen hätte ich schon in Venedig in der Besserungsanstalt gesessen. Nein nein, Cena ist kein Schwachkopf.»

Er war kein Schwachkopf, ich hatte es nie behauptet.

«Aber die von der Immacolata hättest du schon nehmen können, verdammt noch mal! Sie hätte gedacht, sie verloren zu haben.»

«Unmöglich. Der Schein steckte in einem eigenen Fach in der Tasche und war viermal zusammengefaltet.»

«Kurz und gut, wieviel ist's?»

«Fast fünfhundert Lire.»

Ich hörte sehr aufmerksam zu, als er das sagte, und ich fühlte, daß er nicht log.

«Wo sind sie?»

«Unter der Treppe.»

Wir kehrten um. Das Geld befand sich tatsächlich da, wo er gesagt hatte, in den Mauerritzen. Es war in Zeitungspapier gewickelt und hinter hart gewordenem Gips versteckt, einem Rest von einer Reparatur an der Treppe, die irgendein Mieter gemacht hatte, weil er fürchtete, daß sie einstürzte.

Ich staunte nicht schlecht, als Cena all die Päckchen hervorzog, in die er das Geld aufgeteilt hatte. Er ließ mich alles sehen und schlug vor, zu teilen.

Wir gingen in den Bogengang und begannen zu zählen und zählten das Geld mehrere Male, bis die genaue Summe, die zu teilen war, feststand. Es kamen auf jeden von uns zweihundertachtunddreißig Lire und vierzig Centesimi. Wir hatten niemals soviel Geld in Händen gehabt. Die Münzen klingelten in meiner Hand, aber diesmal hörte ich nicht den Klang des Adlerfünfers von Silvestrello. Ich hörte nur ihren eigenen, metallenen Klang. Es waren echte Geldstücke aus dunkel gewordenem Silber, sogar Münzen zu zwanzig Lire waren dabei, die ich sonst nur bei ganz seltenen Gelegenheiten in der Hand irgendeines feinen Herrn in Geschäften gesehen hatte. Ich glaube, erst zwei- oder dreimal im ganzen. Jetzt hielt ich sie in meinen eigenen Händen, diese erstaunlichen Münzen mit dem Aderkopf und den leichten

Schatten in den Aussparungen, die vom Oxydieren kamen; es waren schwere, handliche, prachtvolle Geldstücke. Sie leuchteten wie die Sterne, wie das Diadem und die Perlen der Madonna auf den Heiligenbildern; ich fühlte mir die Kehle eng werden vor Erregung.

Nach einiger Zeit hatte ich mich wieder in der Gewalt.

«Und die Bande?» fragte ich. Auch die hatten es nötig, obwohl sie nichts fordern würden, weil sie keinen Mut hatten, und tatsächlich hatten sie nie etwas gefordert. Liliana hatte geschickt den Senator umgarnt, die anderen hatten ihre Arbeit gut und und präzise geleistet und Cenas Anleitungen befolgt. Aber das war es nicht, woran ich und Cena jetzt dachten. Nicht an ihre Arbeitsleistung. Aber wieder und abermals an ihren wortlosen, elenden Hunger, an den Hunger Lilianas und der anderen rachitischen Kinder der Bande, an ihren Hunger ohne Gedanken, an ihren Hunger, wenn sie aus Resignation nichts verlangten, nicht einmal ein Almosen, an den Hunger, wenn sie auf der Treppe spielten, wenn sie schliefen, wenn sie erwachten, wenn sie gähnten und dabei die schlaffe Haut ihrer Wangen sich fältelte, an den Hunger, wenn sie ihre erste Kommunion erhielten, wenn es regnete oder die Sonne schien, und wenn sie das Armenpaket holen gingen und die Essensgutscheine vom Vinzenzverein. Ich weiß nicht, ob Cena an das dachte. Aber er sagte: «Halt mal», zählte die Geldstücke nochmals durch, schnitt Gesichter und grunzte und gab mir fünfzig Lire.

«Fünfzig Lire?»

«Eh!» Es lag aller Hunger eines ganzen Lebens in diesem «Eh!»

Ich legte meinen Anteil dazu, und wir wickelten das Geld für die Bande wieder ein. Dann machten wir uns rennend und hüpfend von der Via San Faustino zu dem Häusertrichter über dem Kanal auf. Wir waren zwei Engel, und unsere Taschen waren voller Sterne, seltener und kostbarer als die, die am Himmel zu glänzen begannen.

4

Wenige Tage nach dem Gedichtabend steigerte sich aus geheimnisvollen Gründen die Aufregung, um nicht zu sagen Überdrehtheit unter den Jungfern noch weiter. Vielleicht war irgend etwas geschehen, was ich nicht wußte. Es war sonderbar. Aber von dem Augenblick an, als Cena gegangen war, sah man ihn nur noch sehr selten. Er hatte die Bande verlassen; es lag ein Geheimnis in der Luft, mir blieb nichts, als zu vermuten, daß er selbst das Geheimnis war oder daß es mit ihm zusammenhing. Denn Cena war der Instinkt, den Mitmenschen hineinzulegen, angeboren, er gehörte zu seinem Körper wie eine zusätzliche Ader. An eine Unternehmung dachte er, und zwei führte er aus; aber dieser Instinkt ließ ihn auch alles verbergen, schon weil er ein echter Veneter war, ließ ihn sich dumm stellen, um alles allein einzusacken und die anderen der Mildtätigkeit zu überlassen. Doch war er noch nicht reif genug dafür, war kein guter Wucherer, denn schließlich genügte es, ein wenig mit ihm zu reden, ihn zu rühren, und er gab und schenkte und verteilte solange, bis ihm in der eigenen Tasche nur wenig oder nichts blieb. Er hatte von seiner Anlage alle Gaben für einen tüchtigen Gauner und Taschenspieler, einen gewieften Betrüger, er war ein Dieb und Räuber mit Hingabe, aber zum Schluß verlor er sich wegen eines Films in Tränen und gab alles mit vollen Händen dem ersten besten, der seine Komödie genauso zu spielen verstand wie er selbst die Kunst des Beutemachens.

In diesen Tagen, nachdem ich stundenlang Nachforschungen angestellt und an allen Türen und Schlupfwinkeln, sogar am Panzerklosett des Cavaliere Esposito, gelauscht hatte, konnte ich ihn endlich aufstöbern; gerade in diesen Tagen befand er sich in der ersten Phase seiner neuen Beschäftigung, im zynischen Moment sozusagen, der aus Schlichen und Gleichgültigkeit uns gegenüber bestand.

Außerdem war er nicht nur unauffindbar, sondern auch unsichtbar. Ich weiß nicht, durch was für Eingänge er den Hof betrat, um welche Zeit er die Treppen hinaufstieg und sich im Labyrinth des Hauses verlor, wo ich doch immer und überall zugegen war, ihm aufzulauern. Am Ende des vierten Tages sah ich ihn wie eine Katze auf den Treppen herumschleichen; er brauchte nicht länger als zwei oder drei Sekunden, um oben zu sein und dann zu verschwinden. Ich stand auf Posten im Hof, hinter dem Sessel des Großvaters und seinem Gestell, durch dessen Schlitze ich ein weites Blickfeld hatte, ohne selbst gesehen zu werden. Gerade noch sah ich seine Pantinen und hörte deren leichtes, klapperndes Geräusch, während er wie der Blitz an einem zerbrochenen Fenster vorüberhuschte, das von der Treppe aus auf den Hof ging. Bei dieser kurzen Erscheinung war mir, als trüge er ein großes Paket unter dem Arm. Ich lief, um mich hinter der Tür der Familie Napoli zu verstecken, und kauerte mich zwischen den Müll neben der Wendeltreppe. Dort blieb ich eine gute halbe Stunde; dann, teils wegen des Gestanks, teils wegen der Ratten, die wie Panther hervorkamen und allzu nahe an mir vorüberglitten, da wir doch vertraut miteinander und fast von derselben Rasse waren, entschied ich mich für einen Standortwechsel, einen Treppenabsatz weiter oben. Ich begann an der Tür der Familie Napoli zu horchen, erklomm leise dieses Haus der Leiden und schlich durch seine Mäandergänge. Beim Schuster Bombana legte ich das Ohr an die Tür: nichts. Auch der Schuster selbst war nicht da. Ich machte bei Bombanas Schwiegermutter halt und hörte dort drinnen lediglich das Geräusch von Bombanas schlurfenden Schritten, wer weiß, was er machte. Bei der Witwe des Photographen: Die Alte schlief und schnarchte und murmelte dann und wann im Schlaf einige Worte, lachte dazu kurz und fröhlich. Ich inspizierte alle Türen und hielt mich vor jeder mindestens fünf bis zehn Minuten auf. Ich hatte bereits den ersten, den zweiten und den dritten Stock erledigt.

Camilla und die Botanica wohnten im Erdgeschoß, und

Cena war die Treppen hinaufgewitscht. Mir blieb also nur der vierte Stock, da ich dem Dachgeschoß auch schon einen kurzen Besuch abgestattet hatte. Im vierten Stock wohnten die Walenskas. Durch die Ritzen sickerte kein Licht, alles ließ vermuten, daß auch drinnen niemand war. Aber Licht besagte gar nichts. Schon seit Monaten war einem guten Teil der Mieter der Strom gesperrt worden, und deshalb war es kein Wunder, wenn das Leben im Winter auch im Dunkeln weiterging. Nur an wenigen Tagen fand sich das nötige Geld für ein wenig Petroleum oder ein paar Talgkerzen. Ich preßte mich noch dichter an die Tür und hörte, daß drinnen jemand sprach. Cena war hier.

Ich vernahm ganz deutlich seine Stimme. Doch gelang es mir nicht, die Stimme der alten Walenska zu hören. War sie starr vor Hunger oder stand sie am Fenster und wartete auf ihr Essen? Die richtige Zeit war es.

Wie sehr ich auch in diesen vier Tagen mein Gehirn angestrengt hatte, so konnte ich mir doch noch nicht die geringste Vorstellung davon machen, welche Pläne Cena in seinem Kopfe herumgingen. Deshalb fiel es mir schwer, eine Erklärung, einen logischen Zusammenhang, einen Grund für sein Interesse, vor allem im Hinblick auf Geld, in den Worten zu finden, die ich vernahm.

Ich hörte Signorina Walenska trällern, durchs Zimmer tänzeln, dann ihren Gesprächsfaden mit diesem Verräter Cena wieder weiterspinnen.

Signorina Walenska sagte:

«Er konnte ja auch nur mich beachten, wenn er etwas Geschmack hat. Immerhin habe ich Stil, nicht?»

«Oh, den Grund weiß ich nicht, fest steht nur, daß mir so ist.» Pause. «Wenigstens mußte ich das so verstehen.»

Eine weitere Pause. Dann die Walenska:

«Wenn es nur sicher wäre, ohhh!»

«Aber es ist sicher, ganz sicher», sagte Cena, ohne ihr Zeit zu einem Seufzer zu lassen; mit einer solchen Sicherheit, daß mir war, als sähe ich das Jungferngesicht der Walenska aufgehen wie eine Polenta, begleitet von einem weiteren Seufzer der Zufriedenheit.

Sie sprachen und unterhielten sich weiter, aber ich glaubte zu begreifen, daß es Cena nicht mehr aushielt, dort drinnen noch länger eingesperrt zu sein; ich linste durchs Schlüsselloch und sah ihn sich bewegen, sich kratzen und wiederholt zum Fenster gehen. Ich begriff noch nichts. Niemand hatte ihn bisher zu sich in die Wohnung gelassen. Er wurde von allen gemieden, und nach allgemeiner Ansicht war er ein Verbrecher und mußte ein Mörder werden, ein Kind der Hölle und ein Verführer, weil er einfach alle heiklen Themen kannte und schon in seinem Alter versuchte, Beziehungen zu Frauen zu haben. Ich konnte es in dieser Hinsicht durchaus mit ihm aufnehmen, hatte aber die Rückendeckung Don Gastones. Cena war ein Verworfener, er wurde gehaßt, besonders von den Walenskas, seit der Geschichte mit dem Holz. War es möglich, daß sie ihn jetzt in die Wohnung gelassen hatten, wohl aufgenommen, ein willkommener Gast, wie es schien? Und er hatte auch Camilla und Signorina Immacolata aufgesucht, wenn es stimmte, was Großvater mir berichtete. Ich kannte mich nicht mehr aus. Ich beschloß, noch etwas länger zu horchen, schlimmstenfalls mit den Fäusten auf ihn loszugehen; ich ahnte, daß so etwas in dieser Intrige auf jeden Fall notwendig werden würde. Ich hätte den kürzeren gezogen, er hätte mir den Arm verdreht, er hätte mich gezwungen, um Gnade zu betteln, und mir wäre es jedenfalls nicht gelungen, seiner Herr zu werden. Ich überlegte schon all dies, als ich den Namen Don Gastones erwähnen hörte und einen letzten Satz Cenas vernahm: «Er hat gesagt, daß man aus Ihnen eine große Künstlerin machen könnte, mit dem goldenen Haar, das Sie haben.»

Diese Worte brachten ein wenig Licht in das Geheimnis.

Die goldenen Haare waren keine anderen als die durch eine kupplerische Phantasie verklärten der Walenskas, und Don Gastone spielte eine Rolle dabei. Andererseits spielte Don

Gastone bei jedem Gespräch und jedem Thema eine Rolle. Daß aber gerade Cena hinging und solche galanten Sätze der Walenska zutrug, deren Haar viel eher eine verstaubte Fransenperücke war, konnte nur einen einträglichen Hintergrund haben. Cena hatte sich also zum Kuppler entwickelt, darüber konnte kein Zweifel sein; er machte den Jungfern in Don Gastones Namen Komplimente. Mehr noch: im Namen Don Gastones durch meine Vermittlung. Er wußte, daß das einzige Mittel, sich die Jungfern geneigt zu stimmen, die bisher vor ihm mit Gekreische geflohen waren, wenn sie ihn bloß sahen, darin bestand, ihre Herzen mit da und dort hingeworfenen Sätzen und Worten über Don Gastones Sympathien zu erfreuen. Und, um die Wahrheit zu sagen, zum Kuppler hatte Cena das Zeug. Ihm fehlte nichts als die rote Nelke im Knopfloch.

Ich verharrte noch ein wenig als Lauscher in dieser Stellung. Endlich hatte ich seine Schliche entdeckt und mir blieb nur übrig, das System zu studieren, um es ihm nachzutun. Schließlich ging ich, ohne mich weiter für ihn zu interessieren.

Es verstrichen noch einmal zwei Tage, in denen es mir ein leichtes war, festzustellen, daß Cena jetzt bei allen Jungfern und einem guten Teil der anderen Hausbewohner ein- und ausging. Die Jungfern hatten natürlich nicht den Mut und die Schamlosigkeit, sich unmittelbar an mich zu wenden, um Nachrichten über Don Gastone zu erhalten oder moralisch verfängliche Fragen zu stellen. Ich meinerseits äußerte nie etwas, und niemals war mir der Verdacht gekommen, daß ihre Neugierde so krankhaft sein könnte, auch wenn ich ihre heimliche und immer leidenschaftlichere Priesterliebe kannte. Sie versuchten, fragten, forschten, vermuteten ins Leere, denn ich sagte, was mir gerade in den Sinn kam, und nichts anderes. So hatten sie mit trockener Kehle, halb hysterisch, voller Zweifel, Vermutungen und Eifersucht ausharren müssen, da meinen Antworten eine jede, statt in dem Nebel, der ihnen Don Gastones Gestalt und Empfindungen verdunkelte, tiefer zu blicken, nur Rivalitäten, Gleichgültigkeit oder gar Antipathie zu entnehmen glaubte. Sie entließen mich jedesmal mit aufgeregten, hochfahrenden Gebärden und schworen sich in ihrem Herzen, mich niemals wieder zu rufen. Die Eifersucht indessen nagte, so daß jede die andere mit täglich wachsender Besorgnis betrachtete und abends alle gierig nach den Fenstern des gelben Salons von Signorina Immacolata schauten, wo diese mit Don Gastone allein war. Sie lauerten auf die unscheinbarsten Schattenbewegungen; jede Unterbrechung einer Gebärde, jede Pause war ein schmerzender Stich, jeden Augenblick glaubten sie zu sterben.

«Was macht sie bloß mit ihm, die Hexe?»

«Wer sieht denn nun am besten aus?»

«Sicherlich, ich bin nicht schön, aber gut, ehrlich, unbescholten mit meinen zweiundvierzig Jahren, und so voll warmer Liebe, daß ich glaube, ich platze.»

«Signorina Immacolata, um die Wahrheit zu sagen, ist die reinste Heuschrecke, die Ärmste! Sie ist zu bedauern! Rachitisch von Geburt an, ohhh!»

«Ich habe nichts, nur mein prachtvolles Haar», sagte die Walenska und glättete sich die dünnen, verfilzten Strähnen, die ihr à la Greta Garbo in die Stirn hingen.

Das waren Sätze, wie ich sie oft von den Jungfern zu hören bekamen, wenn sie mich im Hof abfingen. Sie äußerten sie nach ein oder zwei einleitenden Worten über verschiedene Themen, und ich vermochte nicht zu begreifen, was alle diese sich selbst gemachten Komplimente zu bedeuten hatten, denen unmittelbar eine Flut von Fragen nach den letzten Einzelheiten über Don Gastone folgte. Und sie machten diese Komplimente mit demselben Eifer, derselben Liebe, die sie auf die Anfertigung einer Aussteuer verwendet hätten, mit derselben Demut, durch die eine Braut ohne Mann mittels Worten und guten Absichten sich Bekanntschaften, den Ruf der Jungfräulichkeit und schließlich einen anständigen katholischen Jüngling erwirbt.

In einem solchen Hexensabbat von Herzenswirrungen war Cena wie ein Messias der Liebe erschienen. Es war natürlich, daß die Jungfern durch meine Taubheit, mein Zögern und vor allem meine Unbeständigkeit erbittert waren und sich auf Cena gestürzt hatten, um von seinen Lippen ein wohl vorbereitetes Programm an Eindrücken, Gemütszuständen und von Don Gastone hingeworfenen Äußerungen zu saugen. Cena tat nichts weiter, als die Ansprüche einer jeden zufriedenzustellen, indem er angenehmen Vermutungen Raum gab, sie mit intimen Einzelheiten aus Don Gastones Leben fütterte, die aber gleichwohl von einem Ton in Stimme und Ausdruck getragen waren, der Zurückhaltung und Zuverlässigkeit anzeigte. Er war gewiß, daß keine zu einer anderen gehen und der erzählen würde, was er enthüllt hatte, und seine Gewißheit entsprang der einfachen Tatsache, daß die Jungfern in einem erschreckenden Ausmaß eifersüchtig auf das waren, was ihr Herz und ihr Ohr von Cena zu hören bekamen, und auch auf das, was sie unvermeidlich ihm anvertrauten.

Cena hatte mit Camilla begonnen und anhand dieses Besuchs die Wirkungen beurteilt. Sie hatte ihn schwören lassen, daß er mit niemandem darüber sprechen dürfe, daß er um Himmels willen der einzige bleiben müsse, der um ihre Gefühle wisse, denn dieser Dummkopf von Sergio habe nichts begriffen, da er noch zu kindisch dafür sei. Sie hatte Cena schließlich umarmt, ihm Geld, einige Kleidungsstücke und zu essen gegeben. Jeden Abend, wenn sie von ihren Familien zurückkam, brachte sie einen Topf mit guten Dingen für ihn mit. So hatte er sich überlegt, dasselbe mit den andern Jungfern zu versuchen, und fügte auch noch den Cavaliere Esposito hinzu, dem er Andeutungen über weitere Orden oder Beförderungen machte. Er war zur Botanica gegangen, und nach und nach hatte er es geschickt sogar dahin gebracht, bei Signorina Immacolata einzudringen: bei dieser mit einem noch unverbrüchlicheren Geheimhaltungspakt, unter dem Siegel eines beachtlichen Trinkgelds. Cena, der erste, der aus dem Mundhalten ordentlichen Profit schlug, eilte von Besuch zu Besuch wie ein Franziskaner auf der Suche nach Brot, mit der gleichen demütigen und unterwürfigen Haltung, doch der Seele eines Sklavenhändlers.

Er handelte mit den Gefühlen der Jungfern in der unverfrorensten Weise, ohne daß diese es bemerkten, ließ bald das Seil der Hoffnungen und Träume locker und zog es dann plötzlich durch unvermittelte Einfälle wieder straff, die Guten an den langen Unterhosen und -röcken aus der schwärzesten Enttäuschung auf die Gipfelhöhen der Glückseligkeit zerrend. Sie ließen sich hierhin und dorthin treiben, ohne auf Unkosten zu achten, sie verschenkten den gesamten Inhalt ihrer schmalen Geldbörsen und Pfandgegenstände aus Sehnsucht nach einem Satz, jenem Satz, den sie täglich erwarteten und den er jeden Tag auszusprechen ansetzte und dann doch nicht aussprach: er beschränkte sich darauf, eine zuverlässigere, genauere, kurz, die endgültige Antwort zuzusichern, wenn er von mir die neuesten Nachrichten erhalten hätte. Inzwischen bat er um ein Darlehen, ließ sich einen kleinen Gegenstand geben, der ihm so sehr gefiel, und sie zierten sich nicht, aus Angst, er könnte einschnappen, sie beschimpfen oder, schlimmer, hingehen und alles überall herumerzählen.

Im Laufe weniger Wochen verschaffte sich Cena einen neuen Anzug, der schöner war als der meine, einen großartigen Matrosenanzug, wie ein Kadett, und das Versprechen eines Fahrrades lag in der Luft. Alles Dinge natürlich, die nur von Signorina Immacolata stammen konnten, der großen Unbekannten. Wirklich sah ich ihn nur ein einziges Mal die Treppe zur Beletage hinaufeilen, und er tat es ganz gesetzt, wieder mit jenem Paket unter dem Arm und in der bescheidenen Art eines Firmenboten.

Was diese geheimnisvollen Pakete anlangte, mit denen er ausgerüstet war, so enthielten sie nichts anderes als die Bücher Don Gastones, die sich die Jungfern durch Cena besorgen ließen und dann zu ermäßigtem Preis zusammen mit den Druckerzeugnissen der Diözese abzusetzen suchten. Und all das, um Don Gastone eine Freude zu machen, da sonst die Exemplare seines Buches keine Käufer fanden. Signorina Immacolata hatte durch Vermittlung ihres Bekanntenkreises viele Buchhandlungen der Stadt damit gefüllt, aber die Zeitung schrieb nichts darüber, die Sortimenter begannen sie aus dem Fenster und von den Tischen zu räumen, und Signorina Immacolata fand auch dagegen ein Mittel. Sie stapelte die Bücher in einem als Lager geeigneten Raum und verteilte sie von dort aus an die Katholischen Frauen, die mit den Spendenbitten der Salesianer und nun eben auch mit «Spanien, Schmiede des Glaubens und der Tapferkeit» hausieren gingen. Das Buch wurde auf diese Weise abgesetzt, und gar nicht schlecht, wie es Signorina Immacolata, die sich auf Spekulationen verstand, vorausgesehen hatte.

Und Cena, der ein wenig der Handlanger Signorina Immacolatas war, rupfte nicht nur da und dort die halbverhungerten und fast mittellosen Jungfern, die er durch ein einziges Wort der Sympathie an den Bettelstab bringen konnte; er schuf sich in kurzer Zeit ein gewisses Vermögen, bestehend aus Geld und Ansehen.

Ich hatte eine elende Wut. Nachts konnte ich nicht mehr schlafen, nicht so sehr wegen seines Glücks, sondern eher weil er keinerlei Anstalten machte, davon etwas abzugeben, und im Gegenteil die Fäuste zeigte, sobald ich auf das Thema zu sprechen kam.

So beschloß ich, mich zu rächen, und begann die Runde zu machen, um seine Mitteilungen zu bestreiten und durch andere zu ergänzen oder zu ersetzen, die ich klug auf die Art und Stärke des Gefühls der einzelnen Jungfern abstimmte. Ich machte das mit einem gewissen Takt, aber es führte nur dazu, Panik und Kummer zu verbreiten und das Herzklopfen zu erhöhen. Was ich auch immer sagte, es war stets Wasser auf Cenas Mühle. Er hatte immer die Oberhand, da er der erste gewesen war, dessen sie sich bedienten, und vor allem, weil Cena von uns beiden derjenige war, der sie besser zufriedenstellte und sie beruhigte. Sie waren gern bereit, ihn zu empfangen, eher als einen gefährlichen und aufregenden Kerl wie mich. Und dann schafften zwei Informationen nur Verwirrung; man wechselt die alte Straße nicht gegen eine neue, besonders nicht, wenn die alte angenehm zu gehen und eine Wohltat fürs Herz war. Cena hatte mich an die Wand gespielt, und ich würde meine falschen Schachzüge erkennen und still sein müssen. Doch davon wollte ich nichts wissen. Ich versuchte das letzte und einzige Mittel, das mir zu Gebote stand: Ich spielte den Judas bei Cena, bei ihm, der ein weit schlimmerer Judas war als ich.

Ich begann damit, mich an seine Fersen zu heften, ihm schönzutun, ihm zu sagen, daß er nun ein beneidenswerter Bursche geworden sei, daß er sich die Jungfern um den Finger wickeln könne, und weitere derartige Komplimente, für die Cena empfänglich zu sein schien. Ich heftete mich an ihn, spielte seinen Affen und schmeichelte ihm, indem ich bis zum Überdruß wiederholte, daß er sich nun vor nichts mehr zu fürchten brauche.

Binnen weniger Tage wurde er ein rechter Pfau, gab nicht nur vor der Bande an, sondern begann sich auch gegenüber den Jungfern manchen Leichtsinn zu erlauben, wenn er etwa vor Camilla prahlte: «Ach, die da nehme ich hoch, wie ich gerade Lust habe, man braucht sie nur an einer empfindlichen Stelle zu berühren», und dabei blinzelte er mit den Augen, «indem man ihr irgendeinen passenden Unsinn auftischt.» Oder: «Dieses Plappermaul! Don Gastone schert sich einen Teufel um sie, er weiß überhaupt nicht, daß es sie gibt!» Oder er erzählte Signorina Immacolata, daß er der Walenska Briefchen von Don Gastone überbringe, aber nicht etwa echte, oh nein, er habe sie von seinem Bruder schreiben lassen.

Seine Eitelkeit brachte den Ärmsten zu Fall. Bei solchen Redensarten fingen die Jungfern zu argwöhnen an, mit dem geschärften Sinn der Liebe, der allen alles glaubt, wenn die Dinge im Zeichen der Verschwiegenheit und leise raunend gesagt werden, doch nichts den Schwätzern und denen, die sich aufspielen: Wenn Cena der Camilla derartige Dinge über Signorina Immacolata erzählte, was mochte er dann zu ersinnen imstande sein, wenn er mit dieser über Camilla sprach? Und waren dann wohl die vertraulichen, so süßen, so leidenschaftlich begehrten Geheimnisse, die er ihr erzählt hatte, echt? Während die Botanica mit unaussprechlicher Freude ihr Wurzelwerk im Sudkessel mischte, begann sie stark daran zu zweifeln, ob ein so kräftiger und gesunder Mann wie Don Gastone Queckenabsud für einen lästigen Blasenkatarrh nötig habe.

Daraus entstand ein weiteres Durcheinander. Cena verlor augenblicklich seine Stellung, die Pforten schlossen sich vor ihm, und er befand sich im Elend wie zuvor, ohne das Fahrrad. In den wenigen Tagen seines Erfolgs hatte er sich in Cafés und Konditoreien herumgedrückt, hatte auch nicht fünfzig Centesimi gespart, keinen Beutel Zwieback, kein Stück Brot; er war keine gute Ameise gewesen. Unmäßig, wie er war, hatte er alles aufgebraucht.

Die Jungfern verfielen allesamt in einen Zustand der Verbitterung, verkrochen sich freiwillig in die Einsamkeit, denn jede sah in der anderen die Rivalin, und entsprechende Blicke warfen sie sich auch zu.

Das war meine Chance. Es gab niemanden sonst, dem sie ihr Herz ausschütten konnten, keinen armen Teufel von Menschen, will ich sagen, da die Heiligen in der Kirche nicht sprachen, die Kruzifixe keine Ratschläge gaben, nicht einmal ein gutes Wort hatten, wenn sie schon kein Wunder bewirken konnten; kurz, konrete Hilfe erhielten sie am Ort der Tröstung der Seelen keine. Und beten, wenn man verliebt ist – sie begriffen, daß dies bei dem brennenden Verlangen ihrer Körper zu nichts führte. Es blieb niemand anderes als ich – und der wahre unschuldsvolle Freund, der getreueste und unmittelbare Zeuge der Gefühle Don Gastones zu werden, war eine Frage weniger Stunden. Für Cena gab es nur Schimpf und Schande; er wurde in ihren Augen wieder das, was er immer gewesen war: ein Taugenichts, ein kleiner Verbrecher, der in die Besserungsanstalt gehörte, der wie ein Türke fluchte und auf der Straße obszöne Gebärden machte. Für Cena war alles aus, und ich kehrte auf die Altäre zurück. Das Versprechen, von Signorina Immacolata ein Fahrrad zu erhalten, wurde automatisch

Bestandteil der über mich ausgeschütteten Gunst, aber ich war nicht so dumm, daran zu glauben. Das Fahrrad würde ich nur in den Schaufenstern zu sehen bekommen, vor die das geizige Stück mich führte, um mir Lust zu machen und meinen Eifer als Zwischenträger anzuspornen. Einmal ging sie sogar soweit, mich eines ausprobieren zu lassen, und gab mir dadurch jene Empfindung von Trunkenheit und Schwindel, die dem zu eigen sein muß, der ein Fahrrad als einziges Gut in einem Meer von Armseligkeit besitzt und für den das Fahrrad folglich ein Schloß, ein Grundstück, ein Kapital wird. Und obendrein noch ein rotes Rennrad, das einem Segelflugzeug ähnlich sah, und es war, als flöge man damit beim ersten leichten, kaum spürbaren Tritt der Pedale über die Dächer der Häuser. Bei solchen Gelegenheiten versuchte ich, so gut ich konnte, mich nicht zu Visionen von Wettfahrten und weiten Radtouren verleiten zu lassen, und zwang mich vielmehr dazu, mich auf die kleinen, unmittelbaren und unscheinbaren, aber notwendigen Gewinne zu konzentrieren.

Trotzdem war ich nicht zufrieden, denn meinem Freund Cena ging es seit der Angelegenheit nicht gut. Er war wütend auf mich, erzählte der Bande, daß ich ein Verräter sei und derartige Dinge mehr: all das, was kurz zuvor die Bande über ihn gesagt hatte. Mir wurde sehr traurig zumute, und ich sagte es Cena, der vor eigener Niedergeschlagenheit zu weinen anfing, und schließlich umarmten wir uns. Ich begriff etwas, das ich nie von ihm erwartet hätte: daß die Sache mit dem guten Ruf und dem neuen Anzug für ihn zuletzt ein ernsthafter Vorsatz geworden war, fast wie ein neues Leben. Für ihn war das kein Scherz, sondern etwas, das er mit den Zähnen verteidigen wollte. Ehrenhaft oder nicht, das wußte er nicht, aber immerhin hatte Signorina Immacolata, eine reiche, eine anständige Dame, ihn sympathisch gefunden, und vielleicht hätte sie ihn eines Tages sogar etwas lernen lassen und ihm eine Stelle in einem Büro verschaffen können, das Höchste, was er sich zu erträumen wagte.

Wir weinten alle beide, umarmten uns nochmals, und ich entschied, alles einzusetzen, um Cena bei Signorina Immacolata von dem üblen Verdacht zu reinigen. Wir wollten uns wieder zusammentun, ohne Hintergedanken, jeden Gewinn teilen, Pfandscheine und Aufträge, in einem glücklichen, liebevollen Miteinander.

Es gelang mir unschwer; ich ließ einige Tage verstreichen, so daß die anfängliche Empörung und Wut nachzulassen begann. Bei den Jungfern hatte in jenen Tagen nichts ein Maß, jedes Gefühl wurde bis zum höchsten Grad gesteigert, und das war verständlich bei dem Zustand dauernder Spannung, in dem sie sich Tag und Nacht befanden. Ich versicherte, daß alles ein Mißverständnis gewesen sei, ich brachte sie zu der Überlegung, daß man solche Dinge niemals vollständig wisse und daß Verdacht und Zweifel sich für gläubige Menschen nicht gehörten und es jedenfalls gut sei zu verzeihen. Signorina Immacolata wandte ein, daß sie nicht die Art Mensch sei, der auch die andere Wange hinhalte. Dieser Einwand wunderte mich und war die erste einer langen Reihe weiterer Bekundungen einer auf Gewalt und Hochmut gründenden Einstellung, welche die gedankliche Verirrung Don Gastones und seine Gefühlserziehung im faschistischen Geist sie gelehrt hatte. Ich begegnete dem furchtlos und sagte, daß sie doch keine säuerlichen alten Jungfern seien, sondern Menschen mit Herz, dessen Schlagen sie wohl deutlich spürten. Das war es, was sie umstimmte. Nein, sie waren keine alten Jungfern. Sie waren jetzt endlich Frauen, geistig und vor allem körperlich. Und wenn sie einst, vor Don Gastones Ankunft, nichts taten als das Haupt neigen, wenn sie geduldig und fügsam von sich sagten: «Ach, ich fürchte wirklich, Jungfer zu bleiben, aber das kann mich nicht schrecken», so wollten sie in letzter Zeit von solchen Sätzen nichts mehr wissen. Die Bezeichnung Frau hatte in ihrem Wortschatz diejenige verdrängt, die sie wohl oder übel nach so vielen Jahren der Hoffnung hatten hinnehmen müssen. «Frau», sagten sie jetzt, «ich bin eine Frau», und die Augen funkelten, auch die schwächsten, auch die kurzsichtigsten, und nicht nur vor Stolz, sondern vor Begehren und dem verborgenen Vorsatz, dieses Begehren zufriedenzustellen, das die Bezeichnung schon mit sich bringt. Indem ich solche Reden führte, erreichte ich, daß Cena wieder im Hause zugelassen wurde. Die Türriegel wurden zurückgezogen, die Löffelbiskuits zeigten sich wieder in den Glasgefäßen auf der Kredenz, und ein lieblicher Kakaoduft durchzog die Räume, wenn wir zugegen waren. Anfangs wurde Cena wie ein einfacher Besucher empfangen, dann machte er allein und von sich aus seine Fehler gut und überbrachte und empfing aufs neue vertrauliche Mitteilungen. Man sprach fast immer von Don Gastone; und nachdem die ersten unmittelbaren, köstlichen, begehrten Neuigkeiten ausgetauscht waren, gaben uns die Damen Unterweisungen in gutem Benehmen. Wir lernten, Schokolade zu trinken und dabei die Untertasse in der Hand zu halten, lernten, mit Anstand und Geduld Torte und Gebäck zu essen, uns den Mund mit der Serviette abzuwischen und diese letztere nach beendetem Besuch der rechtmäßigen Eigentümerin zurückzulassen.

Don Gastone wußte von all diesen Wirren, von diesem Hin und Her der Neuigkeiten, bei denen er die Rolle des Helden, des Versuchers, des heiligen Aloisius von Gonzaga und des Romeo zugleich spielte, nicht das geringste. Wenigstens schien es so. Wenn er etwas wußte, so gab er das gewiß nicht zu erkennen, um nicht irgendwelche Schwierigkeiten beim Bischof und bei der Kurie zu bekommen, vor denen er größte Achtung an den Tag legte. «Kein Blättchen regt sich, wenn Gott es nicht will», sagte er zu sich selbst; er ließ die Jungfern sich in den träumerischsten und gewagtesten Phantasien ergehen und war immer freundlich und liebenswürdig zu ihnen.

Trotzdem versäumte er aus Klugheit nie, mich oder Cena mitzunehmen, wenn er eine von ihnen besuchen ging. Sein guter Instinkt, die Vorsehung selbst, die unter anderem die Keuschheit und die guten Sitten der Geistlichen schützt, hatten ihn augenscheinlich gelehrt, auf der Hut zu sein und nicht seinen Kräften allein zu vertrauen, denn man weiß nie, was sich ereignen kann.

Er trieb viel Sport, war ein Mann der Tat und sah mit der Zeit immer männlicher aus; stets gut gekleidet, höflich und gesittet, rauchte er Zigaretten aus einer goldenen Zigarettenspitze und bisweilen eine kurze englische Pfeife aus Holunderholz, aber dies nur privat zu Hause. Er kannte alle Wohlgerüche dieser Welt, doch fehlte ihm jener, der ihm von Amts wegen zugestanden hätte, jener, mit dem die Vorsehung ihn zum Schutze seiner Unbescholtenheit als erstes hätte ausrüsten müssen: der Priestergeruch. Den hatte er nicht; auch nicht eine Spur von Weihrauch hing im Stoff seiner Kutte, kein noch so schwaches Rüchlein nach Wachskerzen und auch nicht jener herbe Wildgeruch, den Geistliche in ihren Seminarjahren anzunehmen pflegen. Don Gastone hatte das geistliche Gewand erst nach dem Abschluß seiner Universitätsstudien angezogen; was er vorher getan hatte, wußte man nicht, ebenso wenig, mit wem er umgegangen war, ob er getanzt oder eine Braut gehabt hatte. Aber nach zehn Jahren des Wanderns von einer Kirche zur Sakristei der nächsten hätte er wohl ein gewisses Etwas, irgendeinen eucharistischen Duft annehmen können. Statt dessen nichts von alledem: Er roch nach einer gut parfümierten Seife, nach feinem Leder, nach bester Brillantine, aber nicht im mindesten nach Priester. Und ein Priester von sechsunddreißig Jahren, schön, schlank, der ein Flugzeug steuern konnte, der fast täglich in die Turnhalle seines Sportvereins und ins Kino ging und obendrein nicht nach Priester roch, was für ein Priester war das? Doch er trug das geistliche Gewand, das rettete den Augenschein, und die Jungfern hatten für sich immer die Ausrede der Hospize, der Vereine, der Wohltätigkeitsveranstaltungen und, im äußersten Fall, des Beichtstuhls, in den niemand seine Nase stecken konnte.

Trotzdem ging Don Gastone niemals mehr allein zu Signorina Immacolata oder zu den anderen. Den Jungfern paßte das wenig, oh nein!, aber sie schickten sich darin, ihn jene wenigen Minuten bei sich zu haben, die ihnen genügten, einen Tag, zwei Tage zu leben, vielleicht sogar, wenn sie es sich gut einteilten, eine Woche lang.

Doch wenn auf der einen Seite die Jungfern vom Fieber der Liebe geschüttelt wurden, so hatte auf der andern auch Don Gastone seine Pein. Die Damen hatten geglaubt, es gut zu machen, ihm, der so bescheiden war, einen Gefallen zu erweisen, wenn sie «Spanien, Schmiede des Glaubens und der Tapferkeit» in der Stadt verbreiteten und bekannt machten. Und dabei, das ließ sich nicht bestreiten, waren sie sogar recht erfolgreich; das Buch wurde schnell abgesetzt, eine weitere Auflage wurde gedruckt und auch auf dem Lande vertrieben, zusammen mit den Missionsblättchen und Spendenzahlkarten; letztere, für die Salesianer, wurden jetzt ohne viel Umstände einfach in das Buch eingelegt. Erworben wurde es von Frauen mittleren Alters, die man in dieser Stadt kaum zählen kann, aber es waren nicht nur diese, die das Buch jetzt lasen; zu ihnen kamen die jungen Damen aus guter Familie, und dann die Mädchen, die Gehilfinnen der Schneiderwerkstätten, die Don Gastones Predigten hören gingen, wie sie ihre Fortsetzungsromane lasen, und die Arbeiterinnen aus der Spinnerei, bei denen er Vorträge hielt. «Ein schöner Mann!» sagten alle, katholische Frauen oder nichtkatholische, manche mit Worten und manche in Gedanken. Sie glaubten es gut gemacht zu haben, die Jungfern, ihm einen Gefallen erwiesen zu haben, indem sie ihn so berühmt machten, und das war tatsächlich der Fall. Doch nach anfänglicher, lächelnder, bescheidener Genugtuung war Don Gastone sehr rasch von Ehrgeiz gepackt worden, von einem fiebernden Ruhmesdurst, der sich an Stärke mit den intimsten, sündhaftesten Gefühlen der Jungfern vergleichen ließ.

Er hatte keine Ruhe mehr. Er eilte dahin und dorthin, auf Besuche, zu Empfängen, immer im Laufschritt, mit wehender Soutane: einen Sprung auf die Parteileitung wegen des Sichtvermerks für die neue Auflage, einen strammen Römischen

Gruß, mit vorbildlich gestrecktem Arm, an den Gauleiter, den Stellvertreter und die niederen Amtswalter bis hinab zu den Türstehern. Briefe über Briefe, von einem Ende Italiens zum anderen, an alle Zeitungen, an alle Kritiker. Auch an D'Annunzio schrieb er: der Dichterfürst lieferte zwar keine Artikel, aber dafür schickte er ihm einen schönen Ring und eine große Pergament-Urkunde. Dazwischen plagte sich Don Gastone mit Vorträgen ab, und in der Kirche, sonntags, wollte immer er sprechen, die Predigten gehörten alle ihm, er schlug den jugendlichen Mitpriestern kräftig auf die Schulter, und die sind in unserer Gegend zu klein und sanft, um entsprechend antworten zu können; wenn sie, in Demut, aber mit der Sicherheit, die ihrer Glaubensstärke und dem Bewußtsein ihrer Amtspflicht entsprang, gerade die Kirche betreten und auf die Kanzel steigen wollten – in ihrer reinen Kutte, Chorhemd und sonntägliches Meßgewand mit einem Lächeln nicht der Eitelkeit, sondern des geziemenden Anstandes eben übergestreift, an diesem ihrem schließlich und endlich einzigen Tag –, dann kam er mit seinen langen, schlanken Beinen in großen Gemsensprüngen durch die ganze Sakristei nachgeeilt. Er hielt sie gerade an der Tür auf, bat sie im Guten, versprach, predigte ihnen sogar Demut und Bescheidenheit, wenn sie ein Wort des Protestes wagten, und sagte, daß er an ihrer Stelle sich ohne weiteres zurückziehen würde. Das spitze kleine Gesicht der armen Gottesdiener, die in solchem Augenblick zu Gottes Türstehern degradiert wurden, verlor alles Leuchtende und Rosige der menschlichen Befriedigung über ihr sonntägliches Auftreten und wurde hager und bedrückt wie sonst an allen Werktagen. Sie zogen sich gedemütigt und «Bitte, bitte, gelobt sei Jesus Christus» glucksend zurück und gingen ihren Morgenkaffee zu sich nehmen. Und wenn einer vielleicht beim Ablegen von Chorhemd und Meßgewand sich fast weinend auch nur ein winziges, unschuldiges, kaum wahrnehmbares Zeichen des Gekränktseins enschlüpfen ließ, etwa ein «Ach je!»: Nein, das ging nicht an, in einem Satz war er zur Stelle und tadelte, machte den Ärmsten Vorhaltungen über ihre Exzesse von Zorn, Mißgunst und Neid. Danach stieg er mit rauschendem Gewand die Treppe zur Kanzel empor und zelebrierte dort seinen Auftritt unter leise beifälligem Raunen.

Auf diese Weise wurden die Predigten stets von ihm gehalten, und – das muß man zugeben – es war schön, seine eindringliche Stimme und ihr Echo durch die großen Kirchenschiffe hallen zu hören, als ob ein Volk von Tauben oder Heiligen Geistern plötzlich all den leeren Raum kreisend erfüllte.

Natürlich war die Hälfte der Predigten, oder nicht viel weniger, dem Spanischen Bürgerkrieg und in bescheidener Selbstverständlichkeit seinem Buche darüber gewidmet.

Aber das, woran Don Gastone am meisten lag, waren die Besprechungen in der Presse. Bei all seiner Betriebsamkeit hatte er noch nicht eine gehabt. Nur viele Versprechungen, die aber Worte geblieben waren. Nichts, von keiner Seite, weder in den katholischen noch in den faschistischen Zeitungen. So hätten sie sich ihm gegenüber nicht gerade zu benehmen brauchen, da er doch in beiderlei Hinsicht ein ausgezeichnetes Glied der Gesellschaft war. Am schlimmsten war es, daß nicht einmal die «Faschistische Fanfare», das lokale Blatt, sich zu zwei Zeilen herabgelassen hatte. Und damit konnte sich Don Gastone nun wirklich nicht zufriedengeben. Ha, nein! Er hatte mit dem Redakteur gesprochen, hatte mit irgendwelchen Hoffnungen auf Druck von der Arbeiterseite sogar an die Setzer und Drucker Freiexemplare verteilt, hatte dem Herausgeber und dem Chefredakteur einen Besuch abgestattet, aber immer noch war nichts erschienen. Die Tage vergingen, jeden Morgen war die Zeitung die gleiche, blaß und zierdelos, bar aller Nachrichten, ein wahres Blatt für Analphabeten, ohne eine einzige Zeile über «Spanien, Schmiede des Glaubens und der Tapferkeit». Er mahnte den Redakteur schriftlich und telefonisch, seit dieser ihm eine wirklich offizielle Zusicherung gegeben hatte, bis er schließlich erbittert beschloß, ihn zu Hause aufzusuchen, da vielleicht dies der richtige Ort war, wo der Redakteur ihn gern empfangen würde – im Wohnzimmer, im Arbeitszimmer oder besser noch im Bücherzimmer würde Don Gastone ihm in aller Ruhe das Interview gewähren können. Bei der Zeitung sagte man ihm jedesmal, daß er gerade für einen Augenblick fortgegangen sei und bald zurück sein müsse. Und dann wurde es Abend.

Ich ging mit ihm. Der Redakteur wohnte am Stadtrand, und wir mußten ein gutes Stück zu Fuß gehen, bei einem Wind, der die Eiskörner durch die Luft trieb. Es war zwei Uhr nachmittags. Don Gastone klingelte gebührlich, und gleich darauf wurde das Rouleau an einem Fenster im ersten Stock hochgezogen. Man hörte ein kurzes Geräusch von Schritten, dann war wieder alles still. Die Eiskörner peitschten uns ins Gesicht, und ich trappelte mit den Schuhen auf die Erde und spürte, wie mir die Frostballen an den Händen schwollen. Ich verließ sonst nie das Haus, den Bogengang und die geschützten Gassen unseres Stadtviertels. In den Gängen und in den Lauben war es nicht so eisig kalt, und man brauchte nicht herumzustreifen und durch die Gegend zu laufen, wenn es nicht gerade galt, die Straßen nach Holz abzuklappern. Aber das waren dann Tage der Verzweiflung, und unser täglicher Kampf war gerade darauf gerichtet, sie zu vermeiden. Man ging nicht einmal durch die Stadt, außer eben, um etwas zu verdienen oder einen schweren Gegenstand zum Leihhaus zu schleppen, wofür man dann den Trägerlohn bekam. Nur aus solchen Gründen. Und was für andere Gründe hätte es geben können, die Schlupfwinkel unter den Treppen und in den Bogengängen zu verlassen, unsere Strohhaufen und Hobelspanberge, wo man sich den ganzen Tag Geschichten erzählte und getrocknete Kastanien aß? Keine. Fast zu wohl fühlte man sich dort. Daran dachte ich, als ich Don Gastone anschaute, der indessen unter seinem Pelz kaum zu frieren schien. Er hatte Ruhm und Ehre im Kopf. Und da auf das erste Klingelzeichen niemand öffnen gekommen war, und auch beim zweiten und beim dritten nicht, begann Don Gastone zu rufen und immer dickere Steinchen gegen die Fenster zu werfen.

«Signor Aldo! Signor Aldo!» rief er.

Erst auf dieses Rufen hin und nach einem gehaltvollen Kieselsteinwurf, bei dem ich auch mithelfen mußte, tauchte das Gesicht eines Mannes, bis zum Hals in einen roten Hausrock gehüllt, zwischen zwei Balkonen auf. Signor Aldo mußte sich eben erst erhoben haben.

«Guten Tag, guten Tag», sagte er, «ich hatte mich gerade hingelegt, so...» Don Gastone ließ ihn nicht ausreden.

«Entschuldigen Sie, aber Sie entsinnen sich doch, daß Sie mir die Besprechung von meinem Spanienbuch versprochen hatten?»

«Ja, ja, ich erinnere mich, o doch, wie könnte ich das vergessen! Unser Don Gastone Caoduro, gewiß!» antwortete er und begann mit den Zähnen zu klappern. «Ich schreibe sie Ihnen schon, doch, lieber Himmel! Ich schreibe sie Ihnen, bestimmt, ja!»

«Schon, schon, aber sehen Sie, Sie hatten es mir schon einmal versprochen...»

«Sie haben recht, Sie haben recht, und wie Sie recht haben, aber ich hatte mich gerade eben hingelegt, gerade eben hatte ich...»

«Ah, ich verstehe, ich verstehe, aber ihr Journalisten schlaft immer, ihr solltet lieber eure Versprechen gegenüber einem Priester halten und ein paar Zeilen schreiben, statt die Zeitung den Setzern und Druckern zu überlassen, diesen armen Kerlen!» gab Don Gastone grinsend und feixend zurück.

Es war ein Gespräch, in dem Spitzen abgeschossen wurden, bei Eis, klirrender Kälte und schimmerndem Licht. Mir war hundekalt, und auch dem Signor Aldo, stellte ich fest. Deshalb zog er sich mit einem Lächeln hinter seinem Fenster zurück und ließ das Rouleau wieder herunter.

Aber Don Gastone gab sich noch nicht geschlagen und rief wiederum: «Signor Aldo! Signor Aldo!»

Signor Aldo kam nach fünf oder sechs Minuten, während deren Don Gastone fortgesetzt gerufen und kurze Klingelzeichen gegeben hatte, abermals zum Vorschein. Er erschien auf dem Balkon und schrie: «Was wollen Sie denn?»

«Vergessen Sie es aber nicht, vergessen Sie es nicht!» sagte Don Gastone.

Signor Aldo schüttelte sich unter seinem Hausrock, der ihn umhüllte, und trat vor einem eisigen Windstoß in den Schutz hinter seinem Fenster zurück. Als er wieder auftauchte, sah ich nichts als einen Mund, eine große Röhre von Mund, aus der es schrie:

«Was? Was? Soll ich Ihnen, soll ich Ihnen... soll ich Ihnen etwas sagen? Sie gehen mir auf die Eier! Jawohl, ... ja! Ich hatte mich gerade hingelegt, ja, gerade hatte ich mich...»

Don Gastone bebte, aber er hielt an sich, lächelte höhnisch und drohte dann zitternd: «Sie sind ein vulgärer Mensch, und ich wundere mich, schon allein aus Respekt vor dem Kleid, das ich trage... Ich gehe zu...»

«Aber gehen Sie doch zu wem Sie wollen, gehen Sie schon, gehen Sie... wo ich mich gerade hingelegt hatte, gerade eben...», rief Signor Aldo, fast heulend vor Wut. Dann, Silbe für Silbe absetzend und mit einem anklagenden halben Zeigefinger aus dem Schlafrock heraus, setzte er noch hinzu: «Ein Ehrgeizling sind Sie! Verschwinden Sie... los... Es reicht!»

Und mit diesen Worten schloß er mit einem heftig klirrenden und quietschenden Schlag endgültig das Fenster.

Don Gastone lächelte noch immer höhnisch, schüttelte den Kopf, verzog den Mund nochmals zu einem schmalen Lächeln, warf dann den Kopf zurück und ordnete sich das Haar. Schließlich entschied er sich dafür, nach Hause zu gehen. Er behauptete plötzlich, daß es ihn friere. Doch in weniger als fünf Minuten, als wäre nichts geschehen, gewann er seine Selbstsicherheit zurück und sprach und sprach und sprach unaufhörlich, lebhaft gestikulierend, bis nach Hause. Dort gab es jemanden, der ihm zuhören würde, mit Achtung, mit Bewunderung, dort gab es kluge Menschen, gebildete und intelligente Menschen, die ihm Gehör schenken würden, ihr Herz und, auch wenn er nicht daran dachte, noch sehr viel mehr, und das mit großer Freude. Es würde genügen, wenn er noch ein wenig, ein ganz klein wenig von sich aus hinzufügte.

5

Es war Weihnachten. Wie in viele andere Städten der Welt kam es auch zu uns, in unser Stadtviertel und die Hinterhöfe. Ich würde gerne ein Weihnachten mit bärtigen Schokoladenweihnachtsmännern beschreiben, mit festlich geschmückten Bäumen voll guter Gottesgaben, mit Krippen und Geschenken in Seidenpapier und bunten Bändern; von alledem gab es nichts bei uns. Doch Weihnachten war Weihnachten und wurde irgendwie gefeiert. Nie mehr habe ich ein so schönes Weihnachtsfest erlebt, und ich verspüre eine tiefe Sehnsucht danach. Auch jetzt gibt es Arme, wie in jeder vergangenen und künftigen Zeit, es gibt die Elenden und all die Menschen, die kein brennendes Herdfeuer haben und um die eine ganze Literatur entstanden ist, für jene anderen, die es haben. Die Armen kennen diese Literatur nicht und feiern Weihnachten auf ihre Weise, in ihre besondere Welt eingeschlossen, die völlig verschieden ist von der Welt der anderen. Ich glaube, daß es für die Armen aller Länder so ist, ja, ich bin davon überzeugt, auf jeden Fall wünsche ich es mir.

Alle wissen, daß es weit besser ist, sich alle Gaben Gottes zu wünschen als sie zu besitzen; solange man die ersehnten Wunder nicht berühren kann, bergen sie magische Kräfte in sich, und man glaubt, die Päckchen in Seidenpapier kämen unmittelbar vom Himmel; sie seien mit Luft, mit Stratosphäre, mit Ozon und näher zur Erde hin mit Nebel durchtränkt; sie leuchten hell, als sendeten die Sterne ihre Strahlen aus, auf ihnen zu funkeln.

Wir gehörten zu denen, die wünschten. Und nur wir oder solche wie wir vermögen wirklich den Geruch der Schokoladeplätzchen zu beschreiben, die, zu kleinen Schlössern und Burgen, zu Tieren und Laternen getürmt, die großen Geschäfte und Konditoreien überfluteten. Wer kannte das Licht, das Gleißen und Glitzern, das Geknatter der Zehn-Centesimi-Raketen besser als wir, die wir verzaubert vor diesem Schauspiel standen und seinen Glanz bis zum letzten in uns aufnahmen? Nie wieder werde ich ein Weihnachten erleben wie dieses. Da waren Cena, Liliana, das Hin und Her der Jungfern, die Verzweiflung der Mutter, die voller Wünsche und ehrgeizigen Pläne für mich war, aber nur ihre Schande als unverheiratete Frau und keinen einzigen Centesimo in der Tasche hatte. Ah! Das schönste aller Weihnachtsfeste! Und wenn es Menschen gab, für die Jesus am 25. Dezember geboren wurde, dann waren wir es und solche wie wir in aller Welt.

Das einzige, was unsere Begeisterung schmälerte – die der der reichen Kinder in nichts nachstand, wenn nicht geradezu noch aufregender war –, war die Kälte. Da unsere Stadt am Fuße einer Gebirgskette liegt, wurde sie vom Frost wie zur Strafe heimgesucht. Wir besaßen zwar Holzschuhe, wir beide, aber der größte Teil der anderen Kinder trug noch immer die Gummisandalen vom Sommer, das wunderbare und äußerst dauerhafte Geschenk des Duce. Alle hatten wollene Strümpfe, und wenn nicht aus Wolle, so aus einer Wolle sehr ähnlichen Faser; doch auch die Strümpfe waren so zugerichtet und zerrissen, daß die Ferse, wenn auch zusätzlich unter Wollfetzen, Futter und alten Hemdsärmeln begraben, immer aus irgendeinem Loch an die eisige Luft kam. Wer Holzschuhe besaß, das waren Cena und ich, ja Cena besaß sogar ein Paar dicke Lederschuhe mit genagelten Sohlen, die er in seinen besten Tagen dank der Voraussicht Lilianas gekauft hatte. Er schmierte sie mit einem Fett aus Schweinetalg sorgfältig ein, ohne –

ebensowenig wie wir anderen – den schrecklichen Gestank wahrzunehmen, der von diesem Fett ausging, wenn es etwas wärmer wurde.

Meine eigenen Holzschuhe waren in einem ausgezeichneten Zustand, da sich die Sohlen im Laufe eines Jahres nur fingerdick abgetragen hatten. Mehrere andere besaßen auch Holzschuhe, aber meist waren sie zerlöchert und klafften an der Spitze, so daß nichts übrigblieb, als sie mit Wollappen zuzustopfen, die sorgfältig beim Trödler ausgesucht wurden, oder schlimmstenfalls mit Watte und dünnen Hobelspänen.

Alle besaßen wir den Umhang und das schwarze Oberhemd der Befana Fascista, des Winterhilfswerks; Kleidungsstücke, die fast bis zum nächsten Dreikönigsfest hielten, dem traditionellen Geschenktag, an dem die neue Verteilung zu erwarten stand. In manchen Jahren gab es sehr viele Holzschuhe, eine besondere Spende des Duce, hieß es, aber mit diesen Holzschuhen konnte man nicht unbedingt rechnen. Sie reichten nicht aus, alle Bedürftigen zufriedenzustellen, und bei der Verteilung war die Hölle los. Seltsame Gesetze galten in diesen Fällen: die Unterstützung des Parteisekretärs schien anfangs zu genügen, dann trat das Gesetz der vordersten Reihe an ihre Stelle und schließlich galt «homo homini lupus» – jeder ist seines Nächsten Holzschuhdieb –, eine Haltung, die von faschistischen und kirchlichen Autoritäten ansonsten verdammt wurde. Selbst ein ganzes Bataillon von Schwarzhemden zum Eindämmen der Beutemacherflut hätte es nur zu mitleid- und spotterregenden Gegenmaßnahmen gebracht, ganz abgesehen davon, daß sie vermutlich barfuß vom Kampfplatz gegangen wären.

Die Holzschuhe hätten vielleicht genügt, aber es fügte sich, wie bei allen Dingen hierzulande, daß jede Familie versuchte, eine größtmögliche Anzahl an sich zu bringen, indem sie zweimal dieselben Kinder schickte oder auch andere, die bei der ersten Verteilung ihre Bezugsmarke nicht abgegeben hatten. Auf diese Weise wurden die Menschen hinten im Saal der Parteileitung, der an diesem Tage als Caritasraum hergerichtet war, als sie den Stapel der Holzschuhe ebenso schnell wie den Berg der Orangen auf der anderen Seite dahinschmelzen sahen, von Panik erfaßt und formierten drohende und berstende Wellen, die gegen das Podium schlugen. Was dann geschah, kann ich nicht genau schildern, denn ich konnte es nie richtig sehen. Jedenfalls hörte man die Trompete des Balilla-Jungen nicht mehr, der die Fanfare zur Verteilung blasen sollte, man hörte die Stimme des Gauleiters nicht mehr, sein Gesicht eines fetten, saftigen Weihnachtstruthahns war verschwunden. Sie alle rannten durcheinander und versteckten sich, um nicht der letzten Habseligkeiten beraubt oder elend verprügelt zu werden. Es gab keine Schutzleute, Schwarzhemden, Milizsoldaten, die diesen Tausenden von Fingern, geschickt und gefährlich wie Haken, gewachsen gewesen wären, diesen Menschen, die scheinbar so bescheiden und wohlerzogen waren, aber in Wirklichkeit jemandem den Schuh in weniger als einer halben Minute vom Fuße zu reißen verstanden.

Soweit über eines der schwierigsten Weihnachtsprobleme, das der Beschuhung. Im übrigen feierten auch wir Weihnachten, auf unsere Weise.

Wir hatten mit Hilfe des Ragioniere kleine Figuren aus Brotteig geknetet. Der Ragioniere war ein Onkel Cenas, er kam aus dem Gefängnis, wo er im Laufe seines Lebens etliche Monate wegen Diebstahls eingesessen hatte, nicht wegen großer und schwerwiegender Diebstähle, sondern wegen kleiner, bescheidener Taschendiebereien, die den Zweck hatten, die Schar der Verwandten einige Wochen lang bei guter Stimmung zu halten. Er war ein kleiner Mann mit einem guten Herzen, und seine Natur war durchaus nicht die eines Diebes und Räubers, sondern die eines liebenswerten Menschen, der immer den Wunsch hatte, anderen zur Hand zu gehen. Er kannte keine Laster, rauchte nicht, trank nicht, war immer freundlich und guten Mutes. Er mochte siebzig Jahre alt sein, war klein und rundlich, stets anständig, ja, ich möchte sagen: elegant gekleidet, denn nie sah man ihn ohne einen Hut aus Filz oder

Stroh und Seide, sauber gebürstet, mit blanken Schuhen, und sein Anzug war in tadelloser Ordnung. Dieser Anzug hielt bei ihm sehr, sehr lange, vielleicht hält er noch heute, an dem Ort, wo er jetzt ist; sooft die Carabinieri ihn holen kamen, trug er Sorge, den guten Anzug den Verwandten zu übergeben und jenen anderen anzuziehen, in dem er das Gefängnis verlassen hatte. Während der kurzen Perioden der Freiheit war er stets Gast bei Cenas Leuten, und keiner, keiner dieser Verwandten war je, auch in den verzweifeltsten Augenblicken nicht, versucht, den ihnen anvertrauten Anzug ins Leihhaus zu tragen oder gar zu verkaufen.

Der Ragioniere sagte zu allen «Vetter» und «Verwandter» und lächelte immerzu, einen Zahnstocher zwischen den Zähnen, das Gesicht glatt und rosig und mit Creme gepflegt. Bei Cena nannten sie ihn Ragioniere, also Buchhalter, wegen seiner Manie, genauestens über all seine Einnahmen und Ausgaben Buch zu führen. Sie bewunderten ihn und achteten ihn alle, da er im Unterschied zu vielen anderen, die den gleichen Beruf ausübten, in diesem Viertel der einzige war, der auf seine Berufsehre und entsprechendes Betragen hielt. Der Umstand, daß er kein Trinker war, nicht zu wütender Gewalttätigkeit neigte und auch nicht wie ein geprügelter Hund herumlief, zeichnete ihn innerhalb des Berufsstandes der Diebe aus als einen, der sich mehr damit begnügte, der Gesellschaft lustige Streiche zu spielen, als sie im eigentlichen Sinne des Wortes zu berauben. Er lehrte uns, Krippenfiguren aus Brotteig zu modellieren, und wenn sie fertig waren, malte er sie mit großer Geschicklichkeit an. Während der Arbeit an den Figuren erzählte er uns Erlebnisse aus dem ersten Weltkrieg, aus den Schützengräben im Karst, und verzehrte dazu Honigkaramellen.

So bekamen auch wir unsere Krippe, mit mehr Moos als alle Krippen in den Kirchen zusammen; denn wir gingen selbst rechtzeitig im Hügelland hinter der Stadt Moos suchen, um es an die Kirchen zu verkaufen, und wir häuften auch große Mengen davon an der Straße auf und verkauften es an die

Vorübergehenden. Wir hatten das ganze Hügelland durchstromert, ehe es kalt wurde, und Moos gesammelt, eine Spanne hoch, ganz frisch, weich und duftig. Noch heute frage ich mich, wie es den Reichen Vergnügen bereiten konnte, ihre Krippen mit gekauftem Moos zu schmücken. Immer hatte man uns gesagt, man müsse selbst suchen gehen, und sei es mit Frostbeulen an den Händen. Und Jesus hatte sicher mehr Freude an uns. Im Grunde genommen waren wir es, die seine Geburt vorbereiteten, ihm einen weichen Teppich legten, und unsere in den Sakristeien erbeuteten Kerzenstummel, die neben dem Stall Tag und Nacht für ihn brannten, hielten bis zum Dreikönigsfest, eine Woche nach Neujahr.

Am Heiligen Abend gab es kein Festmahl, aber um Mitternacht gingen wir alle zur Messe, wo von all den Menschen nur Don Gastone so wie immer war: Die anderen waren aus diesem Anlaß alle gute Menschen geworden, und Cena war ergriffen, beichtete sein vieles Fluchen und kommunizierte. Die ganze Nacht hindurch waren wir mit der Bande zusammen und betrachteten unsere Krippe, und das war unser einziges kindliches Vorrecht, das uns geblieben war, der einzige Traum, und auch er sollte nur noch kurze Zeit dauern.

Am nächsten Tag, dem 26. Dezember, kamen die Carabinieri und holten den Ragioniere. Es gab ein wenig Widerstand in Cenas Haus, aber der Ragioniere stellte, eitel Lachen und Freundlichkeit, die Ruhe wieder her und bewies die Macht von Sitte und Anstand. Man ging auf die Straße hinunter, und überall waren Leute und blieben stehen, gaben einander die Hand und wünschten sich Glück. Der Ragioniere ging zwischen den beiden Polizisten, die Handschellen beengten ihn, aber er ging ruhig weiter, winkte uns zu und legte uns ans Herz, anständig zu sein. Er wollte nicht, daß wir versprachen, ihn zu besuchen, denn, so sagte er, wir würden unser Versprechen bestimmt nicht halten; mit Recht, schließlich war es in unserem Alter bedeutend besser, auf der Straße herumzulaufen, als Gefängnisse aufzusuchen.

Sein höfliches und aufgeräumtes Verhalten, das an Fröhlichkeit grenzte, war völlig echt, es war nicht aufgesetzt, um das Peinliche seines augenblicklichen Zustandes zu bemänteln. Seit Jahren kamen sie ihn holen, seit Jahren verabschiedete er sich von allen in bester Stimmung und ohne eine Klage, gab diesem Bekannten die Hand, lächelte einem anderen zu und ging, trappelnd wegen der Kälte, aber ruhig und gesetzt dahin.

Es war der beste, aufrichtigste und sympathischste Mensch, den ich je gekannt habe.

Bei allen kleinen Geschicklichkeitsarbeiten bewies er guten Willen und Genauigkeit, und ich stelle mir vor, daß er auch seinen Beruf gewissenhaft auszuüben verstand. Ich bin sicher, daß er nie etwas Böses getan hat und daß seine Diebstähle für niemanden ein wirklicher Schaden gewesen sind. Es hat keinen Börsenkrach gegeben seinetwegen, keine Familien wurden zugrunde gerichtet; es gab keinerlei Durcheinander und Verwirrung, denn er war ein Mensch von Anstand und Sitte, beinahe penibel in seiner Art und bei der Einhaltung von Pflichten, und er rasierte sich jeden Morgen, aus Achtung vor der Gesellschaft. Im ersten Weltkrieg hatte er sich eine silberne Medaille als Auszeichnung verdient, obgleich er nur beim Nachschub war. Wahrscheinlich hatte er nie ein Gewehr in die Hand genommen, seine Waffen waren Rasierklingen, Nägel und ähnliche Gegenstände. Seine Welt war der Anzug, den er trug, und die Gastfreiheit seiner Verwandten.

Trotzdem: als er über den Corso ging, blieben viele Leute stehen und bildeten Grüppchen, und einige folgten ihm ein Stück, voll Mißbilligung. Da war auch einer, der rief: «Man sollte sie an die Wand stellen, ja, an die Wand!», ohne natürlich zu wissen, um was es sich handelte und was er begangen hatte. Aber so ist es immer. Alle wollen jemanden erschießen lassen, sogar einen, der nur so, rein aus Spaß, mit dem Schlüssel an einer Mauer entlangfährt und auf der Straße pfeifend vor sich hintrottet. Sie wollen alle an die Wand stellen, auch die Frauen, die ihre Männer betrügen, und die, die fluchen. So sind die

Menschen. Doch sie haben dabei weniger im Sinn, ihre Drohungen in die Wirklichkeit umzusetzen, und die Leute, die untreu sind oder fluchen, an der Wand stehen zu sehen, als vielmehr nur, das zu äußern; sie fühlen den Antrieb, die Pflicht, dies zu rufen, den Richter zu spielen. Es ist ein Fehler wie andere auch. Jeder auf der Welt hat das Recht, sich je nach Begabung als Barbier, als Henker, als Staatsoberhaupt vorzukommen. Und so ist der Spruch «Wenn ich König wäre, würde ich...» so italienisch wie der Vesuv, wie die Gondel. Es sind trotzdem keine schlechten Menschen, die so sprechen.

An diesem Tage aber waren alle böse, weil sie sich in Gegenwart anderer Leute befanden und man eine gute Figur machen muß, den Anstand nicht verleugnen und vor allem keine Rührung zeigen – tragische Überraschung des italienischen Gemüts, wenn es hart und unbeugsam erscheinen will –, keinesfalls das Taschentuch herausziehen darf. Ich verspürte einen gewaltigen Haß gegen alle; wäre ich der Duce gewesen, dachte auch ich, ich weiß nicht, zu welchen Torturen ich sie verdammt hätte. Damals kam mir nicht in den Sinn, daß der Duce vielleicht auch nie zufrieden war und ebenso wütend zu sich sagte: «Wenn ich der Papst wäre...»

Der Ragioniere war vor Kälte weiß und rot im Gesicht und trappelte dahin. Er hob mehrmals die blauroten Hände, damit das Blut besser zirkulierte, ging weiter, ohne jemanden anzusehen, und hatte sogar uns aus dem Blick verloren, die wir ihm zwischen den Füßen der Leute hindurch nachliefen.

«Hol' sie der Teufel, diese Kälte», sagte er zweimal und trottete hinter den Carabinieri in ihrer Feiertagsuniform mit dem Federbusch drein.

Wir geleiteten ihn bis ans Gefängnistor, und dort sprang Cena vor, gab ihm einen Kuß auf die Wange und sagte: «Ciao, Ragoniere – ciao!»

«Geh, geh, du Wildfang», sagte der Ragoniere in der Tür; er winkte ihm fröhlich mit der gefesselten Hand zu, so gut es ihm möglich war.

6

Dann kam das neue Jahr, und mit ihm kam, die Jungfern zur Verzweiflung zu treiben, die Contessa Manina.

Bisher waren die Eifersüchteleien und Wirrungen hauptsächlich durch kleine alltägliche Geschehnisse ausgelöst worden und hatten sich immer um die gleichen Personen gedreht. Camilla war eifersüchtig auf Signorina Immacolata, das wußte man; die Walenska hatte begonnen, in seltsamem Aufzug zu erscheinen, der ans Schamlose und Unsittliche grenzte, und zeigte sich beispielsweise in einer Art altem Abendkleid, das mit allerlei Flitter behangen war und ganz eng anlag; die Botanica bedrängte Don Gastone unablässig, indem sie ihm schützende Salben für den Winter gegen Rheumatismus und Gicht anrührte und aufnötigte. Sie hatte sich sogar erboten, ihn zu massieren, als er sich über ermüdete Beine beklagte, die manchmal wie gelähmt seien, mit stechenden Schmerzen in den Waden und fast völliger Empfindungslosigkeit der Muskeln des einen Oberschenkels zu gewissen Stunden des Nachmittags. Es wurde beschlossen, daß Don Gastone sich Einspritzungen mit Ei und andere mit Kampfer machen lassen sollte; die einzige, die sich auf Injektionen verstand, war die Botanica, und deshalb fiel ihr diese beneidenswerte Aufgabe zu. Aber aus diesem Anlaß kam es zu Meinungsverschiedenheiten und Verstimmungen, die alsbald in Drohungen ausarteten: Signorina Immacolata machte diesen Geschichten ein Ende, indem sie erklärte, daß Don Gastone überhaupt keine Einspritzungen benötige. Don Gastone selbst beklagte sich jedoch ein wenig darüber und versuchte schwachen Widerspruch, der aber nichts fruchtete. Er war ärgerlich, keine Injektionen mehr zu bekommen, da jedenfalls, ob er sich nun gut oder schlecht fühlte, Einspritzungen mit Ei nicht schaden, sondern ihn nur kräftigen konnten. Signorina Immacolata machte sich Gedanken darüber, änderte abermals ihre Meinung und bestimmte, daß er einmal täglich zu ihr kommen sollte, um geschlagenes Ei mit Sahne zu essen. Auch gegen diesen neuen Vorschlag hatte er anfangs etwas einzuwenden. Nein, nein, er brauche das nicht, und er wolle nicht stören... Aber dann gab er sich seufzend geschlagen. Und er nahm das Ei mit Sahne, wenn nicht gerade gierig, so doch mit Befriedigung zu sich. Einmal, als ich unversehens die Wohnstube betrat, während Signorina Immacolata in der Küche war, gab er einen langen Rülpser von sich, mit einem schmalen Lächeln, das ihm den noch von Ei triefenden und glänzenden Mund in die Breite zog, während er sich mit der Hand leicht auf den Rücken klopfte, um die Verdauung zu fördern.

Trotzdem war, wie ich schon sagte, all dies nichts von Bedeutung, waren das nur kleine Episoden, die durch die Zuneigung der Jungfern und ihre weiblichen Gefühle ausgelöst wurden. Sehr viel schwerere Sorgen und Schmerzen ins Haus zu bringen war der Contessa Manina vorbehalten.

Die Contessa Manina, oder einfach: Manina war eine Dame um die Dreißig, mit einem Hauptmann der Carabinieri verheiratet. Sie war groß und schlank, vielleicht etwas zu groß, in Haltung und Auftreten von vollkommener Anmut und Vornehmheit. Ihre Herkunft war jedoch bescheiden, da sie in unserem Stadtviertel das Licht der Welt erblickt hatte. Die Mutter war eine blonde Emilianerin von bemerkenswerter Fülle, mit einem großen Haarknoten im Nacken und grünen Ohrgehängen. Um zu leben, vermietete sie stundenweise ein Zimmer ihrer Wohnung und hatte wegen des Bettes, mit dem sie ihren gar nicht kümmerlichen Unterhalt verdiente, samt dem Geld für den Friseur, für die Kosmetika, die Hüte und einer reichlichen Aussteuer der Tochter, einen schlechten Ruf und viel Ärger. Niemand kann sagen, daß Signora Wanda nicht eine gute Frau mit einem goldenen Herzen war. Wer sie der Kuppelei beschuldigt, dem könnte ich bezeugen, falls mein Zeugnis etwas wert ist, daß sie keine Diebin war, wie behauptet wurde, daß sie niemandem Böses zugefügt hat, daß sie keine

Minderjährigen bei sich aufnahm und daß sie jedenfalls versuchte, den Bedürfnissen der Leute in jeder Hinsicht entgegenzukommen. Viele bessere Herren, Juristen, der Kapellmeister, der Bürgermeister, könnten meine Aussage bestätigen; aber natürlich, wenn Signora Wanda Gefahr liefe, auf falsche Anschuldigung hin verurteilt zu werden, würden diese Herren sich hüten, ihr zu Hilfe zu kommen. Die Hand auf dem Herzen, würde der Herr Bürgermeister sein Schweigen rechtfertigen, indem er auf seine Frau und seine zwölf Kinder und auf die vielen Gläschen Wein verwiese, die er im Empfangszimmer des Bischofs bei tugendhafter Unterhaltung geschlürft hat. Und Signora Wanda würde ins Gefängnis wandern, doppelt schuldig: des schlechten Lebenswandels und der Verleumdung, weil sie diese Männer zu ihrer Entlastung angerufen hatte; die Zeugnisse von Cena und mir würden nichts gelten.

Die Contessa also war in diesem Haus geboren, als Tochter von Signora Wanda, und trotz ihrer bescheidenen Herkunft hatte sie schließlich den Hauptmann Cagiullo geehelicht; der Capitano hatte sich in sie vernarrt und mehr als einmal aus Eifersucht Selbstmordversuche unternommen; bekanntlich ist ja das Herz eines Carabiniere voll stürmischer Leidenschaft. Er hatte zu guter Letzt mit der Pistole gegen das Schloß der Tür gefeuert, hinter der sich seine Verlobte vor ihm in Sicherheit gebracht hatte.

Sie war eine wirkliche Dame, die Contessa. Ich entsinne mich ihrer noch von manchen Sonntagen her, wenn sie mit ihrem Gemahl spazierenging: er groß und breitschultrig, mit strengem Blick unter den dichten pechschwarzen Brauen; sie trug zwei Blaufüchse und er seine Uniform.

Man nannte sie Contessa, weil Cagiullo nicht nur Hauptmann, sondern auch Graf war; und Manina, Händchen, hieß sie, weil sie in den Kinos, die sie täglich allein besuchte, Jungen zwischen sechzehn und achtzehn zu masturbieren pflegte. Das war einfach ein Laster, wie das Rauchen, und sie hatte es sich erst nach der Eheschließung angewöhnt. Der Gatte wußte natürlich nichts von ihrer Schwäche, und die Polizisten, die sie manchmal bei diesem aufreibenden Tun entdeckten, schwiegen still, um dem guten Kerl von Ehemann einen großen Schmerz zu ersparen. Alle Beamten des Außendienstes waren der Meinung, wie übrigens auch die Vorgesetzten, an die sie sich gewandt hatten, daß es besser sei, Männer über bestimmte Dinge nicht aufzuklären, besonders wenn sie der traditionsreichen Waffengattung der Carabinieri angehörten. Wer die Vorteile dieser Lage, die des Stillschweigens und der Diskretion der Beamten, genoß, das waren jene siebzehnjährigen Jungen, die in den Kinos störten, auf ihren Plätzen hin und her tobten, gierig und lüstern, und sich erst beruhigten, wenn sie eintraf. Auf jeden Fall, von Ehebruch konnte man hier eigentlich nicht sprechen, und der gleichen Meinung war auch die Polizei. Eine schlechte Angewohnheit, ja, das schon, ganz ohne Frage!

In unsere Gegend kam die Contessa ziemlich oft ohne Wissen ihres Mannes, um ihre Mutter zu besuchen. Sie trafen sich nicht zu Hause, um zu keinem Klatsch Anlaß zu geben, sondern im Caffè Commercio an der Ecke der Piazza, öffentlich vor aller Augen. Wenn die Contessa durch die Gassen ging, blieb sie bei vielen Leuten, auch solchen niedrigen Standes stehen, schenkte den Kindern Süßigkeiten und grüßte alle mit Herzlichkeit, einfach und ohne eine Spur von Stolz und Hochmut.

Die Jungfern waren über ihre Schwäche im Bilde, hätten aber mit keiner Menschenseele darüber sprechen können, ohne ihren jungfräulichen Ruf in Gefahr zu bringen. Und so mußten sie sich arglos geben, so tun, als ob nichts wäre, und wenn irgendeine Frau ihrer Bekanntschaft in der Nähe war und sagte: «Sieh mal dort, diese Hure, puh!», beschränkten sie sich auf ein sibyllinisches oder uninteressiertes:

«Ach, ja?» oder «Weshalb?»

Und die Frau, die dann auch nicht wußte, was antworten, sprach, ein wenig verlegen vor so viel Herzensunschuld der Ledigen, zu ihr, als ob sie es mit einem jungen Mädchen zu tun hätte:

«Ah, liebes Fräulein! Das ist eine Frau ohne Moral, eine auf Abwegen», und setzte hinzu: «Haben Sie begriffen?», wobei sie fragend und zugleich einvernehmlich der Jungfer ganz nah ins Gesicht blickte. Diese schloß zwei- oder dreimal die Lider, lächelte unbestimmt und, da sie nicht gut nein antworten konnte, sagte sie:

«Ja, ja, ich verstehe, sagten Sie nicht, eine Frau ohne Moral? Ich habe das auch schon sagen hören. Eine... eine von denen halt.»

«So ungefähr», antwortete die Frau, begierig, auf die Einzelheiten des Falls zu kommen, und flüsterte:

«Sie macht häßliche Dinge mit den Händen.»

Bei diesen Worten geriet die Jungfer in Alarmzustand, ohne es sich weiter anmerken zu lassen, klapperte noch einige Male mit den Augendeckeln, setzte ein albernes Lächeln unverständigen Einverständnisses auf und eilte davon, sich anderswo allein zu schämen.

Don Gastone fing an, seine Besuche seltener werden zu lassen und – ein Umstand, der Alarm auslöste – die wöchentliche Wäscheration herabzusetzen, an deren Genuß, je nach dem Grad der Sympathie und des Vertrauens, jede der Jungfern teilhatte.

Er schränkte seine Besuche soweit ein, daß er sich einmal zehn Tage nacheinander nicht sehen ließ und der Signorina Immacolata, die ihn im Pfarrhaus, wo er wohnte, anrief, am Telefon ausweichende und müde Antworten gab. Sie sahen ihn nur sonntags, flüchtig, wenn Don Gastone sie zwischen zwei Predigten auf einen Sprung begrüßen kam und dann in die Sakristei verschwand. Signorina Immacolata, die ein stolzes Temperament besaß, machte eines Sonntags Anstalten, nach der ersten Messe zu gehen.

«An Freundlichkeiten habe ich es schließlich wohl nicht gerade fehlen lassen, meine ich!» sagte sie mit bebendem Kinn; und ihre Worte waren zugleich ein schwaches, aber verständliches Klagen über die Flut von Silberstücken, die Don Gastones Freundschaft sie gekostet hatte. Bei ihr war eine Gemütsbewegung, so romantisch die Situation sich auch darbieten mochte, nie ohne Bezug zum Geld.

Sie machte Anstalten, erhobenen Hauptes, die Lippen vorgestreckt und gespitzt wie der Schnabel eines Spechts, die Kirche zu verlassen.

Die anderen Jungfern neben ihr, die der kühlen Begegnung beigewohnt hatten, zögerten ein wenig; sie waren bereit zu gehen, sogar fest entschlossen, o ja, verflixt! Sie hatten es nicht nötig, ihm nachzulaufen! Und alle waren der Ansicht, daß «einem ungehobelten Kerl einen Gefallen zu tun dasselbe ist, wie gegen Gott unehrerbietig zu sein». Sie berieten sich, nickten trotzig, zogen die Handschuhe an und legten die Boas um, schlossen dann das Gebetbuch – und zögerten noch immer. Sie standen da und konnten sich nicht entscheiden; die zweite Messe war bereits im Gange, in einigen Minuten würde es klingeln, es war besser, den Segen abzuwarten. Ihr Stolz war von kurzer Dauer, nur eben um Signorina Immacolata zu zeigen, daß sie ihr nicht nachständen und daß die Freundschaft auch bei ihnen Grenzen kenne. Als das Klappern der Absätze der Signorina Immacolata hinter den Pfeilern verklungen war, hörten Erregung und Zaudern augenblicklich auf, und jede fand sich kniend auf der Bank wieder, in gelöster, ruhiger, aber unterwürfiger Haltung; die Boas hatten sich leicht geöffnet, und von den gefalteten Händen waren die Handschuhe verschwunden.

Signorina Immacolata war nicht gegangen. Als sie ans Portal gelangte, hatte sie mit Schrecken die Leere, weitere Tage und vielleicht weitere Wochen der Einsamkeit vor sich gesehen. Sie war sofort umgekehrt, hatte sich an den Weihwasserbecken und den blanken, von Korrosion befallenen Ecken der Steinaltäre vorbei und schnell in den ersten Beichtstuhl geschlichen; dieser wurde nie benutzt und lag im Halbdunkel. Sie hatte mit verstohlenen Bewegungen die Vorhänge zugezogen und sich auf das damastene Kissen gekauert, ganz in ihren Schal gehüllt und durch das Gitter spähend, bis er herauskäme. Wie glücklich war sie jetzt! Und wie gut es hier drinnen roch, und was für ein intimer, abgeschiedener und doch zugleich frommer Ort dies war! Sie zog den Rosenkranz hervor und beschloß, ganz innig und versunken ihre Novene zu beten.

Es begann die Messe um acht und dann die um neun Uhr. Bei jeder erschien Don Gastone, machte aber keinerlei Anstalten, sich den Jungfern zu nähern, forderte sie nicht zu ein paar Schritten an frischer Luft in den Kreuzgang auf und spendete ihnen auch nicht die Kommunion. Das tat ein anderer, sie empfingen den Herrn nur mit einem Auge. Sie kehrten zwar nicht giftig wie Vipern in ihre Bank zurück, denn es lag nicht in ihrem Charakter, sich so heftigen Empfindungen hinzugeben, aber sie waren entrüstet, enttäuscht, verbittert und vergrämt, und auch ein wenig wütend. Eine jede war das Opfer ihres besonderen Gemütszustandes.

«Ich verstehe es nicht, so etwas hat er uns doch noch nie angetan...», hauchte die Botanica voller Sanftmut.

Camilla zischte: «Gauner! Halunke! Er mißachtet seine Pflicht als Diener Gottes!»

«Ah ja? Danke, vielen Dank, das ist der Lohn, wenn du Zuneigung faßt! Danke...» Die Napoli sprach mit sich selbst, und ihre Worte waren voller Empörung.

«Ah! Eine Sünde, eine Sünde! Ich bin ganz durchgeschwitzt, mir ist gar nicht wohl, o Gott, mir ist ganz schlecht!» sagte mit zitternder Stimme die Walenska und ließ sich auf die Bank sinken. Sie klagte, nicht genug Kraft in den Beinen zu haben, um ein wenig an die frische Luft zu gehen oder sich die Stirn zu befeuchten.

Inzwischen war es halb elf, die Zeit der Hauptmesse, für die Don Gastone seine wirkungsvollste Predigt bereithielt, die intelligenteste und am meisten zu Herzen gehende, die manchmal sogar keck und mit kühnen Anspielungen, Spötteleien und lehrreichen Scherzen garniert war. Es war die Messe des Bürgermeisters, des einen oder anderen gläubigen Parteibonzen, der angesehenen Bürger, eine Art wöchentliches Ereignis, ein Treffen der vornehmen und klugen, der gebildeten, geehrten und prominenten Persönlichkeiten. Viele würden bei ihm kommunizieren. An den Beichtstühlen wurden die Reihen der Knienden immer länger und länger, und wie groß auch die Bereitschaft zu Erbarmen und tröstendem Rat sein mochte, so mußten doch auch die gewissenhaftesten und strengsten Priester sich beeilen, sich auf mildes Nachfragen beschränken, wenn rechtzeitig alle kommunizieren sollten. Im letzten Augenblick wurde beschlossen, auch den sonst nicht benutzten Beichtstuhl zu besetzen, um es schneller zu schaffen und den von so vielen Gewissensqualen in die Enge getriebenen Brüdern beizustehen. Junge Geistliche gab es keine mehr, es blieben nur die beiden ältesten, der Prior und ein anderer hinfälliger Alter, der an seinen schmerzenden Füßen weite Plüschpantoffeln trug; es wurde überlegt, ob er in Etappen den Beichtstuhl erreichen könne: nein, es war unmöglich; mit solchen Füßen und solcher Fußbekleidung, die obendrein auch wenig würdig war, wäre er erst gegen oder nach Ende der Messe ans Ziel gelangt. So entschied sich Pater Gabriele, der Prior, selbst zu gehen. Pater Gabriele war im Gegensatz zu dem Alten ein gewandter, tatkräftiger Mann, er würde sich der Sache schnell entledigen, mit raschen, herzhaften Beichtsprüchen; er besaß die sichere Rede und die weite Geste des Römers. Dick und untersetzt, mit wohlrasiertem und eingecremtem Doppelkinn, flößte er jedermann Sympathie ein. Er schritt beschwingt durch die Kirche, grüßte mit winkender Hand nach rechts und nach links, machte vor dem Bürgermeister seine Verbeugung und begnügte sich damit, den anderen sein ermunterndes Lächeln zu schenken: «Nochmals, nochmals! Gelobt sei Er in Ewigkeit!»

Als er mit noch halb zum Gruß erhobener Hand den Beichtstuhl erreichte, auf den Wangen zwei Grübchen der Sympathie und Liebe für den Nächsten, gab er der Halbtür einen Stoß, ohne sich um die Vorhänge zu kümmern, und verschwand mit einem nochmaligen Lächeln der Befriedigung wie hineingesogen im Inneren, wo er sich mit tiefem Ächzen der Erleichterung schwer auf den Sitz fallen ließ.

Man hörte einen kurzen, hohen Schrei, ähnlich dem Wiehern einer jungen Stute bei ihrer ersten Liebesbegegnung, und einen Augenblick später sprang Don Gabriele aus dem Verschlag heraus, seine Hände wirbelten durch die Luft, um sich über dem Hintern hastig das Gewand zurechtzuziehen.

«Ein Fremder, ein Eindringling!» rief er mit unterdrücktem Schrei, wobei seine Stimme um eine Oktave abrutschte. «Confiteor Deo Omnipotenti...»

Bleich, gelblich, drückte sein Kinn die Erregung selbständig aus und zitterte so heftig, daß Don Gabriele es mit dem Druck beider Hände ein wenig beruhigen mußte. Er holte zwei-, dreimal mit einem langen, tiefen Röcheln Luft und fuhr sich dann plötzlich mit der Hand zum Herzen. Das Blut strömte ins Gesicht zurück, aber so heftig, daß die Blässe in Blaurot umschlug. Es gab eine gewisse Verwirrung; als die Umstehenden ihn so mit dieser Gesichtsfärbung sahen, kümmerten sie sich mehr um ihn als um den Eindringling, auf den Don Gabriele mit flehenden Gesten und Blicken und mit lautlosen Mundbewegungen hindeutete, den Finger hebend; Atem zum Sprechen hatte er keinen mehr; er radebrechte, vielleicht waren es Gebete oder Beschwörungen des Bösen. Ich lief gleichfalls hinzu und hörte, wie er sich, den Atem zwischen den Zähnen hervorpressend, leise beklagte:

«Wie schlecht ist mir diese Salami mit Zwiebel heut morgen bekommen! Was war ich für ein Tor, Herrgott...»

Man ließ ihn sich setzen, man fächelte ihm Luft zu, ohne auf das zu achten, was er sagte, eine Alte beorderte zornig: «Essig, bringt doch Essig, er stirbt ja. Requiem aeternam...»

«Was denn... was sagt die denn da! Salami war es, heilige Jungfrau, jetzt erbreche ich...», flüsterte Don Gabriele mit kratziger, dünner Stimme und warf sich auf dem Sessel hin und her. Ein Milizoffizier riet, ohne zu zögern:

«Ammoniak, gebt ihm Ammoniak, es geht gleich vorüber!»

Signorina Immacolata, nun wirklich zur Heuschrecke geworden, war dem Beichtstuhl unmittelbar hinter Don Gabriele entsprungen und als Wirbel aus Pelzstücken, Handschuhen, Täschchen und Rosenkranz zur Kirche hinausgehuscht. Ich glaube nicht, daß jemand sie hatte bemerken oder sogar erkennen können, da selbst Cena und ich nur wenig zu sehen und zu hören vermochten: ein Windzug, ein kurzes Absatzklappern und die Eingangstür, die sich plötzlich öffnete und wieder schloß und ein wenig Schnee hereinwehen ließ.

Eine Woche später galt es als sicher, daß Don Gastone der Geliebte der Contessa sei. Anfangs hatte man keine präzise Nachricht oder Bestätigung, nur Vermutungen. «Es ist etwas so Heikles», sagte man, aber jeder wußte bereits, worauf diese vorsichtigen Worte hinauswollten. Es waren Mutmaßungen, die durch die Luft flatterten, keine Gerüchte, sondern Anklagen, schwerwiegende Tatsachen, denn bei uns ist ein Gerücht, eine Vermutung, bereits die ganze Wahrheit. Dann erfuhr man etwas, aber man erfuhr nie genug.

Nur ein Veneter versteht es, mit leiser Stimme im Ton der Behauptung und der drängenden Wißbegier zugleich zu fragen: «Don Gastone hat eine Geliebte?» Der Klatsch ist in diesem merkwürdigen Landesteil, wo extravagante Palazzi sich erheben, um mitten im Land eine Stadt zu bilden, uralt, verwurzelt, mit der Zeit verfeinert, mit einer Unmenge nicht ausgesprochener Zusätze versehen, die mit einem schmerzlichen Verdrehen der Augen ausgedrückt werden, so daß die Lider beben und unter dem Gewicht einer Sünde, die man nicht nennen will, erschlaffen, mit einer Falte zwischen den Augenbrauen, die sich langsam seitwärts herabziehen, bei gleichzeitigem Zittern der Lippen und des Kinns; der Klatsch entstammt der Zeit vor den gräflichen Bischöfen, die die Stadt regierten, aber gelangte zur vollen Ausprägung der Mimik und des stummen

Ausdrucks dank der fähigen Führung durch die Äbte und Pfarrer in den Beichtstühlen und Schlafzimmern der Damen. So zur Ausdrucksform erhoben, beweglich, schrecklich und schleichend, zerschneidet er wie eine dünne und geschärfte unsichtbare Klinge die verhüllenden Gewänder an der Stelle, wo diese ihren Halt haben, trennt den Faden dieses verborgenen Knopfes ab und überläßt die Sünder in all ihrer Blöße dem Gespött, mit nur einer Hand an der Stelle des Feigenblattes.

Es ist nicht leicht, die Bedeutung dieses Klatsches unserer Jungfern in den Vorhallen der Kirchen, zwischen Tür und Tor aufzufangen:

«Wir geben uns in feine Hände, wie?»

«Feine Leute, mein Lieber, feine Leute!»

«Wissen Sie, soweit das mich interessieren kann...»

«Und ich? Es geht mir zu einem Ohr herein und zum anderen hinaus.»

«Aber...»

«Kein einziges Wort! Meinetwegen, auch wenn sie es mitten auf der Straße täten!»

«Nicht ein einziges Wort mehr...»

«Obwohl...»

«Ah, deswegen! Nun!»

«Der Klerus erlaubt es, das ist es! Der Klerus erlaubt es!»

«O Jesus!»

«Er schreibt Briefe ohne Briefmarken, er läßt sie von den Kindern austragen, von den unschuldigen Seelen!»

«Schön ist das nicht, wer weiß, was er an diesen Händen des Teufels findet! Vielleicht pudert sie ihn ein. Wie soll man das wissen. Und Gedankensünden zählen nicht!»

Und doch durchzieht alle diese Sätze ein Leitfaden; ungesprochene Worte, die sich durch die gesprochenen hindurchschlängeln, liefern einen genauen Bericht, und nicht ohne Kommentar; das Ganze geschieht im Laufe weniger Sekunden.

Diese kleinen Städte Venetiens also, bedeutungslos, auf halbem Wege zwischen dem Meer und den großen Fürstentümern des Innern, zwischen Felder und Hügelland gedrängt, wo der tiefe Nebel Landschaft und Gedanken ins verblichen Farblose taucht, leben ihr eigenes inneres Leben am Rande der Geschichte der Menschen und des Landes. Don Gastone wußte es nicht; er war ein Mann aus Mailand, ein Kind der Großstadt, die in der Provinz durch die Geschäftsreisenden als die Stadt bekannt wurde, in der die intimen Dinge sich geradewegs mitten auf der Straße abspielen.

Dank der neuen Liebe Don Gastones und dem Klatsch und Gewisper, die daraus entstanden waren, machten wir Gewinne und hatten jeden Tag Arbeit.

Die Jungfern waren in eine beklagenswerte Situation geraten. Anfangs wollten sie naturgemäß nichts glauben; dann, als sie an dem Sonntag nach dem Zwischenfall mit Signorina Immacolata wieder in der Kirche waren und Don Gastone mehrmals nicht nur den Blick, sondern auch sein Lächeln der Contessa zuwenden sahen, mußten sie die bisherige Vermutung als Tatsache hinnehmen. Hinnehmen. Aber wie sollten sie diese Sache hinnehmen und entsprechend reagieren, wenn für sie die Contessa nur «eine von denen...» war, eine bei ihrer völligen Unkenntnis der Welt übrigens sehr vieldeutige Redewendung? Sie durften über die Contessa keine Einzelheiten wissen, da sie bei allen als harmlose und keusche Jungfern galten, wie sie es durch ihr Betragen bewiesen hatten. Sie konnten die Contessa, im Wechsel der Seelenstimmung Don Gastones, als eine neue Magdalena hinnehmen, eine reuige Sünderin, aber ihr menschlich verständliches Mißtrauen erlaubte das nicht. Was denn, Magdalena! Magdalena!... Sie war schließlich immer noch eine Frau, nichts da, von wegen Magdalena, und zudem höchst gefährlich mit ihren Handgreiflichkeiten. Und Don Gastone war kein Jesus. Vorhaltungen, Empörung, Mißstimmung, das waren Gefühle, die man verbergen mußte, auch untereinander. Ein Priester konnte kein Verhältnis mit einer Frau haben. Und also hatte er keines. Man mußte glauben, Vertrauen haben in die Grundsätze des Priestertums. Keine hätte sich dem geringsten Zweifel überlassen dürfen, der geringsten Anwandlung von Eifersucht hinsichtlich Don Gastones. Don Gastone war ein Getreuer im Geiste. Und wenn Geschichten vorkamen, Ärger, Eifersüchteleien, Klatsch, so betraf das sie selbst, und sie riefen das durch ein Übermaß an Anteilnahme selbst hervor. Wenn so etwas vorfiel, so wünschte jede sofort, nichts davon zu wissen, und in jedem Falle ereigneten sich solche Geschichten meist in ihrem Innern und innerhalb der vier Mauern des Hofes. Aber dann mußten sie auch selbst damit fertig werden, denn es war unzulässig, selbst mit der Freundin über so ungehörige Themen zu sprechen. Und wie sollten sie sich zu diesen Themen verhalten? Wie machten sie es, etwas zu erfahren? Das Geschlecht war etwas für sie Unbekanntes, das Geschlecht der Männer ein Objekt jugendlicher Neugier und Mittel zur Fortpflanzung, und was sodann geschlechtliche Beziehungen betraf, bei denen, wie in diesem Fall, die Hände im Spiel waren, so waren das Dinge, auf die das Gewissen und der Verstand eine Antwort verweigerten.

Cena und ich, wir warteten, bis wir an der Reihe waren, und sollten diesmal mehr als sonst in Anspruch genommen werden; sie mußten sich wohl oder übel unserer bedienen, die Jungfern, wenn sie leben und atmen wollten!

Am Dienstag abend, zwei Tage nach dem verhängnisvollen Lächeln Don Gastones für die Contessa, rief mich Signorina Immacolata mit ihrer Trillerpfeife durch einen Fensterspalt. Ich schickte sofort Cena zur Walenska und zur Botanica, um auszurichten, daß ich mich bei Signorina Immacolata befände, die mit mir zu sprechen habe. Camilla war bis zuletzt aufzuheben, da sie heftig und von impulsivem Temperament war; man beließ sie besser in einem Zustand von Verdacht und Begierde, sie sollte uns selbst im Hause zu den anderen gehen sehen, um mit ihnen über Don Gastone zu sprechen.

Entgegen ihrer sonstigen Gepflogenheit, sich elegant und zurückhaltend zu kleiden, trug Signorina Immacolata ein altes, halbzerrissenes Kleid und an den Füßen unförmige Schlappen.

Sie sah aus wie eine alte Frau, ein riesiger Elfenbeinkamm hielt ihr die Masse der unfrisierten, in wirren Knoten aufgesteckten Haare zusammen. Die Augen waren rot und umrändert, und sie tat nichts, mir ihren Schmerzenszustand zu verbergen. In ihr kurzes venezianisches Umhängetuch gehüllt, überlief sie ein ständiger Schauer. Sie fragte mich sofort, schlicht und demütig, mit resignierter Stimme: «Hast du Don Gastone gesehen?» Diese Worte klangen weniger wie eine Frage als wie eine illusionslose Feststellung, ohne Hoffnung auf Trost.

«Ja.»

«Wann?» fragte sie, nähertretend. Ihre sonstige Angriffslust schien einen Augenblick lang wiederaufzuleben und ließ sie die Nase kraus ziehen, zu einer kläglichen, abstoßenden Grimasse, so, als müßte sie niesen.

«Heute.»

Sie hielt nur mühsam an sich. Aber ich hatte sie im Griff. Ich antwortete zögernd und stockend und sagte einiges, das ich da und dort lustlos aus Cenas Erzählung fischte, der den ganzen Tag auf Don Gastones Spur gewesen war.

«Ist er dort gewesen... dort...?»

Ich begann von einem Fuß auf den andern zu treten und bohrte mit dem Finger in der Nase. Plötzlich überkam mich ein Zweifel, und ich zitterte vor Angst und sah die Hölle. Und wenn all das, was ich tat, Sünde wäre?

War das Sünde? Nun, ich wußte es nicht.

Die Sünde verflüchtigte sich wieder, aber mir blieb ein Rest von Angst. Und wenn Signorina Immacolata starb? Ich hatte von heftigen Gefühlsausbrüchen gehört, wie damals bei der Tante, die am Schlag gestorben war, als sie plötzlich das Gespenst ihres vor vielen Jahren in Brasilien verstorbenen Mannes sah.

«Er ist dort gewesen!» beharrte Signorina Immacolata.

«Ja.»

«Nein, sag mir nichts, o Gott!» Ihre Nase war ganz spitz geworden, ein kleiner Tropfen hing vorne daran.

«Ich hab es Ihnen ja schon gesagt», wandte ich ein.

«Was hat er gemacht, heilige Muttergottes? Sergio, die Wahrheit! Sag mir, was hat er gemacht?»

«Nichts», sagte ich.

«Wieso, nichts? Was ist das für dummes Zeug? He? Er wird wohl irgend etwas gemacht haben!» rief sie voll unbeherrschter Aufregung.

«Nein, nichts.»

Signorina Immacolata schloß die Augen halb, starrte mich an und sank, wie von plötzlicher Müdigkeit befallen, zusammen. Sie schien enttäuscht.

«Sag die Wahrheit, du bist gar nicht dort gewesen, nicht? Nein, nein, wie solltest du es denn gemacht haben, alles zu sehen, he? Los, antworte mir, ja?»

«Dann gehe ich jetzt», drohte ich.

Signorina Immacolata hielt mich zurück und nötigte mich zum Sitzen. Sie war nervös, sie wußte nicht einmal, was sie gerade machte, was für Gefühle in ihr aufkamen: Es war ein Knäuel aus Mißtrauen, Zweifel, Argwohn, Kummer, Liebe und Begehren.

«Ach, mein Lieber, bleib noch etwas hier, ich brauche dich nötig, o Gott!», seufzte sie. Sie gab mir etwas, ich spürte in der erdverkrusteten Handfläche kühles Metall. Ich versuchte mit den Fingern den Umfang des Geldstücks und die Zeichnung zu erkennen, tastete mit den Kuppen über die Vertiefungen: War es eine Lira, vielleicht sogar ein Fünfer mit dem Adler? Nein, ein Adler war es nicht. Was dann? Hatte mir diese Schlampe einen Knopf gegeben? Ein altes Geldstück aus dem vorigen Jahrhundert? Man mußte auf alles gefaßt sein.

Inzwischen hatte sich Signorina Immacolata noch etwas näher gesetzt. Ihre Augen glänzten sanft und melancholisch. Nein, es konnte keine Münze aus dem vorigen Jahrhundert sein.

«Sag mir, lieber Junge, sag mir, was er gemacht hat, der Verräter! Sag mir alles bis in die kleinsten Einzelheiten, erzähl mir genau...»

«Nichts, ich schwöre es; und dann ist Don Gastone auch nur kurz dort gewesen. Sie haben Schokolade getrunken, soviel ich sehen konnte, und gesprochen und gesprochen. Dann ist der Capitano Cagiullo ins Zimmer gekommen und hat allen die Hand gegeben.»

Es entstand eine Pause, während der Signorina Immacolata damit beschäftigt war, meine Worte abzuwägen, zu prüfen, zu begreifen.

«Und hast du nichts sonst gesehen?» bohrte sie weiter.

Sie war glücklich und bemühte sich nicht, es zu verbergen. Aber nicht völlig. Die Vorstellung, daß Don Gastone nichts gemacht habe, wirklich nichts, vermochte sie nicht zu überzeugen, genügte ihr nicht, nein, das war nun auch nicht gut.

«Er hat nicht ihre... Hand genommen... nein?» machte sie einen fast geflüsterten Vorstoß.

«Nein.»

War sie nicht damit zufrieden? Jetzt wollte sie auch noch die Hand; wenn ich ihr nicht einen kleinen Zweifel ließ, mit dem sie ihre Eifersucht nähren konnte, würden wir anscheinend zu nichts kommen.

«Ich habe allerdings nicht ganz genau sehen können. Die Vorhänge...»

«Wie, die Vorhänge? Du hast bisher nichts von Vorhängen gesagt, du Lügner!»

«Die Vorhänge waren schon da», sagte ich mit zerknirschter Stimme, wie um ihr begreiflich zu machen, daß mir erst jetzt klar wurde, wie wenig ich hatte ausspionieren können im Vergleich zu dem, was sie alles wissen wollte.

«Dann hast du also nicht alles genau sehen können?»

«So halb», sagte ich.

Sie war nicht zufrieden, noch immer nicht, aber sie war irgendwie glücklich; die Vorhänge hatten bei ihr einen gewissen Zweifel gelassen, ganz zum Vorteil der Lage und Don Gastones, und andererseits entstand das Glücksgefühl aus der Gewißheit, daß diese Vorhänge jedenfalls Durchblicke ließen, nach der Straße hinaus, wo dauernd Leute vorübergingen. «Niemals hätten sie den Mut gehabt... oh, wenn schon!... in manchen Augenblicken der Leidenschaft...», murmelte sie versonnen. «Und? War er gut angezogen? Roch er nach Parfum?» fragte sie schnell.

Ihr Geiz zwang sie, von mir für jeden einzelnen Centesimo etwas zu verlangen.

Ich bestätigte ihr, daß Don Gastone parfümiert und frisch rasiert gewesen sei, eingehüllt in eine große Duftwolke. Automatisch schnupperte Signorina Immacolata wie in Erinnerung, mit leicht geschlossenen Augen, dann blickte sie auf und berührte kokett ihr Haar. Sie war wie neu geboren, und ich frage mich, wie sie es fertiggebracht hatte, den Dienstag abzuwarten, ehe sie mich rief.

Sie hatte genug erfahren und entließ mich nun, selbstsicher, das Lorgnon vor Zufriedenheit hin und her schaukelnd.

Ich ging Cena suchen und hielt das Geldstück fest in meiner Hand; es war ein prächtiges, schweres Zwanziglirestück. Ich fand Cena, der mich seinerseits schon suchte. Er hatte alles in allem drei Lire zusammengebracht, ein wenig hier und ein wenig dort, und das war beachtlich, wo doch die Walenskas beteiligt waren.

«Was hast du erzählt?» fragte er mich.

«Hier», sagte ich triumphierend und hielt ihm das Geldstück hin.

«Sakrament!» rief er. Er befühlte es, befühlte es nochmals, nahm es in beide Hände und drückte es kräftig, um den Abdruck auf der Hand zu behalten.

«Leih es mir für eine Weile.»

«Behalt es, bis wir wechseln gehen», sagte ich. Wir wechselten es in vier Stücke zu fünf, und zwei davon gab ich Cena, schweren Herzens und nur mühsam den Wunsch unterdrükkend, ihn zu überrumpeln, ihn zu betrügen.

«Danke, Sergio, Sakrament! Ich gehe Polenta und Fisch kaufen. Meine Mutter, weißt du, ist ja öfter besoffen, aber sie hat immer Hunger, und man muß was nach Hause bringen.»

Den Jungfern hatte er die gleiche Geschichte erzählt, sich aber verschiedene Fassungen einfallen lassen. Er sagte mir, daß Camilla zur Gräfin gehen wolle, um wer weiß was für einen Krach bei deren Mann zu machen. Trotzdem hatte die Gewißheit von Don Gastones Keuschheit sie alle irgendwie enttäuscht. Aber war es denn nicht das, was sie wollten? Blieb nicht seine Unbescholtenheit erhalten? Er, der Ärmste, hatte nichts getan. Es gelang uns nicht, den Grund ihrer Unzufriedenheit zu entdecken. Nur die Walenska war so glücklich, daß sie unter Kußhändchen ausrief:

«Ah, mein Lieber! Ich wußte es, ich wußte es!»

Dies bewies, daß die Walenska zwar nicht ganz bei Trost, ihre Jungfräulichkeit und Unschuld jedoch nicht anzuzweifeln waren.

Wer sich die ganze Angelegenheit am meisten zu Herzen gehen ließ, das war der Cavaliere Esposito. Er nahm es jedoch in einem ganz anderen Sinn; er kannte keine Eifersucht, o nein, im Gegenteil, er war stolz. Denn er war es gewesen, der den ersten Gerüchten nach und nach mehr Gewicht gegeben hatte, er war es gewesen, der lächelnd das Gesicht verzog, wenn er Don Gastone zufällig begegnete, aber nicht zu einem ironischen, sondern zu einem freudig gehobenen Lächeln. Er überquerte bei solchen Gelegenheiten im Laufschritt die Straße, um ihm die Hand zu drücken, sie zu schütteln, zu streicheln und laut, ohne Scham und ohne Furcht, auszurufen:

«Bravo, bravo!», und dann lief er davon.

Und wenn er nicht zu Fuß die Straße überquerte, dann rief er «Ah! bravo!» auf die andere Seite.

Oder aber:

«Ein Militärgeistlicher muß vor allem ein Mann sein!» Sofern er nicht diesen Satz in drei Worten zusammenfaßte, die schroff, scharf und stolz unter seinem Schnurrbart hervorkamen: «Ein richtiger Mann!» Oder er versetzte ihm mit dem Ellbogen sanfte Rippenstöße, die dann immer heftiger wurden, worauf Don Gastone schmerzvoll auswich; oder er stellte sich breitbeinig vor Don Gastone hin, voller Genugtuung, ihm den Anzug glättend oder ausdrucksvoll den Pelzkragen glattstreichend, wobei er da und dort an den Knöpfen zerrte, mit offenem, vor freudigem Lächeln beständig gerötetem Gesicht, voll Ermunterung dem anderen gerade in die Augen blickend.

Don Gastone erwiderte manchmal auf all diese Bravos mit einem schwachen, lächelnden: «Aber warum denn?»

Und der Cavaliere Esposito, ein Schlaufuchs und einst ein Mann von Welt, fuhr ermunternd fort, nickte zufrieden und begeistert, da er Frage und Lächeln des andern für das schweigende Eingeständnis einer Tat hielt.

«Don Gastò!... wir brauchen doch nicht... Don Gastò! Sie wissen besser als ich...», verfiel er unwillkürlich in seinen neapolitanischen Dialekt, wie stets, wenn er aufgeregt war.

«Aber Cavaliere!» wandte Don Gastone ein, der nicht wußte, was er sagen sollte, um sich vor diesem aufdringlichen Menschen zu schützen. «Hilf dir, auf daß der Himmel dir helfe. Man darf nicht glauben, daß der Herr in seiner unendlichen...»

«Richtig, richtig, völlig Ihrer Meinung. Don Gastò, aber wozu Hilfe, he? Welch ein Feuer in Ihnen, welch ein Glück!»

«Ich kann mich nicht beklagen. Abgesehen von den nicht immer zustimmenden Kritiken...» Er bezog alles stets auf sein Buch.

«Machen Sie sich nichts draus, das sind böse Zungen, Leute aus der Provinz, Neidische, Don Gastò.»

«Manchmal fühlt man sich aber doch entmutigt, Cavaliere, glauben Sie mir, man hat nicht einmal mehr die Kraft...»

«Entmutigt, Don Gastò, mit fünfunddreißig Jahren?! Versündigen Sie sich nicht! Sie, ein Mann, wie er im Buche steht... voll Leistungsfähigkeit... Männlichkeit...!»

«Kurz und gut, ich sage es Ihnen im Vertrauen, mit der Hilfe des Herrn hoffe ich auf einen gewissen Erfolg...»

«Aber Don Gastò! Was reden Sie da! Sie wissen schon, den Erfolg haben Sie bereits gehabt! Don Gastò, mir macht man nichts vor, einem Mann von fünfzig Jahren» – er war zweiundsechzig – «mit dreißigjähriger Erfahrung im Zuchthaus und, bei aller Bescheidenheit, mit meinem Orden, einem Mann, der persönlich, ja persönlich, Benito Mussolini kennengelernt hat...»

«Nein, glauben Sie das nicht, es ist nicht so leicht, wie Sie meinen», verteidigte sich Don Gastone mit einer Stimme, die ein Ausbund von Demut war.

«Ha, Don Gastò, Sie tun recht, Sie tun recht daran, so zu sprechen, man muß in gewissen Dingen ein Ehrenmann sein, aber Don Gastò, geben wir's doch zu... eine Frau wie diese, so fein zurechtgemacht, eine wirkliche Dame!...»

«Aber Cavaliere, was sagen Sie denn da?» wandte Don Gastone unsicher und errötend ein. Teils begriff er, teils nicht.

«Ihr Diener, Don Gastò, Ihr Diener, nicht ein Sterbenswörtchen, ich bin auch ein Ehrenmann!» Und er eilte mit hochrotem Gesicht davon, blies sich zufrieden in die Schnurrbartspitzen und klatschte begeistert in die Hände.

Mit wem er auch zufällig ins Gespräch kam und ein paar Minuten schwatzte oder, wenn der Zufall sich nicht einstellte, ihm nachhalf, mit allen landete der Cavaliere Esposito immer hier, bei seinem Thema: Er lobte, trat erfundene Dinge breit, die aber wahr klangen, er spöttelte grausam über den Hauptmann Cagiullo, ohne dessen Namen zu nennen, nur mit Gesten. Und da stand er und zog aus der Tasche seines Überziehers den gespreizten Zeige- und den kleinen Finger heraus, mit ernstem Gesicht, und sagte, es sei eben Schicksal für die Gehörnten, ganz abgesehen davon, daß er die Carabinieri nie habe leiden können; dreißig Jahre hindurch sei er mit ihnen in Berührung gewesen, er kenne sie.

Nie versäumte er eine Gelegenheit, um zu erzählen, zu erklären, darauf hinzuweisen, stets ohne Namensnennung. Gegenüber den Jungfern, die er in Verdacht hatte, und auch wieder nicht, steigerte er die Dosis. Und er entwarf von Don Gastone ein solches Bild, daß «Casanova, der unten zwei solche... Pardon... hatte, sich in den Bleikammern versteckt gehalten hätte, statt zu entweichen!»

Der Cavaliere Esposito hielt diese Lobreden nicht von ungefähr, für nichts und wieder nichts; es gabe eine ganze Reihe von Gründen, aus denen sich seine Bewunderung speiste. Denn diese Bewunderung für Don Gastone war im wesentlichen die eines kleinen Faschisten für einen arrivierten Faschisten. Für ihn war Don Gastone ein bekannter Mann, ein Repräsentant Italiens, der zwar auch Priester war, aber vor allem ein Held des Spanienkrieges und folglich in seinen Beziehungen zu Frauen unersättlich, ein Gockel, ein solcher Liebhaber, daß er ohne Zweifel auch mit zehn Geliebten fertigwerden konnte. Seine Apologie Don Gastones war nichts anderes als die Apologie der Partei oder besser jener Fähigkeiten, die der Faschist, nach Vaterland, Gott und Familie, auch im weltlichen Abenteuer zu beweisen hatte. Ein Faschist, der nicht zugleich ein großer Liebhaber, ein Hahn aller Hennen war, beharrlich wie ein Kaninchen und potent wie ein Zuchthengst, war für ihn Abschaum der Partei, ein Vorstadtstiefelputzer, ja, überhaupt nicht als Faschist zu bezeichnen. Mussolini hatte zwei... von enormer Größe, aus Gold, und die anderen Spitzen der Partei ebenfalls, von jenem Parteisekretär ganz zu schweigen, der sich für seine Liebesabenteuer eines eigens für ihn konstruierten Flugzeugs bediente.

Er versuchte sogar, hartnäckig und nachdrücklich seine Beschreibung der männlichen Attribute Mussolinis mit dem Hinweis zu erhärten, daß er den Duce bei mehr als einer Gelegenheit aufmerksam betrachtet habe, um sich zu vergewissern, und daß man es sehr gut sehe, auch mit bloßem Auge.

Für die Jungfern bedeuteten jedes Wort, jede Andeutung und Anspielung auf Don Gastone ebenso viele Dolchstiche. Und der Cavaliere Esposito, der mit Interesse und Eifer auch die kleinsten Dinge dieser Entwicklung verfolgte und mit seiner südlichen Phantasie ausschmückte, war ein Sänger von Heldentaten geworden, er berichtete, erzählte und flüsterte nicht nur; er hatte für Don Gastone den Kopf verloren, auch er, so daß der junge Priester nicht mehr nur ein Diener Gottes war, sondern ein Held von Rang und ein würdiger Vertreter der Rasse. Jeden Tag waren es veritable epische Ergüsse, kleine Dichtungen, wenn auch etwas bemühte, die er den Jungfern mit einer fast zu leidenschaftlichen Galanterie vortrug.

Die Tage vergingen, und Don Gastone ließ sich nicht blikken. Es war nur zu klar, daß die Wäsche automatisch in andere, unbekannte Frauenhände übergegangen war. Es begannen Vermutungen über ein viel weitergehendes Verhältnis zu kursieren, es hieß, er habe den gesellschaftlichen Umgang gewechselt, sei aufgestiegen, in einen für seine Ziele und seinen Ehrgeiz geeigneteren Kreis von Bekanntschaften.

Das Verhältnis mit der Contessa war allgemein bekannt geworden, wenn man auch nicht in allen Einzelheiten der Version des Cavaliere Esposito glaubte. Die sonderbarsten Gerüchte gingen um: Die Contessa sei eine Hexe, sie besitze Zauberkräfte. Das sagten die Jungfern. Doch in ihrem Innersten schlossen sie bei pflichtschuldigem Abwägen ein auch nur geringfügiges Interesse Don Gastones für diese Person restlos aus.

«Sie ist ein fettes Weib», sagten sie.

«Wenn es nur das wäre, aber sie ist völlig vertrocknet.»

«Die Ärmste, zu allem anderen ist sie ein elendes Häuflein Knochen, abstoßend und ekelhaft.»

«Ob sie stottert? Wenn es nur Stottern wäre! Sie ist fast stumm!»

«Sie ist vorne flach wie ein Brett!»

Das waren noch die sittsamsten Sätze, die man hören konnte; aber es gab Tage, an denen Erbitterung und Bedürfnisse besonders stark waren, die kritischen Tage Camillas, an denen sie nicht mit den häßlichsten Worten und obszönen Gesten sparte, die sie jedoch im letzten Moment unterbrach, mitten im Satz, mitten im Wort: «Mund, schweig still, Herz, kränke dich.»

Don Gastone suchte inzwischen immer häufiger, eifrig und unermüdlich «jene Gegend» auf, und meine und Cenas Kontrollgänge waren beschwerlich geworden, ein stundenlanges Auf und Ab, Hin und Her, bei der Kälte, zwischen dem Pfarrhaus und der Wohnung der Contessa.

Eines Abends glückte es uns, eine dieser Begegnungen mitzuerleben. War das eine Auseinandersetzung? Uns schien es so.

Es war bereits dunkel, zwischen fünf und sechs Uhr abends. Wer weiß das genau? Man kann das nie sagen, an Winternachmittagen in dieser Stadt.

Cena und ich standen Posten vor dem Pfarrhaus. Uns klapperten die Zähne vor Kälte, und wir standen dicht aneinandergedrängt in einer Nische neben dem großen finsteren Portal. Jenseits der Mauer hinter uns lagen die Gärten des Bischöflichen Palais, wunderschöne Gartenanlagen, wie es hieß. Wir stellten uns darunter eine Art Paradies vor, wo saftige Äpfel, Kakis und Bananen auch winters von den Bäumen fielen; mit hohen Gewächsen und Stämmen, an denen man wie die Affen klettern konnte, und einem kleinen See in der Mitte, in dem Sirenen lebten. Und wenn wir manchmal auf der Straße den Bischof in Purpur und Gold in seinem Automobil, die schwer beringte Hand an der Haltequaste beim Fenster, vorüberfahren sahen, so war auch das für uns nur eine gültige Bestätigung der Wunder seines Gartens. Sah man ihn dann noch im Dom in den entsprechenden Meßgewändern, dann wurde er ein märchenhafter Kastellan, eine Gestalt aus einem historischen Film. Aber die Umfassungsmauer des Gartens war zu hoch und oben darauf Glasscherben, so daß man sie nicht überklettern konnte.

Es schneite nicht; es war ein wundervoller Januarabend, leuchtend klar und mit einem nach Schnee duftenden Wind; die Sterne funkelten, und die Bäume des bischöflichen Gartens schimmerten in ihrem Licht; der Schnee und die Eiszapfen an den hohen Zedern glänzten wie Juwelengehänge; vielleicht wählte er da drinnen gerade seine Ringe und Ketten aus; vielleicht ging er gerade jetzt allein spazieren, versank mit seinen roten Schuhen im Moos und suchte zwischen dem Geflecht der Eichenäste oder unter den Piniennadeln die Steine, die ihm am meisten gefielen.

Die Pfützen geschmolzenen Schnees gefroren hörbar, es war ein Geräusch wie das ferne Brechen und Splittern einer Glasscheibe. Wir befanden uns hier seit dem frühen Nachmittag; solange die Sonne schien und es noch etwas hell war, hatten wir uns hinter der Gassenecke versteckt gehalten, dann, als es dunkel wurde, waren wir näher ans Portal geschlichen. Lampen gab es wenige, und in der abgelegenen, schmalen Straße kam keine lebende Seele vorüber. Man mußte achtgeben, denn Don Gastone konnte jeden Augenblick herauskommen und am anderen Ende der Gasse um die Ecke entwischen. Seine drei Fenster, eines an der Ecke und zwei nach innen, erhellten den kleinen Vorgarten des Pfarrhauses.

Cena war es, der die Contessa sich mit großen Schritten nähern sah, dicht an der Häuserwand; er gab mir einen Rippenstoß. «Sakrament», sagte er, «dort, dort, die Manina!» Er war ganz aufgeregt.

Sie kam geradewegs auf uns zu, von der andern Straßenseite her, und konnte uns jeden Augenblick entdecken.

«Wäre es nicht besser, etwas weiter nach drüben zu gehen?» fragte ich.

Cena blieb sprachlos.

«Und wenn sie uns sieht?»

«Dann bleiben wir hier.» Sie war zu nahe, als daß wir uns hätten bewegen können. Wir drückten uns ganz in die Nische hinein, in unseren Umhang gehüllt. Das Geheimnis hielt uns in seinem Bann.

Die Contessa kam noch weiter auf uns zu, kam auf unsere Seite und blieb wenige Schritte vor unserem Versteck stehen. Sie stellte sich auf die Zehenspitzen, vielleicht versuchte sie, irgend etwas, einen Schatten wenigstens, in Don Gastones Zimmer zu erkennen.

«Don Gastone!» rief sie mit dünner Stimme; dann immer

lauter, immer ungeduldiger. Sie wiederholte den Namen mehrmals, in Abständen, und erst nach einiger Zeit zeigte sich Don Gastone im Fenster; er trug einen weißen Skipullover und um den Hals einen Sportschal.

«Oh! Was für eine freudige Überraschung! Gelobt sei Jesus Christus!» rief er froh und herzlich.

«Pssst...», machte die Contessa. «Sprechen Sie leise, Don Gastone, sagen Sie nichts, kommen Sie doch herunter.»

Don Gastone lächelte albern und deutete auf die Tür.

«Läuten Sie ruhig die Glocke, bitte, kommen Sie herauf.»

«Kommen Sie herunter, Don Gastone, ich beschwöre Sie, soll ich Sie auf den Knien bitten?»

Don Gastone war einen Augenblick unschlüssig, dann band er sich den Schal fester. «Verzeihen Sie», sagte er, «eine Minute... ziemlich kalt, nicht wahr?»

Die Contessa zog sich sofort etwas zurück und lief ein wenig die Straße hinab, bis sie im Dunkel verschwand. Sie nieste drei-, viermal, leise und anmutig.

Don Gastone kam zum Tor heraus, blickte um sich und machte ein paar rasche, heftige Bewegungen gegen die Kälte. Sie ging ihm entgegen.

«Oh! Sie sind hier, mein Lieber, hier bei mir», flüsterte sie und nahm seinen Arm. Ihre Haltung war völlig verändert. Zuvor, als sie ihn rief, war ihre Stimme leicht kreischend, anmaßend gewesen.

Don Gastone begann ganz plötzlich unruhig zu werden und flüsterte drängend:

«Was gibt's? Was ist los?»

«Sie sind nicht gekommen, Sie haben mich allein gelassen, und ich brauchte so nötig Ihren Trost, Don Gastone! So nötig! Sie sind gemein!»

«Aber jetzt, um diese Zeit! Scheint Ihnen das passend? Bei dieser Kälte! Oh, erlauben Sie», sagte Don Gastone zähneklappernd. Er war aus der Wärme in die Kälte gekommen und hatte wenig Lust zu trösten.

«Don Gastone, mein Don Gastone!» drängte die Gräfin sich dicht an ihn und reckte bereits gierig das Kinn.

«Ich stehe Ihnen zur Verfügung, Signora, aber gehen wir hinein, gehen wir wenigstens in das Sprechzimmer, es ist doch etwas kühl hier!» kehrte er zum vorigen Thema zurück.

«Nein, Don Gastone, ich will nicht.»

Don Gastone begann wieder mit seinen kleinen Freiübungen.

«Aber, meine Liebe...», doch er hatte keine Zeit, seinen Satz zu beenden. Die Contessa hatte sich seiner bemächtigt, hatte seinen Kopf mit der Hand ergriffen, und mit der anderen hielt sie ihn an der Taille umfaßt. Sie suchte tastend mit dem Mund einige Augenblicke den seinen, als hätten sich ihre Lippen in einen Saugnapf verwandelt. Schließlich fand sie Don Gastones Lippen und preßte sich seufzend dagegen. Don Gastone hatte keine Zeit gehabt zu reagieren, sich zu verteidigen; er war ohne Verdacht gewesen. Er seufzte ebenfalls, aber aus Protest, hinter den geschlossenen Lippen; man hörte ein leichtes Fauchen, einen prustenden Laut, das Knacken von Fingergelenken, und die Tasche der Contessa fiel zu Boden. Sie öffnete sich, und zum Vorschein kamen der Taschenspiegel und einige andere persönliche Gegenstände. Einen Augenblick danach hatte Don Gastone sie schon zurückgestoßen, ärgerlich; als erstes rettete er seinen schönen Velourhut den sie mit ihren begehrlichen Fingern ganz zerknittert hatte.

«Gestatten Sie, gestatten Sie! Bitte!» knirschte er und riß ihr den Hut unhöflich und mit sicherem Besitzersinn aus der Hand. Dann lief er in kleinen, lautlosen Sprüngen auf Zehenspitzen dem Tor zu; sie hielt ihn an der Soutane zurück, zweimal packte sie ihn, aber er löste ihre Finger, lächelnd: «Bis morgen, bis morgen... Wenn Sie unserem Herrgott näher sind... Gelobt sei...», und er glitt blitzschnell durch das Tor, hinter dem er in einem Wirbel aus Priesterkutte und Aufregung verschwand.

Die Contessa hob ihre Handtasche samt den Gegenständen, die herausgefallen waren, vom Boden auf und ging mit einem plötzlich wieder ruhig und sicher gewordenen Schritt von dannen. Als sie an uns vorüberkam, hörten wir sie summen: «Vivereee... senza malinconiaaa...»

Wir gingen ebenfalls, eine Zeitlang schwiegen wir still; dann sagte ich wütend: «Hast du das gesehen?... Hast du's gesehen?»

«Ich könnte schwören, die hat gerade keinen!» rief Cena.

Wir wußten nicht, ob wir den Vorfall den Jungfern berichten sollten oder nicht. Wie würden sie ihn aufnehmen? Es war möglich, daß sie es an uns ausließen, oder besser, daß eine Nachricht dieser Art sie entmutigte und zugleich so empörte, daß sie uns vorwerfen könnten, wir wollten sie nur damit quälen. Vielleicht behaupteten sie auch, wir hätten alles nur erfunden, um weiter für sie zu arbeiten, ihre Neugier anzustacheln und einige Lire mehr zu ergattern. Zuletzt beschlossen wir, erst zu berichten, nachdem wir die Stimmung genau ausgekundschaftet hätten. Im Grunde war ja nicht viel vorgefallen, keine intimen Kontakte, Don Gastone hatte sie ziemlich barsch weggejagt. Es war besser, mit Einzelheiten auf diesem letzten Punkt zu beharren, um seine Treue ins rechte Licht zu setzen. Wir trennten uns.

Die Sache nahm einen völlig unerwarteten Ausgang. Vielleicht durchlebte Signorina Immacolata gerade den Augenblick dieses Tages, in dem die Krise sich verschärfte; ich fand sie auf dem Bett liegend, tief in die Kissen vergraben. Noch nie hatte sie mich ihr Schlafzimmer betreten lassen. Wann immer ich zu ihr gekommen war, und ich hatte die Erlaubnis, zu jeder Tagesstunde zu kommen, hatte sie stets darauf geachtet, angekleidet zu sein. An diesem Tage nun war sie schlampig wie nie, in ihrer Kleidung nachlässig bis zum Ungehörigen, sie, die immer so ungemein sorgfältig war, mit ihren gewöhnlich blütenweißen und frisch gestärkten Blusenaufschlägen. Sie hatte ihren Hausrock an, und ich bemerkte sogleich, daß die Augen geschwollen und rot vom Weinen waren. Auch das Dienstmädchen hatte mir das zu verstehen gegeben, als es die Schlafzimmertür öffnete, wobei sie eine Haltung einnahm wie jemand, der die Tür zu einem Sterbezimmer leise öffnet.

Ich sprach ohne Unterbrechung und sagte alles, bis in die letzten Einzelheiten, und fügte von mir aus hinzu, was ein solcher Augenblick erforderte; ich drückte mich voll Begeisterung aus, als sei ich selbst an der geschilderten Szene und an den Gefühlswallungen beteiligt, die sich auf der gefurchten Stirn und in dem gierig flackernden Blick von Signorina Immacolata widerspiegelten. Sie hörte mich an, und je fester meine Worte das geistige Band der Treue schmiedeten, an das Don Gastone sich gefesselt hatte, desto mehr verwandelte sie sich: Zuerst errötete sie, dann erbleichte sie plötzlich, wurde wieder rot und dann rosig. Die winzigen Augen hinter dem Lorgnon brannten wie kleine Flammen, sie lächelte und war verträumt, und dann wurde sie ganz wirklich und irdisch, lachte in zukkenden Stößen, nickte mit dem Kopf bei jedem Wort von mir und mißhandelte die Kissen mit den Fingernägeln. Schließlich erhob sie sich vom Bett und ging mit Geisterschritten zum Fenster, und dann, als ob das Herz plötzlich dem stürmischen Andrang des Blutes nachgäbe, stöhnte sie auf: «Genug, Sergio, genug! Um Himmels willen, hör auf!» Und schließlich löste sich unter dem Druck der Freude ein heftiges Schluchzen und drang stoßweise aus ihrer Brust, während sie das Zimmer vom einen Ende zum anderen durchlief, da und dort Gegenstände aufhob und wieder zu Boden warf, wobei sie Papierblätter und ihren Seidenschal in tausend kleine Fetzen zerriß.

Ganz unvermittelt schickte sie mich hinaus, ich solle im gelben Salon warten, um der Madonna willen, sie könne nicht mehr, sie müsse sich umziehen. Und als ich beim Verlassen des Zimmers zu meiner Verbeugung ansetzte, die sie selbst mich gelehrt hatte, besann sie sich bereits wieder anders, ich solle noch dableiben, ihr alles nochmals berichten.

Ich hatte indessen noch nichts Greifbares für mich gesehen, und ich wartete und wartete. Sie schien es jedoch vergessen zu haben, ihre Handtasche lag dort auf der Kommode, sie hatte sie schon in der Hand gehabt und dann wieder hingeworfen.

Nachdem sie kurze Zeit am Fenster gestanden hatte, nirgends Ruhe fand und zwischen Fenster, Toilettentisch und mir hin und her lief, kam sie auf mich zu, küßte mich und rief: «Mein lieber Junge, mein Engel, ich will dir ein Geschenk machen. Rate mal, was!»

Ich versuchte es blitzschnell zu erraten, um ja die Gelegenheit nicht zu verpassen, aber mir fiel nichts Rechtes ein. Nach all den Aufregungen wegen anderer schlug mir das Herz nun für mich selbst, und ich verspürte eine Aufregung, die ich bisher nicht an mir kannte. Es war das erstemal, daß ich ein Geschenk empfangen sollte, ein richtiges Geschenk. Ich versuchte nochmals zu überlegen, aber es gelang mir nicht, die huschenden Bilder zu erfassen, die in meinem Kopf im weiten Bereich der Wünsche durcheinanderwirbelten. Ein Geschenk! Aber was war ein Geschenk? Vielleicht etwas Überflüssiges, sicherlich etwas Überflüssiges, nicht etwas wie Schuhe, Kleider, Essen, Geld. Ein Geschenk war etwas darüber hinaus, etwas für feine Leute! Ich hatte mir noch nichts Bestimmtes vorgestellt, aber es mußte etwas Außergewöhnliches sein, so wie Signorina Immacolata davon gesprochen hatte.

«Ein Geschenk, ein sehr schönes Geschenk!» wiederholte sie. «Weißt du, was?»

Es entstand eine Pause, völlige Stille, während der sie mich durch ihr Lorgnon lächelnd betrachtete:

«Ein Fahrrad!»

Ich spürte, wie meine Unterlippe zitterte, dann, wie sie sich vorwölbte, und endlich ein starkes Brennen in den Augen. Ich mußte schlucken, ich weiß nicht, wie viele Betrachtungen ich in wenigen Augenblicken über Cena, über den Großvater, über die Bande und über Don Gastone anstellte. Ich traute meinen Ohren nicht. Schon verspürte ich einen leisen Stich der Enttäuschung, wer weiß, woher er kam, alles war nur erfunden und erträumt, und dieses geizige Weib hielt mich zum besten.

Auch Großvater hatte mir so viele Dinge versprochen und nie seine Versprechungen gehalten. Und auch meine Mutter. Nein, ich hatte noch nie Geschenke bekommen, und würde auch nie welche bekommen. Man kannte meinen Vater nicht, da war nichts zu machen. Ich hatte keinen Papa, und um Geschenke zu bekommen, muß man auch einen Papa haben. Und wenn es keinen Vater gibt und die Mutter Geschenke macht, so heißt das, daß die Mutter keine anständige Frau ist; der Großvater hatte kein Geld zum Herschenken, höchstens ein bißchen für die Milch am Abend. Während mir blitzschnell alle Überlegungen durch den Kopf gingen, die wir, Cena und ich, so oft über Geschenke angestellt hatten, hörte meine Lippe nicht auf zu zittern, so als führte sie ein Eigenleben.

«Ein Fahrrad?» stotterte ich.

«Ja ja, wirklich, ein Fahrrad.»

«Ein Legnano-Rad? Ich verstehe was von Rädern.»

«Was für eins du willst.»

«Ein Rennrad?»

«Möchtest du ein Rennrad?»

Ich hatte nur eben die Zeit, «ja» zu sagen, und es klang fast wie ein Lied.

Dann schossen mir die Tränen in die Augen, ohne daß ich es merkte, zwei lange Fäden hingen mir aus der Nase, und ich begann sie wütend aufzulecken. Die Fäden wuchsen nach, und ich leckte und heulte:

«Schwören Sie bei Gott!»

«Sei still, gebrauche den Namen des Herrn nicht für solche Dinge, das ist eine Sünde, hast du denn gar keine Erziehung?» mahnte mich freundlich Signorina Immacolata. Doch für mich hatte dieser Schwur höchste Bedeutung.

«Sagen Sie: Ich schwöre!» wiederholte ich.

«Ich sage nie solche Dinge, man darf nicht schwören.»

Mir war, als spürte ich eine große Kälte, die mir wie ein Windstoß den Schweiß der Aufregung am Körper trocknete. Meine Wangen glühten.

«Dann ist es nicht wahr!»

«Es ist schon wahr, du brauchst keine Angst zu haben», beruhigte mich Signorina Immacolata.

Sie betrachtete mich mit solchen lächelnden Augen, wie ich sie nie bei ihr gesehen hatte, seit ich sie kannte. Ich wußte nicht, daß in ihnen Liebe und Feuer lag; ich verstand noch nichts davon, aber es war tatsächlich etwas Ähnliches wie jenes Licht, das in den Augen meiner Mutter brannte, wenn sie verstohlen manche Photographien eines Mannes anschaute.

«Sagen Sie: Ich schwöre!»

Signorina Immacolata sprach es endlich nach, hastig und lächelnd. Ich weiß nicht, was ich im einzelnen tat oder sagte; ich entsinne mich vieler Verbeugungen, und daß ich plötzlich anfing zu lachen, was mir sonst sehr selten geschah, da es keine rechten Gründe dazu gab in unserem Leben, höchstens im Kino.

Ich begann zu sprechen, zu sprechen, ohne einen Augenblick aufzuhören. Ich nannte ihr eine Unmenge von Fahrradmarken, was sie kosteten und wo die Geschäfte waren. Ich weiß nicht, ob sie mir zuhörte. Gleichzeitig dachte ich an Cena und an unsere Ausbrüche der Bewunderung vor den bei Paulotto ausgestellten Bianchis, den roten, den gelben, sogar ein blaues und silbernes war dabei, das auf einem schwanenförmigen Dreifuß ausgestellt war; wir legten mehr als einen Kilomenter zurück, um die Legnanos anzusehen, und der Laden war klein, der Besitzer ständig betrunken, er jagte uns davon, weil er uns für Bettler hielt. Ich dachte an meine Mutter: Sie brauchte sich meiner nun nicht mehr zu schämen, jetzt, mit einem solchen Fahrrad. Ein Junge mit so einem Fahrrad machte seiner Mutter Ehre, sie würde glücklich und stolz auf mich sein.

Schließlich entließ mich die Signorina; sie sagte, daß sie müde sei und sich umziehen müsse. Als ich die Treppe hinabstieg, packte mich Reue, und ich sagte vier «Pater, Ave, Gloria» auf, wegen des Holzes, das wir ihr gestohlen hatten; ich fügte einen Akt der Zerknirschung hinzu, aber mit zu großer Begeisterung, als daß es eine Bekundung der Reue sein konnte. So verschob ich sie auf einen anderen Tag, an dem eine traurige Stimmung meine guten Vorsätze unterstützen würde. Schließlich vergaß ich auch diesen Seelenschmerz und schloß damit, daß wir gut daran getan hatten, das Holz zu stehlen.

Eilig ging ich nach unten und rannte dann bis zum Bogengang. Dort berichtete ich alles Cena und sprach so schnell dabei, daß er Mühe hatte zu begreifen. Er fluchte nur und fuhr fort, sich zwischen den Beinen, unter dem Hemd, auf dem Kopf und sonst überall am Körper zu kratzen. Nach und nach beruhigten wir uns, und ich erzählte ihm nochmals, wie sich die ganze Geschichte abgespielt hatte, und dann zum drittenmal, mit endlosen Unterbrechungen seinerseits. Es wurde Abend, und wir gingen nicht einmal zum Essen nach Hause. Wir spazierten an seinem Haus vorbei, ohne auf das Geschrei seiner Mutter zu achten, die wie eine Besessene «Cenaaa!!!» brüllte und sich die vom sauren Wein halb zerfressene Kehle noch heiserer schrie.

Ich lief zum Großvater, nahm ihm das Gestell vom Bein weg, und Cena half mir mit liebevollem Eifer; wir stützten den Großvater, als er die Treppen hinaufstieg; ich vernahm sein mühsam unterdrücktes Ächzen und Stöhnen und dachte, daß auch sein Krebs eines Tages durch das geschenkte Fahrrad geheilt sein würde. Dann gingen wir wieder in den Hof hinunter und liefen zum Laden von Paulotto, um das Schaufenster genau zu mustern. Unsere Wahl fiel nach langen, handgreiflichen Erörterungen auf das rote Bianchi-Rad.

Wir hockten uns voller Begeisterung vor dem Fenster auf den Boden.

«Ciao, Binda», sagte Cena und gab mir einen Rippenstoß.

«Ciao, Guerra.» Das waren die Helden des Pedals von damals.

«Sieh doch, aber sieh genau hin, sieh dir die Speichen an!»

«Und der Lenker?»

«Kommt's dir nicht vor, als ob es Flügel hätte?»

«Und die Radnaben!!!»

«Und der Rahmen!!!»

So wurden wir Besitzer eines Fahrrads. Am nächsten Tage gingen wir es offiziell kaufen, und an dieser Zeremonie nahm eine Unzahl von Leuten teil.

Um zehn Uhr morgens hielt Don Gastone, der die Einladung angenommen hatte, seinen Einzug in den Portikus; alle Jungfern erwarteten ihn.

Kein Vorwurf wurde laut, keine Anspielung, keinerlei Getuschel, nichts. Die Jungfern verhielten sich höchst edelmütig. Sie waren gerührt, bewegt; sie hatten ihn so aus der Nähe, in Reichweite, will ich sagen, seit vierzehn Tagen nicht gesehen, und ihr Beben, ihre roten, benetzten Wangen, die feuchten Augen, die hinter den durch die langen Leidenstage welk gewordene Lidern glitzerten, waren mehr als gerechtfertigt.

Auch der Cavaliere Esposito mit seiner ältesten Tochter Pinuccia und meine Verwandten fehlten nicht. Großvater wurde in einem Taxi befördert, da er an diesem Tage stark unter Schmerzen litt und sich kaum bewegen konnte.

Die Gruppe zog zum Haustor hinaus: Don Gastone in der ersten Reihe, zwischen Signorina Immacolata und dem Cavaliere Esposito. Wenn er den Grund dieses ungewöhnlichen, unmöglichen, absurden Anfalls von Großzügigkeit der Signorina Immacolata gekannt hätte! Wenn er auch nur hätte ahnen können, was sie dazu getrieben hatte! Aber hörte und sah denn dieser Mann gar nichts? Und doch, wenn auch die Jungfern sich mit großer Würde benahmen: Jeder hätte feststellen könne, daß ihre Wangen nicht mehr schlaff und farblos waren, sondern auch von kosmetischen Mühen zeugten, und das Blut sie wieder mit schwungvoller Begehrlichkeit durchströmte; ihre Finger hielten keinen Augenblick still und tasteten hierhin und dorthin, zerstreut, vor allen Leuten, in dem Versuch, sein Gewand zu berühren, eine Hand von ihm zu streifen, den Arm, den Oberkörper, den Schenkel. Signorina Immacolata in ihrer Erregung sondergleichen gelangte dahin, daß sie einen Augenblick lang an seinem Arm hing. Keiner bemerkte das außer uns, die wir unmittelbar neben ihr gingen; einige Schritte weit ging sie auf den Zehenspitzen, so leicht, daß man hätte meinen können, ihre Füße erhöben sich von der Erde und sie schwebte wie ein Gespenst durch die Luft.

Der Cavaliere Esposito war ans Ende des Zuges geraten, brummig und verärgert, weil die Gegenwart seiner Tochter ihn daran hinderte, sich mit dem ihm eigenen Eifer Don Gastone zu widmen: gewisse Dinge hätte er, mit seiner Pinuccia auf den Fersen, nicht einmal flüstern können. Boshaft war diese Pinuccia und schon ein richtiges Fräulein: Sie schaute gleichfalls auf Don Gastone; als sie ihm im Portikus die Hand reichte, war sie entflammt und begann zu schmachten; und als genüge das nicht, hatte sie ihn in einer Art, mit jenem südlichen, arabischen Blick angesehen, der unter unsichtbaren Schleiern hervorzugleiten schien, um Don Gastone seine Kleider auszuziehen und seine Maße zu nehmen. Die arme Pinuccia war wegen ihres heiratsfähigen Alters stets ins Haus gesperrt, und Don Gastone war einer der wenigen Männer, die sie aus der Nähe zu Gesicht bekam.

So hatte der Cavaliere Esposito sie beiseite nehmen müssen:

«Oho, oho! Schamloses Mädchen, wer hat dich gelehrt, auf diese Weise Geistliche anzusehen? Das gehört sich nicht!» Und dann, nach Zerren und Kneifen, drückte er ihr mit der Hand den Kopf nieder:

«Blick zu Boden, geh, blick zu Boden, das ist besser für dich, ja!»

Er mußte ein wenig abseits bleiben, mißlaunig, mit Pinuccia an der Hand, dem großen Mädchen in Rock und Bluse und mit Kindersocken, alles zu klein für diesen Körper, der schon seit einiger Zeit frauliche Formen erkennen ließ; ihre Kleider saßen von Tag zu Tag strammer, die Fülle des Busens sprengte die Knöpfe und das Gesäß die Nähte, alles an ihr war flutende Wellenbewegung und zog die Blicke der Leute auf sich.

Großvater war es, der das Fahrrad aussuchte: Ein rotes, denn wir wollten ein rotes, und ein Männerrad, nicht eines für Kinder. Fünf ließ er sich zeigen, ehe er das ihm zusagende fand. Schließlich prüfte er das letzte, betastete es, als ob es sich um ein Füllen handele, um eine Bauernmagd, um ein Mädchen für ein Luxusbordell; er befühlte den Sattel, ließ die Räder kreisen, maß die Speichen mit dem entsprechenden Instrument, brachte mit erfahrenen, präzisen Fingeranschlägen den Rahmen zum Singen. Signor Paulotto und sein Gehilfe Gildo schwitzten vor Wut und Entrüstung.

Es war ganz mit Streifen eingefetteten Papiers umwickelt und duftete nach bestem Maschinenöl. Don Gastone segnete es und sprach ein paar passende Worte, die das gute Herz der Signorina Immacolata und der anderen Damen ins rechte Licht setzten, welche, wenn auch sehr bescheiden, zu dieser Tat der Nächstenliebe beigetragen hatten.

«Es ist sein Verdienst, ganz sein Verdienst», entgegnete Signorina Immacolata, um dem Druck der hartnäckigen Dankesbezeugungen der Verwandten auszuweichen. Doch nur ich, Cena und vielleicht auch Don Gastone wußten um den eigentlichen Sinn dieser Worte. Sie sah ihn scharf an, als sie es sagte, mit einer Intensität, die sich bis zum leichten Schließen der Augenlider steigerte.

Don Gastone wollte unbedingt aufsitzen, nur so, um lachend seine Geschicklichkeit zu beweisen; aber er stürzte elend bei dem zappelnden Versuch, die Pedale richtig zu erwischen, er fiel, seine Kutte schlug hoch und einen köstlichen Augenblick lang erschienen in ihrer ganzen Länge und ohne Bedeckung seine fleischigen, muskulösen, braungebrannten Beine.

Die Jungfern fuhren zusammen. Nicht nur eine rief die Heiligen an. Aber das Rad war im Fluge von Gildo aufgefangen worden, und Don Gastone fand so Gelegenheit, gewandt wieder hochzuspringen, er stand auf und deutete einige kurze Kniebeugen an, um sich wieder ins Gleichgewicht zu bringen. Wonach, endlich, das Fahrrad in unsere Hände überging. Wir hoben es in Schulterhöhe, verließen das Geschäft, und die Gruppe löste sich auf.

Am nächsten Tag beschlossen wir, zwei Rennfahrer-Trikots zu kaufen, jeder mit dem Geld, das wir in den letzten Tagen zusammengebracht hatten. Ein Trikot der Legnano- und eines der Bianchi-Mannschaft. Sie waren etwas weit für uns, reichten uns bis an die Knie; damit sie nicht in die Kette gerieten, nähten wir den Saum an den Hosen fest.

In den weniger kalten Stunden des Nachmittags trainierten wir auf der Bahnhofsallee: dabei stellte sich heraus, daß keiner von uns beiden mit seinen Beinen vom Sattel aus die Pedale erreichte; wir lösten das Problem, indem wir das eine Bein durch den Rahmen steckten und von der Seite her den Lenker faßten, aber es gab Streit, Ärger und Faustschläge, weil die Fahrzeit des einen stets kürzer als die des andern zu sein schien. So ersannen wir eine andere Methode: Jeder bekam ein Pedal für sich, der eine klammerte sich von rechts, der andere von links an das Fahrrad.

Der Winter war auf dem Höhepunkt, Straßen, Felder und Gärten waren mit Eis bedeckt, aber wir träumten schon vom Sommer, während wir bis zur Erschöpfung auf und nieder, auf und nieder kreisten, mit der Bewegung zweier Kolben, wobei das freie Bein sich in der Luft erholte. Und die Umhänge flatterten und ließen die wunderbaren Farben der Trikots erkennen.

Cena schwitzte, und ich schwitzte auch, aber das Rad war da, hier bei uns. Unser Atem dampfte in der Luft und verlor sich in den verödeten und vereisten Straßen, wo unser Rad das einzige Fahrzeug war. Was für ein prachtvolles Fahrrad, dieses Bianchi, schmal und federleicht; uns war, als flögen wir, als glitten wir über die gespenstischen Äste der Bäume, über den Nebel, über die Dächer der Stadt.

7

Don Gastone kehrte nicht zu den Jungfern zurück; er ließ sich eine ganze Zeitlang nicht blicken, und inzwischen nahm die Kälte zu. Es war einer der strengsten Winter.

Wir stahlen alles Holz von Signorina Immacolata, aber dann, als im Kamin das letzte Scheit zu Rauch und Asche geworden war und dem Schornstein wie eine Hexe auf dem Besenritt entfloh, sprang die Kälte uns allen an die Kehle, mir, Cena, dem Großvater, dem es wieder schlechter ging, der Mutter, den Verwandten, der Bande. Die Fahrradwache war verödet. Großvater lag im Bett, so war es an uns beiden, die Kunden im Hof zu erwarten; nur – die Kunden kamen nicht, es waren nur wenige, die sich bei den vereisten Straßen vom Land in die Stadt wagten; selbst an den Markttagen, dienstags und donnerstags, brachten wir kaum mehr als zwei Lire zusammen. Mit zwei Lire gab es nicht viel zu essen, noch konnte man groß Holz davon kaufen. Die Jungfern waren wegen Don Gastones langer Abwesenheit verzweifelt, sie hörten nicht mehr auf uns, die Kälte hatte ihre Gefühle gelähmt, Signorina Immacolata gab uns nichts und ließ uns nicht mehr holen. Don Gastone war zur Contessa zurückgekehrt und schien Signorina Immacolata und die Jungfern endgültig aufgegeben zu haben.

Wir zogen durch die Straßen und versuchten, Lavendel-Beutel zu verkaufen, die uns eine Drogerie lieferte und aus deren Erlös der Händler für sich keinen Anteil verlangte. Es hatte sich eine Art Genossenschaft aller Mitglieder der Bande gebildet, und jedem war seine Schachtel zugeteilt worden, die er an einer Schnur um den Hals zu tragen hatte. Jeden Morgen trafen wir uns zeitig beim Bogengang, und Cena, der als Lagerverwalter fungierte, gab die Schachteln aus. Dann verteilten wir uns in Dreiergruppen auf die Stadt und versuchten, die Duftbeutel zu verkaufen. Doch wir machten keine großen Geschäfte, wie vorauszusehen war; den ganzen Tag über taten wir nichts anderes, als eine Café-Bar zu verlassen und die nächste zu betreten, aber die Stadt ist nicht sehr groß, und sehr schnell gab es keine Bars und Kunden mehr. Zudem waren Weihnachten und Neujahr bereits vorüber, die Leute hatten all ihr Geld ausgegeben, und wer wie wir Lavendel verkaufte, begegnete immer dem Hinweis, daß man nicht in der Lage sei, Almosen zu geben.

Das Fahrrad war an seinem Stammplatz, unter der Decke in der Küche aufgehängt, gut geschmiert und fahrbereit für den Sommer und für sonstige bessere Tage. Es war beschlossen und von allen gebilligt worden, daß es um keinen Preis verkauft oder ins Leihhaus gebracht werden dürfe, und sei der Hunger noch so groß. Wenn ich abends nach Hause zurückkam, bestaunte ich es von meinem Schlupfwinkel unter dem Tisch aus, und es kam mir vor wie ein verzauberter Vogel, andere Male wie ein Flugzeug, und wenn das Licht gelöscht war, glänzte es im Dunkel wie ein Sternbild. Während ich es im Finstern betrachtete, hörte ich den Großvater im Nebenzimmer jammern, hörte, wie er mit dem Nachtgeschirr unter der Bettdecke kämpfte, um sich ohne allzu große Schmerzen zu erleichtern.

«Adele!» rief er, «Adele!» Er tat nichts als um Hilfe rufen, und die Großmutter kam geduldig, um ihn zu waschen oder ihm seine Einspritzungen zu machen. An manchen Tagen ging es schlechter mit ihm, sein Geschlechtsorgan war derart geschwollen, daß es so groß war wie das eines Pferdes; er mußte sein Bein dauernd auf das Gestell hochlegen, denn nur in dieser Position konnte das Blut einigermaßen zirkulieren und drückte der Urin nicht so stark auf den unteren Teil der Blase, wodurch eine zu schnelle und schmerzhafte Entleerung vermieden wurde. Ich weiß, es war keine sehr appetitliche, romantische Krankheit, ganz im Gegenteil; der Großvater schämte sich, für gewisse Bedürfnisse die Hilfe seiner Frau nötig zu haben, und vor allem schämte er sich wegen dieses unmäßig geschwollenen Dings zwischen seinen Beinen. Und dann war er voller Sorge wegen der Fahrradwache, wegen der Kälte und wegen des Essens.

Das waren die Winterabende bei mir zu Hause. Manchmal hörte ich meine Mutter weinen; ihre Hände waren geschwollen und von Frostbeulen bedeckt, und doch ging sie mit solchen Händen täglich zum Fluß hinab, um dort zu waschen.

Wenn ich sie still im Dunkel über all ihr Unglück weinen hörte, wovon ein Teil, und der größte, ich war – auch dann blickte ich zu meinem Fahrrad hinauf, dort oben unter der Decke; mir war, als bewege es sich, als setzten sich Pedale, Lenker und die glitzernden Speichen von allein in Bewegung, kreisten in der Luft und sprachen zu mir, sprachen liebevoll:

«Auf, Guerra, tritt kräftig, Junge, tritt nur immer, nicht nachlassen, sonst jammert der Großvater, und die Mutter weint. Los, kleiner Binda, bald wird es nicht mehr kalt sein, bald fahren wir zusammen weg, ich werde dich über die weißen Straßen tragen, durch die Wiesen mit hohem Gras, und wir werden Brot und Wurst in den Gasthöfen essen; dem Großvater wird es besser gehen und viele, viele Leute werden zur Fahrradwache kommen; man wird nicht wissen, wohin mit all den Rädern im Portikus, auch der Hof wird nicht ausreichen dafür. Du wirst sehen, Junge, ich schwöre, du wirst sehen, wie schön das sein wird: Der Großvater wird sogar dreißig Centesimi verlangen können und es aufs Schild schreiben, und trotzdem werden unzählige Menschen kommen, Bauern mit viel Geld im Beutel, für ihre dicken Geschäfte; dann wirst du sehen, wohin wir beide fahren werden, Kollege, Meister, Junge! Schneller als ein Flugzeug werden wir sein. Los, trample, wenn dir kalt ist! Geh zu Bett! Steck hier nicht die Nase in die Luft!»

Ich war überzeugt, daß das Fahrrad zu mir sprach, solche und andere Gespräche mit mir führte. Ich betrachtete es voller Anerkennung, ich dankte ihm, ich wußte, daß es mich liebte, so wie ich es liebte, vielleicht war es für mich und Cena bestimmt, noch ehe es verkauft wurde, als wir ganze Tage damit verbrachten, es im Schaufenster zu bewundern.

Am nächsten Tage war ich wieder fröhlich unterwegs, um Lavendel zu verkaufen, mit Cena neben mir, der entsetzlich fluchte; wir hatten Eiskrusten auf den Holzschuhen und das Kleingeld irgendeines großzügigen Herrn unter dem Pullover versteckt.

Sehr lange dauerte auch dieser Handel mit dem Lavendel nicht; knapp zwei Wochen. Eines Abends beschlossen wir, den Lavendel dem Drogisten zurückzugeben, und am nächsten Tage begannen wir zu betteln. Es blieb uns nicht anderes übrig, wir schämten uns auch keineswegs, und wer als Kind auf der Straße Almosen verlangt hat, weiß das. Der Verdienst war ausreichend, man brauchte sich nicht die Beine abzulaufen, und alles war recht bequem. Man verdiente zehnmal mehr als mit dem Lavendelverkauf. Das einzig Unangenehme dabei waren die Polizeibeamten und die Fräulein der Caritas, die uns kannten.

Die Meinen durften nichts davon wissen, denn als altmodische Leute schämten sie sich. Das war der Grund, der uns veranlaßte, mit dem Zug in eine andere Stadt zu fahren, um unser neues Gewerbe auszuüben: gewöhnlich nach Padua. Diese Stadt war größer als die unsere und hatte gut besuchte feine Cafés. Die Leute in Begleitung von Damen wollten nicht gestört werden, sagten die Kellner, aber wenn sie es einmal waren, mußten sie uns so schnell wie möglich loswerden; und wenn sie eilig Geld aus der Tasche zogen, brummend, schnaufend und mit stumpfsinnigem, resigniertem schwachen Lächeln, gaben sie uns schließlich sogar weit mehr als das, was wir annähernd geschätzt hatten. Wir spekulierten ganz unverfroren auf den schlechten Eindruck, den die Männer bei ihren Damen machen würden, wenn sie uns ein zu spärliches Almosen gäben. Eines Tages trafen wir einen Herrn, der uns alle ins Hotel mitnahm, uns ausgezeichnetes Essen vorsetzen ließ und sogar das Heiligenbild ablehnte, das wir ihm anboten. Daraufhin brachten wir ihm am nächsten Tag aus Dankbarkeit einen großen Strauß Schneeglöckchen, die wir draußen an den Hügeln gepflückt hatten.

Alles in allem war es ein schönes Leben. Mittags gingen wir

durch den Hintereingang zur Küche irgendeines Hotels, manchmal begnügten wir uns mit den Volksküchen. Die Stadtpolizisten waren in Padua viel freundlicher als bei uns, mit einigen jammernd angebotenen Heiligenbildchen konnte man sich überallhin freien Zugang verschaffen. Und diese Bildchen gaben uns die Nonnen im Kloster der Schmerzensreichen Jungfrau gratis. Abends fuhren wir heim, und auf der ganzen Fahrt taten wir nichts weiter als singen, die Augen wurden uns klein wegen der großen Flasche Rotwein, die wir mitnahmen, um die Kälte zu bekämpfen.

Zu Hause hatte ich mein Fahrrad, es wartete voll Geduld und Liebe auf mich, ich streichelte es mit Blicken und hörte zu, was es mir zu sagen hatte: Es gab recht lustige Dinge in seinen Erzählungen, und auch rührende. Vor dem Zubettgehen war das Glitzern der Speichen, die sich unmerklich im Mondlicht bewegten, ein großer Trost. Ich schlief ein, und auch im Traum noch erschien mir mein Rad und hatte ganz menschenähnliche Züge.

Es war ein schönes Leben, doch es dauerte nicht lange. Es endete Anfang März, als Don Gastone zu uns zurückkehrte und anscheinend bleiben wollte.

Anderthalb Monate lang war er nur sonntags in der Kirche zu sehen gewesen. Und selbst die Kirche war für die Jungfern nichts anderes als ein dauerndes Leiden. An Don Gastones Haltung zeigte sich nur allzu klar, daß er keine anderen Interessen außer der Contessa hatte, ihr galt sein erstes Lächeln, ihr galten seine Blicke, für sie war die erste Hostie an der Kommunionbank bestimmt, für sie die Predigten und die bestickten leinenen Chorhemden, für sie die Solostellen, die er hinter dem Hochaltar mit seinem Bariton sang.

Das Verhältnis mit der Contessa war nur zu sehr zum Stadtgespräch geworden; viele, die ihn früher bewunderten und liebten, der Senator und die wohlhabenden Patronatsdamen, zeigten jetzt ihre Ablehnung und besuchten andere Kirchen. Nie wurde sein Name genannt, so groß war die Entrüstung.

Gleichwohl lag eine Spannung in der Luft, Empfindungen, die sich zwischen Verurteilung und Lob die Waage hielten: Er blieb ja der schöne Mann, trotz aller Sünden, und keine der Damen konnte sich zurückhalten, wenn er vorüberging, wenigstens in Gedanken, wenn nicht mit Worten, auszurufen:

«Was für ein schöner Mann!»

«Wirklich, ein Geistlicher von Rang!»

«Und so modern! Und ohne Vorurteile!»

Aber die Bewunderung blühte im verborgenen, die Gedanken blieben unausgesprochen, da sonst die betreffenden Damen Gefahr liefen, selbst eines Verhältnisses bezichtigt zu werden. Nicht daß ein solches nicht wünschenswert gewesen wäre, aber ein Verhältnis mit Don Gastone mußte nach dem mit der Contessa ein Abstieg sein, eine wirkliche Gefühlsprostitution. So blieben die Worte auf der Zungenspitze, und wenn dies ein Mittel hätte sein können, um stillschweigend eine Botschaft auszudrücken, so gab es keine Lippen, auf denen sie nicht erschienen wäre.

Was die Jungfern, den Senator und alle Personen von Anstand und Sitte in ihrem Gefolge am meisten erregte, war Don Gastones Haltung: Die Sicherheit, Unbefangenheit und das aufreizend glückliche Lächeln, wie er es vor allen zur Schau trug, herzlich, liebenswürdig, frei und offen, ohne falsche Scham. Er benahm sich in der gleichen Art wie zuvor... vor jener Frau... vor diesen Intimitäten!

Eine der Patronatsdamen, die feinsinnigste, phantasiereichste, gab mit tonloser Stimme zu verstehen:

«Manche Menschen führen ein Doppelleben.»

Die einen behaupteten, daß er ein verschlagener Kerl sei, ein wahrer Fuchs; andere meinten, er sei naiv, ein Kind.

Trotzdem wurden alle kritischen Äußerungen mit einem Neid und einer Mißgunst ausgesprochen, die nicht eines Untertons der Bewunderung entbehrten, und für den unbeteiligten Zuhörer glich sein Bild mehr dem eines Schwarzhändlers der Liebe als dem eines Sünders und eines Mannes der tausend

Laster. Aber man mußte ihn verurteilen, o sicher mußte man! Was war man denn sonst für ein Katholik?

Was die Jungfern betraf, so überließen sie sich in ihrem Urteil dem Groll, der Bosheit, der unwahrscheinlichsten Verleumdung.

Camilla ging so weit zu berichten, was Signorina Immacolata in einem Augenblick der verzweifelten Erbitterung geäußert hatte:

«Da sieht man, was man davon hat, das ist Dank und Anerkennung! Da tust du Gutes, ha, und was bekommst du dafür?» Hier prustete sie durch die leicht geöffneten Lippen. «Aber ich will alles zurück! O ja! Auch die Unterhosen, Verzeihung, die er am Leibe hat, nehme ich ihm, denn sie gehören mir! Selbst die nehme ich ihm weg, dem Weiberheld. Nichts, kein Taschentuch lasse ich ihm! Nackt, nackt mitten auf der Straße müßte er stehen... wenn es nach mir ginge!»

Camilla wurde beim Erzählen von krampfhaftem Zittern geschüttelt, als sei sie selbst mit der Beschlagnahme beauftragt.

Und trotzdem, trotz allem, wurde der Zauber, der von Don Gastone ausging, immer mächtiger, es war eine Leidenschaft, die in die Adern, ins Blut gegangen war; Liebe, Haß, Verachtung, was war es?

Man sah ihn verstohlen durch eine Gasse eilen, manche versicherten, sie hätten ihn um zwei Uhr nachmittags in der Via Portici gesehen. Was machte er da bloß um diese Zeit? Hielt er denn keinen Mittagsschlaf? Ruhte er sich nach dem Essen nicht aus wie alle Christenmenschen? Er war unermüdlich! Um vier Uhr an einem Freitag, am ersten Freitag des Monats, war er in der Haustür der Contessa verschwunden und nach zwei Stunden wieder herausgekommen. Aber wie war er? He? Rot im Gesicht? Blaß? Erhitzt? Oder blasser als sonst, blasser als gewöhnlich, blasser als die normale Blässe eines Blassen? War sein Haar durcheinander? Oder zwar gekämmt, aber eben so, in Eile, nicht richtig sorgfältig mit Kamm und Bürste, wie es üblich ist? Nein, er hatte den Hut auf; und was für Augen! Ringe! So dunkle Ringe, daß man an eine Krankheit, an eine schwere, sehr schwere Krankheit denken mußte; wie ein alter Mann sah er aus, nicht wiederzuerkennen!

All das, Andeutungen, Beschuldigungen, Vermutungen, vermochte jedoch nicht, ihn herabzusetzen, ihm seinen Heiligenschein zu nehmen, der im Gegenteil immer mehr Licht ausstrahlte; und wenn Don Gastone sich einer Dame näherte, eine Patronatsdame begrüßte und dabei in der ihm eigenen Art den Hut zog, dann wich jede Vermutung und jede Anzüglichkeit einem strömenden Übermaß an Komplimenten, an Rot auf den Wangen, an unstillbarem Glück, das mit der Heftigkeit eines ohnmächtigen Schluchzens über ihre Lippen quoll.

Und Leid und Hungersnot gingen für mich, für Cena, für unsere Leute und Verwandten plötzlich zu Ende. Von zuständiger Seite wurde die Nachricht verbreitet, daß Don Gastone endlich sein Werk der Errettung der Contessa beendet habe. Es wurde versichert, daß sie endgültig ihr Kinolaster abgelegt habe und als vorbildliche, treue, ergebene Frau an die Seite ihres Gatten zurückgekehrt sei. Alles durch das Verdienst Don Gastones.

Die Begeisterung kannte keine Grenzen; die Jungfern weinten, lachten, wußten nicht mehr, was tun; der Senator und die Patronatsdamen seufzten erleichtert auf.

«Wir stehen vor einem Wunder, meine Verehrteste!» sagte der Senator. Zu den anerkennenden Worten «Schöner Mann, wie modern er ist!"» gesellten sich so die passenderen Aussprüche:

«Der Heilige! Da kommt der Heilige! Man muß ihn berühren, den heiligen Mann! Merkst du nicht, wie gut er riecht? Nein? Hast du keine Nase?»

«Tüchtiger, ordentlicher Mann!» bestätigten sogar die religiös Gleichgültigen und die Atheisten.

«Von welcher Bescheidenheit!»

«Nie kam ein Wort über diese Lippen!»

«Alles hat er auf sich genommen!»

«Er hat sich der Schande ausgesetzt. Für das Heil der Seele, für die ewige Glückseligkeit!»

Signorina Immacolata empfing ihn zu Hause, nach so langer Zeit, mit einem Tränenschleier vor den Augen. Um die persönliche Nähe von einst wieder herzustellen, küßte ich ihm die Hand, und sie beugte sich darüber und tat ein gleiches. Don Gastone tat nichts weiter als albern lachen, als ob er nicht begreifen könnte, wem all diese Komplimente, diese Verehrung galten, und halb ernst und halb lachend und in seiner Eitelkeit berührt, wehrte er ab, indem er, das Stammeln eines kleinen Kindes nachäffend, sagte:

«Dankesön, dankesön.»

«Don Gastone, oh! Don Gastone!» rief wie im Traum Signorina Immacolata.

«Bitte?» fragte Don Gastone überflüssigerweise scheinheilig.

Signorina Immacolata versuchte es noch einmal, sie rief ihn mit noch verklärterer Stimme:

«Doch Gastone! Oh, Don Gastone, ich bitte Sie, nehmen Sie mir die Beichte ab.»

«Aber gewiß, meine Liebe.»

«Sie werden mir verzeihen, wir hatten Zweifel, schwere Zweifel an Ihnen, Don Gastone! Sie werden mir verzeihen, nicht wahr?»

«Auch Sie sind ein Schäflein wie die anderen...», und so sprechend, betrat er den Salon, um ihre Sünden anzuhören, ganz privat, vor der offiziellen Beichte.

Signorina Immacolata entließ mich hastig, legte sich das seidene Kopftuch über und eilte ihm nach.

Seit jenem Tage besuchte Don Gastone sie wieder regelmäßig, mit dem gleichen Eifer wie früher. Er kehrte mit seinen Socken, mit seinen Unterhosen, mit seinen Hemden zurück; ein kleiner Teil davon wurde den Jungfern zum kunstvollen Ausbessern anvertraut. Was der gute Junge verbrauchte! Aber die Wäsche trug die Zeichen anderer, schamloser Finger, die Socken waren an manchen Stellen sogar mit blauem Faden gestopft. In solchen

Augenblicken, bei diesem blauen Faden, mit diesen eiligen, ungeschickten Stichen vor Augen, erbebten die Jungfern und stöhnten; eine große Leere entstand in ihren Herzen. Die Tage der Angst, der Verzweiflung, der Einsamkeit standen wieder deutlich vor ihnen. Signorina Immacolata beschloß, die in ihre Hand gelangende Wäsche durch neue zu ersetzen. «Andere Stücke, andere Zeiten», dachte sie. Vergangenheit, Bitternis, Argwohn, alles schwand mit der Wäsche dahin, die die Spuren vordem sündiger Hände trug, alles verbrannte im Ofen und zog als Rauch durch den Kamin. Der Nacht, den Hexen diese ruchlose, verflossene Zeit! Endlich waren die glücklichen Tage wiedergekehrt, und niemals mehr wurden die Contessa und ihre Erlösung erwähnt, kein Wort davon.

«Als ob Don Gastone auf einer langen Reise gewesen wäre», verfügte strikt Signorina Immacolata.

Der Cavaliere Esposito war tief enttäuscht über diesen unerwarteten Glorienschein von Heiligkeit. Das hatte er nicht erwartet. Er war der einzige, der es wagte, das Thema bei Don Gastone anzuschneiden. Eines Tages lud er ihn zu sich in die Wohnung ein, ganz offiziell:

«Kommen Sie, kommen Sie, ich habe für Sie eine Flasche Wein aus Capri», suchte er ihn mit leiser Stimme zu locken, aus Furcht, einer von uns könnte ihn auf der Treppe hören. «Ich hab da einen Wein aus Capri, den Sie als Feinschmecker und Kenner unbedingt kosten müssen.»

Don Gastone zögerte, aber der Cavaliere ließ nicht locker.

«Mir hat ihn ein Bekannter, ein Weingutbesitzer, geschickt, derselbe, der mir den Trauzeugen machte bei meiner glücklosen Hochzeit!»

Der Cavaliere war ganz aufgeregt.

«Sehen Sie, Don Gastone», konnte er nicht unterlassen zu sagen, als sie an seinem WC vorüberkamen, «ich zahle die Miete und habe meine Toilette. Und wenn Sie hier einmal in der Gegend sind, Don Gastone, in diesen Häusern ohne alle Hygiene, und haben das Bedürfnis...»

Sie betraten die Küche, und der Cavaliere Esposito jagte die Mädchen ins Schlafzimmer. Er ging voran, überzeugte sich schnell, daß sie auch wirklich verschwunden waren, und schloß die Schlafzimmertür ab, drehte zweimal den Schlüssel um. Dann widmete er sich mit einer gewissen Ruhe Don Gastone.

«Bitte, Don Gastone, nehmen Sie Platz», forderte er ihn nachdrücklich zum Sitzen auf und ging die Flasche holen, mit vielsagenden Blicken, die andeuten sollten, daß sie dann, nachher, ausgiebig miteinander zu sprechen hätten. Er schenkte ein.

«Ausgezeichnet, ein wundervolles Aroma», lobte Don Gastone. Der Cavaliere Esposito warf ihm einen schiefen Blick zu und schüttelte den Kopf, langsam und bedächtig, zum Zeichen der Ablehnung.

«Etwas für Männer, Don Gastò, dieser Wein ist etwas für richtige Männer!» brummte er, mit dem Ton auf den wiederholten Männern, dies Wort mit allen seinen Lieblingsattributen aufblasend.

Don Gastone lächelte. Der Cavaliere rückte näher zu ihm hin, lächelte ebenfalls, immer mit jener Miene stillen Einverständnisses in einer heiklen Angelegenheit, die er in solchen Fällen aufsetzte.

«Don Gastone...», begann er und legte sich eine Hand auf die Brust, «mein lieber Don Gastone... ich kann schweigen wie ein Grab, aber sagen Sie mir bloß, was ist geschehen?»

«Ist etwas geschehen?» unterbrach ihn Don Gastone aufhorchend.

«Don Gastò, unterbrechen Sie mich nicht, hören Sie mir zu, was ist geschehen, frage ich Sie?... Ich meine die Signora, Don Gastò, die Signora!»

«Ah!» machte Don Gastone mit einem Lächeln, das verstehen ließ, er habe alles begriffen.

«Don Gastò, diese Geschichte von der Erlösung... geben Sie meinem Herzen Frieden...!»

Don Gastone lächelte milde. «Das Verdienst ist nicht meines, Cavaliere, das Verdienst gebührt Ihm, dort oben...»

«Don Gastò, dann ist dieses Gerede, diese Geschichte mit dem Wunder... die ist wirklich wahr?»

«Was kann denn ich dazu sagen, der ich ein demütiger Diener bin!...»

«Don Gastò! Ganz im Ernst, Don Gastò!... Dann... also... also... nichts?»

«Wieso nichts?»

«Don Gastò! Don Gastò!... Stellen Sie sich doch nicht... dann haben Sie sie also wirklich erlöst?»

Don Gastone hatte eben angesetzt: «Der Wille des...», als der Cavaliere ihn unterbrach, barsch und unehrerbietig, wobei seine Wangen flammend rot wurden.

«Don Gastò, dann haben Sie sie also nicht richtig rangenommen! Auch nicht... wie... nun so... eine Kleinigkeit... eh, nichts, wahrhaftig gar nichts...», und er stand stramm, blickte ernst und streng: «Don Gastò, aber das ist Verrat!»

«Verrat? Von was reden Sie denn?» fuhr Don Gastone auf, beunruhigt. «Wen oder was habe ich verraten?»

«Don Gastò, was heißt: wen? Das Ideal, Don Gastò! Die Schönheit, das Vaterland, den König, alles miteinander, Don Gastò!» Und der Cavaliere Esposito hatte die Augen zum Himmel erhoben und illustrierte den Verrat mit weiten Handbewegungen. «Italien, Don Gastò, dieses Land der Männer mit den Schw... Sie selbst hatten mir gesagt...»

«Nichts habe ich Ihnen je gesagt!» rief Don Gastone, der endlich begriffen hatte, worauf der Cavaliere Esposito anspielte.

«Kurz und gut, Don Gastò, Sie haben mir zu verstehen gegeben... Und ich, Don Gastò, ich war ein Grab, als Ehrenmann unter Ehrenmännern, auch nicht ein einziges Wort kam über meine versiegelten Lippen. Ich hab geschwiegen, Don Gastò, geschwiegen wie ein Grab...» Der Cavaliere Esposito war nahe am Weinen.

«Ich habe Ihnen gar nichts zu verstehen gegeben!» rief Don Gastone streng; und er trank rasch den Wein aus, der noch im

Glas war, und erhob sich vom Stuhl, richtete sich hoch auf, zu entschlossener Haltung. Aber der Cavaliere Esposito achtete gar nicht darauf und fuhr fort:

«Ein solches Rasseweib, Don Gastò, eine Blume auf dem Feld, eine Maienrose... alles hätte ich von Ihnen erwartet, aber nicht, daß Sie sich die entgehen ließen!... Eine Gelegenheit wie die!»

Don Gastone glitt durch die Tür nach draußen und ging, ohne weiter auf ihn zu hören.

Der Cavaliere Esposito lief hinaus und schrie hinter ihm her: «Don Gastò... es ist immer noch Zeit!... Seien Sie ein Mann! Es lebe Italien!»

Er kehrte verbittert und enttäuscht zurück. Er ging zur Schlafzimmertür, drehte den Schlüssel um, und die Mädchen stürzten heraus. Er durchmaß mit großen Schritten die Küche, vor und zurück, vor und zurück, und schrie mehr sich selbst an als die Töchter:

«He, was gibt's denn zu glotzen, ihr, he? Das ist ja ein Eunuch, ein schöner Kavalier!» rief er mit bebender Stimme, zwischen Empörung und Schmerz.

8

Wir kehrten im Gefolge Don Gastones mit allen Ehren zu den Jungfern zurück, ohne uns jedoch anmerken zu lassen, daß wir mehr auf ihrer Seite als auf der seinen waren. Sie nannten uns «Don Gastones kleine Pagen» und bestanden darauf, uns mit Bezeichnungen dieser Art zu schmeicheln und zu verwöhnen, wie um zu betonen, daß wir seine Geschöpfe seien. Auf diese Weise glaubten sie, vor sich selbst und den Außenstehenden die kleinen Dienste zu bemänteln, die wir ihnen zu allen

Stunden des Tages erbrachten. Und man kann nicht sagen, daß unsere Tätigkeit jetzt weniger geworden wäre.

Die Contessa war eine warnende Erfahrung gewesen, und die Jungfern wollten sie nicht noch ein zweites Mal machen; sie beherzigten die Lehre wie gute Schülerinnen. «Den Männern kann man niemals trauen: ein Priesterkleid ist etwas Schönes und Heiliges, aber Treue ist etwas anderes», sagten sie sich alle.

Wir waren von früh bis spät unterwegs, mußten ihm überallhin folgen, heimlich die Straßenbahn nehmen, wenn er sie benützte, ihm in die Stadtviertel nachgehen, wo er milde Werke tat, und den Zug besteigen, wenn er verlegen und fast eingeschüchtert ankündigte, daß er am nächsten Tag eine Kleinigkeit außerhalb der Stadt zu erledigen habe.

Wo fuhr er hin? Man mußte das irgendwie in Erfahrung bringen. Solche Geheimnisse mißfielen den Jungfern, alles mußte klar sein wie die Sonne. Was bedeuteten diese Halbheiten, dieses Sagen und Nichtsagen? Signorina Immacolata war in der neuen Atmosphäre der Sicherheit zwar wieder ruhig geworden, aber zugleich auch geizig.

Sie rückte keine halbe Lira heraus, wenn ich ihr nicht genau und bis in die letzten Einzelheiten über die Ereignisse und unsere Auslagen Rechenschaft ablegte.

«Erfinde halt etwas!» riet mir Cena, der sich, statt seine Zeit mit diesem Hin und Her zu vergeuden, lieber aufs Fahrrad gesetzt hätte.

«Bravo! Und was geschieht dann? Sie weiß alles!»

«Und wie schafft sie das, alles zu erfahren?»

«Tja! Geheimnis!»

Ihm mit dem Rad nachzufahren war nicht möglich, denn er hätte uns mit seinen Luchsaugen doch entdeckt; und das Rad, bei der Begeisterung, mit der wir darauf fuhren, wer weiß, wohin uns das getragen hätte.

«Was mag er denn bloß in Padua machen?» grübelte Signorina Immacolata mit leisem Unbehagen.

«Er wird einen Besuch in der Kirche des Heiligen vorhaben, Signorina. Dort ist doch der heilige Antonius, in Padua», versuchte ich zu erklären.

«Ein Heiliger! Was für ein Heiliger! Ich weiß, was für Heilige... es ist besser, daß ihr mit ihm fahrt».

«Gern, Signorina, wie Sie wünschen! Und das Reisegeld?»

«Weißt du, er hat den Kopf immer so in den Wolken! Man weiß nie! Er paßt nie auf, wenn er über die Straße geht... Um Himmels willen, er soll sich nur nicht mit der Politik einlassen, in keine politischen Diskussionen im Zug, oh, oh! Es ist immer besser, wenn jemand auf ihn achtgibt. Er ist so stürmisch, so sehr Patriot!» sprach sie weiter.

Aber Geld erwähnte sie nicht und suchte auf jede Weise, mit Ausflüchten aller Art, den Gedanken daran zu vertreiben, um einige Minuten wenigstens die Vorstellung hinauszuzögern, welches hergeben zu müssen. Teilnahmslos und mit monotoner Stimme wiederholte ich nur:

«Das Geld, Signorina...»

«Genug, um alles in der Welt, jetzt aber Schluß damit! Ich geb's dir schon. Immer hast du nichts als Geld im Kopf, du bist gierig, hörst du, gierig wie... wie... ich weiß nicht. Schön ist das jedenfalls nicht, in deinem Alter!» Sie machte ihrem Ärger Luft, lief durch das Zimmer, die Hände in den Haaren, sagte, daß ich sie verfolge, sie bedränge, es sei die reinste Krankheit bei mir.

Schließlich fragte sie resigniert:

«Wieviel willst du?»

«Zehn Lire, Signorina.»

«Zehn Lire?»

«Leider, ja.»

«Aber was kostet denn die Fahrt? Morgen erkundige ich mich, morgen gehe ich aufs Reisebüro. Wenn ich auf dich höre, mit deinen dauernden Ausreden, dann weiß ich überhaupt nicht mehr, was los ist.»

So begannen die üblichen Diskussionen, bei denen sie selbst

schließlich zu der Überzeugung gelangte, es sei ein Wunder, ein paar so intelligente Kinder zur Hand zu haben, die sich so hervorragend auf Kuppelei verstanden, ohne dabei aufzufallen. Es gab keine Summe Geldes, wenn sie es genau bedachte, die schwerer wog als die langen Stunden der Quälerei, der Eifersucht, die Stunden, die er fern von ihr verbrachte, ohne sich darüber auszusprechen. Doch bei Don Gastones Rückkehr reute sie das Geld, das sie ausgegeben hatte, und wir wurden ohne weiteres zu Schmarotzern, es war nicht unser Verdienst, wenn er, jawohl, treu war, wenn er wirklich die Kirche des heiligen Antonius besucht hatte oder irgendeinen anderen unverdächtigen Ort, wie zum Beispiel das Kino; es war nicht unser Verdienst, sondern ihres, weil er in der Ferne das Gewicht der Einsamkeit gespürt hatte, wenn sie so fest an ihn dachte. Sie fühlte sich selbstsicher, fürchtete nichts und niemanden, und einmal hörte ich sie mit entschlossener Stimme halb zu sich selbst sagen: «Aber das Fahrrad, das habe ich ihnen nicht etwa geschenkt, o nein! Ich habe mich zu gar nichts verpflichtet, ich kann es dieser Diebesbande jederzeit wieder wegnehmen!»

Als ich hörte, daß das Rad in Gefahr sei (das Rad war immer in Gefahr, und Cena war förmlich besessen von dieser Vorstellung), heckten wir einen Plan aus, um die Sicherheit unseres Eigentums, unseres einzigen Gutes, wiederherzustellen. Wir verschwanden für zwei Tage, und Don Gastone blieb sich selbst überlassen, ausgeliefert den Tücken auf den Straßen, den Versuchungen und schlechten Gedanken.

Diese beiden Tage, die sie verbrachte, ohne etwas über Don Gastone zu erfahren, denn außer uns konnte sie niemanden fragen, versetzten Signorina Immacolata in Schrecken; noch ehe die Sonne unterging, litt sie Qualen. Sie hatte uns gesucht und keinen von uns gefunden; am nächsten Morgen, nach einer sorgenvollen Nacht, hatte sie sich wieder beizeiten auf die Suche begeben, hatte den Großvater mit ihren ewigen Fragen und sogar Drohungen verrückt gemacht, und dann auch noch Silvestrello und den Cavaliere Esposito – aber von uns nicht die geringste Spur. Dauernd telefonierte sie ins Pfarrhaus und übertrat damit Don Gastones tausendfach wiederholte Anweisung, niemals dort anzurufen: die Schwestern hängten ein, ärgerlich und empört wie stets, wenn sie eine weibliche Stimme im Hörer vernahmen. Im Falle Don Gastones kam noch der Umstand hinzu, daß die Contessa hemmungslos und ohne Rücksicht auf die Tageszeit anzurufen pflegte, was einen kleinen Proteststurm ausgelöst hatte. Auch die Jungfern waren jetzt hinter das Geheimnis der wunderbaren Erfindung des Telefons gekommen; Signorina Immacolata hatte sie immer im dunkeln darüber gelassen und ihnen, solange es ging, falsche Anleitungen gegeben, wie man die Verbindung herstellte, da sie nur zu gut ahnte, wem die Anrufe gelten sollten. Aber sie hatten es jetzt gelernt und begannen zu telefonieren, ohne jemals den Namen zu nennen, sie antworteten auf das Drängen der Schwestern lediglich: «Es ist im Auftrage eines Freundes von Don Gastone, ja eines Freundes!» Und wenn dann Don Gastone kam und sich meldete, blieben sie stumm, hatten keinen Mut mehr, und nach einigen Sekunden, während sie seine schöne Stimme hörten, die immer ungeduldiger wurde und vielleicht auch unterdrückte Schmähungen murmelte, hängten sie wieder ein und schämten sich.

Signorina Immacolata fand keine Ruhe, sie telefonierte wieder und wieder oder trieb sich zu den unmöglichsten Stunden beim Pfarrhaus herum, in der Hoffnung, ihn zu treffen, zu hören, wohin er ging oder woher er kam. Am zweiten Tag fand sie uns in der Werkstatt des Großvaters, während wir gerade das Fahrrad ölten. Sie gab jedem von uns zehn Lire.

«Ist das eine Art, mich so in Sorge zu lassen?» sagte sie, und dann drückte sie mir nochmals fünf Lire in die Hand. Sie war in einem Zustand höchster Liebesqualen.

Aber ihre Anfälle von Großzügigkeit dauerten nur kurz. Nach ein paar Stunden war sie wieder die alte, ohne Grenzen in ihrem Geiz, sie bedrängte die Mieter mit Anschuldigungen und Vorwürfen, sie hätten sich wie Wandalen benommen,

Rohrleitungen mutwillig zerstört und Wasser verschwendet, das Wasser aus dem einzigen Brunnen im Hof, an dem sie eine Art Zähler angebracht hatte, und sie drohte mit Kündigungen, Zwangsräumungen und Geldstrafen.

Ja, sie war in letzter Zeit noch habgieriger geworden; sie war voller Sorgen und hatte immer Geldgeschäfte vor, sie verlieh gegen Zinsen an hochgestellte Personen, sogar an den Bürgermeister, sie ging oft zur Bank und ließ rücksichtslos Silvestrellos Wechsel für die Ladenmiete zu Protest gehen. Sicherlich, die Freundschaft mit Don Gastone kostete sie einiges, denn es waren ja nicht nur wir, die ihr Geld aus der Tasche zogen, unser Anteil war höchst unbedeutend, geradezu lächerlich im Vergleich zu den übrigen: Da waren Gruppen und Kreise zu finanzieren, die neue Auflage von «Spanien, Schmiede des Glaubens und der Tapferkeit» mußte bezahlt, der Vinzenzverein unterstützt werden, und der höchste Betrag ging schließlich an eine Initiative der faschistischen Jugendorganisation zur Gründung einer neuen Frauengruppe, an der Don Gastone, ganz im verborgenen, größten Anteil hatte. Ohne es ausdrücklich zu sagen, ohne alle Auseinandersetzung, forderte Don Gastone einfach Geld, besonders für das letztgenannte, großartige Projekt der katholischen und faschistischen Frauen, das schon bei der bloßen Erwähnung seine Augen vor Stolz und Begeisterung leuchten ließ. Er sprach von Gesellschaften, von Massen, von ledigen faschistischen Frauen, als sei dies alles das gleiche, eine Art von weiblichem Heer unter dem Leitwort «Glaube und Tapferkeit», eine neu zu gründende Organisation mit Sitz in Rom.

Eines Morgens sagte mir Cena, daß bei Signorina Immacolata die Wohnung geräumt werde. In den herrschaftlichen ersten Stock komme ein Facharzt für Haut- und Geschlechtskrankheiten, Signorina Immacolata ziehe nach oben, in die früheren Dienstbotenräume des Palazzos. Die Neuigkeit verbreitete sich, und der Schuster Bombana eilte schnurstraks, ohne seine Arbeitsschürze abzulegen, aufs Rathaus, um sich bei einem Verwandten im Liegenschaftsamt zu erkundigen. Er kam fast laufend in den Hof zurück und stolperte, seine Brille war ihm zerbrochen.

«Signorina Immacolata hat den ersten Stock verkauft!» keuchte er.

Er berichtete weiter, daß sie verhandle, um auch einen Teil des Gebäudes, das wir bewohnten, zu verkaufen; alle Mieter waren erstaunt, ungläubig, erschreckt; sie wußten, daß Signorina Immacolata es bestimmt nicht nötig hatte zu verkaufen, um ihr Dasein zu fristen, sie aß sowieso nur eine Kleinigkeit Gemüse am Abend, das reichte ihr. Es mangelte ihr nicht an Geld, sie hatte Erträge, die für sie selbst und für alle Vereine und Gesellschaften, die sie fördern wollte, ausreichten. Was ging also hier vor? Weshalb verkaufte sie das Haus? Die Tage verflossen, und man brachte nichts in Erfahrung. Sie hatte, soweit es ihr möglich war, versucht, alles geheimzuhalten, aber die Neugier der Mieter drängte.

«Meine liebe Signorina Immacolata», fragte mein Großvater, «was ist denn geschehen?»

«Das Haus war zu groß», erklärte Signorina Immacolata. Und sie sagte es fröhlich, mit schlecht verhohlener Genugtuung in der Stimme, als sei der Umstand, daß sie das halbe Haus verkaufte, nicht nur ein Geschäft, sondern eine Befreiung, etwas Angenehmes, das Gutes mit sich bringen werde.

«Sie werden uns doch nicht verlassen, nicht wahr, Signorina?» drängte der Großvater beunruhigt. «Sie können uns doch unmöglich an Fremde ausliefern! Schauen Sie her, wie weit es mit mir schon gekommen ist, tun Sie ein gutes Werk, befragen Sie ihr Herz...»

Signorina Immacolata ging tänzelnd und guter Dinge von dannen, zur Bank, in die Buchhandlungen, vom Pfarramt zur Diözese, zur Staatsjugend, auf die Parteileitung, stets mit Wechseln und Darlehen beschäftigt. Draußen vor den Büros wartete auf sie Don Gastone.

Ich machte in diesen Tagen eine weitere Entdeckung: Meine Mama hatte einen Freund. Für Cena war das etwas Lächerliches: eine Signorina mit einem neunjährigen Sohn, und außer dem Sohn auch noch einen Freund! Für mich dagegen war es etwas Lächerliches und Trauriges zugleich. Eines Abends trafen wir sie, wie sie am Stadtrand, hinter die Büschen des Viale del Macello, spazierengingen. Sie waren dicht aneinandergeschmiegt, hatten sich hinter dem Rücken bei den Händen genommen, und von Zeit zu Zeit begannen sie zu laufen. Der Viale del Macello ist wie eine schmale Halbinsel, die sich hinter einer Brücke zwischen zwei parallel verlaufenden Kanälen erstreckt; jenseits der Brücke führt ein enger Fahrweg den Damm entlang; dort gingen sie, wo Cena und ich des öfteren frühmorgens aus dem noch taufeuchten Gras die Präservative vom Abend vorher zusammensuchten, um sie aufzublasen. Dort gingen sie, und wir folgten ihnen, uns hinter den Uferbüschen versteckt haltend. Nach einiger Zeit setzten sie sich nieder, dann streckten sie sich lang und begannen, sich zu küssen, ausgiebig und langweilig, ohne sonst etwas zu tun: nichts von dem, das wir bei den Soldaten gesehen hatten, bei den Offizieren der Panzereinheit mit ihren blanken Stiefelschäften und ölig glänzendem Haupthaar. Die Offiziere waren fast alle Süditaliener, und in erstaunlich kurzer Zeit, nachdem sie sich hingesetzt und dann gelegt hatten, brachten sie es fertig, sich auszuziehen, Stiefel, Hosen, Mützen fortzuwerfen; und die weiß leuchtenden Hinterteile bewegten sich in der Luft, bis man Stöhnen und Schreie hörte, so daß diese zuckenden weißen Flecken im Gras wie ein Wurf hellrosiger Ferkel wirkten, die nachts aus dem Stall entkommen waren. Meine Mutter und ihr Freund taten nichts so Lächerliches. Wir blieben eines Abends, um sie zu belauschen, und Cena war nichts als Auge, aber seine Neugier wurde enttäuscht. Sie küßten sich, und damit basta. Ich war sehr froh darüber, denn ich hätte mich maßlos geschämt, wenn das übliche Schauspiel vor sich gegangen wäre. Cena hätte gewisse Rücksichten nicht gekannt, er hätte begonnen, sie zu erschrecken, zu schreien, Lärm zu machen wie gewöhnlich bei den Offizieren, die bei den ersten Tönen zusammenfuhren, «Wer ist da?» riefen, und wir antworteten mit spottendem Prusten. Der Offizier zog sich dann die Hosen hoch, wie der Blitz klemmte das Mädchen die Beine zusammen, sprang auf und lief unter die Brücke; der Offizier rief, fluchte, schlug wütend mit seiner Reitpeitsche in die nächsten Büsche und schrie mit immer aufgeregterer Stimme:

«Wer ist da? Wer ist da? Himmelherrgott!»

Worauf wir mit einem Geschoßhagel von Pferdemist antworteten, den wir zuvor auf der Straße reichlich aufgelesen hatten. Mit dem Losungswort «Savoyen!» traten wir den Rückzug an, und der Offizier rannte hinter uns her, was er konnte, bis wir in den Abwassergräben des Kanals verschwunden waren.

Schon seit einiger Zeit hatte die Mutter ihren Freund, aber ich hatte nichts gesehen und geahnt. Kein Zweifel dieser Art kam mir in den Sinn, wenn ich sie abends sich schön machen und heimlich fortgehen sah. Punkt halb neun hörte man den Klingelzug quietschen; der rostige Draht, der durch das Labyrinth der Treppen hinaufführte, übertrug uns schließlich die Botschaft mit einigen kurzen Anschlägen der Glocke, die über unserer Tür hing.

Der Großvater sagte nichts, das Gesicht der Großmutter leuchtete vor Hoffnung auf, sie nahm der Mutter das Geschirr aus der Hand und schickte sie, sich umzuziehen und den Lippenstift zu gebrauchen. Auch die Mutter schien über alles froh, und wenn sie fortging, roch sie nach gutem Veilchenparfum.

Ich ließ nach meiner Entdeckung einige Tage verstreichen, dann teilte ich sie besorgt den Großeltern mit. Da ich denn nun auch Bescheid wußte, wurde an diesem Abend der Freund ins Zimmer hereingelassen, um sich ein wenig zu unterhalten, ehe sie gingen. Die Mutter kam mich holen und stellte mich vor.

«Das ist Sergio», sagte sie errötend.

Wie immer spürte ich, daß alles um mich her, die Personen und die Gegenstände, die Betten, die Mutter, der Freund, die Photos der Großeltern an den Wänden, die Liebesbriefe und Postkarten des unbekannten Vaters in einer Schublade, daß alles nach Vergeltung für die Sünde rief, für die absurde und unberechtigte Geburt Sergios, des Kindes ohne Hochzeit.

«Gib dem Onkel die Hand», mahnte mich ein wenig verlegen die Mutter, da sie nicht wußte, was sie sagen sollte.

Ich streckte dem Freund der Mutter die Hand hin, und erst jetzt bemerkte ich, wie groß er war, maßlos groß, über allen Edelmut der Vorsehung hinaus, eine richtige Giraffe. Ich blickte zu ihm hoch und hatte den Eindruck, daß er mit dem Kopf an die Decke stieß. Auch Don Gastone war groß, der größte Mensch, den ich bis dahin gesehen hatte, aber dieser Freund hier war ein Turm, hager, etwas bucklig, ein schiefer Turm. Er gab mir eine Lira und riet mir, sie in die Sparbüchse zu tun, die er mitgebracht hatte. Er war mir sofort sympathisch, da ich weitere Lire voraussah, aber ich spürte auch eine Befangenheit ganz neuer Art, ein Gefühl, das ich bisher bei niemandem gekannt hatte.

Der Freund der Mutter kam nun jeden Abend, immer gab er mir eine Lira, und wenn er es vergaß, erinnerte ich ihn durch entsprechende Anspielungen auf die schöne irdene Sparbüchse in Gestalt eines Pfaus daran. Eine Lira war immerhin eine Lira, auch wenn sie mir zwei Minuten später von den Großeltern weggenommen wurde, die mit diesem abendlichen Lösegeld das Grundkapital für das ersehnte Sparkassenguthaben zusammenbringen wollten.

Der Freund verstand den wahren Anlaß meiner Zutraulichkeit und der Anspielungen sehr genau.

«Etwas geldgierig ist er schon, der Junge!» bemerkte er mit der Stimme eines Sachverständigen. «Das ist nicht schön, es macht einen schlechten Eindruck.»

Die Mutter schämte sich und wurde rot. Ich wünschte, die Mutter könnte mir heute dies mangelnde Zartgefühl von damals verzeihen, aber eine Lira war immerhin eine Lira, was Liebe war, wußte ich nicht, und jedenfalls war sie weniger wert als eine Lira, denn es war etwas, das man nicht kaufen oder verkaufen konnte. Ich möchte ihr sagen können, daß ich mit dieser Lira, sofern es mir gelang, sie aus der Sparbüchse herauszufischen, Kastanienbrot für mich und Cena kaufte; so daß sie abends, da ich den Bauch ja schon voll hatte, zu Hause mehr essen konnten; und ich möchte ihr auch erklären können, daß eine Karnevalsmaske – was die überflüssigen Ausgaben anlangt, die im Leben nun einmal notwendig sind – zwei Lire und fünfundzwanzig Centesimi kostete.

Man sprach zu Hause mit einer gewissen Offenheit von dem Freund der Mutter. Die Großeltern fragten die Mutter, was der junge Mann für Absichten habe, wo er arbeite, sie wollten einige Anhaltspunkte über sein Gehalt und seine Beförderungsmöglichkeiten haben und wissen, ob er in der Partei sei.

«Ich weiß nicht, ich weiß nicht», antwortete die Mutter verstimmt.

«Du weißt nicht? Man erkundigt sich eben, Prinzessin!»

Der Großvater mischte sich nur selten ein, und wenn, dann zugunsten der Mutter:

«Ich habe ihn heute früh beim Laden von Silvestrello vorbeigehen sehen. Ich glaube, er ist ein anständiger Mensch, der weiß, was sich gehört.»

«Oh, was das betrifft, so braucht es für eine Frau nicht viel, um das festzustellen!» fügte die Großmutter hinzu und blickte die Mutter etwas fragend an. «Man merkt sehr schnell, ob jemand ernsthafte Absichten hat.»

Als man mit einer gewissen Sicherheit annehmen konnte, daß der Freund ein anständiger Mensch sei, Heiratsabsichten habe, dazu eine Stellung, und in der Partei sei, aber erst seit 1936, da verschwanden Zögern, Zweifel und Mißtrauen, um Lob, Bewunderung und Achtung Platz zu machen.

«Sehr gute Familie, Heilige Jungfrau! Und stattlich... ein stattlicher junger Mann!»

«Einer, der arbeitet!»

«Er befaßt sich nicht mit Politik; noch nie ist aus seinem Mund eine Rede, eine dieser stumpfsinnigen politischen Reden gedrungen, wie bei dem dort drüben...», sagte die Großmutter aus Begeisterung über den Freund und mit einem verächtlichen Seitenblick auf den Großvater.

«Er ist gläubig, er geht zur Beichte!» Diese letztere Mitteilung war für die Großmutter entscheidend. Das dichte Netz der Nachrichtenbringer, das sie organisiert hatte, konnte jetzt ruhig wieder aufgelöst werden.

Nur der Großvater äußerte von Zeit zu Zeit gegenüber der Mutter:

«Sei lieber vorsichtig, daß du nicht wieder schwanger wirst, vor lauter Beichte und Kommunion!»

«Aber wenn sie sagt, daß er so rücksichtsvoll ist!» rief die Großmutter. Dann wandte sie sich an die Mutter: «Hör auf mich, Mädchen, er weiß, was sich gehört. Es kann sein, daß er dich heiratet. Und du weißt ja, was das bedeutet, heiraten, nicht? Eine Frau mit Kind heiraten! Er muß wirklich gut und großzügig sein!»

«Wir brauchen ihn nicht, laß ihn das fühlen!» sagte der Großvater und pustete auf seine Krawatte.

Er hatte einen stolzen Charakter, der Großvater; trotzdem brauchte er alle sehr nötig, denn er war ein kranker, armer Mann, und wenn er nicht all jene Jahre hindurch in alle Winde hinausgeschrien hätte, daß Mussolini ein Hampelmann und dazu noch der Mörder Matteottis sei, hätte er sich vielleicht nicht in einer solchen Lage befunden.

«Geh, geh, mein Lieber! Du Almosen-Sozialist», sagte die Großmutter streng zu ihm, und lächelnd, fast strahlend, gab sie dem Kleid der Mutter einen letzten Griff da und dort, ehe sie ging.

«Danke lieber dem Herrgott für alles! Den Weg müßtest du küssen, auf dem er wandelt! Die Vorsehung! Ja ja! Was die Vorsehung nicht alles zuwege bringt!»

«Aber dieser feine Herr spricht nie ein Wort von Verlobung!» setzte sie hinzu, sobald die Mutter draußen war. «Er hat ihr nie einen Ring geschenkt, nie irgend sonst etwas, eine kleine Aufmerksamkeit, ein Pfand der Liebe...»

Der Großvater seufzte.

«Was für Sorgen! Wenn sie mir nur nicht wieder schwanger heimkommt, nicht noch einmal! Ich glaube, ich wäre nicht imstande, mich an ein zweites Kind zu gewöhnen, wirklich, ich glaube, ich könnte das nicht!»

Ich begriff teils, und teils nicht. Auch noch einen Verlobten! Was brauchten wir den? Ich befand mich wohlauf, wo ich war, ich wußte mehr oder weniger, welches Leben vor mir lag, ich war zufrieden und manchmal sogar froh darüber. Ich hatte mein Fahrrad, Cena, die Bande, ich konnte mich allein zurechtfinden, auch mit Almosen, wenn ich wollte. Der Verlobte störte mich. Ich wollte nicht gern zu hören bekommen, daß die Mutter «eine von denen» sei. Sie hatte nur einmal gefehlt, und danach hatte sie keinen Fehler mehr begangen. Ich machte bereits meine Pläne, um von zu Hause fortzugehen, in den großen Städten Almosen zu sammeln, dort, wo die Menschen großzügiger sind und die Hotels übriggebliebenes Essen an jeden geben, umsonst und in großen Mengen. Auch Cena war meiner Meinung. Wir würden beide mit dem Fahrrad losziehen, und wir könnten nach Australien fahren, wo Cena einen Onkel hatte.

Aber wir brachen niemals auf, nicht einmal einen Versuch zum Aufbruch machten wir. Cena sagte immer, daß seine Mutter ihn mit dem Luftschiff selbst im fernsten Winkel der Erde aufstöbern würde. Ich dachte an den Großvater, an die Zeiten, wenn er vor Schmerzen fast wahnsinnig war, und ich brachte ihm die Flasche mit den Beruhigungstropfen.

«Bravo, Sergio, komm du zu mir, Junge, denn die dort vergiften mich, weißt du, sie wollen mich vergiften, weil die Fahrradwache nichts abwirft, weil ich kein Geld nach Hause bringe. Los komm, gib mir die Tropfen, Junge, komm her.»

Ich war ein Kind, nichts als Hemd, Holzschuhe und Tränen, wenn ich zu ihm hinging. Und, wie der Großvater oft sagte, ich fühlte, daß ich noch Öl am Nabel hatte.

«Bravo, du bist lieb und gut, siehst du, du willst deinen armen Großvater nicht vergiften. Wenn ich einmal tot bin, dann wirst du dich um die Fahrradwache kümmern», sagte der Großvater klagend. Und jammernd und ächzend versuchte er heimlich, sein riesiges Ding in die Urinflasche zu bringen, denn er fürchtete, ich könnte es sehen. Er war Sozialist, der Großvater, aber er hatte Schamgefühl.

9

Es kamen die ersten Uniformen der Frauengruppe «Glaube und Tapferkeit». Das Modell war von Signorina Immacolata in Zusammenarbeit mit dem Parteisekretär und Don Gastone entworfen worden. Nach ihren Zeichnungen wurden ein weiter, schwarzer Faltenrock aus schwerer Schurwolle angefertigt, eine Art Feldbluse, ebenfalls schwarz und ungefähr so, wie sie von den Kolonialtruppen auch sonst für die Parteigliederungen übernommen worden war, und ein Schiffchen mit einer kleinen Troddel vorne. Don Gastone hatte nicht geringe Mühe, die von ihm erfundenen Abzeichen durchzusetzen. An der Kopfbedekkung und an der Tasche der Sahariana, wie die Feldbluse genannt wurde, wollte er außer dem blechernen Rutenbündel noch ein besonderes Abzeichen anbringen, irgend etwas an den Aufschlägen, das die Gruppe von allen anderen faschistischen Frauenvereinigungen, an denen die Partei nicht gerade Mangel litt, unterscheiden sollte. Er hatte lange darüber nachgedacht, und das Ergebnis war ein Abzeichen ähnlich dem der spanischen Falange, mit einem Kreuz darüber; es fehlte nur noch die Zustimmung des Gauleiters. Zwar war die Uniform originell, von einem kühnen, aber gleichwohl gediegenen Schnitt; trotzdem konnte sie, weil sie überwiegend schwarz war, von ferne gesehen leicht plump wirken, wie Trauerkleidung, keinesfalls heiter und mitreißend; sicherlich, wenn man genau hinsah, war die sportliche, die koloniale Note schon da, dank der Schulterklappen und der Unmenge kleiner Taschen an der Feldbluse, aber Signorina Immacolata und Don Gastone genügten diese Einzelzeiten, dieser nur verfeinerte sportliche Anklang, noch nicht. Auch die Jungfern waren dieser Meinung; das besondere Abzeichen mußte sein, oh, und ob das sein mußte! Wo blieben Spanien, der Glaube und die Tapferkeit? Aber alles Drängen, alle Liebenswürdigkeit und alles Argumentieren mit dem guten Geschmack erwies sich als vergeblich: der Gauleiter sagte nein, grob und entschieden, denn dies sei keine Armee des Negus, man müsse eine gewisse Zurückhaltung und eine gewisse Linie einhalten, nicht zuviel wollen, dem sogenannten guten Geschmack, wie er vordem mit nutzlosem Zierat eines nunmehr durch die neue Zeit begrabenen bürgerlichen Barocks strapaziert worden sei, nicht neue Lasten aufbürden. Den Plunder könnten er, der Duce, der Schneider des Duce und auch bereits das Volk nicht mehr ertragen, selbst wenn die Damen aus einer anderen Zeit stammen mochten; Neues ja, aber das Neue müsse einfach sein.

So mußte die Gruppe sich mit der Sahariana zufriedengeben, die im übrigen, wenn sie lässig getragen wurde, zweifellos den Eindruck von Legionärsgeist vermittelte, von einem teils legionären, teils religiösen Geist.

Die Anmeldungen liefen, wie vorauszusehen, in Masse ein, es war eine Lawine; an der Spitze die enthusiastischen Beitrittserklärungen der Patronatsdamen, ungeachtet der Mahnungen zu Besonnenheit und Würde, die der Bischof privat, fast wie in der Beiche, von sich gegeben hatte; diese Damen und die der Caritas also kamen geschlossen; dann der Wohltätigkeitsverein San Filippo Neri und all jene Frauen, die zusammen mit unsern Jungfern in den Liebeszirkel um Don Gastone geraten waren, der bis zum Stadtrand hinaus seine Ausläufer hatte; alles in allem die halbe Stadt.

Als in der Folge der Andrang die Zahl der in der Stammrolle vorgesehenen Teilnehmerinnen übertraf, wurde es notwendig, eine Rangordnung und Dienstgrade einzuführen, ein nie erschöpfend erörtertes Problem, das sich mit Streitereien, Eifersuchtsanfällen und persönlichen Fragen verband, denen Don Gastone nur dadurch ein Ende setzte, daß er Dienstgrade und Obliegenheiten je nach der Führung der Mitglieder verteilte und wieder entzog.

Signorina Immacolata wurde natürlich an die Spitze der Gruppe gestellt, und nichts und niemand vermochte sie von ihrer Stelle zu verdrängen: weder die boshaften Bemerkungen des Senators, der ein wenig der ästhetisch-künstlerische Berater der Gruppe war, noch das Gewisper der Mißgunst und die dumpfe Meuterei der einfachen Verbandsangehörigen, oder besser gesagt, entsprechend der Gruppensprache, der Legionärinnen, im Versammlungssaal.

Es wurden Scharführerinnen und später Hundertschaftenführerinnen nach dem Vorbild der sonstigen Parteigliederungen geschaffen: Camilla blieb nur eine Woche in der Würde einer Scharführerin, eben die Zeit, um die Illusion der Macht zu erfahren. Sie stellte die ungeahntesten Dinge an, und Don Gastone sah sich gezwungen, sie zu degradieren. Es war, als ob man ihr mit dem Dienstgradabzeichen am Arm zugleich eine Feder eingebaut hätte, der guten Camilla: fast den ganzen Tag über ging sie in Uniform umher, sie war anmaßend und handgreiflich geworden, teilte Ohrfeigen aus oder drohte sie wegen nichts an, stampfte mit den Füßen, schrie, gab Befehle, ließ alle stillstehen, verspottete mit anzüglichen Scherzen die Novizinnen, und ihre Augen sprühten Bosheit und Feuer hinter den fingerdicken Gläsern hervor. Sie wolle um jeden Preis die Walenska fortjagen, weil sie blöd sei, sagte sie, Plattfüße habe und beim Marschieren alle zum Lachen bringe.

«Los, los, diesen Sack auf dem Boden, heb ihn hoch! Du

watschelst ja wie eine Ente!» schrie sie die Walenska grausam bei den ersten Versammlungen an.

Die arme Walenska, die die gutmütigste und anstelligste von allen war, ging zu Don Gastone und weinte ihm, wegen der Art, wie sie behandelt wurde, etwas vor. Sie berichtete ihm, was Signorina Camilla gesagt hatte, und fragte, ob für Glaube und Tapferkeit auch ein hochragendes Hinterteil erforderlich sei. Don Gastone gab ihr recht, ohne sie zu untersuchen, wie sie ihm mit Worten und Gesten vorgeschlagen hatte, und berief Camilla von ihrem Posten ab. Die machte eine denkwürdige Szene, und als sie den Goldstreifen los war, entlud sie sich wie eine Batterie innerhalb zweier Tage, als hätte sie ihe Triebfeder durch ein Abführmittel eingebüßt, und genau wie nach einer solchen Kur wurde sie wieder die schlaffe, ängstliche Klatschbase von früher.

Die Gründung der Gruppe war ohne Zweifel ein großer Sieg Don Gastones, sei es über die tückische und nicht an seine Fähigkeiten glaubende, ewig schwankende, opportunistische Kurie, sei es über den Bischof in Person, dem solche tätigen Bestrebungen ein Dorn im Auge waren und der von ihnen als von Sünden des Ehrgeizes sprach, verzeihlichen Sünden zwar, die sich aber gefährlich der Todsünde des Hochmutes näherten. Doch das waren vergebliche Worte, in den Wind gesprochene Verurteilungen und Empfehlungen, denn Don Gastone, einmal an die Stelle gelangt, wo er sich befand, konnte keine Rivalen dulden, auch den Bischof nicht, der sich denn auch hütete, schlecht über Don Gastone zu sprechen, und wenn, dann jedenfalls sehr vorsichtig und zurückhaltend.

Am 21. April, dem Jahrestag der Gründung Roms, empfing die neue Gruppe offiziell ihre Standarte. Der Gauleiter übergab sie auf dem Platz Signorina Immacolata, zwar nur mit einer kurzen Ansprache, aber die Sache machte auf die ganze Bevölkerung einen mächtigen Eindruck. Die Standarte war ein ehrgeiziger Traum Don Gastones und Signorina Immacolatas. Der Gauleiter hatte es im letzten Augenblick nicht über sich gebracht, die Bitte abzulehnen, denn er sah die allgemeine Enttäuschung voraus und bedachte, daß die Jungfern nichts anderes mehr in ihrem Leben hatten; mit feuchten Augen sagte er zu sich selbst: «Wollen wir ein gutes Werk tun, los, stellen wir halt die alten Schachteln zufrieden! Wegen eines Wimpels wird Italien nicht gleich seine Würde einbüßen, denke ich!»

Die Jungfern waren in tadelloser Ordnung angetreten, es gab keine Zwischenfälle bis auf ein kleines Mißgeschick, das aber auch nicht weiter auffiel: es fehlten die Dolche, die erst in einigen Tagen mit einer Sonderlieferung aus Mailand eintreffen sollten.

Allen standen die Tränen in den Augen, denn schließlich war es eine schöne Genugtuung.

Nach dem feierlichen Akt auf der Piazza marschierte die Gruppe über den Corso und den Viale Dalmazia, zusammen mit anderen Abteilungen der Miliz, den Schwarzhemden und dem Trommelzug der jungen Balillas. An der Spitze, in ziemlichem Abstand, zog ganz allein Don Gastone einher, in großer Uniform mit der blauen Schärpe und seinen Orden. Vor ihm marschierten die Bersaglieri, eine Elitekompanie des Heeres, die etwas später ihren traditionellen Laufschritt mit den Trompetenfanfaren vorführten, und Don Gastone vergaß in seiner stolzen Erregung, daß er nicht zu ihnen gehörte, sondern zu den hinter ihm einherziehenden Frauen, und begann so als Mann ebenfalls mit den Bersaglieri zu laufen, eine Hand in die Hüfte gestemmt, schnell und gewandt in kleinen Sprüngen und im Takt der Musik den Kopf vorschriftsmäßig nach rechts und nach links wendend. Erst nachdem er in dieser Gangart eine stattliche Zahl von Metern zurückgelegt hatte, fiel ihm ein, daß dies keineswegs seine Aufgabe war; er kehrte um und nahm seinen Platz vor der Gruppe in geregeltem Marschtritt wieder ein. Hinter ihm kam Signorina Immacolata mit der Standarte, dann, nach einem weiteren Abstand, die Gruppe. Das Kommando war ausnahmsweise für diese Gelegenheit mit nachdrücklichen Warnungen Signorina Camilla anvertraut worden, wegen ihrer kräftigen, aber weiblichen Stimme, die sich besonders gut für dieses öde Kommando eignete: eins, zwei! eins, zwei!

Die ganze Stadt klatschte Beifall, war gerührt und besprach das Ereignis, sah auf Don Gastone mit Tränen in den Augen, und selbst die Strengsten sagten, daß endlich die Kirche den ihr zukommenden Platz in der Gesellschaft und im Lande einzunehmen beginne und daß, wenn es in Italien nur zehn Männer wie Don Gastone gäbe, niemand mehr seinen Glauben verlieren würde.

Nach dem Vorbeimarsch gab es eine Erfrischung bei der Parteileitung, und nach der Erfrischung das Abendessen in der «Trattoria del Bersagliere», das Signorina Immacolata aus Anlaß der Gruppengründung stiftete. Bei beiden Gelegenheiten verfehlte auch der Cavaliere Esposito nicht, dabeizusein, in seiner neuen, blitzblanken Lodenuniform; die hatte er endlich von der Partei erhalten, nach langem Drängen und Bohren und persönlichen Briefen an den Duce, in denen er seine große Treue und seine wirtschaftliche Lage schilderte und seinen Wunsch, als Cavaliere eine neue, wie ihm scheine, nicht unverdiente Uniform zu besitzen, denn die alte habe er ausschließlich auf den Versammlungen und Aufmärschen abgetragen. Jetzt prunkte er damit am 21. April, zusammen mit den Töchtern, die zusätzlich zum Loden des Vaters Uniformen der Mädchen-Organisation erhalten hatten. Der Cavaliere traf in der Trattoria ein und fand seinen Platz nahe dem Gauleiter, wie eine Sardine zwischen Don Gastone und Signorina Immacolata eingeklemmt, die beide ihren gebührenden Platz innehatten, und von dort, aus dieser Spalte, war er nicht mehr zu vertreiben.

Im Verlauf des Essens verließ der Parteichef vorübergehend seinen Platz, da er sich nicht ganz wohl fühlte, und der Cavaliere Esposito benutzte sofort die Abwesenheit, um sich mit zufriedenem Seufzer auf dessen Platz zu setzen.

«Oh, wie schade, wie schade!» rief er und biß sich in den Knöchel des Zeigefingers. «Es ist ein Jammer! Hier muß man diese Wirtshausörtlichkeiten benutzen, draußen im Hof, ohne Hygiene, ohne Licht, ohne Papier, ohne alles! Ach, wären wir bei mir zu Hause...» Während er so klagte, fiel sein Blick auf die Mütze des Gauleiters, die dort auf dem Tische lag. Er schwieg, betrachtete das Prunkstück gierig, ein heftiger, kleinlicher, demütiger und zugleich rührseliger Wunsch tauchte in ihm auf: «O lieber San Gennaro, weshalb kann nun diese Mütze mit der wunderbaren goldenen Generalslitze und dem Adler nicht mir gehören?» waren seine Gedanken. Und dabei wurden die wäßrigen und schläfrigen Augen des Cavaliere Esposito, Gefängniswärter und nunmehr pensionierter Beamter, hart und stolz, die Lider hatten Haltung angenommen. Und allmählich wurde der Wunsch nach dieser Mütze zur Freude und dann zur feierlichen Ekstase, wie wenn sie durch die Macht der Vorstellung wirklich sein geworden wäre und breits auf seinem Haupte säße.

Der Gauleiter kam nach etwa zehn Minuten zurück, blieb noch ein wenig am Tisch, sich verstohlen den Magen massierend, und mußte nach einiger Zeit neuerlich hinaus.

Trotzdem unterhielt er sich in den wenigen Momenten der Anwesenheit mit dem Cavaliere Esposito, und dieser hörte ihm zu, nickte, seufzte, sagte: ja, oh, und ob!, und währenddessen waren seine Hände dauernd auf dem Tischtuch unterwegs, er sammelte die Brosamen, pickte sie sich wie ein Vogel blitzschnell von den Fingern, ließ größere Stücke sorgfältig und hingebungsvoll verschwinden, er aß mit Appetit, und bei jedem Schnabelvoll wiederholte er geflissentlich: «Ich habe immer so wenig Appetit, nie mag ich etwas zu mir nehmen!»

Als das Essen, samt Obst und Nachtisch, zu Ende war, verabschiedete sich Don Gastone von der Tischgesellschaft: «Ich muß leider gehen, sonst schließen sie mir das Haustor ab!» sagte er witzelnd und gab zu verstehen, wie rückständig man im Pfarrhaus sei. Auch dazu wußte der Cavaliere Esposito ein Sprüchlein. Er packte Don Gastone, schüttelte ihn kräftig, bis er schwankte, und drückte ihn dann auf den Stuhl nieder.

«Äääh... lassen Sie es gut sein! Die wissen ja, wo Sie sind, Don Gastò, Sie können ja so nichts Schlimmes tun, äh, Don Gastò? Etwas Schlimmes tut er bestimmt nicht!» grinste er und machte dazu mit gebeugtem Arm und zwei Fingern eine obszöne Geste. «Ääh, Don Gastone?»

Die Jungfern waren ziemlich angesäuselt: rot im Gesicht, mit leicht zerzaustem Haar, die Sahariana wegen der Hitze aufgeknöpft, und überhaupt in gelockerter Haltung. Signorina Immacolata saß dagegen steif in ihrer Ecke, antwortete niemandem, betrachtete Don Gastone und wollte ihm nach, als er sich anschickte zu gehen. Nur mühsam konnte die Besitzerin der «Trattoria del Bersagliere» sie mit der Aufforderung davon abhalten, sich auf einem Diwan etwas auszuruhen. Dort begann sie zu schluchzen.

«Ooooh! Wie schade, wie schade! Gerade jetzt, wo es am schönsten ist!» riefen die Jungfern und versuchten ebenfalls, Don Gastone zurückzuhalten. Doch er verschwand dann durch das schon halbgeschlossene Eingangsgitter, ohne weiter auf die Zurufe zu hören, getreu der kirchlichen Tageszeitordnung. Mit Don Gastone zusammen ging auch der Gauleiter.

Nach Mitternacht kamen die Verwandten und Freunde durch die Nebentür der Trattoria, die auf die Gasse führte; es kamen sogar die Mutter und die Geschwister Cenas, und im Handumdrehen machte man Jagd auf die Essensreste, Brot, Wein samt Flaschen und sogar die Servietten.

Die Jungfern wurden mit dem Wagen des Senators heimgefahren, Cena und ich waren vollkommen betrunken, und wir sangen sämtliche Hymnen, die man uns singen hieß. Endlich einmal hatten wir den Bauch voll; es war eine schöne Frühlingsnacht, und die Tauben und Nachteulen gurrten und krächzten ihre Liebeslieder vom Turm über der Piazza.

Am nächsten Tag begab sich das denkwürdigste Ereignis des Jahres: Don Gastone erschien im Hof am Steuer eines fast neuen, mahagonifarbenen Balilla-Kabrioletts.

Das Auto erklärte alle Geheimnisse und Umtriebe Signorina Immacolatas in letzter Zeit, ihre verzweifelte Habsucht und den Verkauf ihrer alten Wohnung im ersten Stock des Herrschaftsgebäudes. Natürlich machte man uns glauben, daß der Wagen das Geschenk des Senators und der Gruppe sei, aus einer gemeinsamen Spende, aber das war nur eine durchsichtige und untaugliche Entschuldigung, um die wahre Wohltäterin zu verbergen. Die Patronatsdamen und der Senator hätten bei all ihrem lebhaft bezeigten Beifall nicht einen Centesimo herausgerückt.

Don Gastone war glücklich, aber würdevoll, selbstsicher und bescheiden zugleich, wie es einem Priester am Steuer geziemt. Der Vormittag war dazu bestimmt, die Jungfern ein wenig spazierenzufahren. Sie waren außer sich, aber die Aufregungen der Fahrt bewirkten nicht bei allen nur Angenehmes. Er war noch kein Meister am Steuer, es fehlte ihm noch an Praxis, fest steht jedenfalls, daß Camilla ihren einzigen Hut auf der Straße verlor, und er hatte nicht umdrehen wollen, um ihn wiederzuholen, nachdem er einmal weg war; die Walenska kehrte totenbleich heim, noch totenbleicher als gewöhnlich, schwefelgrün im Gesicht, sie roch nach Leiche, stieg aus dem Wagen und zog sich hinter das Haustor zurück, wo sie stöhnte und würgte. Signorina Immacolata weigerte sich mitzufahren, da Don Gastone ein so eindrucksvoll kühner Fahrer geworden war. Er hatte entschlossene Bewegungen angenommen, gestattete sich die Freiheit, die furchtsamen oder schüchternen Jungfern mit Gewalt und wenig Worten, mit unhöflichen und barschen Bemerkungen in den Wagen zu schieben. Das Auto schien ihm zu Kopfe gestiegen zu sein. Den ganzen Nachmittag über brauste er kreuz und quer durch die Stadt und hinterließ an mehreren Tankstellen ohne alle Bedenken Benzinrechnungen auf den Namen der Signorina Immacolata.

Dank seinem Fahrzeug wurde Don Gastone jetzt schnell eine stadtbekannte, gar sagenumwobene Persönlichkeit. Alle beneideten ihn, man sprach überall von ihm, und in Kirchenkreisen entspann sich ein dumpfer Kampf mit Klatschereien und Bosheiten, doch ohne Ergebnis. Der Bischof hatte Order gegeben, ihn gewähren zu lassen, er erstickte den Aufruhr der kleinen und demütigen Diözesangeistlichen, indem er streng bestrafte, wer über Don Gastone Schlechtes sprach. Wehe dem, der ihn angetastet hätte: die Partei würde viele Bajonette und faschistische Frauen verlieren, die Kirche manchen Obolus und treuen Anhänger.

In dieser Atmosphäre öffentlicher Verehrung, in die sich die schlichten Gefühle der Jungfern des Stadtteils verwandelt hatten, als Don Gastones Unternehmungen bekanntgeworden waren, geizte nur eine Person nicht mit Zweifeln, Bedenken und Mißtrauen: diese Person war der Cavaliere Esposito. Er hatte keinerlei Skrupel, den erstbesten Barkellner oder Zufallsgast nach ihrer Meinung über die Zweifel, die ihn plagten, zu befragen, er deutete und forschte, er machte flüchtige Anspielungen gegenüber dem Fräulein von der Pensionskasse, dem Tabakhändler, dem Personal des Caffè Commercio, und was die Jungfern unseres Hinterhofes betraf, so marterte er sie, um wenigstens von ihnen etwas zu erfahren.

«Er ist ein Ehrenmann, Don Gastone, was? Nie spricht er, nie äußert er sich über irgendwen, der wahre Don Giovanni!» und er schloß mit einem «Wer weiß!» voller Ungewißheit, da ihm die Begeisterung, der Glaube fehlte, den er so gern in seinem Innern neu belebt hätte.

Wenn er die Jungfern ansah, wurde er abermals unschlüssig, seine Gedanken und Vorstellungen verwirrten sich, und er wußte nach wie vor nicht, was er davon halten sollte.

«Nein, nein! Der hat nichts gemacht, keinen Finger hat er gerührt, wenn er nicht... mit einem solchen Weibsstück, von so einer Fasson!...»

Der Cavaliere Esposito versuchte sein Götzenbild zu verteidigen, seinen Mann, in den Augen aller und vor sich selbst, er warf den Spanienkrieg in die Waagschale, den Dienstgrad, das Betragen, die Augen, den männlichen Ausdruck, alles, was vorteilhafte Gedanken nahelegte; aber die Männlichkeit, wie stand es um die? Fließt das Blut in den Adern denn nur für Spanien? Nein, nein, meine Herrschaften, o nein! Es genügte ein Wort, eine Andeutung in diesem Sinne, und sofort verlor er den Mut, alle Argumente zu seinen Gunsten wurden zu Staub vor diesem einzigen, großen Mannesbeweis, den Don Gastone anscheinend nicht angetreten hatte, den er achtlos beiseite ließ, aus mangelndem Interesse.

Was hier für den Cavaliere Esposito ein nagender Zweifel war, wurde für die Jungfern nach und nach zur tragischen Wirklichkeit. Sie wußten es wohl, daß Don Gastone niemals ein Wort, eine Geste gewagt hatte, sich nie gestattete, sie auch nur zu berühren. Aber einen Blick wenigstens? Auch das nicht! Und Frauen besitzen, besonders in einem gewissen Alter, nach Jahren des Wartens, Antennen für gewisse Blicke. Signorina Immacolata, die den Cavaliere Esposito über seine Unterredung unter vier Augen mit Don Gastone hatte berichten hören, litt am meisten von allen. Sie, die soviel gehofft hatte, im Grunde ihrer Seele! Der Zwischenfall mit der Contessa, dessen Zeugen wir geworden waren, war ein Beweis seines fehlenden Interesses, seiner Kühle, ja Kälte, auch bei einem Angriff von weiblicher Seite. Es gab keinen Zweifel mehr: Don Gastone war kein ganzer Mann. Sie hatte es ein letztes Mal versucht, alles opfernd, bereit, nicht nur sich selbst, sondern auch ihr Geld und ihr Haus zu geben; eine letzte Ermutigung: das Auto. Und dank dem Auto hoffte sie noch immer auf ein plötzliches und wunderbares Erwachen seiner Sinne. Aber Don Gastone war weiterhin der, der er immer war, ohne Stachel im Fleisch, kein Erröten, kein Zucken um den Mund ließ einen Kampf gegen den Dämon erkennen, nichts, gar nichts trübte den Frieden und die träumerische Engelsreinheit seines Angesichts! Wie vergeblich waren ihr Leiden, ihre Eifersucht gewesen! Und wegen der Contessa! Auch eine Untreue, ein flüchtiges Abenteuer mit anderen Frauen wäre diesem Zusammenbruch der Ideale vorzuziehen gewesen. Doch vielleicht gab es eine Heilung, es mußte etwas geben! Vielleicht waren es nur Schüchternheit und lange Jahre der Enthaltsamkeit, vielleicht, wenn er mehr Wärme, mehr Offenherzigkeit, ein natürlicheres, weniger gebändigtes Zugreifen spürte... vielleicht...

Die Signorina Immacolata hatte wieder begonnen, sich wie früher zu quälen, und vielleicht noch mehr als früher. Und in dieser großen Einsamkeit war ihr größter Gram, der schrecklichste und tiefste Jammer von allen, die sie des Nachts heimsuchten, der Gedanke an ihr Geld.

«Man wird mir nicht vorwerfen können, daß das Automobil kein Beweis der Zuneigung sei! Was will er denn noch mehr?!» rief sie im Halbschlaf und hämmerte sich mit der Faust an die Schläfen.

«Er kann doch nicht glauben, es mit hölzernen Statuen zu tun zu haben!»

«Weil er nicht weiß, was Liebe ist!» gestanden sich die Jungfern in der Tiefe ihres Herzens.

Auch dieses schmerzliche Geschehen, das Bewußtsein, das sich nach und nach ohne alle Hoffnung in das Gefühlsleben der Jungfern einschlich und es in einer Enttäuschung verdorren ließ, die nicht mehr denken, nicht mehr reagieren konnte, war dazu bestimmt, tief in ihren Seelen verborgen zu bleiben. Wenn Eifersucht für sie als Frauen ein so edles, pflichtgemäßes Gefühl sein mochte, daß es in bestimmten Fällen aufgedeckt, einer Freundin gebeichtet werden konnte, so war die Enttäuschung jetzt, da unzüchtig und profan, zum Schweigen verurteilt, zur Einsamkeit in der Wüste, in der sie sich mit einem Mal und ohne Wasser befanden.

Aber sie vermochten nicht lange in diesem Schweigen zu verharren; zuerst begannen sie, darüber wie eben über eine Tatsache zu sprechen, so im allgemeinen, als etwas, was man begriff und auch wieder nicht begriff. Sie sprachen wie kleine Mädchen, die die richtigen Worte nicht finden, in gedämpftem Ton. Sie sagten, Don Gastone sei krank, man müsse ihn behandeln, und alles in allem sei er noch mehr zu lieben in seinem großen, unsichtbaren Unglück, weil er vielleicht gerade deswegen der Liebe bedürftig sei. Ein grausames Los, besser noch, einen Buckel zu haben. Statt dessen war er fast zu schön und stattlich, und ein hämisches Schicksal hatte diesen Körper mit einem so bitteren Mangel gezeichnet.

«Liebe, ach was, es ist doch nicht unsere Schuld! Ha, feine Keuschheit! Feine Tugend! Alle sind sie tugendhaft! Er leidet keineswegs die Pein und die Versuchungen des heiligen Antonius!» sagte Camilla mit ihrer gewohnten Anzüglichkeit.

Trotzdem nährten sie noch etwas Hoffnung. Für Signorina Immacolata war das Auto die Hoffnung, und sie klammerte sich an dieses Geschenk wie an ihren einzigen Daseinsgrund. Doch nach und nach, beim Ausbleiben von Berührungen, von Seufzern, von Blicken, auf die sie jedesmal und immer vergeblich wartete, um Gefühle, um Anfechtungen zu erkennen, nach und nach erlosch diese Hoffnung. Nicht einmal ein Gedanke, keine leise Liebkosung, nicht das geringste Zeichen seitens eines Mannes, der somit ein großer Egoist sein mußte.

Don Gastone brauste in seinem mahagonifarbenen Balilla durch das blühende Hügelland draußen vor der Stadt, seelenvergnügt in seiner Ahnungslosigkeit.

10

Dann zog Fedora bei uns ein, die Nichte der Witwe des Photographen. Die Alte vermachte dem Mädchen ihre Sachen und ging ins Altersheim. Sie würde die Kälte keinen Winter mehr aushalten, außerdem sollte sie im nächsten Winter auch schon längst tot sein, wie die Karten prophezeiten. Geld zum Ausgeben besaß sie keines, nicht einmal etwas anzuziehen hatte sie, um ein wenig an die Sonne hinausgehen zu können. Im

Altersheim San Clemente bekam sie wenigstens die Anstaltskleidung zugewiesen, die einer alte Frau einigermaßen würdig war.

Der Frühling prangte mit allen Blüten und Knospen, und auch Fedora tat es. Sie war zweiundzwanzig, mit sechzehn hatte sie das Kloster der Schmerzensreichen Jungfrau verlassen und eine Stelle angenommen. Es war Frühling; Mäntel, Wollsocken und Holzschuhe lagen unbenutzt in der Ecke, und Fedora lief in Sommerkleidern umher, denn ihr war immer warm; sie hatte ein Stoffähnchen als Hausrock an, Büstenhalter und Höschen trug sie nur, wenn sie zu ihrem Dienst ging oder mit einem Offizier spazierte. Den restlichen Tag verbrachte sie im Hausrock, der in der Sonne wunderbar glänzte. Ihr Körper war eine einzige Bewegung, wenn sie ging, aber sie bewegte ihn nicht, um ihn zur Geltung zu bringen, noch bewegte sie ihren Busen oder ihren Hintern auf besondere Art, sondern es war alles eins, und kein Teil fiel durch die lastende Schwerfälligkeit von Fett und Fleisch ohne Muskeln auf. Wenn sie einen Schritt machte, so beschrieben die Hüften einen Halbkreis nach vorne, und diese Bewegung gab das Signal: auch die Brüste neigten sich, kreisten, drängten seitwärts, der Bauch spannte sich in einem fast rhythmischen Gleichmaß zum Schritt und wölbte sich dann zur Seite hin, bis er wieder zurückglitt, während das dunkelbraune Haar auf Schultern und Rücken den Wellenbewegungen der Hüften folgte. Ihre Augen waren schmal und mandelförmig, gelb und mit Streifen wie bei einer Katze, ihr Mund war klein, mit vollen Lippen. Manchmal schminkte sie sich, sie tat dies stets, wenn sie mit Offizieren verabredet war. Aber tagsüber waren ihr Lippen nicht angemalt, und doch dachte man, sie wären es.

Vormittags ging sie zu ihrem Dienst als Hilfe bei einem jungen Arzt, nachmittags blieb sie daheim und las Groschenromane. Im ganzen Stadtviertel gab es niemanden, der sie nicht beneidet oder nicht schlecht von ihr gesprochen hätte. Und Cena sagte, daß, wenn all dieser Neid sich in Krätze verwandelte, der ganze Stadtteil sich von morgens bis abends kratzen müßte: angefangen von Signorina Immacolata, die ihr die beiden kleinen Dachstuben nicht vermieten wollte und es nur aus Angst vor Fedoras alter Tante tat, der man zutraute, daß sie bei einer Kündigung Bomben legen würde. So blieb Fedora, vielen zum Trotz, bei uns wohnen, blieb weiterhin, von Gott und von allen Heiligen, die Augen im Kopf hatten, gesegnet, blieb bei uns, um sich in der Luke ihrer Dachkammer zu zeigen, wenn sie die Wäsche aufhängte, um auf dem Dach im Gegenlicht ihre Beine zu bewegen wie ein weißer Storch seine langen, schlanken Stelzen; und wenn sie in der Dämmerung ausging, wurde sie zur schönsten Heiligen aller Altäre, von einem dunkel orangefarbenen Leuchten umflutet, verströmte sie einen Weihrauchduft gesalbter und parfümierter Haut, den man bis in den Hof hinein spürte. Sie sang den ganzen Tag über, und die Lieder, deren Text sie von Anfang bis Ende kannte, waren: «Liebe Virginia, ich fahr nach Abessinia...» und «Wenn den Stiefel wir erstrecken bis in Afrikas östliche Ecken...»

Wir, Cena und ich, bemühten uns sofort, mit ihr Freundschaft zu schließen. Wir standen mit offenem Munde da, wenn sie sang und die Treppen herunterkam, mit ihrer Art, sich zu bewegen; wir folgten ihr sogar wie Hündchen, wenn sie spazierenging. Fedora vertrat im Hof die Stelle der Sonne, sie war das einzige Echte, Lebendige, Schöne, Leuchtende, das wir nach all den Jahren grauen Trübsinns erblicken durften.

Wir dachten, es werde sehr schwierig sein, ihre Freundschaft zu gewinnen, denn sie war doch so schön, und wir waren zwei zerlumpte Gassenjungen. Wir besaßen den Mut von Löwen und die Frechheit von Verzweifelten, Achtung hatten wir vor nichts und niemandem, nicht einmal vor dem Bürgermeister, der in unseren Augen ein Mann mit dickem Wanst war und heimlich zur Signora Wanda ging; vor niemandem hatten wir Respekt, nur vor Fedora. Zwei Tage lang hatten wir nichts anderes im Sinn als darüber nachzudenken, wie man sich mit ihr anfreunden könnte, falls sie sich im Glanze ihrer Schönheit zu uns herablassen sollte.

Schließlich fanden wir uns, ich in meinem Samtanzug und Cena in seinem prachtvollen Rennfahrer-Trikot, in der Mansarde ein und boten unsere Dienste an: Wir würden ihr die Milch holen gehen und überhaupt alles, was sie jemals brauchen sollte...

Binnen weniger Tage wurden wir so gute Freunde, daß sie es war, die uns zu sich rief. In ihrer Gegenwart vergaßen wir sogar unser Fahrrad. Wir leisteten ihr den ganzen Nachmittag über Gesellschaft, oder doch einen guten Teil davon; manchmal sagte sie uns dann, wir sollten gehen, denn der Leutnant Murria oder andere Offiziere und Unteroffiziere, die sie kannte, seien zu erwarten.

Sie hatte eine leise, liebliche Stimme, Fedora, wie die eines Kindes, und auch wenn sie uns bat zu gehen, tat sie es so, daß es uns nicht kränkte, und versprach, uns nachher wieder zu rufen.

Wir verliebten uns alle beide in sie und gestanden uns dies eines besonders traurigen und einsamen Abends in unserem Bogengang ein. Wir umarmten uns, Tränen in den Augen, und keineswegs aufeinander eifersüchtig; was sage ich, eifersüchtig! Es war eines der wenigen Male, daß Cena nicht daran dachte, mich hereinzulegen; und wenn wir zu Fedora zu gehen hatten, rief einer den andern, suchten wir uns, wollte einer dem anderen höflich den Vortritt lassen. Wir waren nicht einmal auf die Offiziere und Unteroffiziere eifersüchtig; weshalb auch hätte wir es sein sollen? Es genügte uns, Fedora zu sehen, sie sprechen zu hören, sie zu beobachten, wie sie sich bewegte oder sich umzog, langsam und träge, Schlaf und Müdigkeit der Liebe im Blut und im Körper, und manchmal zog sie sich sogar nackt aus, mit derselben Lässigkeit, ohne auf uns beide zu achten. Wir hatten nicht den Mut, sie zu berühren, aber sie gab uns selbst die Erlaubnis, sie abzutrocknen, wenn sie sich wusch. In solchen Fällen glitt uns auf irgendeine Weise das Handtuch aus den unruhigen, zitternden Händen, und diese verweilten einen Augenblick auf der Haut, einen Augenblick, wobei keiner hätte sagen können, ob die Haut brannte oder ob eine elektrische Ladung wunderbar aufreizender Kraft unter den Poren prickelte.

Cena und ich gedachten insgeheim, sie eines Tages zu heiraten, wenn wir durch alle möglichen und denkbaren Geschäfte reich geworden wären. Vor allem lebte dadurch die Idee mit dem Schmetterlingshandel wieder auf.

Der ganze Hausblock, um nicht zu sagen, der ganze Stadtteil, hatte nur noch Augen für Fedora. Der Schuster Bombana brummte, fluchte und sandte Lästerungen aller Art gen Himmel, weil der ihn mit so schwachen Augen ausgerüstet und so stümperhafte und betrügerische Optiker und Augenärzte in die Welt gesetzt hatte. Das schmale Fensterloch seiner Werkstatt, wenn man eine Höhle von zwei Quadratmetern so nennen darf, ging auf den Hof hinaus, gerade nach der Seite, wo Fedora wohnte. Bombana erhob sich von seinem Bock, linste aus seinen Unglücksaugen, die wie zwei Kugeln aus Milchglas anzusehen waren, machte Anstrengungen aller Art, ohne jedoch etwas wahrnehmen zu können. Er sah nicht einmal den Umriß, den Schatten, nichts, gar nichts. Da rief er uns in seine Höhle und gab uns fünfzig Centesimi, damit wir ihm erklären sollten, was sie in diesem Augenblick gerade tat, wie sie sich bewegte, was sie anhatte, ob er sie sehen könnte, wenn sie vielleicht gegen das Licht stand...

«Wo ist sie, wo ist sie jetzt?»

«Drüben, Bombana, sie sieht gerade hierherüber, zwei schöne Titten, Bombana!!»

«O mein Gott! Ja, sprich, sprich weiter!»

«Sie winkt herüber, jetzt nickt sie Ihnen gerade zu, ciao Fedora, ciao!»

«Was, wie, mir? Mir nickt sie zu? Mir, Taulero Bombana?» Er schnellte von seinem Bock in die Höhe, ließ Schuh und Handwerkszeug zu Boden fallen und beugte sich aus dem Fensterloch hinaus, nichts als ein Anhängsel seiner hinter fingerdicken Gläsern versteckten Pupillen:

«Guten Morgen, verehrte Signorina Fedora! Ihr Diener, Signorina! Wenn Sie einmal irgendeine Reparatur brauchen, an Ihren wundervoll zierlichen Schühlein...», und er verharrte in der Schwebe, in dieser gefährlichen Stellung, denn wenn wir ihn nicht an seiner Lederschürze zurückgehalten hätten, wäre er wohl in den Hof hinabgestürzt, vor Gier nach ihrer Antwort, ihrer Stimme. Aber Fedora war gar nicht da, wir mußten uns nur irgendwie unser Geld verdienen; Bombana wandte sich betrübt um, spuckte seinen Tabak aus und fragte drängend:

«Antwortet sie nicht? Sie hat noch nicht geantwortet, hö?»

«Wieso antwortet sie nicht? Bombana! Sie sind nicht nur blind, sondern auch taub! Gerade eben hat sie herübergegrüßt, und nun macht sie Ihnen auch noch Zeichen mit der Hand.»

«Ah, ja?» Er spitzte die Ohren: «Ich höre gar nichts, wie denn? Ist das die Luft oder der Wind, der die Worte wegträgt, hö?»

«Aber jetzt macht sie gerade wieder Zeichen, gerade eben.»

«Ah, ja? Und was sagt sie, was sagt sie denn?»

«Sie hat gerufen: Guten Tag, lieber Signor Bombana!»

«Sakrament! Signore sagt sie zu mir! Was für ein liebenswürdiges Mädchen, eine Dame, eine Gräfin! Nur einmal habe ich sie von nahem gesehen, und schon ruft sie mir zu... Sakrament!» Und wieder beugte er sich ganz zum Fenster hinaus, voller Hoffnung auf einen Schatten, einen dunklen Fleck, irgendeinen undeutlichen Laut, wenn er nur von ihr käme.

«Meine Verehrung, schöne Signorina Fedora! Recht guten Tag! Und wenn Sie einmal eine Repa...»

«Jetzt ist sie gerade wieder weg, seien Sie doch still, beruhigen Sie sich, Bombana, jetzt langt's, sie ist nicht mehr da, sie ist weg...», und wir zerrten ihn mit Gewalt vom Fenster zurück.

Er blinzelte, weil er sich bei diesen Begrüßungen und den Versuchen, etwas aus dem Reich der Schatten, das ihn umgab, zu erspähen, derart anstrengte, daß ihm die Tränen eine ganze Zeit lang in seinen Lederschurz kollerten.

Bei solchen Gelegenheiten verdiente jeder von uns fünfzig Centesimi, die von ganzem Herzen gegeben wurden, samt dem Versprechen Bombanas, daß, wenn Fedora einmal selbst käme, um ihm ein Paar Schuhe zum Reparieren zu bringen, aber wenn sie wirklich selbst käme, Fedora höchstpersönlich, daß dann aus den fünfzig Centesimi eine Lira werden sollte.

Auch der Großvater strahlte, wenn er sie sah, und in den wenigen Augenblicken, wo die Schmerzen ihn nicht plagten, pfiff und trällerte er alte Operettenmelodien vor sich hin. Sie war schön, und er machte kein Hehl daraus, daß es ein Vergnügen sei, sie anzusehen, daß einer, wenn er auch nur ein wenig die Augen über sie gleiten lasse, sich besser fühle, ganz erholt sei, wie nach einer in angenehmer Gesellschaft verbrachten Nacht. Wiederholt lieh er ihr ein Damenrad, eines von denen, die bei ihm untergestellt waren.

Silvestrello schickte ihr als Angebinde ein Sommerhütchen, ganz aus Federn, und lud sie zu einem Besuch bei sich ein. Wenn der Hut ihr nicht gefalle, möge sie ihn ruhig zurückbringen, es werde ihm eine Freude sein, mit einem anderen zu dienen, einem mit lauter kleinen Vögeln, der gut zu ihr passe – oh, oh! –, er sei im Schaufenster ausgestellt.

Natürlich wurden die Aufträge und Botengänge uns anvertraut, gegen Belohnung, und wenn Silvestrello ihr seine Huldigungsgaben und seine parfümierten Kalenderblättchen verehren wollte, mußte er zwei Lire herausrücken, eine für jeden von uns.

Aber die Geschichte mit dem Hütchen kam seiner Frau zu Ohren, und es brach ein schrecklicher Streit aus. Nicht so sehr aus Eifersucht – sagte sie –, sondern weil der Hut das beste Stück aus dem Fenster gewesen sei, dasjenige, das die Passanten anlockte. Auf diese Vorwürfe und Beschimpfungen antwortete er gar nicht, er stand mitten in seinem Laden, den Staubwedel in der einen und die Wasserflasche zum Sprengen in der anderen Hand, und erduldete die Schmähreden.

«Hurenbock, alter schamloser Hurenbock! Nicht einen einzigen Hut können wir im Monat verkaufen, und du, du verfluchter Satan, schenkst sie weg. Da graust einem ja, vor so viel Blödheit, mir wird schlecht, wenn ich dich bloß anseh. In die Anstalt laß ich dich einweisen, du Trottel, du Elender!» schrie die Frau von innen her durch das Gucklock in der Werkstatt, wo sie Strohhüte flocht.

Ein Zittern überkam Silvestrello, und im Bauch, dem Sitz der Gefühle, kollerte und quakte es, um sich dann unversehens mit zischenden und knatternden Lauten zu entladen. Um die Geräusche zu verbergen, begann Silvestrello zitternd und verängstigt mit den Füßen zu scharren, auszuschlagen, Staub von dem alten Fußboden aufzuwirbeln; er machte sich daran, den Boden zu fegen und dann wieder dumpf mit dem Staubwedel auf die Filzgegenstände zu klopfen.

«Sei still, Iride. Pssst! Draußen sind Leute. Ein paar schauen sich das Fenster an!»

Wenn es die Frau nicht war, die ihn beschimpfte und ihm Vorwürfe machte, traten die Töchter auf den Plan, und er, der an ein ruhiges Leben ohne viele Geräusche gewöhnt war, wenn man von seinen eigenen absieht, erregte sich aufs neue und furzte kräftig; einen Augenblick lang verzog der Genuß sein breites Gesicht zu einer lächelnden Grimasse, dann kamen Reue und Bitternis, Ärger darüber, daß seine Frau und Töchter alles als Beleidigung auffaßten, als ein Zeichen der Gleichgültigkeit, des mangelnden Respekts vor ihnen, was sie hochgehen ließ wie die Vipern. In diesen Tagen ließen sie ihn nie allein, voll Argwohn und Mißtrauen waren sie, daß er noch andere Geschenke machen könnte.

«Mach du nur weiter so! Los, nur voran, du schamloser Kerl. Es langt, weißt du, es langt! Etwas Rücksicht wenigstens auf die, die deinen Namen tragen, dürfte man schon verlangen, denke ich!» zeterte die Frau.

«Und wenn das doch meine Veranlagung ist... sei wieder gut, geh, Iride...», flehte Silvestrello begütigend, leise. «Komm, verzeih mir...»

«Du machst das absichtlich, du elender Kerl, du ordinärer Mensch!»

«Aber nein, Iride, ich bin so veranlagt, das ist ein Fehler von mir, das weißt du doch! Nach so vielen Jahren könntest du das schon wissen!»

«Fehler ist Fehler, da läßt sich nichts machen, aber bei dir ist das keiner, das ist einfach Frechheit, Unverschämtheit, Rüpelei, du elender Kerl, pfui Teufel!»

Sie fand keine Worte mehr vor Abscheu, und da sprangen auch die Töchter von ihren Hockern auf, um der Mutter Beistand zu leisten, an ihre Stelle zu treten; sie warfen die Nadeln und Klammern weg, mit denen sie arbeiteten, zerrissen vor Wut die Stoffe...

«Ordinärer Kerl!» schrien sie im Chor.

Dem armen Silvestrello wurden auch noch seine Träume vergällt, seine armseligen, keuschen Träume, inmitten von mottenzerfressenen, verstaubten Hüten einer vergangenen Mode, Hüten aus der Zeit der Operette und voller Straß – seine schönsten und unschuldigsten Träume, die unter seiner Melone nisteten wie die weißen Tauben von Taschenspielern und Zauberkünstlern.

Wer jedoch in Liebe entflammte, seit den ersten Tagen, in Leidenschaft, in schweigendem Sichverzehren, das war der Cavaliere Esposito. Den ganzen Tag über geisterte er wie ein Irrlicht auf und nieder, auf und nieder über die finsteren Treppen, in der Hoffnung, Fedora zu sehen, sie grüßen zu können. Stets war er schlechter Laune, man konnte kein Wort an ihn richten, und abends, um die Zeit, wenn in den Kasernen Dienstschluß war, wurde er geradezu tobsüchtig, er begnügte sich nicht damit, die Treppen hinauf- und hinunterzugehen, sondern stampfte mit schweren, herausfordernden Schritten auf die Stufen, verbarg sich in Ecken und Winkeln, kletterte bis zu ihrer Dachstube nach oben, schleuderte alte, herumliegende Sachen und abgestellten Hausrat umher, öffnete und schlug die Tür zu seiner Toilette zu, machte Licht an – und dies alles nur, um zu versuchen, soweit das vierzig Watt vermochten, die Schatten in die Flucht zu schlagen.

In dieser Stunde nämlich begann das Kommen und Gehen der Soldaten und Offiziere, die sich zu Fedora auf Besuch begaben, und wir zeigten ihnen mit einer Karbidlampe den Weg. Man vernahm in den Gängen und Fluren ein Klirren von Säbeln und ein Knarren von Stiefeln, die im Dunkeln beim Schein der Lampe wie das glänzende und brillantinefettige Haar ihrer Eigentümer leuchteten. Manchmal waren es schwere Schritte geringerer Dienstgrade: die der Feldwebel und hinab bis zu den einfachen Soldaten, die mit dumpfem Poltern ihren Weg zum Dachboden suchten.

Alle jedenfalls waren gezwungen, sich an uns beide zu wenden, die wir sie wie Platzanweiser im Kino mit allerlei Freundlichkeiten bis zur Tür geleiteten; sie waren um so mehr dazu gezwungen, als dieses wahre Labyrinth von Treppen jeder Art sie einschüchtern mußte, mit all diesen dunklen Ecken und Winkeln und den hallenden Gängen mit Bergen von Unrat, hinter dem sich Lichtscheue recht gut verborgen halten konnten. Auch unsere Helden, auch die Offiziere und Unteroffiziere der Panzereinheit, die bald die Wüste durchrollen sollte, warfen beunruhigte Blicke in diese finsteren Ecken, und wir sahen wohl, wie sie beim leisesten Geräusch zusammenzuckten und wie ihr starkes Begehren der verborgenen und geheimnisvollen Künste Fedoras sie weniger erregte als der Schrecken des Aufstiegs im Innern dieses Gemäuers. Sie schwitzten, sie brummten vor sich hin, um sich selbst Trost zuzusprechen, und wenn sie schließlich bis zu Fedoras Tür vorgedrungen waren, verschwanden sie blitzschnell, wie um einem Spürhund oder einer bösen Vorahnung zu entgehen. Meist waren es frisch eingezogene, junge Männer, fast noch Kinder, mit wenig Erfahrung, den Kopf voller Träume von ruhmreichen Kämpfen und Bildern aus historischen Filmen.

Ihr Trinkgeld gaben sie uns vorweg, das war eine stillschweigend vereinbarte Gewohnheit: Wir beide warteten am Fuß der

Treppe mit unserer Fahrradkarbidlampe, die Lippen zu einem pflichtschuldigen Willkommenslächeln gekräuselt. Vielleicht war es unsere Haltung, zusammen mit ihrer eigenen Verlegenheit darüber, daß sie bei ihrem Vorhaben überrascht und schon an der Pforte in Empfang genommen wurden, was sie zu den guten, eilig aus der Tasche gezogenen Trinkgeldern bewog; fest steht, daß uns nach einigen Tagen alle kannten und beim Namen riefen: Wir waren ein Teil des Arrangements und im Genuß eines festen Tarifs. Auch Fedora gab uns stets etwas Geld und genug zu essen, um unseren Bauch zu füllen.

Der Cavaliere Esposito haßte uns, hatte aber nicht den Mut, gegen uns vorzugehen; er begnügte sich damit, immer wieder während seines abendlichen Herumgeisterns «Schamlose Kupplerbande!» zu zischen, worauf wir den vollen Schein unserer Lampe auf ihn richteten. Er hätte es nie gewagt, den wahren Grund dieses regen Verkehrs Signorina Immacolata zu hinterbringen, aus Furcht, daß Fedora dann aus dem Haus gejagt würde. Und Signorina Immacolata ihrerseits hätte Fedora nicht vertreiben können, ohne einen allgemeinen Aufstand zu entfesseln, denn Fedora war bei allen im Hause beliebt, sie war die Sonne in unserem Hof. Silvestrello, der vor Zeiten mit einem schweren Hang zum Brandstiften belastet und auch jetzt noch nicht völlig und restlos frei davon war, hätte Feuer im Haus gelegt, der Schuster Bombana hätte es mit Hammerschlägen abzubrechen versucht, und der Großvater hätte gleichfalls seinen Teil zur Zerstörung beigetragen, hätte wenigstens mit Worten Fedoras Rechte verteidigt, die schließlich eine Proletarierin war; ohne die Exzesse der freien Liebe zu predigen, die er nicht billigen konnte, hätte er einzig und allein über die Freiheit gesprochen. Der Cavaliere Esposito wußte nur zu gut, daß er, wenn er Fedora wenigstens einmal täglich sehen wollte, sich mit den Offizieren und folglich auch mit unserer Tätigkeit abzufinden hatte.

Tagsüber war er nicht nur in allen Winkeln und Ecken zu finden, sondern er ging auch so weit, an Fedoras Tür zu klopfen und dann davonzuschleichen, in Pantoffeln, damit man ihn nicht hörte: wenn sie öffnen kam, sah sie ihn zwischen den beiden Treppenabsätzen, gleichgültig wie ein zufällig Vorübergehender, der sich als Mann von Erziehung vor einer schönen Frau tief verneigt und Liebesromanzen vom Vesuv in seinen Bart summt. Diese flüchtige Begegnung gab ihm einige Stunden Ruhe, bis ein dringenderes, noch leidenschaftlicheres Bedürfnis nach ihr ihn weitere Mittel, weitere Gelegenheiten ersinnen ließ, um ihrer ansichtig zu werden. Wenn Fedora aufs Dach stieg, ihre Wäsche aufzuhängen, stellte er sich an alle nur möglichen Fenster und Luken mit geeignetem Blickfeld, und dort stand er versteckt und begnügte sich nicht damit, sie mit bloßem Auge zu belauern, sondern fuhrwerkte nervös mit einem Fernglas herum. Dessen bediente er sich ganz besonders, wenn sie zur Toilette, in seine prachtvolle Toilette, ging; denn natürlich war eine seiner ersten Sympathiebezeigungen eben diese gewesen, ihr deren Benutzung anzutragen, zwanglos und bequem, ohne Eile und ohne zeitliche Beschränkung. Natürlich müsse sie leider bei ihm den Schlüssel abholen, aber er stehe ihr jederzeit zur Verfügung. Und Fedora hatte noch nicht die Tür des Verschlages hinter sich zuziehen können, als der Cavaliere Esposito schon auf den Dächern war und von Ziegel zu Ziegel einer Ecke zustrebte, von wo aus er in die Lichtscharte der Toilette hineinblicken konnte; mit der Gewandtheit und Schnelligkeit einer Katze glitt er über die glitschigen Dachflächen, in Hemdsärmeln und Hosenträgern, so, wie er gerade war, und wie im Flug erreichte er die gegenüberliegende Seite, wo er hinter einem Kamin sein Fernglas in Anschlag nahm, hurtig mit den Fingern daran drehte, um den ersehnten Gegenstand seiner Begierde in aller Schärfe einzufangen.

Es war noch keine Woche vergangen, als der Cavaliere Esposito bereits zusehends an Würde einbüßte, den moralischen Verpflichtungen seines Witwerstandes absagte und in der Zurückhaltung, die seine Würde als Ordensträger forderte, nachließ, indem er Fedora seine Dienste, auch niedrigste Dienstleistungen, anbot; man sah ihn Milch holen gehen, die Halbliterkanne in der Hand, oder Schmierseife besorgen und sonstige niedere Frauenarbeit verrichten. Er wurde zum Gespött des Hofes: alle Männer lachten hinter ihm drein, und die Frauen behandelten ihn mit Verachtung.

«Da sieht man's!» sagte meine Großmutter zum Großvater. «Wenn ein Mann Opfer seiner Sinne wird, ist er wirklich widerlich!»

Der Großvater schwieg und schüttelte den Kopf.

Camilla rief «Lüstling» hinter ihm her, aber sie bereute sofort das gesprochene Wort; da es sich nicht mehr zurückholen ließ, beeilte sie sich zu erläutern, daß Lüstling soviel bedeute wie Narr. Aber der Cavaliere Esposito – um Gleiches mit Gleichem zu vergelten – antwortete Camilla mit einem Maulfurz und ging lachend davon.

Er wollte nichts mehr einsehen, war aller Fesseln ledig, niemand hielt ihn mehr im Zaum. Nicht einmal die Töchter, die den ganzen Tag wegen dieser plötzlichen schandbaren Veränderung weinten; sie hielten ihm die Hochzeitsphotographie vor die Nase, erinnerten ihn an seine Frau, an seine «Cuncettì», aber das waren vergeudete Worte. Er griff statt aller Antwort zu seinem Leibriemen, sperrte sie ins Schlafzimmer ein und ließ sie dort einen ganzen Tag lang ohne Essen. Sogar das Grammophon schenkte er Fedora, samt den Platten, und er ging zu ihr, wenn er singen wollte. An den Töchtern, die der Inhalt seines Witwerlebens gewesen waren, die das Vermächtnis seiner in die Ewigkeit vorangegangenen Frau dargestellt hatten, an denen lag ihm jetzt nichts mehr.

Doch ein Lüstling und Sklave seiner Sinne, wie ihn die anderen Miteinwohner des Hauses nannten, war er jedenfalls nicht, denn mit Fedora kam es zu nichts. Er versuchte es wohl, der Cavaliere Esposito, er versuchte es, gab sich alle Mühe, aber es war sie, die nicht wollte, die mit Witzen darüber hinwegging; sie brachte ihm das Haar in Unordnung, sie berührte ihn gelegentlich da und dort, aber sie ließ sich nicht anfassen, oder nur eben ganz leicht und flüchtig, um ihn zufriedenzustellen. Sie sagte es uns selbst, und es stimmte auch, denn einmal sahen wir sie mit eigenen Augen, als wir auf dem kleinen Hängebalkon mit seinem Gitter aus Eisenstäben und Seilen kauerten, ganz dicht am Dachrand. Der Cavaliere Esposito war bei ihr in der Dachstube, er bildete sich ein, allein zu sein, spreizte sich wie ein Gockel im Morgengrauen, war rot im Gesicht und bettelte und bettelte, daß sie ihm ihren Busen zeigen solle.

«Laß mich nur einen sehen, meine schöne Fedora, laß mich doch mal!» flehte er und scharrte vor Aufregung mit den Füßen.

«Aber nicht anfassen!» warnte Fedora lachend.

«Nein, nein, ich schwöre es, nur ansehen, weiter gar nichts...»

«Nein, ich denke nicht daran, nein, besser nicht; du bist ein Lüstling und nachher willst du anfassen...»

«Ich schwör's dir, Fedora, bei meiner Seligkeit...»

Nach langem Betteln schlug sie ihren Hausrock auseinander und ließ einen leuchtend schönen, wunderbar geformten Busen herausgleiten, so strahlend schön und glatt, als sei er gefirnißt. So lebendig war diese Form, so wirklich, so voll aller lebensspendenden Wärme dieser Erde und des Blutes, daß die Brustwarze sich zu bewegen schien; sie hielt sie leicht, zwischen zwei Fingern gefaßt, etwas vorgepreßt, in einer Haltung des Darbietens und züchtiger Zurückhaltung zugleich. Ich spürte, wie ich schlucken mußte, mir war, als sei der Adamsapfel in die Kehle geglitten, gleich einem zu großen Stück Brot, das man mit Gewalt hinabwürgen muß.

Der Cavaliere Esposito kniete vor ihr, so, wie er sich während seines Bittens niedergelassen hatte, halb zur Seite gebeugt, und in dieser Stellung verharrte er, mit vorgestreckten Händen und gespreizten Fingern, mit den schimmernden und vorquellenden Augen eines Kurzsichtigen; er schluckte zwei-, dreimal, schloß und öffnete die Lider wie ein Kapaun, bis er schließlich, mit entschlossener Stimme, erklärte:

«Fedora, ich heirate dich; ein Wort von dir, und ich heirate dich!»

Fedora lachte, wiegte sich in den Hüften und schloß ihren Hausrock.

«Meine Gemahlin würdest du werden, mit allen Ehren... Fedora Esposito... Wie das klingt! Laß mich das aussprechen, laut, ganz laut, deinen herrlichen Namen! Fedò, dein Knecht bin ich, ich lieg vor dir im Staub, ein Wort und du bist meine Gattin, in hohen Ehren bist du...»

«Mein lieber Rittersmann!» lachte Fedora, kniff ihn in die Backen und zog ihn mit diesem Griff empor aus seiner knienden Stellung, in der er schon bloß noch träumte, halb schlafend, wie eben ein Kapaun, und wie ein solcher Augäpfel und Lider willenlos bewegend.

«Sieh da, mein Herr Ritter ohne Pferd, voll huldigender Liebe...», und sie versetzte ihm einen leichten Schlag mit der Hand zwischen seine Beine, so daß er aufflatterte vor Freude, Kitzel und wohl auch Schmerz. Dann führte sie ihn, gefügig wie er war, an die Tür und schob ihn nach draußen.

Wir glitten vom Dach herab, noch ganz benommen, und uns kam der Gedanke gar nicht, daß wir auch etwas zu sehen erbitten oder die Hände ausstrecken könnten und geziemend höflich fragen, daß sie uns vielleicht ihre Gottesgaben zeigen möchte. Nur Cena hatte eines Tages etwas mehr Mut und enthüllte die schamvolle Blöße, und auf diese kühne Tat folgte ein wundervoller Nachmittag, an dem Fahrrad, Geld, Essen und Kleidung vor ihr und ihrer bewegten Nacktheit verschwanden. Und wir beide machten uns gegenseitig mit Knien und Ellbogen den Platz auf und neben ihr streitig und wußten nicht, was wir eigentlich genau und im einzelnen zu tun hätten, denn sie blieb keinen Augenblick still und kitzelte uns sogar. Der verdammte Cena war besser dran als ich, es glückte ihm die richtige Stellung, und er brachte sie zum Stillhalten. Während Fedora mich seufzend streichelte, sah ich, wie sie Cena, den mageren, knochigen, rabiaten Jungen, nach und nach mit ihren schönen schlanken Beinen fester und fester umschloß, und dann bekam sie auf den Armen eine Gänsehaut.

Die Jungfern waren über das Kommen und Gehen bei Fedora nicht im einzelnen unterrichtet. Die Truppenverschiebungen auf der Treppe begannen erst abends, und wenn sie uns argwöhnisch danach befragten, hüteten wir uns wohl, ihnen die Richtigkeit ihres Verdachts zu bestätigen. Das hätte uns um unsere bescheidenen, aber sicheren Einnahmen gebracht, und Fedora wäre in eine schlimme Lage geraten.

Aus den Jungfern war kein Centesimo mehr herauszulocken, seit Don Gastone zu ihrem unbestrittenen Besitz geworden war und es somit keine Gründe mehr gab, unsere Dienste in Anspruch zu nehmen. Die Leidenschaft der ersten Zeit für Don Gastone war mehr und mehr geschwunden, im gleichen Maße wie die Zweifel an seiner Männlichkeit zur Gewißheit wurden: Jetzt hatte Don Gastone, der Mann, seinen Platz einem anderen Don Gastone abgetreten, einer Art Kind, auf das man ein Auge haben mußte, ein frommes, etwas launenhaftes Kind, das wegen seiner plötzlichen Anwandlungen und seiner so gefährlichen, so in Kühnheit ausartenden Leidenschaft für Automobile in Zaum gehalten werden mußte.

Was jedoch die geschlechtliche Seite betraf, die Anhänglichkeit, die sich vordem bis zum Krankhaften, zum Verzweifelten gesteigert hatte, so hegten die Jungfern immer noch verwegene Hoffnungen; und in Ermangelung anderer und eher natürlicher Erleichterung gaben sie ihnen in Gelübden und heimlich gestöhnten Gebeten Ausdruck, außerdem in einer Unmenge von Kerzen, die sie der wundertätigen Madonna spendeten. Signorina Immacolata hegte und pflegte gleichfalls noch Hoffnungen, die zwar bei ihr nicht zu Gelübden und Gebeten führten, wohl aber zu Tabletten, die sie täglich Don Gastone bei seinen Besuchen verabreichte, mit unnachgiebiger Strenge, und die sie als kräftigende Phosphortabletten bezeichnete und eigens in eine silberne Dose umgefüllt hatte. Als Cena und ich eines Tages in einem Abfallhaufen wühlten, fanden wir zwei oder drei der Schachteln, aus denen Signorina Immacolata die Tabletten in ihr silbernes Etui umfüllte. Auf der Schachtel war ein Mann dargestellt, anscheinend ein Ringkämpfer, eine Art Herkules mit muskelstrotzendem Oberkörper. Ich fand dieselbe Männergestalt später auf Reklamezetteln wieder, die in Bedürfnisanstalten an die Wand geklebt waren und den Werbetext trugen: «EROS, Hormontabletten zur Bekämpfung sexueller Schwächezustände und Neurasthenie».

Alles verlief sonst ruhig, keinerlei Ereignis störte den Betrieb der Kunden auf der Treppe, aber wir beide verdienten nur wenig. Der Frühling war herrlich, tagsüber trainierten wir mit unserem Fahrrad, draußen im Hügelland vor der Stadt, auf denselben Straßen, die Don Gastone mit seinem Wagen unsicher machte. Eis und Kälte lagen weit, weit zurück, auf den Straßen atmete man überall die Blütenflocken der Edelkastanien ein, die wie kleine, duftige Schaumkrönchen herabsinken, aber nicht besonders gut schmecken. Wolken zogen über den Himmel, auf dem Flug in andere Städte, kaum daß sie sich ein wenig aufhielten, um Land und Felder ein wenig zu sprengen und den Duft keimender Saaten und des wunderbaren Wiedererwachens hervorzuzaubern. Es vergingen vierzehn Tage, in denen der Frühling unseren Hof in ein kleines Gewächshaus verwandelte, mit Pflanzen aller Art, die zart und grün aus den Mauerritzen, den verstopften Dachrinnen und sonstigen Abflüssen sprossen; und aus den Kürbis-, Pfirsich- und Orangenkernen, die der Wind und die Menschen überall verstreut hatten, entwickelten sich junge, nur nadelgroße Blättchen, algenfarben und voller Gier zu leben, selbst dort bei uns, Hauptsache leben.

Bis an einem Freitag Don Gastone kam, um Haus und Wohnungen zu segnen. Er kam in Chorhemd und Stola, mit zwei Ministranten, einer hielt das Weihwasserbecken, der andere den Wedel. Er brauchte fast einen halben Tag, um die Runde bei allen Familien zu machen, und war bereits etwas angeheitert, als er zu uns kam; überall hielt man ein Gläschen Vermouth, Marsala mit Ei oder Nußlikör für ihn bereit, und er konnte nicht ablehnen, denn die Leute waren ebenso arm wie erpicht darauf, um jeden Preis etwas Alkoholisches anzubieten, das den Lebensmut stärkt. Don Gastone kam also zu uns, segnete die Räume und stieg dann zum Cavaliere Esposito hinauf; hinter ihm drein alle Jungfern, mit Ausnahme von Signorina Immacolata, die als Hausherrin nicht den Wunsch haben durfe, sich unter das Gefolge der Bewunderer und Neugierigen zu mischen, und die ja auch ihren Anteil an ihm für sich privat gesichert hatte.

Der Cavaliere Esposito ließ sich nicht sehen, er wollte nicht empfangen. Statt dessen öffneten die Töchter.

In jenen Tagen jedoch war der Dunst von Sünde und Sinnlichkeit in Cavaliere Espositos Räumen stärker als je zuvor. Denn in der letzten Zeit war zu der Sinnlichkeit, die in diesen Zimmern alles erfassend von den Mädchen ausging, noch der andere, männliche Dunstkreis hinzugekommen, etwas Tierhaftes, wie bei Geflügel, das dem Cavaliere Esposito und seiner Brunst entströmte, so daß die Zimmer jenen leicht muffigen, ein wenig rostigen Geruch verloren hatten, der die Behausung eines ehemaligen Gefangenenwärters kennzeichnete, wo das Muffige nur eine geruchliche Umsetzung der Witwerschaft und das Rostige ein Restbestand von Kerkerluft und dreißig Jahren Umgang mit dicken Schlüsseln, Ketten und Eisenstangen war. Aus dem Wechsel entstand jetzt die Ausdünstung eines Hühnerstalls mit seinen süßlichen, betäubenden Gerüchen des Jungfräulichen und des Lasterhaften, eines Hühnerstalls, in dem seit kurzem der Gockel seinen Einzug gehalten hat. Don Gastone mußte dies sehr wohl verspüren, denn er kräuselte die Nase und zog eine sonderbare Grimasse des Widerwillens und der Neugier, wurde ganz rot im Gesicht und machte allerlei Bewegungen und Verrenkungen wie in Abwehr eines lästigen, unerträglichen Juckens. Er sprach seine Segenssprüche in Latein, mitten in der Küche stehend, und schielte dabei mehrmals zu den Mädchen hinüber; die standen an die Schlafzimmertüren gelehnt, in eng an der braunen Haut anliegenden Hausgewändern. Sie sahen einander an und sahen ihn an, aus ihren schmalen, tiefen, weichen und etwas feuchten Augen, und fanden keine Möglichkeit, die Hände ruhig zu halten. Und sei es, weil die Hausröcke keine Taschen hatten, sei es wegen der lang geübten Gewohnheit, die Hände am Körper entlangzustreichen und dabei an den Stellen zu verweilen, wo sie bei geistesabwesendem Glätten und Tupfen ein gewisses harmlos sehnsüchtiges Zittern bewirkten: die Hände befanden sich ganz ungewollt auf dem Wege zu immer mehr und deutlicher provozierenden Stellungen. Die Mädchen schauten Don Gastone lächelnd an, dicht aneinander gedrängt standen sie an der Tür, fast wie Haremsweiber, die einen Gefangenen des Sultans betrachten. Der Gefangene war in diesem Falle Don Gastone, der nicht wußte, ob er bleiben und den Cavaliere Esposito erwarten, ob er sich in Gebetshaltung sammeln und Schluß machen oder lieber davonlaufen sollte, ehe die Weihwasserspritzer auf seinem Priesterhemd zu feurigen Zungen würden, ihn lebend zu verzehren. Die Jungfern hinter ihm echoten in Latein, mit zusammengepreßten Zähnen; sie bewegten sich wie die Affen im Käfig, in der juckenden Erregung dieser Atmosphäre.

«Und euer Herr Papa, ihr Mädchen?» fragte schließlich Don Gastone, um mit ein paar Worten der Spannung ein Ende zu machen.

Doch statt einer Antwort zogen sich die Mädchen in geschlossener Gruppe zurück, drängten und quetschten sich und feixten unter immer aufreizenderen Blicken, verbargen sich hinter den Türpfosten, sich windend und mit knisternden Kleidern, denen jener Dunst unerbittlich entströmte. Don Gastone machte eine erregte Bewegung und besprengte sie mit Weihwasser, seine Kutte bebte, und er trat einen überstürzten Rückzug an, wobei er die anderen vor sich hertrieb und eigenhändig die Türe schloß.

In diesem Zustand der Erregung gelangte Don Gastone vor Fedoras Tür. Und aus dem Bedürfnis heraus, die schlechten Gedanken zu bannen und das unruhige Blut in seinen Venen durch eine neue Segensspende im Hause einer Demütigen zu besänftigen, erkundigte er sich nach Einzelheiten über die neue

Mieterin. Er kannte sie nicht, hatte sie noch nie gesehen. Ihm war nur gesagt worden, daß an Stelle der alten Photographenwitwe jetzt deren Nichte hier wohne. Er erwartete also ein neues Bild des Jammers und des Elends: diese Nichte, die Ärmste, die doch Vollwaise war, konnte nur ein unglückliches Geschöpf sein, häßlich, entstellt, wo sie ja, wie man ihm gesagt hatte, aus dem Kloster der Schmerzensreichen Jungfrau gekommen war. Das würde ihn wieder auf fromme Gedanken bringen, das Spenden des Segens im Zimmer einer armen Waise bekam für ihn in diesem Augenblick die tiefe Bedeutung einer unmittelbaren Erlösung. Er hatte sich den Armen geweiht, als er zum erstenmal diesen Wohnblock betrat, und den Elenden und Bedauernswerten, die seine Schlupfwinkel wie Ratten und Mäuse bevölkerten, und er war mit seiner Aufgabe zufrieden gewesen.

Auf seine freundlichen Fragen, die er mit tonloser Stimme stellte, folgte ein langes Schweigen derer, die sie hörten. Kein Murmeln, keinerlei Bemerkung, nichts. Die Jungfern zogen sich in Reihe nacheinander auf die ersten Stufen der Wendeltreppe zurück, sie glichen Muscheln, die ihre Schalen zuklappen. Der Schuster Bombana und sein Freund Gatto verzogen die wulstigen Lippen zu einem breiten, lustvollen Grinsen, ihre Augen konnte man hinter den dicken Gläsern nicht erkennen. Cena und ich klopften an die Tür und riefen fröhlich: «Fedoraa! Fedoraaa!»

«Einen Moment, ich komme gleich», antwortete Fedora von drinnen mit etwas heiserer Stimme.

Es verging einige Zeit, weil sie zuerst, in ihrer ewigen Furcht vor der Polizei, durch einen Türspalt gelinst hatte; man hörte ein gedämpftes Lärmen, das aufgeregte Murren einer männlichen Stimme.

Don Gastone war noch etwas benommen von den Eindrücken kurz zuvor; langsam reinigte er sich wieder, fuhr sich mit dem Taschentuch über die verschwitzte Stirn, und sein natürlicher Ausdruck kehrte zurück, als er mit der Zunge auf seinen Lippen den gewohnten weichen Glanz wiederhergestellt hatte, und auch dank dem Taschentuch, dessen Kölnisch Wasser mit Zitrone seinem Gesicht und der Haut etwas Frisches und Sauberes verlieh.

«Gestatten Sie?» fragte er ahnungslos. «Ich bin der Geistliche...»

Wieder hörte man verhaltenen Lärm, der plötzlich durch das Geräusch von Fedoras Schritten und das Klappen ihrer Absätze in Türnähe unterbrochen wurde. Endlich öffnete sie, lächelnd, und als sie so viele Menschen und den Priester erblickte, rief sie errötend:

«O Mama!» und bedeckte ihren Ausschnitt.

Man hörte den Stiel des Weihwedels an die Schale schlagen, denn sonst ein Geräusch konnte nicht einmal der Atem machen; er stockte allen.

«Oh, herein, nur herein!» sagte Fedora und warf einen schnellen Blick zurück ins Zimmer. Dann lachte sie wieder. Wie gewöhnlich hatte sie nichts am Leibe als ihren dünnen Schlafrock mit Blumenmuster und die Sandalen. Ihr Haar war eilig gekämmt und hing ihr noch teils ins Gesicht, teils lose auf die Schultern; ihr Atem ging keuchend, und die Spuren der eben beendeten, wenn nicht sogar unterbrochenen Liebe schadeten ihr nicht nur nicht, sie machten sie noch schöner, in diesem milden, rosigen Widerschein der Sonne, der schmeichelnd und lockend aus der Mansarde schimmerte, und im warmen gelblichen Leuchten, in dem man das Spiel der frisch glänzenden und der alten welken Blättern an den maigrünen Bäumen erahnte. Sie war noch etwas verschwitzt, und etliche weiße Flecken wie von einer unter der Haut liegenden Blässe schienen sich auf den Lippen zu regen, als verweilten in diesem Augenblick das Begehren und das Fieber der Umarmung auf dem Höhepunkt der Lust noch immer wohlgefällig mit winzigem, kaum merklichem Zucken um ihren Mund.

Don Gastone betrat das Zimmer wie ein Roboter.

«Kommt, kommt», sagte er zu den Ministranten, ohne sich

umzuwenden, und machte lediglich mit der Hand nach hinten ein paar ungenaue Andeutungen.

Das Bett in der einen Ecke des Raumes schien noch nicht gemacht, und unter hastig etwas zurechtgezogenen Laken schaute der schwarze Ärmel einer Jacke hervor.

Don Gastone bereitete sich auf die Segnung vor, und Fedora kniete vor ihrem Stuhl. Einige Male lächelte sie wie ein kleines Mädchen und versuchte vergeblich, ihm das Gebet nachzusprechen, mit dem wenigen Latein, das sie bei den Nonnen gelernt hatte. Inzwischen wurde Don Gastone unruhig, er ließ den Weihwedel fallen, den der Ministrant ihm gab. Wie vorhin bei den Töchtern Esposito wurde er grünlich fahl wegen des für ihn neuen und verwirrenden, lauwarmen Bettdunstes in Fedoras Zimmer, der aber im Unterschied zu der vagen, übermächtigen Sinnlichkeit der Töchter hier bei Fedora noch schärfer und aufdringlicher lastete, von dem Bett her, auf dem alles von Fedora war, nicht nur ihr Begehren, sondern auch dessen Befriedigung, was keiner Phantasie und keiner Überprüfung bedurfte. Der Dunst war so stark, daß er aus dem Stroh des Stuhles, aus dem Waschtisch, aus den Papierfetzen der Tapete hervorzuströmen schien, und er war so neu für Don Gastone, daß er ihn bedenkenlos einsog, mit leicht emporgewandtem rotem Gesicht und gerunzelter Stirn, auf die der Schweiß trat, als sei es übermäßig heiß.

«Er hat Lust», flüsterte Cena, «ob er auf den Geschmack kommt?»

Alle anderen vom Gefolge waren gegangen, denn in der Dachstube hatten mehr als vier oder fünf nicht Platz. Aus dem Hof drang die Reaktion auf Don Gastones Besuch zu uns herauf, ein Zetern und Schnattern, das aber schon zu laut war, als daß man es eigentlich noch so nennen konnte, und schließlich alles übertönende Schreie. Camillas quakende und sich halb überschlagende Stimme setzte sich durch:

«Ihr ist schlecht geworden, hundeschlecht! Essig, Essig, wenn ihr Christen seid!»

«Das sollte überhaupt nicht erlaubt sein», schrie mit dünner, hysterischer Stimme die alte Walenska.

Don Gastone entschloß sich nur schwer zu gehen. Er schielte zu Fedora hin, während er seine Gebete sprach, dann plötzlich, ziemlich benommen, verschwand er, wie er gekommen war, und schlug die Tür hinter sich zu. Es gab noch einiges Hin und Her bei der gleichfalls aufgeregten Fedora, dann hörte man, wie die Tür wieder mit dem Riegel verschlossen wurde.

Wir kletterten auf das Dach, auf der Seite der Wohnung des Cavaliere Esposito, und sahen in die Dachstube hinüber. Der Gauleiter war dort, mit hochrot geschwollenem Gesicht, barfuß tanzte er durchs Zimmer; er hatte es sich recht bequem gemacht, und nur mit großer Mühe zwängte er sich wieder in seine Reitstiefel, schnaufend und mit geballten Fäusten durch die Luft fuchtelnd, als wollte er dieses umständliche Schuhwerk verfluchen.

Erst gegen Abend kam er herunter, aber er machte mit seinen Sporen Lärm auf der Treppe, und Camilla hörte ihn; sie stürzte vor das Haus, und als er sie erblickte, in all ihrer Häßlichkeit, nur mit ihrer groben, leinenen Hausbluse am Leibe und ohne Hut, mit angriffslustig gebleckten Zähnen, wie ein Raubfisch, der plötzlich neben einem auftaucht, zog er seinen Dolch und ließ ihn blitzen.

Camilla stieß einen Schrei aus, vorausgesetzt, daß ein großer Fisch, in den sich die Jungfer in diesem Moment verwandelt hatte, schreien kann, und sprang auf ihn los; der Gauleiter stolperte einige Schritte weiter, prallte zweimal gegen die Mauer und, übel zugerichtet, schwach an Kräften und wankend, teilte er sinnlose Dolchstöße in allen Richtungen aus – die niemandem hätten schaden können, da es sich doch um einen Zierdolch handelte –, bis er das an der Ecke wartende Auto erreichte und verschwand.

Camilla war ins Haus zurückgelaufen, kauerte nach Luft schnappend auf der Treppe und rief dann um Hilfe.

Am nächsten Tag kam Don Gastone nochmals, Fedoras

Wohnung zu segnen. Wie bei allem, was er tat, hatte er auch diesmal nicht abgewartet, bis die Vernunft die Begeisterung dämpfte, sondern der unmittelbaren Gemütsregung nachgegeben. Er kam ohne Ministranten und blieb zwei Stunden. Und seit diesem Besuch kehrte er täglich wieder. Schon nach einer kurzen Woche waren seine Besuche häufiger geworden, so daß es fast keinen Augenblick des Tages mehr gab, an dem man ihn nicht dort vorfand; die Tür war verriegelt und stumm, bei allem verstohlenen Anklopfen, war taub auch gegenüber verabredeten Zeichen, und das große, tiefe Schweigen dahinter wurde nur manchmal durch den gedämpften Klang des Grammophons und Fedoras Freudentriller unterbrochen. Vergeblich wagten sich Stiefel und Uniformen bis zur Tür hinauf: man hörte sie trabend den Rückweg antreten, ruhiger, müßig und träge, und mit leisem Unwillen und Enttäuschung.

Die Besuche erstreckten sich bis in den späten Abend, und erst dann, wie ein Räuber in seinen Mantel gehüllt, stieg Don Gastone herab und glitt schnell in den Eingang des gegenüberliegenden Kinos, um auf der anderen Seite wieder zum Vorschein zu kommen, nun schon jenseits der unmittelbaren Gefahrengrenze, nahe der Kirche Santa Lucia, einem geziemenden Ort, wo sich ein Priester wohl ergehen durfte. Später zeigten wir ihm den tunnelartigen Gang unter den Häusern von unserem Hof bis zum Garten an der Kirche, und er benutzte ihn hocherfreut, sicheren Mutes und mit Ausdauer.

In wenigen Tagen erfuhren sein bisheriges sicheres Auftreten, seine mehr faschistische als priesterliche Art, sein stolzes und fast traumsicheres Handeln einen völligen Wandel, wurden zu einer fortgesetzten Folge verschüchterter und nervöser Bewegungen mit einem ängstlichen «Ah» bei jedem leisesten Geräusch.

Das plötzliche Klappen einer Tür oder ein Lichtstrahl, der zufällig sein Gewand streifte, genügten, um ihn zusammenzucken und bleich werden zu lassen, wie wenn die Türen zu Nebeneingängen der Hölle führten und der Lichtstrahl vom

Himmel käme, um ihn zu ermahnen. Und er, der bis jetzt vergöttert, angebetet, gesucht, gerufen wurde, er, der überall wie ein Gebieter über unbestrittene geistliche und weltliche Mächte ein- und ausgegangen war, mit dem unbefangenen und sicheren Gebaren eines Siegers und eines Reinen, er war es jetzt, der andere suchte, er war es, der die Treppen in Sprüngen hinaufeilte und -huschte, mit aller Muskelkraft der Schenkel und Waden, mit aller Gewandtheit und Energie, deren er fähig war, um nur ja kein Geräusch zu verursachen und die lockeren Stufen und Balken nicht zum Knacken und Knarren zu bringen. Er versteckte jetzt sein schönes, wie in Marmor geschlagenes, hartes, muskulöses, willensstarkes Gesicht, seine von kräftigen Brauen überschatteten tiefen Augen unter der Krempe eines tiefsitzenden Hutes, der ihm wie ein Stein, wie ein Schild, wie ein tristes, finsteres, schmuckloses Uniformstück auf dem Kopf saß; und wenn er sich dessen nicht schämte, so fand er sich doch sicherlich in seinen Handlungen behindert und durch Erkennen gehemmt.

Aus Fedoras Haltung, die sich nicht recht darüber aussprechen wollte, ließ sich ableiten, daß er noch keine Sünde begangen hatte: Er sei schüchtern, stottere, schäme sich, laufe davon. Alles, was wir herausbrachten, war, daß sie zur Grammophonmusik tanzten und daß er jedenfalls so weit gelangt war, sie zu küssen.

Denn auch er selbst wußte nicht, was in ihm vorging: dieses plötzliche Erröten, selbst nachts, wenn er mit offenen Augen im Bett lag und an sie dachte, und ihm die Adern am Halse schwollen und die Hände sich um den Rosenkranz krampften und die Augen noch durchdringender ins Dunkel starrten, während er betete.

Aber was er sah, war immer etwas Unerwartetes, war sie, Fedora, wie sie lachte, sich in den Hüften drehte, sich wusch oder sich in ihrer Dachluke in die Sonne setzte, um das Haar zu trocknen. Und die seltsamen Gedanken, die noch seltsameren Träume in den wenigen Stunden, wo er zu schlafen vermochte, ließen ihn beim Erwachen so schwach sein, als sei er von tausend Ruten gepeitscht worden, und er empfand schmerzende Stiche in der Leistengegend, daß es ihn krumm zusammenzog und er ächzend zwischen dem Bett, dem Betstuhl und dem Waschtisch haltmachen mußte.

Störungen dieser Art hatte Don Gastone bis dahin nicht weiter gekannt, und das verdankte er wohl zum großen Teil dem tätigen Leben voll kräftiger Regungen, das er bisher geführt hatte. Da er nicht im Seminar erzogen worden war, wo solche Störungen nur eine Folge der im Gewirr aus Gier und Bedenken in finstren Gängen gepflegten Sünden waren, bis sie als Sinnbild zu jenem einzigen Produkt der sichtbaren Welt zusammenschrumpften, dem vermaledeiten Anhängsel, Grund so vielen Übels – der vom Erzengel Gabriel gekappte Teufelsschwanz –, da ihm also derartige Orte fremd geblieben, waren seine jetzige Verwirrung und Ratlosigkeit durchaus verständlich. Aufgewachsen im Klima des faschistischen Aufbruchs, mit Eltern, die sich daran lebhaft beteiligt hatten, war er ein tüchtiger junger Faschist geworden, von unbeschwertem Sinn, kräftig und sportlich. Und eben wegen dieses gesunden Gemütes wurde jetzt sein Hang zum Sport durch die Neigung zu Fedora ergänzt. An Hindernissen, die ihn zurückhalten konnten, gab es seiner Ansicht nach nur das Gelübde der Keuschheit und die Vorwürfe des Bischofs. Da er aber ehrgeizig und zielstrebig war und entsprechend den Grundsätzen seiner Erziehung seinen Weg geradeaus ging, wichen auch die Keuschheit und die Vorwürfe eines alten, halb zur Mumie gewordenen Aristokraten und Astronomieprofessors, eines sterilen, seßhaften Gelehrten, vor dem gefaßten Entschluß, vor den jeden Abend heftigeren Lockungen und der höchst modernen Vorurteilslosigkeit, zu der er sich, trotz seines geistlichen Standes, hingezogen fühlte.

Trotzdem war er im richtigen Augenblick nicht imstande, wirklich die gegnerischen Stellungen zu durchbrechen, konnte den Impuls nicht unterdrücken, sich die Kutte bis über die

Knie hochzuraffen, um sich das Gesicht zu bedecken, den Hut vor die Augen zu ziehen und zu erbleichen und zusammenzuzucken, wenn er durch die Tür ging, die in die Welt der Lebenden, der Sehenden führte, der Menschen mit Mund, Augen und Ohren.

Da er sich nun durch die Sünde in einem eigentlichen und tiefen Sinn nicht bedrückt fühlte, und auch die Abirrungen ihn nur an der Oberfläche belasteten, war der wirkliche Sinn all dieser Vorkehrungen ein ganz einfacher: die Angst, daß jemand ihn sehen, daß ein Herumlungernder mit bösen Absichten ihm in der Umgebung auflauern und ihn auch wohl erpressen könnte, oder noch schlimmer, daß die Jungfern aus Erbitterung über seine starre, undankbare und schamlose Haltung sich endlich, nachdem nunmehr jede Hoffnung dahin war, auf ihn stürzen und ihn verprügeln könnten, ihm von einem Tag auf den anderen die Lieferung von Kleidung und Wäsche sperren, einen Skandal hervorrufen und damit automatisch den Erfolg der Gruppe «Glaube und Tapferkeit» zunichte machen würden.

Aber sobald er bei Fedora eingetreten war, wurde er ein anderer. Von Stunde zu Stunde schlug eine neue Regung tiefer Wurzeln in ihm. Das Hämmern der Adern am Halse, die Blutwärme, die ihm in den Mund stieg und alle Frische des Geschmacks und das angenehme Aroma des Kalichlors wegnahm, die plötzliche Röte, die ihm ins Gesicht schoß, zermürbten seine Nerven, weshalb er bereits wie ein Scherenschleifer das ununterbrochen zitternde rechte Bein nachzog; all dies verband sich in seinem Zustand äußerster Schwäche, in dem er sich plötzlich befand, mit anderen, noch weniger erwarteten Empfindungen und Gefühlen, die ihn manchmal richtig in Verlegenheit brachten, jedenfalls unbequem waren, und deren er in keiner Weise Herr werden konnte.

Beim Tanzen spürte er eines Tages das Bedürfnis, Fedora mit einer nervösen Heftigkeit an sich zu drücken, so daß er sie beinahe erstickt hätte. Und ohne auf ihren Widerstand zu achten, auf ihr schwaches, unruhiges und verlegenes Lächeln, mit dem sie ihm zu verstehen geben wollte, daß es zwar schön sei, er ihr aber auch sehr weh tue, hatte Don Gastone sie weiter gedrückt, mit geschlossenen Augen und gerunzelter Stirn, bis Fedora fast ohnmächtig wurde und sich lautlos zu Boden gleiten ließ. Gleich darauf war die Reihe an ihm, auf dem Stuhl zusammenzusinken, bleich, mit gerunzelter Stirn und verzückt offenstehendem Mund, wie wenn ihm plötzlich das Herz ausgesetzt hätte; er stieß kurze Schreie aus, bis Fedora aufsprang und ihn mit Wasser besprengte.

Am folgenden Abend hatten sie wieder eng umschlungen einen Foxtrott getanzt und blieben dicht neben ihrem Bett stehen. Und Fedora, voller Mitleid, Liebe und Mütterlichkeit zugleich, knöpfte sich schnell ihr Gewand auf und einen Teil des seinen, noch ehe sie wieder einen Druck wie gestern heraufbeschwor, der ihr diesmal wohl ohne weiteres zum Verhängnis geworden wäre; in schimmernder Nacktheit stand sie vor dem Bett, in leicht wiegender Bewegung, auch wenn sie stillstand, mit ihren gelben, phosphoreszierenden, im Dunkel halb geschlossenen Augen; von ihnen wie vom ganzen Körper und von der leicht bebenden Nase ging ein sanfter, lauer, duftender und fast schmerzender Hauch aus, wie der Hauch einer Katze im Dunkeln. Federleicht und etwas geneigt stand sie ihm zugewandt und ließ gleichzeitig ihren geschmeidigen Körper immer mehr nach hinten sinken, auf ihr Bett hinab, bis sie es mit den Haaren berührte. In einem schwarzen Wirbel war Don Gastones Kutte über ihr, sie hatte gerade noch Zeit, ihm das glühende Gesicht zu verdecken, zu versuchen, das Hämmern seiner Adern in dem weichen Kissen ihres Haares zu dämpfen und gleichzeitig irgendwie sein tiefes, gebrülltes, kindliches «Oooh, Gott, mamma mia, ich versinke in Ohnmacht...» zu ersticken, das die Glasscheiben der Dachluke zu sprengen drohte.

11

Mit der Fleischeslust zusammen entstand bei Don Gastone eine ständig wachsende, so maßlose und heftige Eifersucht, daß sie ihn manchmal sogar zu gefährlichen Exzessen trieb. Je tiefer die Eifersucht in seiner Seele Wurzeln schlug, desto stärker spürte er das körperliche Bedürfnis, sie abzureagieren. Und da er seine Fedora nicht gut verprügeln konnte, einmal wegen des geringen Restes Priestertum, das ihm in Kopf, Herz und Händen verblieben war, und dann, weil er die Abgründe dieser neuen Liebe noch nicht bis in die tiefste Tiefe erforscht hatte, so beschränkte er sich darauf, die Eifersucht in der einzigen Weise zu stillen, die die Natur als erbarmungsvolle und stets hilfreiche Ratgeberin ihm nahelegte: indem er nämlich die Umarmungen bis zur fast völligen Erschöpfung steigerte, so daß ihm abends fast die Kräfte fehlten, um ins Bett zu gelangen. Die Natur kannte zwar in ihren Ratschlägen Maß und Grenze, aber Don Gastone wollte auch solche Grenzen überschreiten. Wenn nicht Fedora gewesen wäre, die sich ihm bei all ihrer Liebe manchmal entzog und ihn einfach in der Dachkammer einschloß – für ihn wäre einmal oder hundertmal ganz dasselbe gewesen.

«Sogar mir wird es fast zuviel, man muß doch ein menschliches Einsehen haben; mit ihm ist das nicht so wie mit den anderen, wo es nicht viel anders war, als wenn man ein Glas Wasser trinkt», sagte Fedora weinend, ihren Zimmerschlüssel in der Hand. Er war eingeschlossen und jammerte, und da er nicht gut Lärm schlagen konnte, die Tür eintreten oder ihr in den Hof nachlaufen, überließ er sich kleinen, hämischen Zerstörungsakten, zerbrach Spiegel oder Flaschen, bohrte mit einem Nagel Löcher in den Kochtopf, zerwühlte das Bett und riß sogar die paar Stücke Tapete von der Wand, die Fedora liebevoll über abgebröckelte Mauerstücke und Spalten zwischen den Balken geklebt hatte, um die beiden kleinen Räume gegen Neugierige abzudichten und sie, wie es die Art der Frauen ist, etwas freundlicher und wohnlicher zu gestalten.

«Ich liebe ihn, wirklich, Gott allein weiß, wie sehr. Was will er denn noch?» weinte Fedora. «Hab ich nicht alle meine Bekanntschaften aufgegeben? Keiner kommt mehr, mich zu besuchen. Ich gebe mich ihm mit Leib und Seele, ich kenne mich selbst gar nicht mehr, seht mich doch an, aber er ist nicht zufrieden. Er sagt, ich ginge nachts mit anderen; oft kneift er mich, halb lachend, aber mit zusammengepreßten Zähnen und einem so bösen Gesicht, daß einem Angst wird! O mein Gott! Ich weiß nicht mehr, was ich tun soll. Ich habe ihm schon für die Nacht den Schlüssel gegeben, und immer noch behauptet er, ich hinterginge ihn, ich hätte einen Nachschlüssel, um meine Liebhaber zu empfangen! Was für Liebhaber denn? Und dann beleidigt er mich auch noch! Er sagt, ich machte es für Geld, ich! Wo ich doch, seit ich ihn kenne, so lebe wie früher im Kloster, rein und unschuldig, wie wenn es das erstemal wäre; denn es ist auch das erstemal, daß ich es aus Liebe mache.»

Fedora weinte herzzerreißend, und es war an uns, sie zu trösten. Cena, der ein weiches Herz hatte, weinte mit ihr.

«Ach, Fedora, sei doch wieder froh, du wirst sehen, daß er sich beruhigt mit der Zeit, jetzt tut er das nur, weil er dich gern hat...», sagten wir, ein Wort ich und eins Cena.

«Ich liebe ihn doch, ich liebe ihn, aber er hat kein bißchen Einsicht, er sieht, daß ich manchmal ganz geschwollen bin, keine Stricknadel ginge mehr durch, und er will trotzdem und quält mich, er macht mich ganz wirr im Kopf, läßt mich in die Falle gehen, daß ich mich gar nicht mehr wiedererkenne. Ich bin ganz durcheinander und weiß nicht, was ich sagen soll...»

Fedora blieb eine Zeitlang bei uns, um sich auf dem weichen Stroh in unserem Bogengang auszuruhen, und wir gingen, ihr etwas Heißes zu trinken zu holen, einen Kaffee oder Zitronensaft, das sie beruhigen sollte. Dann begleiteten wir sie nach Hause; aber einer von uns beiden ging an der Tür voraus, um Don Gastones Seelenlage zu erkunden. Meist war er traurig und machte ein trübes Gesicht, und sobald Fedora eintrat, fiel er vor ihr auf die Knie und bat um Verzeihung, er wisse selbst nicht, was mit ihm los sei, er sprach von Züchtigung Gottes, und sie sprach von Hexerei, bis sie beide sich betäubt aufs Bett fallen ließen, seufzend und halb von Sinnen.

Nach solchen Auftritten folgten Tage der Ruhe, aber nur wenige, an denen in beiderseitigem Einverständnis die Beziehungen unterbrochen blieben. Einige Stunden genügten, daß Fedora sich erholte. Ihre kräftige, überschäumende Natur strahlte aus ihren Augen, die nur ein wenig unruhig waren und an der Seite durch einen samtig violetten Streifen in die Breite gezogen wie Fledermausflügel; diese Natur sprach aus ihrem ganzen Körper, als entströmte seinen Poren süßlicher Blütenstaub, so daß wir beide dastanden, tief die Luft durch die Nase sogen und Fedora regungslos anstarrten. Und im erstbesten dunkleren Winkel drängten wir uns an sie und preßten ihr die krausgezogene Nase überallhin, schnupperten ihr an den Armen, am Busenansatz und am Bauch, und die Nüstern bebten uns vor Entzücken und Ekstase.

Je mehr Fedora sich erholte, in jeder Minute, die verstrich, war es Don Gastone, als verlöre er etwas von ihr, als entfernte sie sich, als wären ihre Stimme, ihre Art zu gehen und zu sprechen und zu singen lauter Beweise ihrer Untreue. Überall sah er eingebildete Liebhaber aus dunklen Ecken hervorkommen, und wenn er nicht an Liebhaber dachte, war er besessen von dem, was er ihren Egoismus nannte, mit dem sie sich seelisch und körperlich erholte und nach den Auseinandersetzungen und Szenen vom Tag zuvor wieder fröhlich sein konnte.

«Dir geht's gut, ja? Du bist zufrieden? Das geht schnell bei dir! Ich weiß. Dir macht es nichts aus, daß mir noch das Herz weh tut, nach dem, was gestern vor sich gegangen ist...», sagte Don Gastone. Und dabei lachte er breit und kniff sie wie zum Spaß in die Arme, er nahm sie in den Schwitzkasten, nur zum Spaß, sagte er, und dabei drückte er sie, so fest er konnte, und gab ihr Kopfnüsse.

Und wenn Fedora mit Genuß und sichtlichem Appetit aß:

«Dir schmeckt's, ja?» zischte er durch die Zähne. «Schaut nur, wie sie ißt, wie sie zubeißt! Das ist recht!» Und wenn sie schließlich einmal ernst war, einmal nicht sehr lustig, oder die Stirne kraus zog, fuhr er sie unversehens an:

«Was denkst du denn?»

Fedora ließ sich sofort einschüchtern, sie fürchtete, irgend etwas sonst getan zu haben, was ihm nicht zusagte.

«Ich weiß nicht, o Gott!»

«Man weiß immer, was man denkt!»

«Ich entsinne mich nicht mehr...»

«Die verstanden sich drauf, was?»

«Wer?»

«Die Herren Offiziere von der Kavallerie! Das heißt, nein, ich meine die von den Panzern. Tüchtige Burschen, he? Sag nicht nein. Du hast es mir selbst erzählt.»

Und wenn sie, wie es anfangs geschehen konnte, sich nichts daraus machte und ihm scherzhaft erwiderte: «Jedenfalls konnten sie's besser als du!», dann begann ein Verhör, ein strenges Verhör, anders als im Beichtstuhl, aufreibend und endlos: Weshalb das so war und was das überhaupt zu bedeuten hatte und wie sich das äußerte und was daraus folgte. Von den Offizieren gelangte man schnell zum Cavaliere Esposito und zum Gauleiter, mit Fragen voller Fallstricke und einem immer gequälteren, zynischeren und fast sadistischen Ausdruck in den Augen; er gab keine Ruhe, bis er sie nicht bis aufs Blut gepeinigt hatte und sie zu weinen begann, wirklich entsetzt war, aufstand und zur Tür hinaus wollte; dann ließ er sich auf die Knie nieder und beschwor sie zu bleiben, um Gottes und aller Heiligen willen ihn nicht allein zu lassen. Und sogleich schwollen ihm die Adern am Hals, pochten und hämmerten, und als sie ihn so sah, in dieser Verfassung, zog sie ihren Schlafrock aus, und nackt beugte sie sich über ihn, mit ebenso plötzlichem wie segensreichem Beben, um ein wenig seine Verkrampfungen zu lösen und ihm die gerunzelte, schweißbedeckte und totenkalte Stirn zu glätten.

Und doch hatte Don Gastone keinen Grund zu solcher Eifersucht. Es kam wirklich niemand mehr Fedora besuchen, und was sie selbst betraf, so war es nur zu deutlich, daß sie verliebt war. Doch teils wegen Fedoras Art, der es ganz natürlich vorkam zu kokettieren, sich nackt sehen zu lassen, sich in seiner Gegenwart ohne viel Scheu zu waschen, und teils weil die Vergangenheit, die schließlich erst eine Woche zurücklag, sich durch keine Kraft der Liebe so schnell löschen ließ: Don Gastone litt und vermochte es nicht, in Ruhe zu genießen. Er behauptete immer und immer wieder, neue Gesichter auf der Treppe gesehen zu haben, Leute, die an der Türe horchten, über ihn spotteten, und deswegen hatte er begonnen, wie ein Besessener in ihren Gedanken herumzuwühlen, sie fortgesetzt mit den schwierigsten und unsinnigsten Fragen, wahren Rätseln, zu quälen, in der ewigen Sorge, daß jemand in dieser noch allzu frischen Vergangenheit sich liebeshungriger und glühender gezeigt habe als er. Was ihn aber zu den heftigsten Szenen reizte, zu wahren epileptischen Anfällen führte, das war der Gedanke an den Cavaliere Esposito und an den Gauleiter, die beide die Nachbarschaft unsicher machten.

Tag für Tag beobachtete man einen der beiden im Umkreis des Hauses, wie er sich versteckte, auf den Treppen herumschlich, leise und schnell an die Tür klopfte und beim geringsten Geräusch eiligst den Rückzug antrat. Und lediglich dank der verzwickten Anlage der Treppen und Gänge waren sich diese drei Männer noch niemals begegnet.

Der Cavaliere Esposito mit seiner kleinen Gestalt und dem blank leuchtenden Anzug aus Zellwolle, aus dem man nur mit Mühe das Weiß des gestärkten Hemdeinsatzes schimmern sah, gleich dem Büschel weißer Haare, das den Bauch mancher kleinen zottigen Hunde fleckt – ganz genauso sah er aus, wie ein kleiner Spürhund, wie ein Dackel, mit allen Eigenschaften dieser Rasse, sicherem Spürsinn, Audauer bei der Verfolgung einer Fährte und gewandten Bewegungen. Er trottelte überall auf den Treppen umher, schleppte das hängende, schwere Gesäß hinter sich drein und funkelte in ganz unverkennbarer Weise mit den Augen. Und wenn er schließlich doch einmal, aus Bedürfnis nach frischer Luft oder um das Allernotwendigste für die Ernährung der Töchter einzukaufen, sich bei Tageslicht auf die Straße begab, so brauchte es eine gewisse Zeit, bis wieder etwas Natürliches, Menschenähnliches in die Züge seines schnauzenartig zugespitzten Gesichts kam, in seine Art, witternd hin und her zu laufen, plötzlich stehenzubleiben, blitzschnell denselben Weg wieder zurückzurennen, sich fast rechtwinklig vornüberzubeugen und an den Mauern entlangzustreichen, kurz, bis die ganze für die Schlupfwinkel und Gänge unseres Baus geeignete Fortbewegungsweise wieder etwas natürlicher, menschlicher wurde. Der Cavaliere Esposito wurde zwar wieder Mensch, aber eine armselige Ausgabe von Mensch: schlotternd, mit mattem Blick aus dunklen Augenhöhlen, blutleer im Gesicht; und erst beim Anblick Fedoras kehrte das Blut in ihn zurück, flammten seine Augen auf, wurde der Rücken gerader; und die Hände fuhren augenblicklich in die Hosentaschen und suchten das Futter zu durchbohren, wie um einen Kontakt, einen Stromkreis von Wärme und Leben herzustellen zwischen ihr, die der Gegenstand seines Begehrens war, und jenem Teil seines Körpers, der am dringendsten dieses Begehren zufriedengestellt haben wollte.

Was den Gauleiter betraf, so hielt der sich mit etwas größerer Vorsicht in der Nähe des Hauses auf: Er hatte eine geschlossene Pferdedroschke mit Fenstervorhängen gemietet, und hinter diesen versteckt, fuhr er durch die engen Straßen und Gassen, mit ihrem schotterigen, zerfahrenen Katzenkopfpflaster voller Löcher, ein ununterbrochenes Schütteln und Stoßen des Wagens. Wer weiß, aus welchen Gründen er auf eine solche Droschke gekommen war, mittels welcher wohldurchdachter Pläne er in dieser eigenartigen Weise das Problem gelöst hatte, nicht erkannt zu werden. Und damit ja kein Verdacht aufkäme – denn er bildete sich ein, die hungerleidende Menschheit stünde auf der Lauer, um in seinen Wagen zu schauen –, hatte er den Kutscher mit Essensgutscheinen eines Fürsorgevereins ausgerüstet, die dieser da und dort, ohne anzuhalten, verteilen mußte. Dadurch sollte man ihn als Wohltäter mit jenem alten, schrulligen und bigotten Grafen verwechseln, der eben in besagter Weise zur Wahrung seiner Anonymität umherzufahren pflegte.

Spät abends sprang er aus seinem Wagen und flüchtete gesenkten Hauptes in das Labyrinth der Treppen bis hinauf zu Fedoras Tür, wo er in der einst verabredeten Weise einige Male kurz anklopfte, was Don Gastones Verdacht neue Nahrung gab.

Don Gastone schien eine besonders feine Wahrnehmung für Dinge dieser Art zu haben. Manchmal stand er schon auf der Lauer und wartete auf diese Klopfzeichen, um dann die Tür weit aufzureißen, mit geballten Fäusten und energisch vorgestrecktem Kinn, wütend und bereit, auf jeden einzuschlagen, der ihm unter die Hände käme. Aber vor der Tür war nichts als Dunkelheit und Schweigen, das nur durch leises Huschen und Fiepen von Mäusen unterbrochen wurde, so dünn und unbestreitbar tierisch, daß er unentschlossen und etwas enttäuscht einhielt. Er warf ein paar rasche, wilde Blicke nach beiden Seiten, die Fäuste immer noch geballt, dann schloß er die Tür wieder und war doch nur halb beruhigt.

Bis eines Abends der Cavaliere Esposito, der sich an der Wendeltreppe versteckt hatte, hinter die Don Gastone niemals schaute – mochte das nun eine strategische Fehlleistung sein oder einfach Widerwille vor dem dort angehäuften Unrat –, mit dem Gauleiter zusammenstieß. Dieser hatte sich bei seinen heimlichen Wanderungen einmal dorthin verlaufen und dabei entdeckt, wie sicher dieses Versteck bei drohender Gefahr war. An diesem Abend stellte der Cavaliere Esposito sich tot, er war mitten in den Unrat gesunken und wagte nicht zu atmen, von seinem Konkurrenten fast zugedeckt. Aber das war nicht von Dauer. Denn der Gauleiter spürte ein leises Keuchen, schnellte herum und riß seinen Dolch aus der Scheide, bereit zum Kampf bis aufs letzte. Der Cavaliere hatte beim Aufblitzen dieser Waffe einen markerschütternden Hilfeschrei nicht unterdrücken können; zwar war es nur eine Zierwaffe und mehr vernickelt als geschliffen, aber wenn einer mit Kraft zustieß, konnte er damit immerhin Schaden anrichten. Und so sprang der Bedrohte mit erhobenen Händen und stockendem Atem hinaus auf den Treppenabsatz.

Inzwischen waren Leute aus den Wohnungen gekommen, als erster Don Gastone, nur halb bekleidet und eine Kerze in der Hand, hinter ihm Fedora und auf der anderen Seite die gesamte Familie Napoli.

Der Cavaliere Esposito schnaufte laut hörbar, er hatte einen Asthmaanfall; trotzdem fuhr er fort, aus der sicheren Ecke heraus, in die er sich geflüchtet hatte, den Gauleiter monoton und herausfordernd zu beschimpfen.

«Schwachkopf... Hahnrei... der Schlag hätte mich treffen können, heilige Muttergottes!»

Der Gauleiter, der nicht wußte, was er tun und wie er die Lage meistern sollte, brüllte: «Allesamt laß ich euch einsperren, alle vom ersten bis zum letzten...», und versuchte, durch seine drohenden Gebärden und Worte die Angst zu verheimlichen, die sich auch seiner bemächtigt hatte und in seiner Stimme durch einen pfeifenden, glucksenden Ton zum Ausdruck kam. «Alle zusammen sperre ich euch ein!» – und mit einer entschiedenen Bewegung steckte er den Dolch wieder weg.

«Was tut ein Priester an so einem Ort?»

«Und Sie, was tun Sie hier?» fuhr Don Gastone ihn barsch an.

«Ich gehe überall hin, ich will über alles Bescheid wissen, ich geh auch in die Volksküchen und probiere die Suppe, jawohl! Die Ärmsten der Armen suche ich auf...»

«Mit dem Schw... willst du Bescheid wissen!» rief unfein aus seiner Ecke der Cavaliere Esposito.

«Psst, seid doch leise, die Leute schlafen!» mahnte Fedora; sie versuchte, die schläfrig glotzende, zerlumpte Schar der Familie Napoli in ihre Wohnung zurückzudrängen.

Gleichwohl vermochte keiner der drei sich so in Wut zu steigern, wie es der Augenblick eigentlich verlangt hätte. Von Anfang an hatte die geheimnisvolle Gegenwart einer alle drei verbindenden Idee ihre Reaktionen gehemmt. Der Cavaliere Esposito wußte nicht, ob er sich freuen oder auf Don Gastone eifersüchtig sein sollte.

«Also doch kein Eunuch!» seufzte er. «Aber gerade mit meiner Fedora, mit meinem Herzblatt, mußte er ein Mann werden! Und das bei dem Prachtweib, das er haben konnte!» Und über den Gauleiter: «Ein Kampfgenosse, drum muß man Rücksicht nehmen! Schon recht so, aber ob der Speckwanst es nicht zu weit treibt, wenn er...»

Don Gastone fühlte sich als junger Mann, er wußte, was ein militärischer Vorgesetzter ist, und der Gauleiter war schließlich und endlich immerhin der Gauleiter...

Der seinerseits hätte es mit allem aufgenommen, außer mit den unerbittlichen Beleidigungen des wehrlosen Cavaliere Esposito.

Und der Cavaliere, den nunmehr seine Gemütserregung überwältigt hatte, begann zu weinen, als seine Töchter von oben die Treppe herunterschauten.

«Ich gehe, ich geh zu meinen Töchtern, die sind mein Fleisch und Blut und die lieben mich wirklich...», hörte man, während er die Stufen hinaufrannte, um seine Kinder an die Brust zu drücken.

«Du... und du... und du», schluchzte er und zog wie eine Glucke die Töchter dicht an sich, um seinen Stand als Witwer kundzutun, «... nicht einmal ein Glas Wasser hat Fedora von mir haben wollen!» Das Kinn bis aufs Hemd gesenkt und bitter den Kopf schüttelnd, schlich er in seine Wohnung.

12

Wir beide lagen seit Tagen auf der faulen Haut; es gab nichts Schönes und Interessantes, was wir tun konnten. Wir hätten in die Stadt gehen können und um Almosen bitten, aber, an Besseres gewöhnt, warteten wir ohne Sorgen und mit einem gewissen Fatalismus auf die hilfreiche Hand des Schicksals. Außerdem war es nicht die geeignete Jahreszeit zum Betteln, da nur der Winter die Vorübergehenden mitleidig zu stimmen pflegt. Im Frühling ziehen sich die Leute besser an, bummeln durch die Straßen und genießen das schöne Wetter, und eben deshalb, weil das Wetter und alles ringsum schön ist und die Gesichter fröhlicher sind, muß man nach allgemeiner Ansicht im Frühjahr den Hunger weit weniger spüren; Frostbeulen und völlig zerlöcherte Strümpfe waren verschwunden, wir hatten nichts am Leibe, was ein offenkundiger Beweis unserer Bedürftigkeit gewesen wäre. Anzug und Schuhe waren, was sie waren, das heißt Reste von Kleidungsstücken, die Sandalen waren die aus rotem Gummi von der Weihnachtszuteilung; alles in allem reichte das nicht aus, um damit an diesen Tagen Mitleid zu erwecken, wo die Wolken Bocksprünge im Hügelland machten, fröhlich gelaunt sich aufbliesen, einen lauen Sprühregen ausschwitzten und sich wie wohlhabende Bürgerskinder aufführten, die Butter und Marmelade zum Frühstück essen, weiße schwammige Haut haben und in den Gärten ihrer feinen Schulen drollige Purzelbäume schlagen.

Unsere Dienste wurden von niemandem mehr verlangt, alle taten, was sie zu tun hatten, ohne daß Mittelsmänner nötig waren. Zu Fedora ging außer Don Gastone keine Menschenseele, der Cavaliere Esposito besaß ein Fernglas, und die Jungfern versteckten die Eifersucht hinter dem Anschein frommer Ergebenheit.

Don Gastone, das wußte man, hatte auch diesmal eine Mission zu erfüllen.

«So springt er manchmal, wenn der Herr ihm die Kraft dazu verleiht...», bemerkte Signorina Immacolata respektvoll, wenn sie ihn aufgeregt und wie von Sinnen die Treppen hinaufstürzen sah.

«Wie ein Besessener... so ist er eben... das gibt es. Sie kennen keine Rücksicht gegenüber sich selbst!...»

Camilla war etwas weniger respektvoll. Ihre Bissigkeit äußerte sich manchmal sogar in eigenartigen Sätzen:

«Eigentlich sollte er mit dem Erlösen schon fertig sein!» schoß es unversehens aus ihr heraus.

«Ob das nicht eine Versuchung ist?» deutete eines Tages die Walenska an, mit ganz bleichem Gesicht.

Signorina Immacolata und die anderen lächelten zu solchen Worten, sie wußten nur zu gut, daß Don Gastone in seinen Beziehungen zu einer Frau nichts anderes übrigblieb als brüderliche Liebe oder, wie im Falle der Contessa und Fedoras, die Erlösung. Die Lockungen, das Auto, die Tabletten waren ohne Erfolg geblieben. Es bestand also auch diesmal keine Gefahr für ihn.

Am 24. Mai kam der Ragioniere aus dem Gefängnis. Er hatte seine fünf Monate mit guter Führung abgesessen. Es komme nichts dabei heraus, sagte er, zu krakeelen, sich widerspenstig zu zeigen, sich übers Essen zu beschweren, und außerdem liege gute Führung in seinem Charakter.

Wir gingen alle hin, ihn vor dem Gefängnis abzuholen, und um das Ereignis etwas feierlich zu begehen, legten wir das bißchen Geld zusammen, das uns geblieben war; wir holten es aus den Verstecken und mieteten einen Wagen, dieselbe geschlossene Kutsche – die letzte in der Stadt –, die schon die Qual und das Entzücken des Gauleiters gesehen hatte, der, nach den verschämt vertraulichen Mitteilungen des alten Kutschers, die ganze Fahrt bis zu unserem Haustor in wenig gehörigen Stellungen zu verbringen pflegte.

Wir mußten mit dem Kutscher streiten, der nicht mehr als

vier von uns mitfahren lassen wollte; aber es sollten und wollten außer uns beiden noch Cenas Mutter, wenigstens eine seiner Schwestern und eine alte Freundin des Ragioniere mitfahren, mit der er noch gewisse Beziehungen in der Art von Liebespaaren des 19. Jahrhunderts unterhielt und die ihm während seiner Haftzeiten immer Päckchen und Briefe schickte. Dazu kamen noch zwei von der Bande, die hinten auf dem Lakaientrittbrett Platz fanden. Der alte triefäugige Kutscher begann gar zu weinen, überrumpelt von der Invasion, die er mit seinen schlechten Augen nicht so geschwind kontrollieren konnte, und er weinte so heftig, daß die Tränen ihm in den langen, weißen Bart liefen und ihn in einen kümmerlichen tropfenden Besen verwandelten.

Wie auch immer, die Karawane – denn als Kutsche konnte man ein Gefährt mit sechs Personen innen und zwei draußen nicht mehr bezeichnen – gelangte bis zum Gefängnis und hatte eine großartige Wirkung.

Der Ragioniere stieg ein, er kicherte dabei wie eine Eule, nachdem er vorher höchst sorgfältig den großen Kasten mit seinen Erzeugnissen aus Brotteig und Pfirsichkernen verstaut hatte.

Die Gefängnisbeamten umarmten ihn gerührt:

«Er ist nicht der Typ, der es lange draußen aushält», erklärten sie, «er bekommt bald wieder Sehnsucht nach uns.»

«Ciao, Ragioniere, viel Glück», verabschiedeten sie sich lachend, und der Chor der anderen Gefangenen stimmte mit ein, sie hingen an den Gittern der Zellen, an den Sehschlitzen, an den Fenstern des Eßraums, winkten mit Zeitungen, einer steckte die grün-weiß-rote Fahne durch eine Schießscharte, und alle überließen sich ihrer Begeisterung beim Abschied eines beneideten Kameraden und Freundes von der Stätte gemeinsamen Wirkens.

Wir fuhren durch den Corso, und alle anderen Mitglieder der Bande folgten uns, um das Pferd und hinter dem Wagen zu einem kleinen Festzug geschart. Es war ein schöner Empfang, und der Ragioniere ließ es sich zwar nicht anmerken, war aber sehr befriedigt darüber; schüchtern und fast verlegen schien er, aber das war so seine Art, all seine Sympathie drückte er auf diese freundliche, ruhige, etwas kindliche Weise aus, immer wieder übertönte sein eulenhaftes Kichern die anderen Stimmen; sein Gesicht glänzte rosig.

Zu Hause angelangt, brauchte er zwei Stunden, um sich zu waschen und umzuziehen, seinen ewig neuen Anzug mit den Mottenkugeln in der Tasche wieder anzulegen. Danach begleitete er uns alle in ein Café im Zentrum, wo wir uns an Gebäck und Likör so reichlich labten, daß wir für zwei Tage den Bauch voll hatten; abends lud er uns zum Essen ein, mehrere Hühner wurden verzehrt, dann Kastanienkuchen mit Pistazienkernen, dazu gab es viele Flaschen guten Wein.

Einige Tage lang genoß der Ragioniere hochbefriedigt die wiedererlangte Freiheit mit langen Spaziergängen im Hügelland vor der Stadt. Manchmal begleiteten wir ihn; sorgfältig rasiert und stets tadellos gekleidet, sah er aus wie ein bescheidener Bürger zu Beginn seines Urlaubs. Vom ersten Kirschbaum riß er einen Ast ab und schnitzte sich mit einem Reklame-Taschenmesser einen Spazierstock, versah ihn mit einem Griff und rieb ihn zu Hause mit glänzender Schuhwichse ein. Er war mit dem Dasein zufrieden, der Ragioniere, und alles an ihm drückte diese Zufriedenheit aus: von dem Anflug eines grauen Schnurrbartes unter der Nase und dem Strohhut mit seidenem Band bis zur Weste und den blank gewichsten Schuhen. Wenn er einem Kindermädchen auf dem Spaziergang mit den herrschaftlichen Sprößlingen begegnete, begann er augenblicklich eine Unterhaltung in geziemenden Formen und bot Honigkaramellen an, die er immer in der Tasche hatte; dann gingen alle, Mädchen und Kinder, mit uns Blumen pflücken, unter seiner Führung, er sprang in dem hohen Gras umher und watete durch Gräben und Wasserläufe, die Hosen hatte er bis zu den Knien hochgekrempelt, und die Sockenhalter an den Waden rückte er stets wieder sorgfältig zurecht.

Man kehrte abends müde und verschwitzt nach Hause zurück, nur er wirkte ruhig, frisch, erholt und zeigte sein Lächeln aus ewig zufriedenem Herzen.

Aber als sich einige Tage später seine kleinen und bescheidenen bürgerlichen Ambitionen, bestehend aus Bewegung an der frischen Luft, Fütterung der Schwäne im Stadtgarten und Zurschaustellen seiner Sockenhalter, erschöpft hatten, bezog er im Caffè Commercio Standquartier und rührte sich von dort nicht mehr weg. Augenscheinlich in Betrachtung der Piazza und der Passanten versunken, das Glas mit Brauselimonade sinnend in der Hand, verbarg sein friedfertiges und befriedigtes Lächeln die Unruhe und das Unbehagen, die ihm dieses Leben und diese Freiheit, die er so sehr ersehnt hatte, schließlich bereiteten.

So setzten sich wie das Getriebe einer alten Pendeluhr die verführerischen, gefährlichen Gedanken langsam wieder in Gang, und die ersten Sorgen um das Geld fürs Mittagessen, für seine Brauselimonade und die seidenen Socken tauchten in seinem wachen, wohlgeordneten Verstand auf.

Die Via San Faustino zog sich von dem kleinen Platz vor der alten Kirche als enge Gasse bis zum Corso, der Hauptstraße, hin. An der Ecke begannen die Geschäfte: ein Kolonialwarenhändler, der Optiker Di Cristoforo und der Bäcker Xodi. Das waren die drei Geschäfte, die der Ragioniere von seinem Stuhl im Caffè Commercio aus peinlich genau in Augenschein nahm, und in Gedanken wie auf leisen Sohlen besah er sich prüfend Türen, Fenster und die Dicke der Mauern.

Eines Abends zogen sich der Ragioniere und Mario, Cenas Bruder, der in einer Kohlenhandlung arbeitete, in eine Ecke der Küche zurück. Am nächsten Tag rief der Ragioniere auch Cena und mich in die Ecke. Es handelte sich darum, in Xodis Bäckerei einzubrechen und den Inhalt der Kasse zu entwenden. Xodi hatte die Gewohnheit, die Tageseinnahme im Geschäft zu lassen und nur am Samstag, wenn sich eine brauchbare Menge angehäuft hatte, das Geld mit nach Hause zu nehmen;

denn Xodi, ein einmaliger Fall in der Geschichte des Einzelhandels, liebte Geld nicht, er konnte es nicht leiden; für ihn war Geld etwas, das man mit Handschuhen anfassen mußte, und je weniger er beim Brotverkauf damit behelligt wurde, desto mehr war er zu Entgegenkommen geneigt: er war der einzige Bäcker der Stadt, der einen Monat lang Brot lieferte, ehe es ans Bezahlen der Rechnung ging, nur um nicht mit den verhaßten kleinen Münzen und Scheinen zu tun zu haben. Und er haßte auch die Bettler, eben wegen dieser Geldfrage. Seiner Meinung nach hatte ein wirklicher Herr niemals Kleingeld in der Tasche, und wenn er bezahlte, dann mit großen Scheinen, ohne auf den Rest zu achten. Es war dies sein geheimer Ehrgeiz, ihn verlockte erst ein Stück zu zehn oder zwanzig Lire, er fühlte sich als Millionär, wenn er es dahin brachte, Hunderlirescheine in der Hand zu halten. Wegen dieser natürlichen Abneigung ließ er seine Einnahmen bis zum Samstag im Laden, dem Tag, an dem er mit einer Einkaufstasche aus Stroh zur Bank ging, um schleunigst die Unmenge Münzen in große Scheine umzuwechseln.

Es wurde beschlossen, daß das Unternehmen am Freitag abend steigen sollte, also am Abend des nächsten Tages. Der Ragioniere sollte nicht selbst an der Sache teilnehmen, sondern nur die Anweisungen geben und den Plan aufgrund seiner Erfahrung ausarbeiten.

Das Geschäft bestand aus zwei Räumen und einer engen Kammer. Der Eingang befand sich am Corso, der Tür gegenüber war die Ladentheke; dahinter lagen die Backstube und ein Raum, in dem mehrere kettenartige Gebilde aus Bindfaden und Verschlußstücken von Limonadeflaschen von der Decke hingen. Vor dem Backofen war eine rechteckige Öffnung im Fußboden; darin befanden sich einige Eisenstangen, eine Art Trittbrett: auf diesem stand der Bäcker, der ja, um das Brot in den Ofen zu schieben, auf gleicher Höhe mit der Ofentür sein mußte. Diese Öffnung wurde außerhalb der Arbeitsstunden mit einem Holzsteg geschlossen und mit vier großen Steinen gesichert. Der Keller war ein dunkler, schlammig feuchter Gang, der sich unter dem ganzen Gebäude bis zu einem vergitterten Ausgang in einem winzigen, finsteren, schachtähnlichen Hof hinzog, nicht weit entfernt von dem unseren.

Wir hatten eine halbe, vielleicht auch eine ganze Stunde zu unserer Verfügung: zwischen halb neun und halb zehn Uhr, mit einem gewissen Spielraum. In dieser Zeit ging die ganze Bäckerfamilie Xodi in die Marienandacht, um die Predigt Don Gastones oder des Paters Passionista zu hören.

Man betrat den Hof mit dem zum Laden führenden Kellereingang durch ein breites Tor, und links von diesem führte eine dunkle Nische, in der Form wie ein halbierter Trichter, zu den Treppen; im ersten Stock befand sich die Kanzlei des Rechtsanwalts Levi, eines vor einigen Monaten in die Schweiz geflüchteten Juden; nur eine Hausmagd hütete Kanzlei und Wohnung.

Ich verbrachte einen großen Teil des Nachmittags hinter einer Statue zusammenkauert, in der Höhe des Oberlichts. Das Hausmädchen verließ kurz nach acht die Wohnung, stieg die Treppen hinunter und schloß hinter sich das Haustor ab. Ich wartete einige Minuten, dann stieg ich nach unten und klammerte mich an die Messingkugeln am Ende der Stangen, die das Tor nach oben abschlossen und in die halbmondförmige Öffnung des schmiedeeisernen Gitters eingriffen: auf diese Weise konnte ich einen Spalt aufdrücken. Von dort aus konnte ich die kleinen Fenster von Cenas Wohnung unter dem Dach des Eckhauses an der anderen Seite der Gasse sehen, und sie hatten mich von drüben im Blick. Ich sah, wie der Ragioniere den Kopf zwischen den Fensterstäben herausstreckte, einen leuchtend blanken Kopf, den ich fast nicht erkannte; er drehte ihn blitzschnell nach allen Richtungen, dann zog er ihn geschickt durch die Stäbe wieder zurück, so langsam, daß es aussah wie die Bewegung einer Schildkröte.

Bald danach witschte Mario um die Ecke unter dem Fenster, zusammen mit Cena. Jemand näherte sich, und ich schloß das

Tor wieder, indem ich den Spalt verringerte, spitzte die Ohren und erkannte Schritte und Stimme der Signorina Immacolata, die mit Camilla und der Botanica zur Predigt ging. Auf der anderen Seite der Gasse und in entgegengesetzter Richtung kamen meine Mutter und ihr Verlobter vorüber; ich spürte in diesem Augenblick keinerlei nähere Beziehung zu ihnen, sie waren für mich zwei Menschen, die ihren Dingen nachgingen wie ich den meinen. Flüchtig folgte ich ihnen in Gedanken, wie sie sich an den Händen gefaßt hielten, irgendeiner schönen, duftigen Wiese zustrebten, vielleicht zupften auch sie Margeriten aus und hüpften durch das taufeuchte Gras. Ich dachte auch an die Lira, die der Freund der Mutter mir unter die kleine Statuette neben meinem Bett gelegt hatte: es war der heilige Giovanni Bosco, der Beschirmer der Kinder. Das Geldstück schimmerte im Licht der Kerze, die die Großmutter jeden Abend anzündete, um einen besonderen Schutz des Heiligen zu erbitten.

Ein Torflügel knallte mir gegen die Nase, Dreck, Kalk und Spinnweben regneten auf mich herab. Es waren Mario und Cena.

«Und?» fragte Mario, das Tor wieder schließend. Cena stand neben ihm und wirkte ein bißchen angeberisch.

«Niemand ist da», sagte ich.

Mario lief durch den Gang und streckte den Kopf nach oben, um die Fenster, die auf den Hof gingen, zu beobachten.

«Kein einziges Licht, da kann man nichts sagen», äußerte er befriedigt.

Er beugte sich über das Scharniergitter, das in den Keller führte, und machte sich sogleich ans Werk: mit einem Eisenbolzen stemmte er die Steinplatten am Rand des Gitters heraus; in diese Platten waren die Scharniere eingelassen.

Mario war stark und brauchte nicht lange, um die Platten herauszuheben. Unter ihnen, in der Bodenvertiefung, wimmelte es von winzigen Würmern, ein Insekt kroch umher, wie ein Hirschkäfer anzusehen. Es floh, öffnete und schloß dabei hastig seine spitzen Scheren. Ein ganzes Leben war in Bewegung, die Insekten, die Mutter mit dem Freund, die unterirdisch lebenden Insekten kamen ins Dämmerlicht der lauen Frühlingsnacht herauf, die Mutter und ihr Freund zupften Margeriten die Blütenblätter aus, ich betrachtete den kleinen Ausschnitt des Himmels hoch über den Mauern, er war noch nicht ganz dunkel, die Sterne begannen eben erst zu leuchten, weich, verhangen, noch ziemlich schwach. Eine angenehme laue Wärme kam vom Himmel, und sie duftete mal nach Weihrauch, mal nach Parfum, mal nach dampfenden Kastanienkuchen und nach den kleinen Basilikumpflanzen, die in Blumentöpfen auf den Fensterbrettern wuchsen.

Mario hob das Gitter auf, sicherte es mit einem Stück Eisendraht am Fenster und schlüpfte hinunter.

«Ruf Cena», sagte er von unten.

Cena, ganz Ohr, lauschte am Haustor; er hörte uns, kam herüber und ließ sich ebenfalls in den Keller hinab.

«Los, ans Haustor mit dir!» befahl Mario, ehe er verschwand.

Ich hörte ihre Schuhe im Morast einsinken, der durch das Tropfen der schadhaften Abflußrohre entstanden war, und dann hörte ich nichts mehr. Ich lief ans Tor, und dort packte mich eine verfluchte Angst, der Mund war mir plötzlich wie ausgetrocknet, kaum daß ich zu atmen vermochte. So als ob irgend jemand, eine unsichtbare, unmenschliche Kraft, mir wie einem Huhn den Hals zudrückte. Ich hatte keine Augen mehr zu sehen, keine Ohren mehr zu hören. Doch ebenso plötzlich, als ich an die Mutter und an die Margeriten dachte, an den Großvater, der Krebs hatte und zusammen mit dem Krebs den Ehrgeiz, ein schönes Familiengrab in venezianischem Stein zu besitzen, mit glatten Marmorbüsten und metallener Inschrift, war die Angst verflogen. Ja, sie war verflogen. Ich träumte wie der Großvater von einem prächtigen Familiengrab, wohin wir alle gehen würden, um endlose Ferien wie die feinen Leute zu verbringen, fröhliche, lustige Ferien ohne Hunger, ohne

Schmerzen, in denen man nichts täte als raten, was für Leute wohl kommen würden, um die Alabastervasen am Eingang dieses Palastes mit Blumen zu füllen.

Wieder hörte ich Füße durch den Morast waten. Es war Cena. Er reichte mir hastig eine dicke, schwere Mehltüte herauf.

«Warte», sagte er.

Ich ging ans Tor zurück und schaute durch den Spalt: niemand war auf der Straße; an der Ecke jenseits der Kirche hockte ein alter Mann, mit einem Häufchen Zigarettenstummel beschäftigt. Ich machte das Tor wieder zu und zog einige Handvoll Geldscheine aus dem Papierbeutel, den ich immer noch in der Hand hielt, die Augen starr auf das Gitter gerichtet. Dann rollte ich das Geld zusammen und stopfte es hinter ein dickes Rohr in der Nische bei den Gaszählern. Ich nahm die Tüte wieder in die Hand und genau in diesem Augenblick tauchte Cena auf, von seinem Bruder gestoßen, der ihn mit den Händen hochstemmte. Er war bis an die Knie voll Schlamm und Dreck, und erst als er näher kam, merkte ich, wie er stank. Dann kroch auch Mario herauf, löste in aller Ruhe den Draht und ließ das Gitter langsam zurückgleiten. Er brachte die Steinplatten wieder an Ort und Stelle und trat sie mit den Füßen fest.

«Niemand da?» fragte er.

«Nur ein Alter, er krümelt Zigarettenstummel auseinander.»

«Mach leise auf und sieh dich nach allen Seiten um, man braucht uns nicht gerade zu sehen.»

Ich tat, war er mir gesagt hatte. Keine Menschenseele sonst war zu sehen. Cena säuberte sich mit einem Stück Zeitungspapier die Beine; Mario dagegen, der barfuß war, kümmerte sich nicht um seine schmutzigen Füße.

Ich ging als erster hinaus, dann folgten Mario und Cena. Der Alte blickte von seinen Stummeln auf und sah mich an, auf die beiden anderen achtete er nicht. Wir gingen langsam, gemessenen Schrittes, wie uns der Ragioniere eingeschärft hatte, und ich fuhr mit meinem Stück Kreide die Wand entlang. An der Ecke holten mich Mario und Cena ein, und kurz darauf waren wir alle drei zu Hause.

Der Ragioniere war nicht da. Es war ihm richtig erschienen, aus diesem Anlaß Don Gastone in der Kirche San Lorenzo einen Besuch abzustatten, während der Predigt des Pater Passionista. Niemand würde etwas über ihn sagen können, wo er doch schließlich in der Kirche war.

Wir zählten das Geld und schichteten es auf dem Tisch zu kleinen Häufchen: es waren zweitausendsiebenhundert Lire.

«Ich dachte, es müßten mindestens fünftausend Lire sein», knurrte Mario und schob die Münzen an den Rand des Tisches.

Ich versuchte zu überschlagen, wieviel es sein mochte, was ich hinter den Gaszählern versteckt hatte: vielleicht etwa die gleiche Summe, da es in der Hauptsache große Scheine gewesen waren. Gern wäre ich gleich gelaufen, um nachzusehen, es schien mir gar nicht wahr zu sein, daß ich das Geld wirklich unterschlagen hatte und daß es mir gehörte, und Cena. Auch in meinen kühnsten Gedanken, auch im Traume nicht, hatte ich je mit einer ähnlichen Summe gerechnet.

Mario zog aus dem Bündel zwei Scheine zu fünfzig Lire und legte ein paar Münzen darauf. Dann teilte er dieses Geld wieder in zwei Hälften, rollte alles zusammen und schob es uns über den Tisch zu.

«Das ist euer Anteil», sagte er lachend.

Cena wickelte es auseinander und zählte. Er gab mir die fünfzig Lire, die mir zustanden, und vier Stücke zu fünfzig Centesimi und andere zu zehn und zwanzig Centesimi. Dann steckte er seinen Anteil wütend in die Tasche.

«So wenig? Es sind doch zweitausendfünfhundert Lire!»

«Eßt ihr gefälligst Polenta!» sagte Mario; er meinte, einfache Nahrung täte es doch noch für uns. «Werdet erst einmal groß wie ich und der Ragioniere, dann werden wir schon gleiche Teile machen. Mit hundert Lire zu zweit könnt ihr euch noch ein Rennrad anschaffen.»

Ich ging zu Bett, nachdem ich Cena kräftig unterstützt hatte, unsere Ansprüche zu verteidigen. Ich begann zu verstehen, daß, wohin man auch ginge, welchen Beruf man auch immer ausübte, es überall Gewalt, Schikane, Betrug gab, überall das Recht des Stärkeren galt. Und das nicht, weil unsere besondere kleine Welt eine von Räubern oder Hungerleidern war, eher hätten in ihr, gerade weil alle wußten, was Hunger ist, Gewalt und Ausbeutung nicht existieren dürfen. Wahrscheinlich war es etwas, das stärker als Hunger und Brüderlichkeit war, vielleicht fühlte sich Mario als Jemand, mit diesem Geld im Beutel, meinte, daß er jetzt auch etwas zu sagen habe, jetzt etwas mehr als noch vor wenigen Minuten, wo seine Taschen noch leer waren. Der Ragioniere, allein er hätte gleiche Teile gemacht. Und nur er war so weise geworden, daß er dem Geld kein Gewicht mehr zumaß, über das hinaus, was er für seine Brauselimonade brauchte.

Am nächsten Morgen ging ich, sobald es hell wurde, mein Geld holen. Schon waren Carabinieri unterwegs. Ich ging durch das Tor, lief in Sprüngen die Treppe hinauf bis zum Dachboden, dann kam ich wieder herunter, und meine Hand glitt hinter den Gaszähler. Ich zog das Papierbündel hervor und traf mich mit Cena unter dem Holzsteg im Stadtgarten. Im ganzen besaßen wir zweitausendeinhundertfünfzig Lire. Fast ebensoviel wie Mario und der Ragioniere.

«Schlau bist du, du bist gescheiter als ich», bemerkte Cena mit einer leichten Melancholie in der Stimme. «Hattest du dir das vorher überlegt?»

«Nein.»

Der Umstand, daß ich mir den Plan nicht vorher zurechtgelegt hatte, schien Cena zu beruhigen. Das bedeutete, daß er in der gleichen Lage wohl genauso gehandelt hätte. Wir teilten das Geld, und jeder suchte sich seine besonderen Verstecke. Doch dann schien es Cena leid zu sein, er gab schließlich alles mir, ich sollte es verstecken, wo ich wollte.

Der Ragioniere las genüßlich die Zeitung; immer dieselbe Nummer, die Samstagsausgabe, die über den Diebstahl in Xodis Geschäft berichtete. Er las und gab seine Kommentare dazu, zwischen einer Brauselimonade und der nächsten, besprach die Sache mit dem Inhaber des Caffè Commercio, und wohlerzogen schüttelte er den Kopf zum Zeichen der Mißbilligung.

Eine Woche später wurde beschlossen, einen weiteren Anschlag dieser Art im Laden des Optikers Di Cristoforo durchzuführen; niemand konnte auf die Idee kommen, daß dieselben Diebe im gleichen Haus noch einmal einbrechen würden. Di Cristoforo selbst, bei dem Cena und ich Glasspäne und sonstigen Abfall zu holen pflegten, dankte immer wieder tief seufzend der Vorsehung, daß dies nicht bei ihm geschehen war. Er bedauerte, o doch!, daß bei Xodi eingebrochen worden war, denn der war sein guter Nachbar, aber er versäumte trotzdem nie, dem Himmel zu danken, sooft ein Kunde auf den Vorfall zu sprechen kam oder in der Unterhaltung darauf Bezug genommen wurde.

Di Cristoforo war ein kleiner, untersetzter Mann und schrecklich geizig; in seiner Kasse befand sich sicherlich nie Geld; dafür gab es aber viele Wertgegenstände, die sich einige Monate später bei einem mit dem Ragioniere befreundeten Trödler in Venedig versilbern ließen. Im Laden befand sich außerdem ein Panzerschrank, und dieser Umstand bewog den Ragioniere, sich an der Ausführung des Unternehmens persönlich zu beteiligen: Noch nie in all den Jahren seiner Tätigkeit in der Branche hatte er einen Panzerschrank aufgebrochen, stets hatte er sich bisher damit begnügt, Brieftaschen zu entwenden, kleine Schwindeleien anzuzetteln, wohlgefüllten Speichern einen Besuch abzustatten oder vor einem Laden unbeachtet stehende Fahrräder mitgehen zu lassen; und all dies hatte er stets allein unternommen, viele Jahre lang, in Demut und Bescheidenheit, aber regelmäßig. Jetzt bot sich ihm eine gute Gelegenheit; Opfer einer typisch venezianischen, kindlichen Phantasie, stellte er sich den seiner Ansicht nach für ein Brillengeschäft überflüssigen Panzerschrank angefüllt mit Edelsteinen und Geldbündeln vor. Der Gedanke regte ihn geradezu auf, er war rot im Gesicht wie sonst nie, und seine winzigen Äuglein glänzten vor diebischer Lust und Freude am Dasein.

Es wurde entschieden, den Anschlag Donnerstagnacht zu unternehmen. Noch war keine Woche seit dem Einbruch bei Xodi vergangen, aber der Ragioniere war ungeduldig, eine rein innerliche Ungeduld, die der peinlich genauen Sorgfalt, wie er sie bei solchen Anlässen stets bewies, keinerlei Abbruch tat.

Es war geplant, direkt von der Gasse aus in den Laden einzudringen, durch ein kleines Toilettenfenster, das sich etwa in Schulterhöhe befand. Das Fenster war vergittert, und hinter dem Gitter war am inneren Rahmen statt des Glases ein Metallnetz. Man mußte die Gitterstäbe an den beiden noch verbleibenden Abenden durchsägen. Das Eisen war sehr weich und vom Rost fast überall zerfressen, aber wenn man so im Vorübergehen die Stäbe ansah, hatte man den Eindruck, sie wären tief im Mauerwerk verankert und bildeten ein unüberwindbares Hindernis. Mario versuchte seine Kraft an ihnen, und schon mit der bloßen linken Hand hätte er den einen fast herausgerissen.

Wir machten uns an die Arbeit. Nach dem Abendessen ging die ganze Familie mit dem Ragioniere in die Osteria «Bomba», sie tranken und schwatzten; wenn wir uns bis in die tiefe Nacht dort sehen ließen, dann bedurfte es keiner weiteren Rechtfertigung, daß wir so spät noch auf der Straße waren.

Die Arbeit wurde am Mittwochabend beendet; mit einem Ruck würde jetzt Mario die Gitterstäbe von unten her aufbiegen können, genauso leicht, wie man eine Schachtel öffnet. Wir hatten mit einer ganz feinen Metallsäge gearbeitet, die sich sehr schnell in das Eisen einfraß, ohne sichtbare Einschnitte zu hinterlassen. Cena und der Ragioniere sollten, nachdem Mario das Gitter hochgebogen hatte, in den Laden hineinklettern; Mario sollte draußen auf dem Corso vor dem Geschäft bleiben und, wenn irgend etwas war, kurz gegen den Rolladen klopfen.

Ich sollte am Toilettenfenster warten und die Sachen in Empfang nehmen, die Cena mir herausreichen würde.

Wir blieben bis drei Uhr morgens in Cenas Wohnung. Dann ging Mario als erster, wir anderen warteten ein wenig, bis wir ihm folgten. Ein gewisser Abstand war geboten, um Mario Zeit zu lassen, das Gitter zu öffnen. Er erledigte seine Aufgabe weitaus schneller als berechnet und schlich sich auf den Corso vor, wo er mit einem Stöckchen einige Male gegen die Rolläden der Geschäfte klopfte. Dann war auf dem Corso und in der Gasse wieder alles still.

Ich wartete, bis Cena und der Ragioniere durch das Fenster eingestiegen waren, wie zwei Katzen, mit derselben ruhigen, weichen Sachlichkeit der Bewegungen, dann verzog ich mich hinter eine Tür auf der anderen Seite der Gasse und wartete weiter.

Es war eine wunderbare Nacht. Wogen warmer Luft, vermischt mit einem merkwürdig salzigen Geruch, wehten von den beiden Enden der Gasse her und vertrieben die ersten Morgengerüche von leicht süßlich fettigem Essensdunst aus kaltgewordenem Geschirr, von Matratzen, Strohlagern, ermattetem Schlaf, von Haaren, Rauch und Milchkaffee, der Hauptnahrung unseres ganzes Viertels. Am Himmel funkelten die Sterne, größer als die Brillanten des Gauleiters, und wenn einer fiel, dachte ich an die großen Herren, die jetzt gerade mühselig gen Himmel fuhren, mit roten aufgeregten Gesichtern und in langen plissierten Nachthemden; um Christus nicht gestehen zu müssen, auf welche Weise sie sich die Brillanten erworben hatten, die an ihren Fingern glitzerten, warfen sie sie zur Erde zurück, aus Angst vor der Hölle, und die Brillanten durchschnitten das Dunkel mit blau sprühender Leuchtspur.

Cena machte mir von drüben Zeichen und mühte sich, ein Kästchen durchs Fenster gleiten zu lassen. Gleichzeitig sah ich, wie ein Polizist auf Streife pfeifend mit seinem Fahrrad die Gasse herunterkam. Ich hatte gerade noch Zeit, das Kästchen zu packen und hinter meine Tür zu zerren; ich wollte die

Treppen hinauf zum Dachboden laufen, aber mir fiel ein, daß dieses Haus keinen unbewohnten Dachboden hatte. Auch dieses Gebäude steckte voll von Mietern aller Art, wie das unsere; ich kauerte mich also ganz klein hinter der Tür zusammen und suchte Ordnung in meine Gedanken und Vorstellungen zu bringen, die durch das leise Geräusch der Speichen des näherkommenden Fahrrades in tausend Teile zerschnitten wurden. Ich hätte vom Erdgeschoß aus entwischen können, es gab einen mit Unrat vollgestopften Gang, der wie ein Stollen zu den Waschplätzen am Kanal führte. Trotzdem wagte ich mich nicht zu rühren, blieb, wo ich war, und sagte mechanisch, aber zerknirscht und ergeben ein Gebet an die Madonna auf.

Der Polizist war stehengeblieben, durch einen Spalt sah ich den Schein seiner Taschenlampe, mit der er leuchtete. Dann verschwand der Lichtschein, und gleich darauf hörte ich jemanden schreien. Es folgte ein Augenblick völliger Stille, in die hinein plötzlich zwei Pistolenschüsse peitschten, und wieder schrie jemand. Durch den Spalt konnte ich Cena sehen, der zum Toilettenfenster herausglitt, wie eine Katze und mit den Augen einer Katze; mit der einen Hand umklammerte er sein großes Jagdmesser. Der Polizist bemerkte ihn nicht und rief laut etwas in Richtung des Corso, mit einem wütenden Zittern in der Stimme, als wollte er jemanden zurückrufen. Dann sah ich, wie Cena sich bis dicht hinter seinen Rücken heranschlich, und während der Polizist nochmals seine Pistole abfeuerte, sprang Cena auf ihn los und traf ihn mit dem Messer in den Rücken; ganz spitz war er, als wollte er mit der Klinge zugleich sich selbst in den Rücken des Polizisten hineinbohren. Er heulte und schluchzte, und als der Polizist entsetzt herumfuhr und ein großes, erstauntes «Neeiin!» von seinen Lippen kam, war Cena mit weit aufgerissenen und funkelnden Augen schon wieder bereit und stieß aufs neue das Messer in ihn hinein, diesmal in den Bauch, und schluchzte nur «Mamma mia, mamma!»

Der Polizist stand eine Zeitlang mit ausgebreiteten Armen da, als wollte er den anderen umarmen, aber die Bewegung brach genau in dem Augenblick ab, als sie fast vollendet war; Bart und Kinn wurden länger, die Pistole fiel auf das Pflaster, und der Körper sank nach vorn, auf Cena.

Im gleichen Augenblick kamen schon andere Menschen gelaufen, ich hörte, wie der Rolladen des Geschäfts krachend in die Höhe fuhr, Balkontüren wurden aufgerissen, und wieder sah ich Menschen in dieser eigenartigen, sich wiederholenden Stellung mit ausgebreiteten Armen. Cena weinte und schluchzte, und gleich darauf erstickte der Lärm eines großen Autos oder Lastwagens alle leiseren Töne. Da stieß ich all die Luft aus, die ich bisher angehalten hatte, ein Zittern schüttelte mich, ich lief rückwärts in den Gang hinein, stolperte über Unrat, dann glitt ich in den engen, niedrigen Stollen, rutschte auf den Knien weiter, das Kästchen in der einen Hand, und merkte, daß ich mich vollmachte; ich fühlte mich wunderbar entspannt, wie im Halbschlaf vor einem Traum, und ich ließ es wohlig und warm an meinen Beinen lang und aus der Hose fließen.

Ich gelangte am Kanal ins Freie, der Mond schien mir wie ein Loch im Dunkel dieser Welt. Dorthin würde ich einmal mit meinem Rennrad fahren, auf jene berühmten Wiesen und Felder jenseits des leuchtendes Loches, um mit den Kindern der besseren Leute anständig um die Wette zu fahren.

Ich trug das Kästchen auf der Schulter; es enthielt ein Mikroskop. Ich ging den Kanal aufwärts, dann durch ein paar Gassen, und erreichte wieder unseren Bogengang. Das Kästchen brachte ich in einem sicheren Versteck unter und verklebte die Lücken am Loch mit Stroh, Mauerbrocken und feuchter Erde; vielleicht könnten die Mäuse daran nagen, von dem starken Leder- und Lackgeruch angelockt; ich mußte am nächsten Tag wiederkommen und das Versteck und das Kästchen selbst mit Gift bestreuen.

Der Tag graute, als ich heimkam; leise trat ich ein und hörte den Großvater im anderen Zimmer klagen; ich legte mich aufs Sofa und schlief sofort ein.

Am nächsten Morgen erfuhr ich von Cenas Mutter, daß der

Ragioniere tot sei, ebenso der Polizist, der auf ihn schoß, als er versuchte, auf der anderen Seite vom Rolladen zu fliehen. Sie erzählte mir, der Polizist habe, ehe er starb, darum gebeten, man solle Cena nichts zuleide tun, ihn treffe keine Schuld. Cena und Mario befanden sich vorläufig auf dem Polizeipräsidium, um verhört zu werden. Gegen Abend erfuhr ich, daß Mario im Stadtgefängnis bleiben werde, in Erwartung des Prozesses. Cena war bereits nach Venedig in die Erziehungsanstalt gebracht worden.

«Haben Sie ihn nicht gesehen?» fragte ich seine Mutter.

«Nein, Sakrament, sie haben mich ihn nicht einmal sehen lassen, meinen Cena.» Sie heulte ganz und gar nicht wie eine Frau, sondern wild, mit Rachegelüsten im Herzen.

«Hat er nichts für mich gesagt? Erinnern Sie sich nicht?»

«Nichts hat er gesagt, gar nichts, für niemanden. Er hat jetzt Fieber und phantasiert.»

«Und wie lange muß er in Venedig bleiben?»

«Bis er einundzwanzig ist.»

Ich überlegte, was all diese Zeit über sein würde. Mit einundzwanzig Jahren war Cena ein alter Mann, so schien mir, schon nahe dem Tode. Ich würde ihn nicht wiedererkennen, wenn wir uns auf der Straße begegneten, und er mich auch nicht. Bei diesem Gedanken, bei der Vorstellung von uns beiden, die wir uns den Blutseid geschworen hatten und uns eines Tages nur wegen der langen Jahre und des hohen Alters nicht wiedererkennen würden, fühlte ich mir das Herz brechen; ich war kein trauriges Kind, sondern schon ein alter Mann, ein gebrochener Greis, allein, ohne Freunde, ohne Verwandte, ohne irgend jemand, den ich lieben konnte. Ich dachte, daß wir mit einundzwanzig Jahren alle weißes Haar hätten.

Es war zwecklos, dazustehen und nachzudenken, und außerdem gab mir irgend etwas schließlich wieder Hoffnung; ich dachte, daß dies nichts als eben ein Tag sei, nur ein Tag von vielen, dem andere, bessere folgen würden; so ging ich, das Versteck und das wertvolle Kästchen mit Mäusegift zu bestreuen. Ich wollte Fedora von dem Kästchen erzählen; wenn sie es für mich aufheben würde, wäre es viel sicherer. Dann ging ich und sammelte an den verschiedenen Verstecken alles Geld von mir und Cena ein, machte ein Päckchen daraus und trug es nach Hause. Ich beeilte mich und tat alles mit großer Umsicht, so als könnte jeden Augenblick Cena aus der Besserungsanstalt zurückkommen, kraft der Worte des Polizisten, kurz bevor er starb.

Am nächsten Tag war die Beerdigung des Ragioniere, an der auch Don Gastone teilnahm. Aber ich war nicht überzeugt, daß die Beerdigung dem Ragioniere galt. Es war unmöglich, er war zu geschickt, es war schwierig, mit ihm fertig zu werden. Der Ragioniere war mit der Bahn verreist, zu einer seiner listigen Unternehmungen, und wer weiß, wann er zurückkäme, um im Caffè Commercio wieder seine Brauselimonade zu trinken und höflich und gesittet mit den Kindermädchen im Stadtgarten ein Gespräch anzuknüpfen.

13

Wenige Tage genügten, und in dem Dschungel, der unser Hof und seine Anwohner waren, sprach niemand mehr von Cena und vom Ragioniere. Ich war davongekommen, niemand hatte nach mir gesucht, wie ich anfangs befürchtete. Die Tage dieses seltsamen Jahres vergingen einer nach dem andern.

Don Gastone hatte sich mit seiner Fedora etwas beruhigt, und er befand sich jetzt in einer friedlichen Gemütsverfassung, wo das Bedürfnis, mit ihr anzugeben, über die anfängliche Erregung die Oberhand gewonnen hatte. Außerdem war er in den Pausen seines Liebesdranges von der unermüdlichen Betätigung in der Gruppe «Glaube und Tapferkeit» und von der Bewunderung der Jungfern für seine guten Werke voll in Anspruch genommen.

Jetzt war es eher Fedora, die ihn ruhig und bei sich zu halten suchte. Es war gesundheitlich ziemlich schlecht um ihn bestellt gewesen, und seit einiger Zeit wurde er bei seinem dauernden aufgeregten Hin und Her von starken Hustenanfällen geschüttelt, die alle Farbe aus seinem Gesicht weichen ließen und die Hände unsicher machten, so daß er oftmals nur zitternd und mühsam weitergehen konnte. Fedora hatte klugerweise versucht, die Zahl der Umarmungen einzuschränken; für sie seien sie zwar eine Freude, für ihn jedoch zunehmend erschöpfend und nicht ohne Gefahr.

Der Cavaliere Esposito hatte seine ganze unerfüllte Liebe auf die Sache des Faschismus geworfen und bereitete sich auf die Kriegserklärung vor, mit Kaffeehausversammlungen aller Art und erbitterten Diskussionen, bei denen auf Kosten anderer Leute und die Gesundheit des Begründers eines neuen Imperiums viele Flaschen geleert wurden. Meine Mutter ging weiterhin mit ihrem Verlobten spazieren und schaffte sich von dem Geld, das ihr der Freund mit Erlaubnis des Großvaters gab, Bettwäsche an.

Der Duce sollte am Sonntag zu einem offiziellen Besuch der Stadt eintreffen, und die Stadt war wie eine Familie von Waisenkindern in Erwartung des Vormunds und seiner Karamellen. Die Straßen verwandelten sich: Fahnen, Banner, Standarten waren überall gehißt, die ganze Bahnhofsallee entlang und am Corso. An der Spitze des Festausschusses standen der Gauleiter und Don Gastone, fest und treu zusammen, ohne Erinnerung an den verrückten nächtlichen Zwischenfall. Sie hatten die Ölzweige des Friedens ausgetauscht, und oft sah man sie jetzt zusammen in einer ob ihrer guten Küche bekannten Trattoria essen, wo sie die Spezialitäten Venetiens nach Hausmacherart zubereitet bekamen.

Don Gastone hatte auf dem Kühler seines Wagens die Flagge der spanischen Falange ausgebreitet und durchfuhr die Stadt vom einen Ende zum andern, wobei ihn manchmal auch Fedora begleitete, die glücklich war, von vielen Männeraugen angestarrt zu werden. Aber die Vorbereitung des Ereignisses erforderte eine aufreibende Arbeit, und Don Gastone war gezwungen, sich einen Trabanten in der Person des Cavaliere Esposito zuzulegen, der sich ihm täglich zu diesem Zwecke empfahl. Eine volle Woche lang kam der Cavaliere nicht aus seiner Uniform, der alten Uniform natürlich, die zu schweren Arbeiten geeignet war und in der er sich nicht besonders in acht zu nehmen brauchte. Und so zermürbend waren diese Arbeiten, denen er sich vom frühen Morgen bis zum späten Abend unterzog, wobei er immer wieder eifrig lächelte, in die Hände klatschte und in plötzliche Heil-Rufe ausbrach, daß diese arme Uniform binnen weniger Tage zu einem formlosen schwarzen, tausendmal geflickten und immer wieder zerschlissenen Fetzen Stoff geworden war.

Don Gastone entsandte ihn, bestimmte Arbeiten zu überwachen, wie die Anfertigung von Parteisymbolen bei einer Stukkateurfirma, oder er sollte, eben im Vorbeigehen, bei einer Tribüne nach dem Rechten schauen, die auf einem Platz errichtet wurde. Aber Don Gastone bekam seinetwegen, sei es durch des Cavaliere übermäßigen Eifer, sei es durch das unwillige Mißtrauen der Personen, mit denen er verhandelte, allerlei Scherereien und Ärger mit dem Gauleiter, zu dem die Leute sich beschweren gingen.

Er sah sich gezwungen, den Cavaliere zu ermahnen und ihn dann sogar von allen Obliegenheiten fernzuhalten, die auch nur den Anschein, die leise Möglichkeit, den Geruch von Verantwortung mit sich brachten.

Er verwandelte ihn also in seinen persönlichen Sekretär, mit anderen Worten, in einen Briefträger. Aber auch bei seiner neuen Tätigkeit entfaltete der Cavaliere Esposito einen solch unmöglichen Eifer, daß es ihm wie ein Pflichtversäumnis vorkam, wenn es einmal keine Unannehmlichkeiten gab.

Natürlich konnte er sich in dieser Zeit keinen Deut um seine Töchter kümmern, die immer in der Wohnung eingeschlossen blieben und wie ein Nest voll junger Raben am Fensterbrett auf ihr Futter lauerten. Meist kam der Rabenvater erst abends nach Hause, mit einer Tüte unter dem Arm, in die er sich auf der Parteileitung etwas zu essen hatte einpacken lassen; dort war für das an der Festgestaltung mitwirkende Personal eine Mensa eingerichtet worden. In dieser Mensa fand der Cavaliere Esposito Gelegenheit, seine Fähigkeit als Pizzabäcker unter Beweis zu stellen, und das hatte zur Folge, daß ihn der Gauleiter als Chef der Küche einstellte, für die ganze Zeit, die diese in Betrieb war. Eine Tätigkeit, die dem Cavaliere Esposito in seiner immensen Bescheidenheit durchaus nicht mißfiel, die aber seine an sich schon mitgenommene Uniform geradezu unanständig zurichtete; denn er wollte die große Schürze, die ihm angeboten wurde, nicht überziehen, nicht so sehr, weil er sich schämte, wie ein Koch auszusehen, sondern weil die Schürze seine Uniform völlig verhüllt hätte, und für ihn gab es nun einmal keinen Grund, eine Uniform, auf die er so stolz war, zu verbergen. Weder Worte, noch Vorhaltungen noch ruhige, freundliche, maßvolle Erklärungen vermochten ihm begreiflich zu machen, daß die Uniform ja auf diese Weise ein unwürdiges, mißhandeltes Kleidungsstück werde, das ihr Träger anscheinend wenig in Ehren halte.

«Und ich ziehe sie nicht aus, ich zieh sie nicht aus, und ich zieh sie nicht aus! Oh! Wenn sie schmutzig und zerrissen ist, so bedeutet das, daß ich arbeite, und wenn ich arbeite, so bedeutet das, daß ich für den Faschismus und für den Duce arbeite. Was habt ihr denn vielleicht von den Fahnen des Risorgimento für eine Meinung? Die sind alt und häßlich, völlig zerrissen und zerschlissen! Sind sie deswegen etwa ein Schandfleck?» Er wies die Schürze weit von sich und drohte, er werde den Dienst verlassen.

Seit er es übernommen hatte, Pizza zu backen, mit äußerster Gewissenhaftigkeit, ohne dabei Mehl, Butter und Eier zu stehlen wie die Frauen, die vor ihm diesen Posten ausgefüllt hatten, waren alle zufrieden mit dem von der Küche Gebotenen – der Gauleiter tat nichts, als zu jeder Stunde des Tages für sich und seine Freunde Pizza zu bestellen –, und so beließ man den Cavaliere, wo und wie er war: schwarz vom Ruß und verschwitzt, mit Mehl und Tomatensaft bekleckert, in einer Rolle, die endlich seinem Hunger nach Verantwortung Genüge tat.

Über seiner Tätigkeit am Herdfeuer hatte der Cavaliere Esposito nur eine Sache seines Privatlebens nicht vergessen: sein WC. Er sperrte es morgens, ehe er das Haus verließ, mit Schloß und Kette zu und nahm den Schlüssel mit. Auch die Töchter hatte er vom Zutritt ausgeschlossen; in erster Linie, weil sie zur Benutzung die Wohnung hätten verlassen müssen, und sodann aus Furcht, daß männliche Hausbewohner unter Ausnutzung gewisser töchterlicher, jetzt unverteidigter Schwächen ihnen den Schlüssel entwenden und Nachschlüssel machen lassen könnten.

Was die Jungfern betrifft, so hatten sie ebenfalls Anteil an der fieberhaften Betriebsamkeit und Begeisterung, die diese Tage erfüllten; für ihre Proben hatten sie sich den Hof ausgesucht, und die Proben bestanden in Exerzierübungen: Fahnen- und Bannertragen, Gleichschritt, Richtungswechsel und besondere Paradeschritte. Jener Umzug, mit dem die Gruppe «Glaube und Tapferkeit» zum erstenmal öffentlich auftrat, war in Hast und Eile organisiert worden, ohne irgendwelchen Ehrgeiz militärischer Ordnung, ohne Generalprobe, alles war improvisiert gewesen. Jetzt aber wollten sie durch diese Übungen ihren Körper täglich mehr und mehr von dem unangenehmen Gefühl befreien, daß die Feldbluse sie bei ihren unbeholfenen, plumpen Bewegungen von ferne eher als Kuttenträger denn als Frauen in Uniformen erscheinen ließ.

Am späten Nachmittag gab Signorina Immacolata Befehl, das große Tor zu schließen, und der Hof verwandelte sich alsbald in einen Aufmarschplatz, in dessen Mitte ein Stuhl das Podest des Duce markierte. Don Gastone kam und schaute nach dem Rechten, konnte es aber für gewöhnlich nicht lange aushalten und verschwand nach hinten, um zu Fedora hinaufzusteigen.

Der Großvater hatte sich in seinem Zimmer eingeschlossen und wollte um keinen Preis mich als Balilla, als Jungvolkpimpf, gekleidet sehen. Denn auch mir, nicht nur dem Cavaliere Esposito, hatte Don Gastone eine Rolle zugewiesen. Er brachte mir eine vollständige Balilla-Uniform und gab mir die folgenden Instruktionen: Ich sollte mich bei der Durchfahrt des Duce unter der Schar der Verwandten und Armen längs der Holzplanken beiderseits der Straße versteckt halten; in dem Augenblick, wo der Wagen des Duce sich auf der Höhe des Tores befand, sollte ich mich durch die Menge nach vorne drängeln, auf den Schritt fahrenden Wagen klettern und dem Duce einen Kuß geben. Don Gastone war von dieser Idee begeistert und hatte mit dem Gauleiter darüber gesprochen; dieser hatte, in Gedanken versunken und leicht mit dem Kopf nickend, zugestimmt. Es wurde also dem Fahrer der Befehl gegeben, im entsprechenden Augenblick sehr langsam zu fahren, und den Carabinieri an der Absperrung die Anweisung, mich durchzulassen, dabei aber eine kurze Verfolgung anzudeuten. Die Wirkung, die sich Don Gastone versprach, war die, dem Duce an einem lebendigen, stellvertretenden Beispiel zu zeigen, wie auch aus dem niederen Volke und aus den ärmsten Schichten eine gewandelte, neue Gesinnung hervorbreche. So sollte ich aus dieser Herde verhungerten und nur mit dem halben Mantel des Sankt Martin bekleideten Volkes heraustreten, vor dem Hintergrund des düsteren, muffigen Hofes, in meinem Balilla-Anzug, wie das unschuldig frische Reis, das am Baume der bedrängten und bedrückten Gewissen der Armen sprießt. Es war nicht einfach, mir all dies zu erklären, aber Don Gastone und Signorina Immacolata taten ihr Bestes, mir mit kindgemäßen Beispielen nicht nur die Choreographie, sondern auch den symbolischen Gehalt des Auftrittes klarzumachen.

Alle Kinder, die Söhne und Töchter der Personen von Stand, der Ärzte und Anwälte unseres Viertels, ersehnten für sich diese Rolle, sie träumten davon und beneideten und haßten mich deswegen. Mir war es gleich, ich gewann nichts bei der

Rolle, und wäre es nicht wegen einer bestimmten Idee gewesen, die mir gekommen war, dann hätte ich mich sogar geweigert, denn ich schämte mich, und der Großvater machte mir, sooft er mich sah, Vorwürfe. Ich könne nichts dafür und wisse nicht, was ich tue, aber es sei das Ärgste, was ich ihm in seinen letzten Lebensjahren antun könne.

Inzwischen hatte ich von Cena einen Brief aus der Erziehungsanstalt in Venedig bekommen. Ein Junge hatte ihn mir mitgebracht, der gerade entlassen worden war; man hatte ihn vorübergehend dort untergebracht, weil er Gummibänder und Schnürsenkel ohne behördliche Genehmigung verkaufte. Der Inhalt des Briefes war dieser:

Lieber Freund Sergio,

ich bin hier angekommen, ich mußte immerzu weinen. Ich mache mir nichts daraus, hier zu sein, besser als zu Hause ist es immer noch, aber ich wollte dem Polizisten nichts zuleide tun und bedaure es sehr. Ich hatte den Kopf verloren und wäre in dieser Nacht schon bei der kleinsten Kleinigkeit durchgedreht. Was macht das Rad? Putze es immer gut und bring mir ein Photo von ihm, wenn du mich besuchen kommst. Hier ist donnerstags Besuchstag für die Verwandten, einmal im Monat, nach dem Essen, von zwei bis drei. Bring auch etwas Glaspapier mit, solches zum Ofenreinigen. Jetzt erkläre ich dir, wie du es machst: Du steckst es zwischen die Pappdeckel eines Buches, genau in der Mitte; mein Freund aus Saviabona, der dir den Brief bringt, wird es dir zeigen. Grüße Fedora, und wegen dem Geld brauchst du dir nichts zu denken, du kannst es alles ausgeben, wenn du es brauchst. Gern würde ich meine Mutter sehen. Grüße auch die Bande. Stimmt es, daß sie mir den Prozeß machen wollen?

Cena.

Der Brief war mit Bleistift auf ein Heftblatt geschrieben, viermal gefaltet und mit Mehlkleister an den Rändern zugeklebt.

Ich hätte mich freuen sollen über das Geld, das er mir überließ; es war zu jener Zeit für jeden ein kleines Kapital. Ohne das zu rechnen, was ich aus dem Mikroskop herausschlagen konnte, wenn ich mich entschließen sollte, es zu dem Trödler mit den Schmetterlingen zu tragen. Der kaufte alles auf, ohne lange nach der Herkunft zu fragen. Aber mir lag nichts daran: Ich hätte mein ganzes Geld und das Mikroskop dafür gegeben, Cena wiederzusehen und mit ihm zusammenzusein, Pläne für den Umzug und die Rede Mussolinis zu machen und die anderen zu sehen, die all das ernst nahmen und sich sehr wichtig vorkamen. Mir war zumute, als fehle mir ein Arm, und ich streifte gedankenlos durch die Straßen. Abends säuberte ich das Fahrrad und betrachtete es; es sprach jetzt selten zu mir, ich hatte den Eindruck, daß die geflüsterten Versprechungen von nie gesehenen Gegenden und Straßen und einer unbekannten Welt nicht sehr glaubwürdig waren, und der Ton, in dem es mir all das beschrieb, war bisweilen etwas müde und lustlos. Und an vielen Abenden blieb es ganz stumm.

Schon am frühen Morgen dieses Maisonntags war der Hof voller Menschen. Die Jungfern waren da und eine Menge Leute sonst, die sich auf die Begrüßung des Duce vorbereiteten; die Verwandten und die Familien aus Barche und Saviabona, die alle nach Don Gastones Plänen vor unserm Haustor bei der Durchfahrt des Wagens jubeln sollten. Sie waren schon gekommen, ehe die Sonne aufging, um bei der Verteilung von Schokolade und Keksen dabeizusein, die Signorina Immacolata versprochen hatte. Die Jungfern, bereits in Uniform und zurückhaltend geschminkt, wie es sich bei dieser Gelegenheit, ohne die Vorschriften der «Associazione Cattolica» zu verletzen, gebührte, standen in einem Winkel beisammen und schnatterten aufgeregt. Die Walenska lachte immerzu und trippelte hin und her, dahin und dorthin, verfolgt von Bemerkungen Signorina Immacolatas.

In der Messe waren sie schon um fünf gewesen, und als handele es sich um eine mystische Weihe, hatte Don Gastone ihnen die Kommunion gespendet und auch den Wimpel gesegnet, mit einigen lobenden Worten über das wirkungsvolle Auftreten der Gruppe.

Danach waren sie in den Hof zurückgekehrt, voll jener Wärme und jener Energie, die ihnen Beichte und Kommunion, Don Gastones Gegenwart und seine Worte einflößten; Worte, die unterwegs in Gedanken eine Nebenbedeutung bekommen, sich dann in ein förmliches Versprechen verwandelt hatten: jede bestrebte sich, im Klang, in diesem, um die Wahrheit zu sagen, nur zu deutlich auf sie gerichteten Blick jenes unmerkliche Etwas wiederzufinden, dessen ein wahrer Mann von Erziehung und Bildung wie Don Gastone sich bedient, um eine Verabredung, einen Besuch, eine vertrauliche Zusammenkunft anzukündigen. Jede hatte in diesen schwarzen, tiefen, bisweilen wie bannend und doch immer so melancholisch blickenden Augen ein neues Funkeln entdeckt, das er nicht unterdrücken konnte und das ein ganzes Programm enthielt. Signorina Immacolata, die sich als das besondere Ziel dieser Blicke empfand, konnte ein gewisses Frösteln nicht verbergen, das jetzt im Monat Mai, und wo sie außerdem noch die schwere Lodenuniform trug, sehr seltsam war. Ihr sagten diese Blicke nur eines: die Tabletten hatten endlich die vorgesehene Wirkung getan. Das waren Blicke eines echten Mannes, und sie spürte es deutlich, wie eine leichte, zarte Hand, die von langer Lethargie noch ein wenig gelähmt war, aber fieberhaft, unvorsichtig und voller Elan, sich ihr mit gierigen Liebkosungen unter die Uniformbluse schob. So dachte Signorina Immacolata sogleich an dieses Datum als an einen Tag des Wunders und wußte nur nicht, ob an dem Wunder auch die Ankunft des Duce teilhatte oder nicht. Wenn Mussolini nicht gekommen wäre, hätte dann diese Begegnung der Seelen trotzdem stattgefunden? Diese Blitze aus den Augen, so früh am Morgen?

Gegen zehn Uhr ließ die Aufregung im Hofe nach; um halb

zehn hatten die armen Verwandten und die Leute, die sonst versammelt waren, einen Appell an Signorina Immacolata gerichtet, der aus mitleidheischendem Murmeln und deutlichen Drohungen bestand und dartat, daß eine Schokolade und zwei kleine Kekse bereits seit langem verdaut seien und der Magen bis auf den Boden hänge. Um Ruhe zu stiften und die Klagen in Begeisterung zu verwandeln, bot Signorina Immacolata vier Flaschen Vermouth an. Jungfern und Verwandte sprachen diesen ausgiebig zu, weshalb nach einiger Zeit die Grenzen geziemenden Betragens etwas weiter gesetzt waren; mehrere unter den armen Verwandten und Bettlern nahmen sich Freiheiten mit der Walenska und Signorina Bianchi heraus, Camilla war zweimal in Ohnmacht gefallen, weil ein schrumpeliger Alter sie betatschte. Ein Vetter von Cena, ein Bettler, derselbe, der uns Padua als die beste Stadt zum Almosensammeln angeraten hatte, balancierte auf der Eisenkante einer Glasüberdachung im ersten Stock. Der Cavaliere Esposito kam in den Hof gerannt:

«Er ist angekommen, er ist angekommen!» schrie er und hielt mit einem Ruck mitten im Schnellauf inne wie ein junger Hengst beim Galopp ins Gehege, wenn er beim Anblick von so viel Weiblichkeit die Vorderbeine auf den Boden stemmt und sich aufbäumt. Er trug noch die alte Uniform, da er in seiner Küche Nachtschicht gemacht hatte, um die Sonderwünsche der Parteibonzen aus der Provinz zu erfüllen.

«Bitte, mit Verlaub, bitte, lassen Sie mich durch! Ich muß mich umziehen!»

Als er schon oben auf der Treppe war, beugte er sich nochmals herunter, gerade in dem Augenblick, als Don Gastone seinen Wagen in den Hof steuerte und sich anschickte, das Lattengestell niederzulegen, das der Großvater eigenhändig zum Aufstellen der Fahrräder gezimmert hatte.

«Er ist angekommen, Don Gastone!» brüllte der Cavaliere Esposito fast schluchzend vor Aufregung von oben herunter.

«Weiß ich!» gab Don Gastone zurück und lächelte den Umstehenden milde zu, auf daß alle sein zeitigeres Wissen um die Ankunft und seine bewundernswerte Diskretion erkennen könnten.

Wenige Minuten später vernahm man die Stimme des Cavaliere Esposito aufs neue, doch diesmal war es ein Schrei, der ihm vorauseilte, ein fast unmenschliches «Hiiilfeee», das allen den Atem stocken ließ. Beinahe gleichzeitig prasselten Mauerwerk und Balkentrümmer in den Hof. Weitere Schreie folgten, dann drang Stöhnen aus einer Ecke; die Leute rannten zusammen, ein ungeheurer Lärm aus Stimmengewirr und Jammergeschrei erhob sich. Wieder hörte man berstende Geräusche und Geprassel von Mauerwerk aus der Höhe herab, dann bog sich der Boden der Toilette durch, gab unter dem Gewicht des schweren Wasserklosetts nach und brach krachend in die Tiefe. Der Cavaliere Esposito blieb wie durch ein Wunder an den Eisenträgern hängen, die den Vorbau gestützt hatten, er war nackt von der Leibesmitte an abwärts, die schwarzen Stiefelhosen hingen, an Gürtel und Hosenträger pendelnd, im leeren Raum. Das Klosett war wenige Zentimeter von Don Gastones Wagen am Boden zerschellt, zischend flogen die Splitter durch die Luft.

Onkel Gigi und eine alte Frau waren von Mauerbrocken und Balkenstücken getroffen worden, der Onkel lag mit blutendem Kopf auf dem Boden, neben der Alten, die tot zu sein schien. Wir stürzten herbei, ihnen zu helfen, und schleppten sie in die Mitte des Hofes.

«Ambulanz! Ambulanz!» rief Don Gastone, aber niemand oder fast niemand hörte auf ihn. Die Jungfern hatten zwei- oder dreimal mit gesenkten Blicken: «Er soll sich schämen!» in Richtung des hängenden Cavaliere ertönen lassen, dann zogen sie sich in den Toreingang zurück, indessen die anderen hinauflaufen und ihn lynchen wollten.

«Mörder! Verbrecher!» schluchzte Tante Lina, als sie all das schwarze Blut sah, das aus dem Kopf ihres Mannes sickerte; dann, nach einer Schweigepause, in der sie ihre Tränen zusammen mit einigen Zügen aus der Vermouthflasche hinunterschluckte, erhob sie sich als gräßliche Anklägerin und rief:

«Das hat er mit Absicht gemacht!»

«Alle hätte er uns umbringen können, der Verbrecher! Er hat es mit Absicht getan!»

«Los, wir lassen ihn abstürzen! Hauen wir ihm mit Steinen auf die Hände, daß er auch herunterkommt und sieht, was er angerichtet hat!» schlugen die Verwandten aus Saviabona vor.

Inzwischen zappelte der Cavaliere Esposito, der bei seinem ersten verzweifelten Aufschrei aus voller Kehle all seinen Atem verausgabt hatte, in der Luft und fischte mit den Stiefeln nach Stützpunkten an der Hausmauer, unter wimmernden Gebeten und kaum hörbaren «Hilfe!»-Rufen.

Die Töchter standen heulend am Fenster und rauften sich die Haare; sie mußten ohnmächtig zuschauen, denn der Cavaliere Esposito hatte seiner Gewohnheit gemäß die Tür abgeschlossen, und der Schlüssel war in den Hof und dem Mob in die Hände gefallen. Mit einer Stange versuchten sie, ihm eine Bettdeckte hinüberzureichen, das erstbeste, was ihnen in die Hände gekommen war, damit er, so gut es ging, seine Blöße bedecken könnte. Was die sonstigen Hausbewohner betraf, die sich der verzweifelten Wettläufe erinnerten, des vergeblichen Rüttelns an dem Türchen zum begehrten Ort, so standen sie jetzt schweigend an den Fenstern und betrachteten höhnisch das Schauspiel; erst später, als sie von dem Schaden erfuhren, den der Attentäter zwei Unschuldigen zugefügt hatte, stimmten sie in die schweren Anklagen der Menge ein:

«Der Geizkragen! Alles wollte er für sich allein! Jetzt hat der Herr ihn gezüchtigt!»

«Wie gut ihm das tut! Haaa!»

«Das Schwein schämt sich nicht! Hier vor allen Leuten! Da sind doch auch Kinder dabei, pfui!»

«Henkersknecht!»

Niemand war da, der ihm helfen konnte, und erst recht keiner, der helfen wollte; und gerade in diesem Augenblick wäre auch niemand bereit gewesen, nur eine Minute von dem Schauspiel zu versäumen, das auf der Straße ablief. Der Krankenwagen kam nicht, die Verletzten wurden ins Haus getragen. Und der Cavaliere Esposito hing in der Luft und blieb dort, schneeweiß im Gesicht, die bestickte und leuchtende Seidendecke mit ihren Fransen umhüllte zur knappen Hälfte die männlichen Schenkel, und er sah aus wie eine welke alte Dame.

Don Gastones Stimme tönte endlich vom Portikus her.

«Er ist da! Er ist da!» klang es frohlockend. «Viva! Alalà! Sergio, lauf, lauf...» Jetzt war also ich dran; ich lief hinaus, im Rudel mit den anderen; die Gruppe der Jungfern hatte bereits eine Art Tribüne erklommen, die aus Stühlen, Hockern und Tischen einer Osteria eben erst errichtet worden war; unterhalb drängten sich an der Absperrung die armen Verwandten und die gesamte Vertretung der einfachen Leute, die Don Gastone zusammengetrieben hatte.

Don Gastone zeigte mich den Carabinieri der Absperrkette und lief dann bis dahin vor, wo die Straße in den Platz einmündete und der Wagen des Gauleiters stand. Die Menschenmenge vollführte einen Höllenlärm, und ich vermochte nichts zu erkennen. Endlich erkannte ich die Gestalt Don Gastones, der, mit seiner blauen Schärpe quer über der Brust, hinter dem Wagen auftauchte. In dem Wagen selbst befand sich eine ganze Reihe dicht zusammengequetschter Personen, neben dem Gauleiter stand lächelnd und grüßend der Duce. Ich spürte einen Stich im Herzen; Elend, Hunger, lächerliches Zeug, arme Verwandte gingen mir wirr durch den Kopf wie übereinandergeschobene Bilder, und von plötzlicher Reue erfaßt, drehte ich mich um und schaute in den Portikus: Großvater machte mit einem großen Schraubenschlüssel eine drohende Geste in meine Richtung und zeigte auf seine rote Sozialistenkrawatte; hinter ihm rannte der Cavaliere Esposito kopfüber stolpernd auf die Zuschauermenge los und schleppte dabei die seine fetten Weiberbeine nur teilweise verhüllende Bettdecke nach.

«Ich komme! Don Gastone! O Duce! Exzellenz! Durch ein Unglück bin ich zu spät dran! Ich komme!» schrie er vor sich hin.

Ich zwängte mich durch die Absperrung und rannte auf das Auto zu; es war ziemlich hoch für meine Größe, aber ich kam doch ohne Schwierigkeit auf das Trittbrett; der Duce stand auch richtig auf der Seite, wo ich ohne zu überlegen aufgesprungen war, er beugte sich lächelnd zu mir herab, aber gerade in diesem Augenblick tauchte nach mühsamen Bewegungen der dicke Kopf des Gauleiters mit seinem scheußlichen, trapezförmigen Haarschnitt in Brusthöhe vor dem Duce auf:

«Liebst du den Duce?» fragte er mich mit dünner Fistelstimme, die vor Aufregung und Hitze nicht den richtigen Ton fand.

Ein anderer Parteiführer fragte gramvoll vom Vordersitz:

«Waise?»

Es nutzte wenig, daß ich fast brüllend meine Geschichte erzählte; sie war lang, ich sagte sie inmitten des Durcheinanders herunter, ohne ein Wort auszulassen:

«... Cena ist mein Freund, er ist in der Erziehungsanstalt von Venedig, wenn du es machen kannst, Duce, daß er herauskommt...»

Niemand begriff etwas, und der Duce lächelte weiter und sprach zu mir, ohne daß ich seine Worte verstehen konnte. Der einzige Satz, den ich aufschnappen konnte, obwohl ich nicht weiß, ob er aus der Menge kam oder von jemandem, der sich im Auto befand, war:

«Obst, er ernährt sich fast ausschließlich von Obst.»

An der Biegung der Straße gab der Parteimann auf dem Vordersitz mir einen sanften Stoß, aber bei meinem Balanceakt auf dem schmalen Trittbrett genügte er, mich zum Loslassen zu zwingen. Ehe ich den Boden berührte, hatten schon andere meinen Platz erklettert. Ich schrie noch etwas dem Duce nach, der mich immer noch ansah und lächelte. Als der Abstand größer wurde, sah ich ihn eine leichte Handbewegung machen, wie um sich zu entschuldigen, wie um zu bedeuten, daß er nicht verstanden habe, daß es nicht in seiner Macht sei; einen Augenblick noch lagen seine Augen starr auf mir, vielleicht ahnte er, daß ich ihm etwas für mich Wichtiges zu sagen hatte, vielleicht dachte er, daß ich ein Gedicht aufgesagt hätte. Und sogleich begann er wieder, den Menschen grüßend zuzuwinken, und da begriff ich zum erstenmal völlig, daß auch er nichts für mich tun konnte, daß auch er wie jene feinen Herren in Padua war, die uns lächelnd, gut gekleidet, ihre Almosen gaben, aber uns gar nicht zuhörten: ob ich um eine Gabe bat, oder ob ich dankte, sie hörten gar nichts und nahmen niemals unsere Gummibänder an.

14

Ich hatte keinerlei Nachricht von Cena, wußte nicht, wo er war und was er tat, nicht einmal, ob er sich noch in Venedig befand.

Ich trottete verloren im Hof umher, ohne Wünsche und ohne Begeisterung. Das Rad hing in der Küche an den Balken, denn allein zu fahren gelang mir nur mühsam und machte nicht viel Spaß, wo ich an mein Gegengewicht gewöhnt gewesen war. Es war, als sei die Geschwindigkeit stets geringer als früher, und das Rad gehorchte mir allein nicht so gut wie uns beiden zusammen. Im Hof war es stiller geworden, der Krieg hatte begonnen, und der Schuster Bombana hatte einen Schlaganfall erlitten, weshalb weder sein Hammer zu hören noch seine Augengläser zu sehen waren, die sich wie kleine Scheinwerfer stets auf Fedoras Kammer gerichtet hatten.

Oft, wenn Don Gastone nicht zugegen war, ging ich Fedora besuchen; er kam immer noch häufig hin, und Fedoras Aussage nach wechselten seine Stimmungen: manchmal war er ruhig, dann wieder, eine oder zwei Wochen lang, wie ein gehetzter Hund, er kannte dann keine Erschöpfung und ließ sie niemals in Frieden. Es nutzte nichts, daß sie ihm sagte, er brauche

Ruhe, wo der Doktor ihm doch Schonung angeraten hatte, weil das Röntgen wegen seines starken Hustens einige schwache Stellen in den Lungenspitzen ergab. Eifersuchtsanfälle und Argwohn kehrten heftiger wieder, sein Liebesbedürfnis wurde dann besonders stark. Unter den Jungfern war hinsichtlich Don Gastones und Fedoras eine schlecht verhehlte Stimmung des Mißtrauens und des Verdachtes aufgekommen. Seit dem Morgen vor der Ankunft des Duce, als alle glaubten, in seinen Augen voll Leben und Energie neue Wünsche flackern zu sehen, die ihnen galten, quälte sie der Verdacht, daß dieses Leben und diese Energie jeden Augenblick in Fedoras Kammer explodieren könnten; deren Erlösung war noch nicht vermeldet worden, und die geistliche Vorbereitung, die lange, aufreibende Erweckungsarbeit, schien noch immer nicht enden zu wollen. Signorina Immacolata hegte den stärksten Verdacht, den sie jedoch weder mir noch sonst jemandem eingestand, da Don Gastone sie an seinen Ruhetagen wieder besuchen kam und die übliche Tasche voller Wäsche mitbrachte.

Der Cavaliere Esposito war nach dem Zusammenbruch seiner Toilette ein anderer Mensch geworden; mit der Toilette waren Ideale, Ehre und Menschenwürde dahingeschwunden. Voll tobender Wut im Leibe hatte er in den ersten Tagen eine Unmenge Menschen mit gerichtlicher Klage bedroht, alle, die, sei es mit Taten, sei es in Gedanken, etwas mit seiner Toilette zu tun haben konnten: Signorina Immacolata, weil sie die gewissenlose Hausbesitzerin war; die Mieter, weil sie durch wütendes Rütteln an der Tür und Dagegenrennen die Festigkeit der Mauern erschüttert hatten; den Installateur, weil er gegen bessere Einsicht die Anlage ausgeführt hatte; und als tückische Wandalen verdächtigte er sogar all jene, denen er Gastrechte zugestanden hatte. Dann war sein Gemütszustand aus Erbitterung und Entschlossenheit urplötzlich in Mutlosigkeit und schließlich in stummen Schmerz umgeschlagen, als der Installateur ihm eindringlich klargemacht hatte, daß er es nicht übernehmen könne, die ganze Angelegenheit zu reparieren, denn alles sei lebensgefährlich wacklig, sogar die Eisenträger, an die sich der Cavaliere am Unglückstage geklammert hatte. Es war nichts zu machen; man mußte alles mit neuem Material ganz neu anlegen, und in einer anderen Weise. Der Cavaliere Esposito hatte kein Geld dafür, und somit blieb von der Toilette nichts als eine schwankende Masse Trümmer, eine Art Burgruine; des Nachts spielte manchmal eine Katze mit der lose hängenden Kette der Spülung, und dann rauschte wohl das Wasser in den Hof, in Erinnerung an bessere Zeiten.

Endlich bekam ich Nachricht von Cena; er war immer noch in Venedig. Das Leben in der Besserungsanstalt war nicht mehr so einfach wie in den ersten Tagen. Die Wochen, in denen man ihn in eine Strafzelle sperrte, waren mehr als die, in denen er mit den anderen Kindern im Hof spielen ging. Ich machte mich sofort daran, ihm zu besorgen, worum er mich gebeten hatte, wenn ich mir auch nicht vorstellen konnte, wozu ihm das Glaspapier dienen sollte. Ich brachte das einzige Buch, das ich besaß und das ich so oft gelesen hatte, daß es ganz zerfleddert war: «Meine Gefängnisse», die berühmten Erinnerungen Silvio Pellicos, zum Buchbinder; ich kaufte einen Bogen Glaspapier, das gröbste, das ich fand, und zerschnitt es in zwei Hälften; auch dies gab ich dem Buchbinder, er solle es für den Einband verwenden und zwischen dem Pappdeckel und dem Leinenüberzug mitbinden. Der Buchbinder sah mich über seine Augengläser hinweg schielend an, augenscheinlich war diese Arbeit ihm nicht zum erstenmal aufgetragen worden.

«Wer schickt dich denn?» fragte er flüsternd.

«Niemand. Das ist mein eigenes Buch.»

«Ah, so?»

Ich gab keine Antwort, und er betrachtete mich nachdenklich, als suche er sich meiner zu erinnern oder einen Zusammenhang zwischen mir und jener Person herzustellen, die sich meiner für diesen Zweck bedienen könnte.

Er übergab mir das gebundene Buch am nächsten Tag; es war eine tadellose Arbeit. Man konnte nichts erkennen, das Glaspapier war in den Einbanddeckel hineingearbeitet, unter einem geblümten Papier. Er verlangte zwanzig Lire, das war ein enormer Preis im Verhältnis zu sonstigen Arbeiten dieser Art. Geheimnisvoll sagte er, das geblümte Deckpapier sei alt und wertvoll, und ich solle nur meinem Auftraggeber ausrichten, es sei alles so in Ordnung.

Nun suchte ich nach einem Weg, das Buch Cena zukommen zu lassen, aber da ich niemandem traute, verwarf ich einen Plan nach dem andern und beschloß, es ihm selbst zu bringen. Fedora war über alles unterrichtet; sie sagte Don Gastone, daß ich Cena besuchen wolle, und er schlug vor, wir sollten alle drei mit seinem Wagen fahren.

Wir fuhren an einem Donnerstag frühzeitig los; ich hatte meinen Samtanzug angezogen, Fedora trug ein neues, seidenes Kleid, das ihr Don Gastone geschenkt hatte; die Haare hatte sie wegen des Fahrwindes in ein Kopftuch gebunden: sie sah wunderschön aus, der Sommer sprenkelte ihre Haut mit Lichtreflexen, als läge ein öliger, feiner Goldstaub auf ihr. Sie trug sogar Büstenhalter und Höschen, aber auch so noch, trotz ihres seidenen Kleides und der Unterwäsche, war es, als hätte sie nichts am Leibe; vielleicht war es das Bedürfnis ihres Körpers, sich auszuleben, in Erscheinung zu treten, weich und in dauernder Bewegung, durch die Kleidung hindurch. Ich saß zwischen ihr und Don Gastone, und der machte ein brummiges Gesicht, weil Fedora nicht neben ihm war. Aber Fedora wußte nur zu gut, was es hieß, neben ihm zu sitzen: er hätte begonnen, wie ein Irrer zu fahren, und schließlich wäre irgendein Unglück geschehen, wie schon einmal, im Hügelland vor der Stadt, an einem Tage, da Don Gastone weder Augen noch Hände für sein Steuerrad hatte und ohne anzuhalten das Lenkrad losließ, um sich auf sie zu stürzen.

Ich hatte aus guten Gründen meinen Samtanzug an, denn ich wollte denen in der Anstalt zeigen, wen sie vor sich hatten;

wäre ich in meinem gewöhnlichen Aufzug gekommen, hätten sie vielleicht Verdacht geschöpft und mich wohl auch gar nicht eingelassen. Ich dankte Don Gastone nochmals, daß er es mir ermöglicht hatte, mit den Gedichten und meinem Anzug wie ein Kind aus guter Familie aufzutreten.

Wir erreichten Venedig nach drei Stunden Fahrt. Don Gastone mietete eine Gondel, die uns bis zur Anstalt brachte. Ich beachtete weder die Stadt noch das Meer, wenn es auch das erstemal war, daß ich es sah; meine Blicke verloren sich über der Lagune auf der Suche nach Fregatten und Korvetten, da ich aber keine entdeckte, schloß ich, sie seien alle gesunken. Ich hatte eine seltsame Vorstellung von Venedig, ich dachte, hier wohnten die Spanier und die Araber, und die Venezianer seien völlig anders gekleidet als wir; ich hatte mir die Lagune genauso vorgestellt, wie sie wirklich war, aber voller Fregatten mit gehißten Segeln. Vorstellungen, die ich vertrauensvoll und begeistert einem Öldruck in der Werkstatt des Großvaters entnommen hatte. Trotzdem hatte mein Drang, Cena wiederzusehen, mir jene scharfsichtige Neugier und jene ungewöhnliche Aufmerksamkeit getrübt, wie sie jeder Junge bei seiner ersten Reise entwickelt; und diesen Drang zu lähmen, dazu hatten auch meine Frühreife und vorzeitige Lebenserfahrung beigetragen, denn durch sie ging die Phantasie Tag für Tag an den Anforderungen des bloßen Überlebens zugrunde. Geld und Armut waren das einzige Feld, auf dem die Phantasie sich entfalten konnte, zum Zwecke, irgend etwas praktisch Verwertbares zu ergattern.

Die Besserungsanstalt war ein altes, mächtiges Gebäude mit zwei Stockwerken, aus großen Steinblöcken errichtet. Die Fassade erhob sich unmittelbar über dem Wasser, wir glitten mit der Gondel in eine Art düsteres Gewölbe, wo das Meer eine Flut von Unrat und Abfällen hineinschwemmte.

Wir durchschritten einen inneren Hof mit vielen hohen, vergitterten Fenstern. Drei Treppen ging es hinauf, endlich gelangten wir zu einem kleinen Büroraum, einem Verschlag, wie eine Lotterieannahme. Drinnen saß ein Beamter und schrieb. Don Gastone stellte sich vor, und der Beamte geleitete ihn mit untertänigem Gehabe und dem Tonfall einer arabischen Kantilene in das Büro des Direktors. Fedora und ich warteten draußen.

«Ein richtiges Gefängnis», sagte Fedora, «armer Cena!». Und in diesem Augenblick verschwanden das Gold ihrer Haut und die katzenartigen Bewegungen ihres Körpers; die Augen hatten einen fast mütterlichen Ausdruck, und die Hand, die sie an den Brustausschnitt ihres Kleides gelegt hatte, die zarte, streichelnde Bewegung ihrer Finger, hatte etwas Weiches und zugleich Banges, Mitfühlendes. Dann streichelte sie mich, gab mir lächelnd einen Kuß, und ich spürte, wie ihre prachtvollen üppigen Lippen auf meiner Wange klein und schmal wurden, so als küßte sie ein Neugeborenes.

Kurz darauf kam ein Mann mit einer blauroten, knorpligen Nase an uns vorüber; auch sein Gesicht war ganz violett unterlaufen, und die öligen blicklosen Augen tief hinter den Wülsten der Gesichtsknochen ließen das gleiche Licht hervorsickern, wie das des trägen schwarzen Wassers unten am Eingang. Er trug so etwas wie eine graue Uniform aus Schürzenstoff; die oben aufgeknöpften Hosen hielten nur mühsam den dicken, wackelnden Bauch, gleich dem einer schwangeren Waschfrau. Der Mann ging ins Büro des Direktors und kam gleich wieder mit Don Gastone heraus; sein Ausdruck war jetzt ein völlig anderer, die vorhin schweren und schlurfenden Schritte seiner kurzen krummen Beine waren jetzt fast lustig, geziert, und er tänzelte wie der Zwerg des Zirkus Togni um Don Gastone herum. Er nahm Fedora ihr Paket ab und wollte auch das meine nehmen, aber ich hielt es fest unter den Arm geklemmt.

«Endlich mal wieder ein braves Kind, aus guter Familie!» sagte er mit einem süditalienischen Akzent. «Du kommst, einem bedauernswerten, gewissenlosen Jungen Gutes zu tun, Gott soll ihm helfen!» So sprach er, und ich hatte gute Lust, ihm meinen Samtanzug ins Gesicht zu werfen, ich schämte mich seiner, als hätte ich bei jedem Schritt meiner zierlichen Lackschuhe Cena und unseren Schwur verraten.

Wir stiegen die Treppen, die wir heraufgekommen waren, wieder hinunter und gingen über den Hof. Aus den Gitterfenstern des Erdgeschosses spähten zahllose Augenpaare nach uns, ich konnte sie mehr ahnen als sehen, im Dunkel und bei der Verzerrung durch die spiegelnden Glasscheiben. Aber deutlich sah ich die Fingerkuppen der dunklen, grauen Hände, die sich neben den Augen gegen die Scheiben preßten.

«Gleich sind wir da», sagte der Mann lustig und guter Dinge. Er verschwand in einem alten, morschen Brettergehäuse an der andern Seite des Hofs und kam mit zwei dicken Schlüsseln wieder heraus, die er fröhlich in der Luft schwenkte. «Ich bin gleich wieder da», sagte er.

Abermals verschwand er, diesmal durch eine Tür hinter dem Bretterverschlag, und tauchte an dem großen Eisentor uns gegenüber wieder auf; er öffnete nur die kleine Durchlaßtür, die so niedrig war, daß Don Gastone und Fedora sich bücken mußten. Wir betraten einen engen, runden Kuppelraum mit mehreren Türen. Die mittlere Tür führte in einen großen, völlig kahlen Saal, ohne Stühle und sonstige Einrichtung; ein Gitter teilte ihn in zwei Teile.

«Einen Augenblick», sagte der Mann abermals; mit einem Schlüssel öffnete er einen Durchlaß in dem Gitter, lief beschwingt durch den anderen Teil des Saales und verschwand wieder durch die Tür. Kurz darauf kam er zurück, und hinter ihm sah ich Cena.

«Cena! Cena!» rief ich; aber meine Stimme schien in dem Gitter hängengeblieben zu sein. Cena antwortete nicht, er lief nicht auf mich zu, wie ich erwartet hatte, er machte nicht das leiseste Zeichen; mit gesenktem Blick ging er neben dem Mann her, der ihm lustig und aufgeräumt zum Spaß sanfte Rippenstöße und Klapse in den Nacken versetzte, die sich so anhörten wie die Ohrfeigen der Schwestern im Kindergarten.

«Ciao», sagte er, als er das Gitter erreichte; er klammerte sich mit den Fingern daran und wiederholte: «Ciao».

Und zu Don Gastone: «Gelobt sei Jesus Christus, Don Gastone»; und «Ciao, Fedora».

Er hatte eine Art grauen Arbeitsanzug an, die Füße steckten in breiten, aus Lumpen zusammengeflickten Schlappen. Der Kopf war kahlgeschoren, und unter dem ein klein wenig nachgewachsenen Haar sah man die mit einer gelblichen Kruste überzogene Kopfhaut.

«Wie geht's? Hast du Hunger?» fragte ich sogleich.

Erst nach einiger Zeit leuchtete der Schimmer eines Lächelns aus den glanzlosen Augen, die so tief saßen, als hätte ein Finger sie hineingedrückt, so daß jedes verschieden aussah. Die Blässe war über sein Gesicht gezogen wie das Mehl einer Karnevalsmaske und verdrängte, ja verhüllte den scharfen, fast in Bann schlagenden Ausdruck von Bösartigkeit, von Angst, von Abwehr und von äußerster Geistesgegenwart, der ihm eingeprägt war. Er war nicht krank, ich glaube, er bekam genügend zu essen, trotzdem hatte dieser Ausdruck sein früheres Gesicht eines lebhaften, drolligen, ausgelassenen Kindes in das eines Liliputaners, eines zwergenhaften Erwachsenen gewandelt. Ich hatte den Eindruck, daß dieses Gesicht starr und hart geworden war, voller Kraft in den doch so zarten Muskeln dieses Alters, in den Kiefern, den Backenknochen und den Ohren. Die Hände mit den fast bis zur Wurzel abgenagten Fingernägeln griffen durch das Gitter wie starke bleierne Haken.

«He, immerhin gibt's hier was zu essen», sagte er und schaute mich an; ich fühlte, daß er etwas wollte, aber es gelang mir nicht, seinen Blick zu verstehen. Es war ein zu schwieriger, wirklich fast rätselhafter und, wie mir scheinen wollte, auch feindseliger Blick. Der Ausdruck verschwand, als ich ihm das Buch gab.

Wir packten unsere Pakete aus, unter den Blicken des Aufsehers, und reichten ihm die Sachen durch das Gitter: einen Kilolaib Feigenbrot, frische und gekochte Eier, Gebäck, Schokolade, ein Kilo Haselnüsse, sein Radfahrertrikot mit der Mütze, Briefpapier und Umschläge und zweihundert Lire, die aber der Aufseher sofort in Verwahrung nahm. Der Mann nahm auch das Buch, prüfte es und gab es Cena zusammen mit den anderen Dingen.

«Und das Rad?» fragte mich Cena mit mühsam zurückgehaltener Unternehmungslust.

«Ich benutze es wenig. Mir fehlt das Gegengewicht», sagte ich lachend.

Der gierige Ton verschwand augenblicklich aus seiner Stimme, wie wenn die bloße Tatsache, das Rad erwähnt zu haben, den Grund dafür beseitigt hätte. Die Finger umklammerten das Buch, sie strichen kaum merklich über den Einbanddeckel, tasteten über den Buchrücken und die Ecken, mit derselben erwartungsvollen Hast, wie sie zuvor in seiner Stimme gewesen war.

«Bist du noch bei der Bande?»

«Liliana und zwei andere sind in eine Ferienkolonie ans Meer gekommen, hier in der Nähe.»

Ich fing an, ihm zu berichten, was ich machte, von Unternehmungen und Plänen zu erzählen. Die Anwesenheit des Aufsehers störte mich nicht im geringsten, der Mann schien ganz erstaunt über unsere Vertraulichkeit und unsere enge Freundschaft. Ich begriff, daß es Cena freute, mich sprechen zu hören, denn er hätte nicht gewußt, was er sagen sollte; es war, als habe Scham und Schande ihm den Mund verschlossen, wegen all der aufgeschnappten und nicht verstandenen Flüche und unflätigen Redensarten, wie er sie sonst immer gebrauchte. Ich sprach ziemlich lang, unterbrach immer wieder Don Gastone und Fedora, die bemüht waren, ihm eine Menge Dinge ans Herz zu legen. Cena erzählte mir lediglich, daß er eine Schreinerlehre mache.

Dann schnitt der Aufseher mir unvermittelt das Wort ab. Er nahm Cena an der Schulter und sagte:

«Gehen wir jetzt. Sag auf Wiedersehen und bedanke dich.

Ich komme gleich zurück, meine Herrschaften.» Cena gehorchte, er sagte allen auf Wiedersehen, machte mit seinen Paketen kehrt, ging zwei oder drei Schritte, dann kam er zurück und sagte zu Don Gastone leise:

«Nehmen Sie mich mit nach draußen, zehn Minuten, um das Meer zu sehen, ich hab es noch nie gesehen. Dann komme ich wieder mit zurück.»

Er bat nicht, er sagte es nur.

Don Gastone blickte den Aufseher an, der den Kopf schüttelte, dann Cena, mit verlegenem Lächeln:

«Ich darf nicht, Cena, man erlaubt es mir nicht. Sei ein braver Junge, mach uns keinen Kummer. Gelobt sei Jesus Christus.» Er lächelte ihm noch einmal zu, als wollte er ihn im Beichtstuhl empfangen. Cena sah ihn immer noch an, ohne Hoffnung, aber auch ohne Verzagtheit, nur das Kinn zitterte ihm ein wenig, und von den Augen fiel der düstere, böse Schleier. Er betrachtete uns alle, dankte uns wortlos, still, das Buch, das Feigenbrot, die Haselnüsse und das Trikot, alles in den Händen. Er wandte sich ab und ging ruhig davon, ohne sich umzublicken, und ich sah ihm nach, bis er die Tür erreichte. Auch dort blickte er sich nicht um; ruhig wie zuvor holte er eine Haselnuß aus dem Beutel, knackte sie mit den Zähnen, dann kratzte er sich am Kopf und schob den Kern in den Mund.

Der Mann kam nach einiger Zeit zurück und begleitete uns zu einem zweiten Ausgang, auf der anderen, dem Wasser abgewandten Seite des Gebäudes. Er sprach dauernd, ich hörte ihm nicht zu. Ich verspürte eine große, traurige Leere, die schlimmer wurde, je mehr ich den Drang zur Auflehnung, der mich gepackt hatte, als nutzlos, überflüssig und sogar lächerlich empfand. Ich dachte an das Rad, an das verlegene Lächeln Don Gastones und an Cena; und mir war, als ob all diese Dinge meinem Kopf entglitten und auf der Straße davonkollerten, wie kleine Perlen aus der Tüte, ohne eine Spur zu hinterlassen, nichts, kein Zeichen, um sie wiederfinden zu können.

Als wir draußen waren, wollte Fedora in der Innenstadt Schaufenster ansehen. Wir wanderten durch zwei enge, endlos lange Gassen voller überraschender Winkel und Ecken, und Fedora war lustig und glücklich. Ich bemerkte, daß Don Gastone immer bleicher wurde und bei jedem Zug aus seiner Zigarette hustete.

«Komm, los, beweg dich!» munterte Fedora, die es eilig hatte, ihn auf; sie sagte nicht einmal Sie zu ihm, trotz meiner Anwesenheit, aber Don Gastone kümmerte sich nicht darum.

Wir gelangten in andere Gassen voll prächtiger Geschäfte und Auslagen, dann ließen wir uns auf der Piazza in einem Café mit Orchester nieder. Fedora strahlte, sie war wieder die Fedora von früher, wunderschön und immer lebhaft. Wir fuhren heim, als es dunkel wurde. Don Gastone hatte immer heftigere Hustenanfälle, so daß er mehrmals auf der Straße anhalten mußte, da der Husten ihn am Fahren hinderte.

Als wir angekommen waren, ging er mit in Fedoras Kammer hinauf und streckte sich auf dem Bett aus. Er schwitzte und hatte Fieber. Als ich nach dem Essen wieder zu Fedora ging, fand ich ihn auf dem Bette sitzend, eine Serviette in der Hand. Die Serviette war voll Blut, und auf dem Boden lagen mehrere ebenfalls blutgetränkte Taschentücher. Er winkte mir, näher zu kommen, aber auch ganz dicht neben ihm vermochte ich nicht zu verstehen, was er zu mir sagte, dauernd unterbrach ihn sein Husten. Im Verlauf einer Stunde waren seine Augen ganz groß und tief geworden, sie standen so dicht beieinander, daß er zu schielen schien.

«Bleib hier, Sergio; Fedora ist gegangen, den Doktor zu holen. Bleib und leiste mir etwas Gesellschaft»; er bewegte kaum die Lippen, als er das mühsam hervorbrachte. Dann schloß er die Augen und legte sich in die Kissen zurück, ohne sich noch länger gegen den quälenden Husten zu wehren. Nach einiger Zeit war mir, als sei er eingeschlafen, ich stand auf und nahm all die blutbesudelten Taschentücher vom Bett. Der Duft Fedoras, der Duft von all dem, was Fedora tat, liebte, gab und von ihm empfing, war aus dem Zimmer verschwunden, und ich spürte ein seltsames Gefühl der Einsamkeit und Trauer, als ob jemand draußen vor der Tür wartete, um mich ins Waisenhaus zu bringen.

Don Gastone wurde noch in dieser Nacht ins Krankenhaus gebracht und von dort aus nach einigen Tagen in die Lungenheilstätte Arco am Gardasee. Ich weiß nicht, wie es möglich war, daß bei einer anscheinend doch kräftigen Natur diese häßliche und für das unwissende Volk unseres Stadtviertels auch schimpfliche Krankheit so unvermittelt zum Ausbruch kam. Tatsache ist, daß der Arzt eine Läsion feststellte, wo vorher nur ein leichter Schatten zu erkennen gewesen war, und zwar eine so schwere, daß eine Operation notwendig sei und wahrscheinlich ein Lungenflügel herausgenommen werden müsse.

Die Jungfern kümmerten sich um alles. Signorina Immacolata brachte ihn selbst nach Arco und besprach sich mit dem Gauleiter wegen der Genehmigung, Don Gastone in die Schweiz zu schicken; dort habe man wirkungsvollere Behandlungsmethoden, hieß es, und für Don Gastone hätte ein gewöhnliches Sanatorium ohne weiteres den Tod bedeutet, allein wegen der Tatsache, sich in einem solchen Zustand unter lauter Sterbenden zu sehen. Außerdem war alles eine Frage des Standes, und Signorina Immacolata hatte den festen Willen, alle Kosten auf sich zu nehmen, selbst wenn sie das ganze Haus und alles, was sie besaß, verkaufen müßte. Sie hatte sich in Arco ein Zimmer genommen und ging täglich, Don Gastone zu besuchen, ihm Blumen zu bringen und sein Krankenzimmer freundlich und wohnlich zu gestalten. Und jeden Abend schrieb sie einen Bericht an die ängstlich darauf wartenden anderen Jungfern.

Fedora weinte den ganzen Tag über, mir wurde klar, daß von allen sie allein ihn wirklich liebte und daß sie bereit gewesen wäre, alles für ihn zu tun.

Eines Abends ging ich sie besuchen. Seit drei Tagen aß sie

nichts und stand nicht mehr auf, sie weinte und las immer und immer wieder Don Gastones Briefe. Auf dem Nachtschränkchen stand eine leere Milchflasche, dieselbe, die ich vor drei Tagen schon an dem gleichen Platz gesehen hatte. Jetzt, da sie weinte, schien sie noch schöner zu sein, von jener süßen, trostlos traurigen Schönheit, die ich schon am Tage unserer Autofahrt in ihren Augen gelesen und auf ihren Lippen gespürt hatte. Ich lief hinunter zu meinen Verstecken, nahm aus meinem Geldscheinbündel fünfhundert Lire und ging damit Brot, Wurst und Milch kaufen, dann wieder hinauf zu ihr. Ich legte alles auf den Tisch und gab ihr das Geld, fast schämte ich mich. Mir war, bei dem Ausdruck, der jetzt in ihren Augen lag, als beleidige ich sie, als sei auch ich einer von denen, die ihr Geld gaben, um sie berühren zu dürfen, sie anzusehen und mit ihr ins Bett zu gehen.

«Ich geb es dir wieder, weißt du, wenn er gesund ist.»

«Du willst das Gewerbe nicht wieder betreiben, oder?»

«Ich liebe ihn doch, Sergio, bis zum Wahnsinnigwerden. Ich brächte es nicht mehr fertig, Sergio. Viele kommen noch immer zu mir herauf, aber ich schäme mich vor allen, ich weiß nicht warum... und dann ist es auch nicht nur wegen ihm, daß ich mich schäme...»

«Warum dann? Ich möchte auch, du tätest es nicht mehr, aber wenn du doch mußt, wenn du etwas zu essen brauchst...»

Fedora begann wieder zu weinen, weil sie wußte, daß sie nicht wieder in Stellung gehen könnte. Auch der junge Doktor, bei dem sie anfangs gewesen war, hatte ihr gekündigt; ich ging hinaus, da ich nicht wußte, was ich sagen und wie ich sie trösten sollte.

Fedora faßte eines Tages Mut und ging aus dem Haus; seit zwei Monaten tat sie das nicht, und so merkten alle und konnten sehen und fühlen, daß sie schwanger war. Ich glaube, daß ich der einzige war, der ihr entgegenlief, als sie im Hof auftauchte.

«Einen hübschen dicken Bauch hast du!» sagte ich. «Bist du schwanger?»

Das Wort kam mir unversehens über die Lippen, und ich fühlte plötzlich, daß dies mein erstes Wort als Mann war, ich hatte es noch nie benutzt, mit der Bande und mit Cena gebrauchte man immer andere, sehr viel lächerlichere und verächtlichere Ausdrücke.

«Ja», sagte sie und lächelte, als sie mich bei der Hand nahm. Ich ließ es geschehen; nie hatte mich jemand an der Hand geführt, oder wenigstens nicht so, wie sie es tat.

«Ist es Don Gastone gewesen?» fragte ich.

«Ja», sagte sie und lächelte wieder, als ob allein schon die Tatsache, daß Don Gastones Name fiel, sie ein wenig in ihrer Einsamkeit unter den Dächern und auf den Straßen tröstete.

«Weiß er das?»

«Ja.»

«Und wissen es die Priester?»

Wütend stellte ich fest, daß ich ihr kindische Fragen stellte. So fragte ich nichts weiter, sagte ihr nur mit einem gewissen altklugen Ton in der Stimme, sie solle nicht soviel herumlaufen, damit sie ihr Kind nicht auf der Straße bekam, wie es Cenas Mutter gegangen war: sie hatte gar keine Zeit gehabt, die nächste Osteria zu erreichen, als sie schon, halb betrunken, Cena in den Händen hielt, in den dunklen Laubengängen bei Santa Lucia, in der Nähe der Trattoria «Vecchia Guardia».

Wir machten zusammen draußen in den Hügeln einen Spaziergang und sammelten Kastanien und dürres Holz. Die Mauern längs der engen Wege an den Hängen, alte, zerlöcherte, trocken bemooste Mauern, waren mit Weinlaub bedeckt, das rote und rotgelbe Farbtöne annahm, die Farbe der untergehenden Sonne. Hinter den Mauern lagen riesige Park- und Gartenanlagen des einstigen venezianischen Hochadels; Cena, der Ragioniere und ich waren dort eingedrungen, indem wir die scharfen Glasscherben oben auf den Mauern mit Stroh abdeckten. Hier hatte der Ragioniere aus Grashalmen Körbchen geflochten, und auch seinen schönen Spazierstock hatte er hier gefunden, in einem Garten mit Kirschbäumen. Cena hatte in der Erde gegraben und Teile von alten Waffen aus dem Risorgimento entdeckt und sogar Gebeine von Soldaten, die hier oben gefallen waren. Ich war stundenlang in die Betrachtung winziger blauer Eier in einem Nest versunken, und was mich am meisten verwundert hatte, außer den bunten Eiern selbst, war, daß die Vögel sich ihr Nest so frei und offen sichtbar gebaut hatten, an der Spitze eines mächtigen Zedernastes, ohne Furcht vor Plünderung. Damals lernte ich, daß es Vögel gibt, die nicht mißtrauisch und argwöhnisch sind, während die Menschen so weit gehen, sogar an der Toilette Ketten anzubringen. Ich hätte all das Fedora erzählt, aber ich fürchtete, sie würde mir bei den Gedanken, die ihr jetzt durch den Kopf gingen, nicht zuhören; so kehrten wir heim, und ich ging, ihr die Milch zu holen.

Camilla wartete auf mich unten an der Treppe, hinter den Gardinen der Glastür verborgen; sie packte mich am Arm und stellte sich vor mich hin, vornüber geneigt, mit den großen, vorstehenden Zähnen.

«Fedora ist... in anderen Umständen, ja?»

«Haben Sie sie nicht gesehen?»

«Das war Don Gastone!?»

«Ich weiß nichts darüber.»

«Und ob du es weißt! Schämen solltest du dich! Zuhälterei ist die schwerste Sünde! Verdammte Hure! Ha, von wegen Erlösung!» Sie machte eine kurze Pause, keuchend stürzte sie ein Stück die Treppe hinauf und schrie nach oben:

«Fedoraaa, Fedoraaa, Mörderin!»

Einen Augenblick lang hielt sie inne, rang die Hände, wußte nicht, wohin sie sie stecken sollte, da ihr speckiger Hausrock aus Sackleinwand keine Taschen hatte, dann fuhr sie sich damit knurrend in die Haare und umkreiste in dieser Haltung ein dutzendmal den Vorplatz.

«Sie, ja, sie hat ihn krank gemacht, sie ist es gewesen, diese Blutsaugerin! Sie hat ihn ausgenutzt, sie hat ihn sich geangelt, unseren armen Don Gastone!... Und er, ach, sieht schon aus wie eine Statue. Ausgenutzt hat sie ihn...»

Sie befand sich in einer Aufregung ohnegleichen und begann dann plötzlich, mit den Fäusten wütend an die Wand zu hämmern, die an die Küche der Botanica grenzte, bis diese auf die gleiche Weise antwortete. Da rannte Camilla hinaus und stürzte durch die kleine Tür zur Botanica hinein, dieser Jungfer mit den gelben, borstigen Haaren, die sich überall wie ein Knäuel Stacheldraht festzuhaken schienen.

Am nächsten Tag herrschte Hochbetrieb bei Camilla, und man vernahm allerlei Reden da drinnen. Die Walenska weinte still vor sich hin, in ihrer stumpfsinnigen Melancholie, ohne genau zu wissen, weshalb. Sie heulte und schwitzte und verkündete alle Augenblicke seelenruhig, daß sie in Ohnmacht falle, daß ihr übel sei, daß sie sich übergeben müsse. Da Signorina Immacolata fehlte, benahmen sich alle wie Waschweiber; nicht einmal so sehr die Walenska wie die Alte, ihre Mutter, Camilla und Signorina Bianchi.

«Heute gehe ich sie anzeigen!» rief Camilla von ihrer Sitzbadewanne aus, die ihr mit einigen Kissen als Diwan diente. «Zu einem Freudenhaus hat sie das hier gemacht... und auch ihn, unsern Don Gastone, hat sie ausgenutzt!...»

Sie lag nachlässig auf ihrem Behelfssofa, fett, formlos, von den Kissen kaum zu unterscheiden; alle anderen standen um sie herum, die Botanica ließ mechanisch einen Rosenkranz durch ihre Finger gleiten, stoßweise zitternd, ohne wirklich ein Gebet zu sprechen, Signorina Bianchi, die Lehrerin war, nickte fortgesetzt mit dem Kopf und riß in regelmäßigen Abständen die Augen weit auf, als hätte sie einen Tick.

«Nur für ihn hatte ich sie bewahrt...», wagte sich die Walenska mit weinerlicher Stimme vor. «Nur für ihn allein...»

Camilla fragte ganz sachlich:

«Was denn, Teuerste?»

«Die Jungfräulichkeit!... Meine Jungfräulichkeit!»

«Oh! Geh, geh, geh... hm...», machte Camilla, und die alte Walenska stopfte flink der Tochter den Mund, indem sie ihr mit der dürren Hand auf die Zähne schlug.

Ich linste durch die Gardinen, und Signorina Bianchi entdeckte mich schließlich; ich sah sie herankommen, groß, massig, streng, mit dem blitzenden Augentick; gerade noch konnte ich mich aus dem Staube machen und hinauf zu Fedora flüchten.

15

Ich war jetzt allein, und ich hockte wieder bei der Fahrradwache, anstelle des Großvaters nunmehr, der sich endgültig ins Bett gelegt hatte. Ich versuchte, mich mit diesem Beruf abzufinden: auf Fahrräder warten, sie ins Holzgestell hineinschieben, den Kunden die Pappmarken aushändigen. Wenigstens so lange, bis Cena wiederkommen würde.

Don Gastone war operiert worden, und eine Zeitlang schien es ihm besser zu gehen, dann bildete sich eine eitrige Entzündung auf der Seite, wo er operiert worden war, und es konnte von einem zum andern Tage mit ihm zu Ende sein. Die Jungfern verbrachten ihre Zeit mit Heulen und Jammern, und eines Sonntags brachen sie alle in der Uniform von «Glaube und Tapferkeit» auf, um ihn zu besuchen; am Abend kehrten sie zurück, in stummer, vollständiger Verzweiflung.

«Wenn Signorina Immacolata nicht dagewesen wäre, hätte ich ihn gar nicht erkannt», sagte Camilla. «Er ist nur noch Haut und Knochen: unser Herr Jesus Christus nach der Kreuzabnahme...»

«Wie ein Vögelchen, er wiegt höchstens dreißig Kilo.»

Das waren Reden, denen außer mir niemand mehr zuhörte. Das ganze Viertel hatte Don Gastone vergessen, die Nachricht von seiner so wenig ehrbaren Erkrankung hatte ihn all seiner Zaubermacht entkleidet. Außerdem rückte der Winter näher, und die Leute mußten für Brennholz sorgen oder Mittel und Wege ersinnen, sich welches zu beschaffen.

Nebel lag über dem Hof, man sah nicht einmal zum Dach hinauf, und Fedora war dort oben verborgen, zugedeckt vom dunstigen Schleier einer winterlichen Märchenfee.

Bis ich eines Tages Cenas Mutter traf, die heulend und halb betrunken zu mir gelaufen kam.

«Er ist im Krankenhaus, mein Cena», jammerte sie.

Ich wollte es nicht glauben und ließ es mir wiederholen. Es war, als sei die graue Fee aus Nebelschleiern und Fetzen von dort oben, von der Dachkammer verschwunden und hätte sich zum Fluge erhoben, wie ein riesenhafter Unglücksrabe.

«Er ist ausgebrochen, er ist unter die Straßenbahn geraten», stammelte Cenas Mutter. Sie machte einen ziemlichen Wirbel; mitten im Hof stand sie, eine dickbauchige Weinflasche unter dem Schultertuch, ihr großer, weinfeuchter Mund weit offen wie eine frische Wunde. Ich versuchte, mehr aus ihr herauszubekommen, aber es gelang mir nicht. Ich lief in die Kohlenhandlung, wo der Bruder Cenas arbeitete, fand aber niemanden dort. Da machte ich mich auf den Weg ins Krankenhaus, am andern Ende der Stadt, und damit es schneller ging, hängte ich mich an die Tür eines Autos.

Ich erklärte der Nonne ruhig, wen ich suchte. Die Schwester rief einen Krankenwärter, der mich in einen langen Saal führte, voller kleinerer und größerer Kinder in den Betten. Ich fand ihn in tiefem Schlaf, bleich, der Atem war kaum wahrzunehmen.

Ein junger Arzt kam nach einiger Zeit und schaute nach ihm, und da fragte ich diesen leise und schüchtern, was vorgefallen sei.

«Bist du ein Bruder?» fragte er mich.

«Ich bin sein Freund.»

Er sah mich prüfend an, meine Kleidung, meine Augen, meine zerlöcherten Sandalen aus rotem Gummi.

«Er war in der Erziehungsanstalt. In Venedig», sagte er dann, wie um sich zu vergewissern, ob ich ihn kannte.

«Ja, Herr Doktor.»

«Gestern ist er durchgebrannt. Er kam mit einem Lastwagen bis hierher, dann ist er beim Abspringen mit einem Bein unter die Räder gekommen. Es scheint, daß er flüchten wollte, als der Lastwagen ihn überfuhr. Der Fahrer hat gesagt, daß er plötzlich zur Tür hinausgesprungen ist.»

«Was ist ihm passiert?»

«Er hat ein Bein verloren. Wir mußten es amputieren, aber es geht ihm trotzdem schlecht», setzte er lakonisch hinzu.

«Wie alt bist du?» fragte er mich plötzlich. Seine Stimme war nicht streng, ich fühlte, daß er voll Neugier und Mitleid war.

«Fast elf.»

Er fingerte in seiner Tasche, gab mir ein Bonbon, das ich verlegen in der Hand behielt.

«Magst du das nicht?»

«Später», versuchte ich mit einem Lächeln zu erklären.

Da merkte ich, wie er begriff, daß es überflüssig war, mir ein Bonbon zu schenken.

«Kennst du seine Familie? Die Mutter, den Vater, meine ich?»

«Ja. Seine Mutter hat es mir gesagt, daß Cena hier ist. Sein Vater ist tot.»

«Cena?»

«So heißt er.»

«Wir haben seine Angehörigen benachrichtigt, aber niemand hat sich blicken lassen. Hat er noch andere Verwandte?»

«Ich weiß nicht. Er hatte einen Onkel, den ich kannte, aber der ist auch tot.»

Er schwieg eine Zeitlang, dann fragte er, wie ein neugieriger Beichtvater:

«Der Einbrecher?»

Ich gab keine Antwort und vermied es, ihn anzuschauen, aus Furcht, er könnte seine Frage wiederholen und mich so zwingen zu antworten. Ich betrachtete Cena, dessen Atem sehr langsam ging, und versuchte zu erkennen, welches Bein ihm fehlte; es war nicht leicht festzustellen, da sich die Bettdecke links schwach wölbte; doch an der anderen Seite wölbte sie sich unterhalb des Rumpfes ziemlich stark, als hätte er ein Knie angezogen.

Ich blieb fast zwei Stunden auf dem Hocker neben ihm sitzen; ab und zu blickte ich mich um, ob keine Ärzte oder Krankenwärter da waren, und dann erst beugte ich mich zu ihm hinüber, schüttelte ihn und rief ihn beim Namen: «Cena! Cena!»

Cena regte sich stöhnend, öffnete halb die Augen und den Mund, ohne zu antworten. Ich versuchte, ihm mit den Fingern die Augen offen zu halten, aber auch auf diese Weise erwachte er nicht. Nach zwei Stunden kam der Arzt wieder und maß ihm das Fieber. Es war fast Abend, aber das Licht brannte noch nicht, und durch die Scheiben konnte ich die Felder draußen sehen, hinter dem Krankenhaus, mit Nebelstreifen da und dort, und dazwischen den tiefen Kanal, wo wir immer schwimmen und mit Sprengkörpern fischen gingen, die der Waffenhändler uns im Tausch gegen Fische gab. Ich verließ das Krankenhaus und lief allein über die Felder, die Sandalen blieben im Schlamm stecken. Ich folgte dem Kanal, und von Zeit zu Zeit leuchtete ich mit der Taschenlampe auf den schlammbedeckten Damm und ins Schilf, ob ich vielleicht einen Aal oder Karpfen oder sonst ein brauchbares Lebewesen entdeckte, das mir Gesellschaft leisten könnte.

Zwei Tage nacheinander ging ich ins Krankenhaus und blieb dort von morgens bis abends. Am zweiten Tag war Cena wach, aber er hatte noch hohes Fieber, und das Sprechen machte ihm Mühe. Er phantasierte. Obwohl das Bein unmittelbar am Rumpfansatz amputiert worden war, hatte er doch den Brand bekommen. Sehr oft kam der Arzt mit einer Schwester und machte ihm starke intravenöse Jodeinspritzungen, um zu versuchen, die Vergiftung aufzuhalten, aber Cenas Gesicht war schon ganz fahlviolett geworden. Er hatte heute morgen das Bewußtsein wiedererlangt, kurz nachdem ich angekommen war, gegen sechs. Er schlug die Augen auf, sah mich und sagte:

«Sakrament, es tut so weh, Sergio!»

Mit mir war seine Mutter gekommen, aber man hatte sie gleich wieder fortgeschickt; sie war völlig betrunken, und in Gegenwart des Arztes hatte sie eine Schnapsflasche hervorgezogen.

«Auf Cenas Gesundheit!» hatte sie gerufen und sich die Flasche an die Lippen gesetzt.

Es kamen meine Mutter, die Bande vollzählig, und Fedora; aber Cena sparte seinen wenigen Atem für mich.

«Siehst du, daß ich ausgebrochen bin?» wiederholte er immer wieder. «Mit nur einem Bein läßt sich besser betteln!»

Dann versagte ihm der Atem, als hätte er eine große Kraftanstrengung vollbracht.

Gegen Abend kam der Geistliche, Cena ließ sich, ohne etwas zu sagen, salben, während der Priester betete, mit den beiden Nonnen rechts und links zur Seite, die ihm «ora pro nobis» antworteten, im dämmrigen Abendlicht, rosa wie die Puppen auf einem Jahrmarktskarren, wie die Himbeerlimonade in einem Kinderheim; da begann Cena leise zu weinen, ohne es jemanden merken zu lassen, denn es war Gesetz bei uns, sich dafür zu schämen.

«Mamma, mamma mia», sagte er; Cena verlangte nach seiner Mutter und konnte auch die nicht haben. Sicher, die Mutter, die er rief, war nicht die, die er kannte, nicht die seine, es war eine andere. Weinend sah er hinaus durch die Scheiben, mit seinen großen, unschuldigen Augen, in denen es kein Stehlen gab, kein Messer, das getötet hatte, keine Räuberei, keine Gewissenlosigkeit, kein Verbrechen. Er sah das granatfarbene Rosa zu einem Streifen werden, sich an einem schmalen Horizont verlieren und die Felder, den Kanal mit Aalen und Karpfen und den Judenfriedhof umschließen, wo unter einem alten, verlassenen Grabstein eines unserer Verstecke gewesen war. Er sah all dies, und in seinen Augen leuchtete mit einem Male ein blitzendes, funkelndes, neues Rennrad. Er sah und sah und bat auch um ein besseres Leben in dieser Welt und unter Menschen, die größer und glücklicher waren als er. Und gerade als er an all diesen Dingen auf dem neuen Fahrrad entlangfuhr, setzte dieses zum Flug an; und Cena, Abschaum aus der Erziehungsanstalt, Einbrecher und Ausgestoßener mit zwölf Jahren, verließ auf ihm die Straßen dieser Erde.

ENDE